EMILY HAUSER

Die Frauen von Troja

Tochter des Himmels

GOLDMANN
Lesen erleben

EMILY HAUSER

DIE FRAUEN VON TROJA

TOCHTER DES HIMMELS

Historischer Roman

Deutsch von Sonja Hauser

GOLDMANN

Die Originalausgabe erschien 2018 unter dem Titel
»For the Immortal« bei Transworld Publishers,
a division of The Random House Group Ltd., London.

Dieses Buch ist auch als E-Book erhältlich.

MIX
Papier aus verantwortungsvollen Quellen
FSC® C083411

Verlagsgruppe Random House FSC® N001967

1. Auflage
Deutsche Erstveröffentlichung April 2019

Covergestaltung: UNO Werbeagentur nach einem Entwurf
von Penguin Randomhouse UK
Covermotiv: Feder: plainpicture/Elektrons 08
Hintergrund: Nine Tomorrows/Shutterstock
Karte: © Peter Palm, Berlin, auf Basis einer Karte von Liane Payne
Redaktion: Irmi Perkounigg
BH · Herstellung: kw
Satz: Uhl + Massopust, Aalen
Druck und Bindung: CPI books GmbH, Leck
Printed in the Czech Republic
ISBN: 978-3-442-48504-8
www.goldmann-verlag.de

Für Athina, Natalia und Arabella,
die den Anstoß dazu gaben, und für Oliver, immer

GARTEN DER HESPERIDEN
HYPERBOREA
RIPÄISCHES GEBIRGE
PTEROPHOROS
SARMA
MELA
N
W
O
S
SKYTHI
BORYSTHEN
TYRAS
KARPATEN
ISTER
THRAKIEN
HYL
SCHWA
ME
OLYMP
MYSIEN
GRIECHENLAND
TROJA
SKIROS
ATHEN
TIRYNS
ANAT
MITTELMEER

LAND DER SAKEN
ALANEN
BUDINER
SILIS (TANAIS)
BUDINER
SKOLOTEN
SILIS (TANAIS)
HEILIGTUM
AMAZONEN
TEMARUNDA
0 90 KM
BUDINER
KÖNIGS-
TANAIS
AMAZONEN
KAUKASUS
KOLCHIS
KASPISCHES MEER
0 200 400 600 KM

Inhalt

Prolog 13

AMAZONE

Tödliche Wunden 23
Die letzten Arbeiten 47
König und Königin der Götter 79
Zu Wasser und zu Lande 87
Der Kampfgurt der Hippolyta 109
Garten der Hesperiden 141
Antimaches Geschichte 151
Streit um den Kampfgurt 171
Abschied vom Land der Saken 179

GRIECHIN

Zu den Enden der Erde 201
Sturm 225
Griechin werden 229
Angriff der Amazonen 249
Die Schlacht um Athen 271
Letzte Begegnung 281
Heimreise 293
Über das Schicksal 313

UNSTERBLICH

Nach Troja 331
Das Epos beginnt 351

Epilog 383
Anmerkung der Autorin 387
Kalender der Bronzezeit 397
Dank 399
Auftretende Figuren 403
Erwähnte Orte 415
Glossar skythischer Ausdrücke 425
Weiterführende Literatur 427

ὣς οἵ γ' ἀμφίεπον τάφον Ἕκτορος· ἦλθε δ' Ἀμαζών,
Ἄρηος θυγάτηρ μεγαλήτορος ἀνδροφόνοιο …

Also bestatteten sie den Leib Hektors, und dann kam die Amazone,
die Tochter des Ares, die mutige Töterin von Männern …

Ilias, 24. Gesang, Zeile 804 f.
Laut einer frühen Fassung von Homers *Ilias*

Prolog

Der Himmel über Delphi ist dunkel. Es herrscht Stille. An diesem heiligen Ort singen die Vögel noch nicht. Nur eine Fackel bewegt sich wie ein Glühwürmchen durchs Unterholz, als ein Mann auf einem gewundenen Pfad die Hänge des Parnassos zum Orakel der Götter hinansteigt. In der Felsspalte, in der die Prophetin wohnt, verwischen die Grenzen zwischen sterblich und unsterblich, sie zerreißen wie ein Schleier; die Worte der Götter dringen durch die Ritze zu den Menschen. Alles ist fremd und merkwürdig. Eine Sterbliche spricht in den Zungen der Götter. Beißender Dampf weht durch Risse im Boden aus der Unterwelt herauf. Eine Höhle, in der eine Priesterin über heiligem Rauch vor sich hin murmelt, wird das größte Heiligtum überhaupt werden. Sie wird Pilger aus aller Welt mit Gaben aus Gold für die Seherin anlocken und mit Marmormonumenten geschmückt sein. Könige werden auf den Knien hierherrutschen, um die Befehle der Götter zu empfangen und ihre Zukunft an den Worten einer irren Priesterin auszurichten, sodass nach dem Willen der Unsterblichen Reiche entstehen und vergehen.

Hier, in der Esse der Götter, wird das Schicksal geschmiedet.

Die erste Prophezeiung steht unmittelbar bevor.

Als der Mann den Wald hinter sich lässt, wirft das Licht seiner Fackel Schatten auf die Felswände. Seine Schuhe zerdrücken den auf dem Boden ausgestreuten getrockneten Salbei. Er betritt die Höhle geduckt, ätzender Schwefelgeruch steigt ihm in die Nase. Sobald seine tränenden Augen sich an die Düsternis gewöhnt haben, sieht er die Frau, die über die Glut des Feuers gebeugt steht, die Haare lose über der Schulter. Sie schaut ihn mit starrem Blick an.

»Du bist gekommen«, sagt sie mit belegter Stimme, als hätte sie lange nicht gesprochen.

»Du bist Pythia?«

»Und du bist Alkides.« Das ist keine Frage, sondern eine Feststellung.

Er zögert erstaunt. »Ja, ich bin Alkides, Sohn von Zeus und Alkmene, Nachkomme von Alkaios.«

Sie neigt sich über die Glut zu ihm. »Und du möchtest eine Auskunft von mir.«

Wortlos lehnt er die Fackel an die Felswand, sodass der Rauch in der Höhle sich orangegolden färbt, und kniet vor ihr nieder. »Ja.«

Kurz schweigt sie, bevor sie ihn auffordert: »Dann frag.« Sie stochert mit einem Stock in der Asche. »Deshalb bist du doch aus dem fernen Theben zu mir gekommen.«

Er schluckt; seine Miene verrät Unsicherheit. Plötzlich wirkt er sehr viel jünger als noch ein paar Minuten zuvor, wie ein Knabe, der wissen möchte, wohin er gehört, warum er hier ist. Warum sein Vater ihn nicht wollte.

»Ich würde gern erfahren«, sagt er mit überlauter Stimme, »wie ich ein Gott werden kann.«

Die Seherin holt so tief Luft, dass die Höhle erbebt. Die Fackel verlöscht, nun spendet nur noch die rote Glut Licht. Dichter Rauch steigt um die Priesterin herum auf, sie verdreht die Augen. Das Weiße und die roten Äderchen werden sichtbar.

»Pythia?« Der Mann macht einen Schritt auf sie zu, als wollte er sie stützen, doch ihre raue, in der Dunkelheit hallende Stimme hält ihn zurück. Sie klingt wie ein Echo der Geister im Tartaros:

»Du bist von Zeus auserwählt, als Sohn eines Gottes und Anführer von Menschen über die Helden Griechenlands zu herrschen, doch der Zorn Heras steht dir im Weg. Wird sie nicht besänftigt, führt sie deinen Niedergang herbei. Zeus hat sie, seine Gattin, vor Jahren mit Alkmene betrogen und dich mit jener gezeugt. Diesen Fehltritt kann die Königin der Götter ihm nach wie vor nicht verzeihen. In ihrer Eifersucht zürnt Hera dir, weil du sie daran erinnerst.«

Wieder holt sie rasselnd Luft, ihr Brustkorb hebt sich, und ihr Kopf sinkt nach vorn, als wäre die Kraft der Götter, die sie durchströmt, zu viel für ihren sterblichen Körper.

»Wenn du sie besänftigen und im Olymp wohnen möchtest: Höre meine Warnung und gedenke ihrer. Zwölf gefährliche Arbeiten warten auf dich, die noch kein Mensch vor dir geschafft hat und auch nach dir keiner mehr schaffen wird. Du wirst wilde Bestien erschlagen und Löwen zähmen, gegen Vögel mit Bronzeschnäbeln und Stiere mit Feuerodem kämpfen, wie es sich für den besten und größten Helden Griechenlands geziemt.

Du wirst diese Aufgaben für Eurystheus, den König von Tiryns, erledigen und zehn Jahre lang bei seinen Söhnen und seiner Tochter leben.

Vor dir liegen zwei mögliche Schicksale, zwei Pfade zum Tod. Nur du selbst kannst entscheiden, welchen du wählst. Wenn du von Theben fortgehst und die Arbeiten annimmst, wirst du deine Heimat nie mehr wiedersehen, doch Zeus erhebt dich zum Gott, das hat er geschworen, und Sterbliche auf der ganzen Erde werden dich bis in alle Ewigkeit verehren, dich, den Sohn eines Gottes. Und Hera hat versprochen, dass sie dich, wenn du diese Aufgaben bewältigst, akzeptiert und du fortan als Herkules bekannt sein wirst.

Aber wenn du versagst oder dich weigerst, die Arbeiten zu erledigen, wird sie dafür sorgen, dass du der Vergessenheit anheimfällst, dass niemand mehr deinen Namen kennt und du niemals unsterblich wirst.«

Sie verstummt, ihr Kinn sinkt auf die Brust. Das gespenstische Licht erlischt, der Nachhall des Tartaros verklingt. Nun ist es in der Höhle wieder dunkel. Der Mann, der später als Herkules bekannt sein wird, sieht die Priesterin an, wartet auf mehr.

»Ich kann frei entscheiden?«, fragt er schließlich mit finsterer Miene, als sie den Kopf hebt. »Ich bin zu dir gekommen, um Antworten zu erhalten, wollte meine Bestimmung, den Spruch der Schicksalsgöttinnen, ergründen und erfahren, was ich tun soll.«

»Das hängt davon ab, was du selbst möchtest.«

Er beugt sich vor. Seine Antwort kommt so schnell wie ein Windstoß. »Unsterblichkeit.«

Sie mustert ihn. Schwefeldampf kräuselt sich zwischen der schwer atmenden Priesterin und dem Mann, der voller Tatendrang und Leidenschaft ist.

»Du scheinst deine Wahl bereits getroffen zu haben, Sohn des Zeus.«

Auf dem Olymp erhebt sich eine der Musen von ihrem Sitz im Saal der Schicksalsgöttinnen. Verborgen hinter einer Säule am Ende der Kolonnade, von wo aus sie beobachten kann, ohne selbst gesehen zu werden, hat sie die ganze Nacht über dem Treiben der Völker auf der Erde zugeschaut. Die rosigen Fingerspitzen der Morgendämmerung wandern über den Horizont, tauchen das Land in sanftes Licht und lassen die Vögel, die über der Küste dahinfliegen, wie Tintenkleckse erscheinen. Für die Sterblichen, die in ihren Behausungen im Tal erwachen und sich daranmachen, die Wiesen mit ihren Sensen zu mähen oder die Trauben von den

Rebstöcken zu ernten, beginnt nur wieder ein neuer Tag. Doch im Schatten der Nacht hat ein neues Zeitalter begonnen. Die Muse erhebt sich, zieht ihren Umhang enger um den Leib und ihre Kapuze tiefer in die Stirn.

Endlich ist es so weit.

In der Dunkelheit schleicht sie zu einem Alkoven und schiebt einen Paravent zurück, der so bemalt ist, dass er dem Marmor der Säulen ähnelt. Dahinter kommt ein fleckiges altes Zedernholzkästchen mit Bronzeschloss zum Vorschein. Der Saal wird lediglich von einigen Öllampen erhellt, die bereits am Verlöschen sind, doch Kalliope, die Älteste der Musen, braucht kein Licht, um sich zurechtzufinden. Ihr Blick huscht über Regale und Tische voller Papyrusrollen und über Tintenfässer. Sie hält Ausschau nach Eindringlingen und Spionen. Der Saal ist leer; sie nimmt keine Schatten und kein Flüstern wahr, die ihr verraten würden, dass sie beobachtet wird. Kalliope zieht einen Schlüssel aus ihrem Umhang und schiebt ihn in das Schloss. Kurz herrscht Stille, dann ertönt ein Klicken. Der Deckel öffnet sich.

Da sind sie, die drei goldenen Äpfel, die sie und Hermes damals bei Heras und Zeus' Hochzeitsfeier gestohlen haben. Die Erdgöttin höchstpersönlich hatte einen Apfelbaum aus geschmolzenem Gold geformt, um diese Ehe zu segnen. Als der Geruch von Zedernholz, vermischt mit dem von jahrhundertealtem Staub, aufsteigt, gestattet sich Kalliope einen kurzen Moment der Erinnerung. Während des Festes, bei dem die Götter ziemlich tief ins Glas schauten, hatte sie Hermes, dem Gott der Diebe und Betrüger, zugeflüstert, was sie plante. Zusammen waren sie, als die Nacht ihren dunklen Schleier über den Festsaal breitete, zu dem goldenen Apfelbaum geschlichen, und sie hatte, während Hermes Schmiere stand, seine Früchte gepflückt. Kalliope lächelt bei dem Gedanken daran, wie ob ihrer Dreistigkeit die Erde unter ihnen bebte, wie sie über den sich hebenden und senkenden Boden weg-

rannten, wie sie die drei Äpfel an ihre Brust presste. Wie Hera am folgenden Tag von ihrem Ehebett aufstand, zum ersten Mal den Eichenlaubkranz auf ihr Haupt setzte und bemerkte, dass die Äpfel verschwunden waren. Wie sie wütete, ohne zu wissen, von wem sie entwendet worden waren. Wie sie daraufhin die drei Töchter des Atlas als Wächterinnen, eine für jeden der verlorenen Äpfel, aufstellte und den Baum in einen Garten am Ende der Erde verpflanzte, damit niemand mehr die Königin der Götter bestehlen konnte.

Kalliope lässt die Spitze ihres Zeigefingers über die glatte Oberfläche der Äpfel gleiten wie eine Mutter, die die Wange eines Neugeborenen liebkost. Drei Kugeln, glatt und rund und im matten Licht der Lampen glänzend, die Stiele wie goldene Fäden, nebeneinander in einer Kiste, deren Holz mit Goldschnitzereien verziert ist.

Drei, denkt sie.

Einer für jede von ihnen.

Sie blickt in dem Wissen über die Schulter, dass sie den Olymp vielleicht niemals wiedersehen wird.

Kalliope weiß, sie riskiert alles in diesem gefährlichen Spiel.

Sie schließt den Deckel des Kästchens und klemmt es unter den Arm. Als sie sich dem Saal zuwendet, ihre Schritte so schnell, dass ihr Umhang hinter ihr flattert, gelten ihre Gedanken ausschließlich der Frage, wo sie sich mit ihrer Beute verstecken soll. Sie muss sich unter den Sterblichen aufhalten, damit sie im richtigen Moment eingreifen kann. Es wird schwierig werden, sich einerseits vor Hera zu verbergen und sich andererseits zurückzuhalten, bis sie sich absolut sicher sein kann – deshalb ist die Wahl ihres Verstecks so wichtig. In der Welt der Sterblichen gibt es zahllose Möglichkeiten, sich zu verbergen. Da sie diesen Tag schon seit Tausenden von Jahren plant, entschlossen und energisch, wie es der Muse der epischen Dichtkunst geziemt, hat sie ihre Entschei-

dung bereits getroffen. Sie will zu den riesigen Wäldern am Ende der Welt, wo die Adler ihre Kreise ziehen und mit ihren Schwingen über die Wipfel der Bäume streichen.

Wenig später erreicht sie wieder die Kolonnade am Rand des Olymp, von der aus sich der weite Himmel bis zum Horizont erstreckt. Sie schließt die Augen, hält zwischen zwei hohen Säulen inne. Unter ihr fällt der Fels steil ab. Sie spürt die Wärme der Sonne auf ihrem Gesicht – das erste Licht eines neuen Zeitalters.

Das letzte Mal, dass sie möglicherweise die Sonne vom Gipfel des Olymp aus sieht.

Sie presst das Kästchen noch fester an ihre Brust.

Dann schlingt sie den Umhang um ihren Körper und lässt sich, anmutig wie eine Schwalbe, in die Morgenluft fallen.

Das Zeitalter der Heroen beginnt.

AMAZONE

Fünfzehn Jahre vor dem Trojanischen Krieg

Hippolyta besaß einen Kampfgurt, das Symbol ihrer Tapferkeit vor allen anderen Amazonen; und Herkules wurde ausgesandt, ihn zu holen, weil Admete, die Tochter des Eurystheus, ihn begehrte.

Apollodor, *Bibliotheke* 2.5.9.

Tödliche Wunden

Hippolyta
Amazonen, Land der Saken

Neununddreißigster Tag nach dem Tag der Stürme in der Jahreszeit von Tar, 1265 v. Chr.

Die eisige Luft brannte auf meinen Lippen und in meinen Augen, als ich mich mit einer Mischung aus Furcht und Mordlust, die mir im Blut lag und meine Verpflichtung als Königin war, auf den Rücken meines Pferdes Kati schwang.

»Los!« Ich stieß der Stute die Fersen in die Flanken und riss an den Zügeln. Sie bäumte sich auf; aus ihren Nüstern stieg der Atem wie Rauch auf, und in ihren Augen war das Weiße zu sehen, als Reiter, Kriegsgeheul ausstoßend, in einer Wolke aus Schnee auf unser Lager zugaloppierten.

»Melanippe!«, rief ich und lenkte mein Ross zu ihrem Zelt. Es war so kalt, dass Eiskristalle auf meinen Wimpern lagen. »Melanippe!«

Sie trat mit zwei Speeren heraus und schlang den Kampfgurt um ihre Taille. Einen der Speere warf sie mir zu. Ich fing ihn mit der linken Hand und schob ihn in den Waffengurt auf meinem Rücken. »Budiner?«, fragte sie mit einem Blick auf die rostroten Haare unter den starren Mützen der Reiter.

Ich nickte. »Sie scheinen zu wissen, dass Orithyia unsere Leute nach Hylaia geführt hat. Offenbar wollen sie, dass wir uns kampflos ergeben, sonst wären sie schon längst hier im Lager.«

Melanippe schnaubte verächtlich. »Kampflos? Da kennen sie die Amazonen schlecht.« Sie sprang ihrerseits auf ihr Pferd, ein schwarzes Tier mit langem Hals und weißer Blesse. Ich legte eine Hand auf ihren Arm. »Die Kinder des Stammes … Teuspa bleibt wie immer zurück, um sie zu schützen?«

»Ja, Teuspa bleibt mit einer Wache.«

Sie ritt zu den anderen Zelten, während ich Kati wendete, um den Blick über das Lager wandern zu lassen. Ich sah Agar aus unserem Rat; Ioxeia, die betagte Priesterin des Stammes, die ihren Wolfspelz über den Schultern trug; Toxis, die ihren Kampfgurt festzurrte und ihrer Tochter Polemusa half, den Waffengurt anzulegen. Andere Amazonen waren dabei, Filzdecken über die Rücken ihrer Pferde zu werfen und aufzusteigen. Ihre Lederschuhe waren schneeverkrustet, ihre Eisendolche funkelten im Licht der Abendsonne, Bogen und Köcher hingen von ihren Gürteln, die Schilde hatten sie an Riemen über der Schulter befestigt.

Obwohl der Steppenwind gegen die nackte Haut meines Gesichts heulte und mir in den Ohren pfiff, sodass ich kaum noch die Kriegsrufe der Angreifer hörte, zeigte ich, die Königin, mich meinen Leuten vor dem Kampf. Sie brachten ihre Pferde in eine Reihe, meine zwölf besten Kriegerinnen vorne, dann die Mädchen, die noch nicht ganz zu Frauen herangereift waren, unter ihnen Polemusa, und schließlich die Männer mit grauen, schneebedeckten Bärten und die Knaben. Sie neigten die Köpfe vor mir. Mein Hirschlederumhang flatterte um meinen Körper, als ich an ihnen vorbeiritt und jedem Einzelnen zunickte. Wie immer vor einem Kampf ging mein Atem schnell, und es schnürte mir die Kehle zu. Am Ende der Reihe reckte ich als Anführerin dieser Eisarmee meinen Bogen gen Himmel.

»*Oiorpata!*«

»*Oiorpata!*«, erwiderten die Amazonen den *uran*, unseren Schlachtruf.

Auf mein Signal hin löste sich Melanippe aus der Gruppe der Kriegerinnen, die ihr, die Schilde auf den Rücken wippend, folgten.

»*Oiorpata!*«, rief ich den anderen noch einmal zu, wendete mein Pferd und galoppierte zum Rand des Lagers, wo die Budiner nach wie vor unter Kriegsgeheul ihre *sagaris*-Streitäxte aus Bronze schwangen. Ich trieb, den Kopf gegen den Wind gesenkt, mein Pferd an. Hinter mir hörte ich den dumpfen Klang Hunderter Hufe im Schnee. Die Amazonen spannten ihre Bogen; kurz darauf regneten Pfeile auf die Budiner herab. Ich ließ die Zügel los und lenkte Kati mit den Knien, wie meine Mutter es mir beigebracht hatte, als ich ein Kind war und Kati ein Fohlen mit spillrigen Beinen. Nun zog ich vier rot gestreifte Pfeile aus dem Köcher, legte sie auf und ließ den ersten losschnellen, dann kurz hintereinander den zweiten, dritten und vierten, während ich weitergaloppierte, so mühelos, wie ein Schiff mit schmalem Kiel durch die Wellen schießt. Ich sah, wie alle ihr Ziel trafen, wie drei Budiner vor Schmerz aufschreiend mit einem dumpfen Knall von ihren Rössern stürzten. Der vierte presste eine Hand auf seinen Arm, als Blut durch sein Gewand sickerte und sich eine dunkelrote Lache auf dem Boden bildete.

Die Budiner formierten sich neu, schlossen, die *sagaris*-Äxte in den Händen, die Reihen. Ihre Pferde stampften nervös mit den Hufen. Grimmig lächelnd hob ich meinen Speer, die andere Hand auf Katis Nacken, und schleuderte ihn. Ein weiterer Schmerzensschrei, als er in der Brust eines Angreifers landete und dieser nach vorne sank. Sein Pferd scheute und warf ihn ab. Die Budiner erhoben johlend ihre

Streitäxte und schlugen damit gegen ihre Schilde, bevor sie, die *sagaris* über den Köpfen schwingend, auf uns zustürmten.

Nun war der richtige Zeitpunkt. Melanippe und ihre Leute hatten mittlerweile das Flussufer erreicht, das wusste ich.

Jetzt würden die Budiner erfahren, warum wir die besten Krieger aus dem Volk der Saken waren.

»Zurück!«, rief ich. »Zurück!«

Kati reagierte sofort auf das Signal meiner Zügel. Schon wichen die Truppen der Amazonen; die Pferde donnerten mit wehender Mähne über den Schnee. Schneller als die Vögel am Himmel bewegten wir uns vom Lager weg zum zugefrorenen Silis-Fluss und den unter der Last des Schnees gebeugten Bäumen, verfolgt von den Budinern. Ich blickte über die Schulter und sah ihre gebleckten Zähne weiß in der Abenddämmerung leuchten. *Gleich*, dachte ich, während mein Körper sich im Rhythmus des Pferdes hob und senkte und die Lagerfeuer allmählich in der Dunkelheit verschwanden. *Gleich* …

Als wir die Bäume erreichten, tauchten Melanippe und ihre Leute kreischend, die Bogen erhoben, Pfeile abschießend, an der linken Flanke der Budiner auf.

»*Jetzt!*«

Mein Zorn trieb mich an, als ich mich auf meinem Pferd umwandte, den Bogen zückte und mit der Wildheit einer Wolfsmutter, die ihre Welpen beschützt, kurz hintereinander fünf Pfeile auf die nichts ahnenden Budiner abschoss. Das Schnalzen der Sehnen und das Zischen der Pfeile verrieten mir, dass meine Kampfgenossen es mir gleichgetan hatten. Der Wind trug die Schmerzensschreie der Budiner, die zwischen dem zugefrorenen Fluss und den Bäumen in der Falle saßen, zu uns herüber. Ich verschloss meine Ohren und spannte meinen Bogen ein weiteres Mal, behielt jedoch die Zelte in der Ferne trotz des von den Hufen unserer Pferde aufgewirbelten Schnees im Blick.

»Noch einmal!« Erneut sandte ich meine Pfeile dem Feind entgegen, der es gewagt hatte, mein Volk anzugreifen. Das Aufheulen der verletzten Budiner durchschnitt die Luft wie die Schreie von Adlern auf der Jagd.

»Auf die andere Seite!«, rief ich. Ich lenkte Kati mit gesenktem Kopf nach rechts. Die Amazonen wendeten ihre schnaubenden Pferde in Richtung Lager, während ein Pfeilregen aus Bronze und Eisen aus der Winterluft herniederging. Mir wurde flau im Magen, als ich im dichten Schneegestöber plötzlich einige Budiner erkannte, die sich von der Hauptgruppe getrennt hatten und die Zelte angriffen, sie plünderten und die Pferde losmachten, die wir zurückgelassen hatten.

»Nein!«

Ich trieb Kati, deren Körper ich schweißnass unter meinen Händen spürte, an. Hinter mir galoppierten die Amazonen so schnell, dass die Erde bebte. Ich stieß Kati die Fersen in die Flanken – darauf konzentriert, mein Lager, mein Zuhause und mein Volk zu erreichen.

Acht bis zehn Budiner kämpften gegen unsere Wache. Teuspa konnte ich nirgends entdecken. Die Eindringlinge bemerkten uns einer nach dem anderen, schwangen sich auf ihre Pferde und flohen. Meine Pfeile flogen durch die Luft; Wut brannte in mir wie eine lodernde Flamme. Als Kati, dampfende Atemwolken ausstoßend, das Lager erreichte, verschwanden die letzten Budiner in Richtung des zugefrorenen Flusses im Norden. Sie folgten ihren Genossen, die sich zurückzogen, fünf unserer Pferde an den Zügeln mit sich führend. Ich griff in meinen Köcher, holte vier Pfeile heraus und schickte sie den Angreifern hinterher. Doch weil der Schnee und die Düsternis meine Sicht behinderten, landeten alle im Boden, ohne ihr Ziel zu treffen.

Ich schlug mir mit der Hand auf den Oberschenkel. Meine Augenwinkel waren mit Eis verkrustet.

Melanippe schloss zu mir auf. »Sie sind weg, Schwester.«

Ohne ihr zu antworten, brachte ich Kati zum Stehen, sprang von ihr herunter in den Schnee und lief zur nächstgelegenen Jurte.

»Teres?«, rief ich mit zitternder Stimme. »Ainippe?«

Zwei Kinder, beide noch keine zehn Jahre alt, lugten, auf den Köpfen Pelzmützen, mit großen Augen unter der Zeltklappe hervor. Ich rannte weiter, um nach denen zu sehen, die wir im Lager zurückgelassen hatten, überprüfte sämtliche Jurten, in denen ein Kind lebte, und drückte sie eines nach dem anderen an meine Brust, als ich feststellte, dass sie unverletzt waren. Erleichtert beobachtete ich, wie ihre Mütter sie umarmten, und wies Ioxeia an, sich um die Verwundeten zu kümmern. Am Ende erreichte ich das Zelt von Melanippe, das mit Filz- und Hirschlederstücken bedeckt war.

»Teuspa?«, rief ich.

Schweigen. Melanippes Mann trat heraus, eine Hand rot von Blut.

Ich schnappte nach Luft.

»Kayster«, sagte er nur.

Ἀδμήτη

Admete

Tiryns, Griechenland

Achter Tag des Monats von Zeus, 1265 v. Chr.

Wie immer, wenn ich das Herbarium betrat, schloss ich die Augen, um mich ganz den Gerüchen hinzugeben, der nussigen Wärme des zerstoßenen Kreuzkümmels, dem herbstlich muffigen Aroma von Mönchspfeffer, der minzig süßen Zitronenmelisse oder dem zarten Duft der Maiglöckchen. Die Bezeichnungen, Eigenschaften und Darreichungsformen verliehen mir ein Gefühl der Sicherheit. Mir gefiel es, wie die Pflanzen dem Rhythmus der Jahreszeiten folgten: Man konnte sich darauf verlassen, dass die Mohnblumen leuchtend rot im Frühjahr blühten und die Trauben gegen Ende des Sommers dunkler wurden. Ich liebte die mit Stöpseln verschlossenen Gefäße auf den Regalen, auf die ich selbst den Namen der jeweiligen Pflanze darin geschrieben hatte. Alles war geordnet und vorhersehbar. Die Befriedigung darüber, die Ursache für Beschwerden sowie Heilmittel dagegen zu erkunden und anzuwenden, war die schönste Empfindung, die ich kannte.

Ich öffnete die Augen, um mich in dem mir vertrauten Raum umzusehen. Rechts von mir befand sich ein langer Tisch, auf dem ich die Kräuter zubereitete. Er war voller Flecken von ihrem Saft. Links standen bis zum Rand gefüllte Wasserkrüge an der Wand aufgereiht. Die Feuerstelle wärmte meine Haut und trocknete die Kräuterbüschel und

Knoblauchknollen, die ich gesammelt hatte und die nun von den Dachsparren hingen. In dem Raum herrschte Dunkelheit, das war gut für die Kräuter. Nur das goldene Licht der Flammen und der kleinen Lampe neben der Waage erhellte ihn. Ich stellte den Krug mit Öl ab, den ich aus der Küche geholt hatte, und rückte mit dem Hocker zum Tisch, um mich ans Werk zu machen.

»Ihr werdet Euch noch die Augen verderben, wenn Ihr so spät und bei so wenig Licht arbeitet.«

Laodamas, einer der Priesterheiler, war aus dem Vorratsraum eingetreten. Der Geruch von Rauch und Weihrauch hing in seinem Gewand, das sich über seinem dicken Bauch spannte. Ich hob den Blick von den getrockneten Thymianstängeln, die ich gerade abzupfte. »Es ist nicht spät, Laodamas. Ich habe den Schrei der Eule noch nicht gehört.«

Er gab mir mit dem Holzlöffel, mit dem ich zuvor einen Kamillentee gemischt hatte, einen Klaps auf die Fingerknöchel. »Ihr solltet auf den Schmerz in Euren Schläfen achten, nicht auf die Geräusche der Vögel«, sagte er, stützte sich mit beiden Händen auf dem Tisch ab und musterte mich stirnrunzelnd. »Ist das Augenlicht erst einmal verloren, lässt es sich auch mit Augentrost nicht wiedergewinnen.«

»Ja, das stimmt.« Ich senkte seufzend den Kopf und zupfte weiter. »Aber dieser Thymian ist sehr trocken. Ich möchte ihn verarbeiten, bevor er zerfällt.«

»Und dann?«, erkundigte er sich. »Was ist dann noch zu erledigen, Admete? Verbände säubern, Böden schrubben, die Haltbarkeit von Salben und Balsamen im Lager überprüfen, obwohl Ihr erst gestern nachgesehen habt?« Er legte eine Hand auf die meine. »Ihr arbeitet zu hart. Die Leitung des Palastes von Tiryns ist nicht Eure Sorge allein, Ihr müsst Euch nicht zu Tode schuften. Ihr solltet lernen, Hilfe anzunehmen und zu akzeptieren, dass Ihr auch nur eine Sterbliche seid, die Fleisch und Wein und Schlaf benötigt wie wir alle.«

»Etwas anderes habe ich nie behauptet.« Ich entzog ihm meine Hand und tätschelte kurz die seine. »Danke für Eure Sorge, Laodamas. Aber ich fürchte – und es fällt mir nicht leicht, das zu sagen –, dass Tiryns jede Hilfe brauchen kann, nun, da Alexander fort ist. Ich bin froh, das wenige, zu dem ich imstande bin, beizutragen.«

»Eure jüngeren Brüder …«

»Meine Brüder kennen nur den Königstitel und wissen nichts über die Pflichten eines Herrschers, das ist Euch so klar wie mir.«

»Alexander …«, hob er an.

»… hält sich momentan in Ägypten auf.« Ich biss mir auf die Lippe, weil ich an Iphimedon, meinen zwei Jahre älteren Bruder, den Nächsten in der Thronfolge, denken musste, daran, welch große Sorgen sich mein Vater seiner zahlreichen verlorenen Wetten bei Würfelspielen und seiner Trinkgelage in den Gasthäusern der Stadt wegen machte. »Ohne ihn haben wir Hilfe noch nötiger. Ich bin gern hier und freue mich, den Heilern im Rahmen meiner Möglichkeiten beistehen zu können.« Lächelnd nahm ich den Thymianzweig wieder in die Hand, obwohl ich wusste, dass das nur ein Teil der Wahrheit war. »Geht ruhig zur Abendmahlzeit und sagt meinem Vater, dass ich bald nachkomme.«

Als er sich entfernte, rieb ich mir die Stirn. Immerhin herrschte jetzt Stille. Ich hörte nur noch das Knistern des Holzes in der Feuerstelle.

Als die Tür sich erneut öffnete, war es dunkel wie mitten in der Nacht, und meine Finger waren wund, weil ich so viele Thymianstängel abgezupft hatte.

»Alkides!« Ich legte den Thymian weg, rückte mit dem Hocker zurück und wischte mir die Hände an der Schürze ab, um ihn zu begrüßen.

Alkides kam schmunzelnd auf mich zu; an seinen Schuhen klebte der Schmutz der Straße. »Außer dir darf niemand mich mehr so nennen.« Er umarmte mich, zerzauste mir die Haare und trat grinsend einen Schritt zurück. »Ich bin fast fertig mit meinen Arbeiten, nun sagen alle Herkules zu mir.«

»Das weiß ich.« Ich tippte ihm mit dem Finger auf die Brust. »Du bist mein Freund und wirst immer Alkides für mich bleiben. Außerdem hast du ja, wie du selbst sagst, noch nicht sämtliche Arbeiten erledigt. Was bedeutet, dass die Prophezeiung nicht ganz erfüllt ist.«

Er lachte nicht so laut und dröhnend wie sonst und runzelte leicht die Stirn, doch das war mir egal. »Wie war es in Iberien?«, erkundigte ich mich, setzte mich auf die Kante des Tischs und ließ die Beine baumeln. *Was für eine Freude, ihn wiederzusehen!*, dachte ich. Er hatte sich nicht verändert: seine glänzenden Augen, sein sinnlicher Mund, die braunen Lockenhaare, die bis zu seinem Bart reichten, heller an den Wangen, dunkler am Oberkopf; sein fest geschnürter Torso, der länger war als seine kräftigen Beine; seine Angewohnheit, breitbeinig und mit vor der Brust verschränkten Armen dazustehen. »War es schlimm? Hast du die Rinder des Geryon bezwungen?«

»Nicht nur die, sondern die gesamte Halbinsel Iberien, und ich habe die Rinder zu deinem Vater getrieben.«

»Bei den Göttern«, ich berührte ihn leicht mit der Zehe meiner Sandale, »das war gute Arbeit! Und nun?«

»Stehen noch zwei Aufgaben aus.«

Er lehnte sich an den Türpfosten.

Ich hörte mit dem Beinebaumeln auf, stützte die Ellbogen

auf die Oberschenkel und beugte mich zu ihm vor. »Was ist?«, fragte ich und beobachtete die Schatten, die das Feuer auf sein Gesicht warf.

Er schüttelte den Kopf.

»Alkides.« Ich rutschte von dem Tisch herunter und trat zu ihm, um seine schwielige Hand zu nehmen. »Du kannst mir vertrauen.«

»Das weiß ich.«

»Und?«

Er wandte sich mir mit flackerndem Blick zu. »Es fällt mir schwer, darüber zu reden.«

Ich wartete, lauschte dem Rascheln der getrockneten Thymianstängel auf dem Tisch in dem Luftzug von der Tür.

»Acht Jahre lebe ich nun schon hier«, meinte er schließlich. »Was geschieht, wenn es mir nicht gelingt, sämtliche Aufgaben zu meistern? Wie könnte ich dann zu Amphitryon nach Theben zurückkehren, als Versager, einsamer denn je?«

»Du kennst die Antwort.« Ich drückte seine Hand. »Du kannst hierbleiben. Mein Vater würde sich freuen.«

»Und ...«, seine Miene spiegelte seine Zweifel und seine Unsicherheit, »... was ist, wenn es mir gelingt, sie zu vollenden?«

»Dann erhältst du alles, was du dir wünschst, seit du, den Spruch des Orakels in den Ohren, an diesen Hof gekommen bist.«

»Ja, aber ...« Er ließ meine Hand los und begann, nervös auf und ab zu laufen. »Was, wenn mein Vater ... was, wenn Zeus ... was, wenn er ... Ich wage es nicht einmal auszusprechen.«

Ich schloss ihn in die Arme und legte seinen Kopf an meine Schulter wie bei einem kranken Kind. »Ich weiß, wovor du Angst hast«, sagte ich leise. »Doch glaube mir,

Alkides. Ich kenne dich, deine Treue und deinen Mut jetzt acht Jahre. Du wirst ihm genügen.«

Er löste den Kopf von meiner Schulter. »Ich hätte nicht darüber reden sollen … Deine Mutter … Ich will dir nicht wehtun, Admete.« Nun war er es, der meine Hand nahm. »Es tut mir leid.«

»Was tut dir leid?« Ich versuchte, unbekümmert zu klingen, löste mich aus seinem Griff und ging zu dem Tisch hinüber, auf dem der Thymian lag. »Viele Jahre sind ins Land gezogen, die Wunde ist verheilt.«

Er wollte gerade den Mund aufmachen, um etwas zu erwidern, als die Tür zum Hof gegen die Wand schlug und ein eisig kalter Windstoß hereinfuhr. Ich hob erschreckt den Blick.

»Herrin.« Eine Frau stolperte schwer atmend, eine Fackel in der Hand, in den Raum.

»Elais, was ist denn los?«

Sie schnappte nach Luft; ihre Wangen waren von der Kälte rot. »Euer Bruder, Herrin, der Älteste und Thronfolger von Tiryns.«

»Alexander?« Ich spürte, wie das Blut aus meinem Gesicht wich. »Gütige Götter, was ist mit ihm?«

»Er ist aus Ägypten zurückgekehrt«, antwortete sie.

»Wie bitte?« Ich wandte mich stirnzrunzelnd Alkides zu. »Mitten in den Winterstürmen?«

»Ich weiß genauso wenig darüber wie du«, erklärte er und breitete die Hände aus.

»Ja, es stimmt, Herrin.« Elais' angstgeweitete Augen waren gerötet. »Er leidet unter einem Fieber, wie es weder ich noch irgendeiner der Priester jemals erlebt hat. Keiner der Heiler in Ägypten konnte ihn kurieren, und so haben seine Männer beschlossen, ihn nach Tiryns zurückzubringen, obwohl es keine günstige Zeit zum Segeln ist, in der Hoffnung, dass Ihr ihm helfen könnt. Ich flehe Euch an, Herrin, kommt schnell, denn nach der beschwerlichen Reise ist er einer Ohnmacht nahe, und er redet wirr.«

Furcht erfasste mich, doch am Ende behielt die Heilerin in mir die Oberhand. Bei all den Todesfällen und dem Schmerz, die ich im Lauf der Jahre gesehen hatte, nach den Seuchen, Infektionen, Sturzgeburten und schwärenden Wunden wäre ich zerbrochen, wenn ich mich nicht stets auf meine Fähigkeiten verlassen hätte können. Ich hastete ins Lager und nahm eine Handvoll Mutterkraut aus einem Gefäß. »Das muss fürs Erste genügen, bis ich ihn hierherbringen und mehr vorbereiten kann. Alkides«, ich kehrte in den Raum zurück, »würdest du für mich einen Krug mit Wasser tragen?« Ich deutete darauf. »Und Elais, nimm diese Tücher.«

Ich holte die Lampe vom Tisch, die gerade noch hell genug brannte, um uns sicher zum Hafen zu geleiten, und ging trotz des schneidenden Windes mit nackten Armen zur Tür, denn mein Inneres glühte wie die Feuerstelle. »Bring mich zu ihm.«

Hippolyta

Amazonen, Land der Saken

Neununddreißigster Tag nach dem Tag der Stürme in der Jahreszeit von Tar, 1265 v. Chr.

Ich hastete an Teuspa vorbei ins Zelt, wo mich Dunkelheit umfing. In der Düsternis sah ich auf einer Bettstatt aus Fellen Kayster liegen. Melanippe strich ihm über die Haare und murmelte tröstende Worte, während sie mit der anderen Hand eine Lampe hochhielt. In ihrem Licht war eine tiefe Wunde an seinem Oberschenkel zu erkennen, aus der Blut drang. Er wimmerte, Tränen liefen ihm über die Wangen, im Blick seiner dunklen Augen lag Angst. Ich legte eine Hand auf die Zeltstange.

»Melanippe«, ich versuchte, ruhig zu klingen, »hol Ioxeia.«

Sie gab dem Jungen einen Kuss und drückte seine Hand, bevor sie mir mit zitternden Fingern die Lampe reichte und aus der Jurte eilte.

Ich ging um das Feuer herum zu ihm und legte den Handrücken an seine Stirn. Seine Haut war warm, jedoch zum Glück nicht fieberheiß. *Den Göttern sei Dank.* Ich ergriff seine Finger. Brennender Schmerz stieg in meiner Brust auf.

»Es ist nur natürlich, dass Ihr Euch um ihn sorgt, meine Königin«, sagte eine Stimme. Meine Hand löste sich von der des Jungen – ich hatte geglaubt, allein zu sein. »Aber er wird wieder gesund.«

Ich drehte mich um. Teuspa war eingetreten. Er hockte sich ans Feuer und stocherte darin, dass Funken aufstoben.

»Du bist verletzt?«

»Es ist nur ein Kratzer. Dafür habe ich einen von den Budinern erwischt. Aber es waren zu viele, als dass ich Kayster hätte beschützen können. Sie waren mordlustig und wollten plündern.«

Er verstummte. An Kaysters Bett sitzend, bemühte ich mich, so zu tun, als würde tatsächlich alles wieder in Ordnung kommen, als würden das Heulen des Windes und das Geräusch des Schnees, der gegen die Tierfelle des Zelts gepeitscht wurde, mich von Kaysters Jammern ablenken.

Nach einer Weile wurde die Zeltklappe geöffnet, und ein kalter Luftzug wirbelte Schnee herein. Ich sprang auf; das Herz klopfte mir bis zum Hals. »Ioxeia? Bist du das?«

Melanippe trat ein und hinter ihr die Priesterin und Heilerin der Amazonen, eine Frau von über sechzig Jahren, die im Kampf ein Auge verloren hatte. Auf dem Wolfspelz über ihrer Schulter und auf ihren Haaren glitzerte Schnee. Sie hatte einen Krug, Tücher sowie Beutel mit Kräutern dabei und goss ein wenig Wasser aus dem Krug in einen Kessel über dem Feuer, bevor sie neben Kayster niederkniete. Melanippe sah mich mit besorgter Miene an; ich lächelte schmallippig.

Ioxeia drückte vorsichtig Kaysters Wunde. Mir wurde übel; am liebsten hätte ich sie angewiesen aufzuhören, doch sie untersuchte ihn auf weitere Wunden und tastete seine Knochen ab.

»Es ist nur eine oberflächliche Verletzung«, stellte sie schließlich fest und wandte sich Melanippe und Teuspa zu. Melanippe schloss erleichtert die Augen, und Teuspa zog sie zu sich heran. *Den Göttern sei Dank*, dachte ich noch einmal, hob eine Hand an die Stirn und wandte mich ab. »Ich habe so viel von der Krankheit, wie ich konnte, aus ihm herausgezogen. Ruhe, viel *kumiss* sowie die Gnade des Sturmgottes Tar sollten ihn bald genesen lassen. Sorgt fürs Erste dafür …«, ich hörte, wie ein Tuch in Wasser getaucht und ausgewrungen wurde, »… dass dieses Tuch immer feucht bleibt. Drückt es auf die Wunde, bis der Stern am Himmel erscheint. Dann komme ich wieder und verbinde sein Bein.«

Als Ioxeia das Zelt verließ, trat ich zu Melanippe. »Ich bin sehr froh für dich, Schwester«, sagte ich, meine Hände fest um ihre Unterarme. »Aber ich muss auch nach den anderen im Stamm sehen.« Sie nickte. »Kommst du allein mit Teuspa zurecht?«

»Ja.«

»Dann gehe ich jetzt.«

Als ich die Zeltklappe hochhob, blickte ich zurück zu Kayster, dessen Augen geschlossen waren. Tränen sammelten sich auf seinen Wimpern, während das angewärmte Tuch aufgelegt wurde. Sein Vater sang für ihn, und Kaysters Lider begannen zu flattern. Traurigkeit überkam mich ob ihrer Vertrautheit. Ich duckte mich und ging hinaus in den Schnee.

Die Sonne war nicht mehr als eine schmale orangefarbene Linie am Horizont. Ich löste meinen Kampfgurt, das Hoheitszeichen der Stammesführerin, das uns vom Sturmgott Tar gegeben wurde und das ich von meiner Mutter, welche vor mir Königin gewesen war, erhalten hatte. Der Gurt war so breit, dass er meinen Leib von der Hüfte bis zum Nabel bedeckte, und bestand aus Leder, geschmückt mit Goldblechen und versehen mit Riemen, an denen Streitaxt, Bogenhülle und Schwert hingen. Meine Finger glitten über das Adleramulett neben meinem Köcher, das *tamga* unseres Clans. Es war das heiligste und kostbarste Zeichen der Amazonen. Als ich es berührte, dachte ich an all die Königinnen vor mir, die nach einem Sieg mit dem Daumen darübergestrichen hatten: ein kleiner Trost nach der Schlacht, umgeben von meinen Kampfgenossen, die mit mir ihr Leben riskiert hatten. Männer und Frauen waren damit beschäftigt, die Leichen von Budinern aus dem Lager zu schleppen und unter Schneewehen zu vergraben sowie Filzdecken über die Rücken der Pferde zu werfen, um sie zu wärmen. Ich ließ zwei Männer mit blutverkrusteten Schwertern vorbei. Als ich mich abwandte, war mir, als würde eine warme Brise über mein Gesicht streichen, eine Brise, die nach Rosmarin, Thymian und Lorbeerblättern roch.

Ich schloss die Augen und holte tief Luft.

Wind peitscht übers Wasser, färbt es weiß. Wellen lecken am Ufer, schäumen um Kiesel und meine Knöchel. Ich raffe mein Gewand, damit es nicht nass wird. Er zieht mich lachend hinunter, ich falle ins Wasser. Auch ich lache, meine Haare gleiten über meinen Rücken …

Als ich das Klirren von Metall hörte, öffnete ich die Augen. Amazonen nahmen einem Budiner die Rüstung ab und warfen sie auf einen Haufen im blutgetränkten Schnee. Der Schild landete klappernd auf dem Brustharnisch, das Schwert darauf. Den zerbrochenen Schaft des Speers legten sie als Brennholz beiseite. Ich schaute zurück zu Melanippes Zelt. Sie stand mit verschränkten Armen davor und beobachtete mich stirnrunzelnd.

Sie weiß, was ich denke. Ich spürte Scham in mir aufsteigen und errötete.

Ich drehte mich weg, senkte das Haupt gegen den eisigen Wind und stapfte im Schnee durch das Lager der Amazonen.

Ἀδμήτη

Admete

Tiryns, Griechenland

Achter Tag des Monats von Zeus, 1265 v. Chr.

Wir hasteten durch die Flure, die Stufen hinunter und über den äußeren Hof. Regen peitschte schräg durch den schwarzen Himmel auf die Bodenplatten; ich musste eine Hand über die Öllampe halten, damit sie nicht verlöschte. Die Wächter am Turm nickten mir zu, als ich an ihnen vorbeieilte, und öffneten das Tor, sodass wir mit rutschenden Sandalen die Steintreppe zum Seitenausgang hinunterlaufen und hinausschlüpfen konnten. Mein Herz schlug wie wild in meiner Brust, und ich blinzelte in den Regen, in Richtung des Hafens, wo ich in der Dunkelheit Fackeln wahrnahm.

Ein Sklave, beladen mit einem zusammengeschnürten Kleiderbündel, bewegte sich auf uns zu. Sein Gesicht glänzte vor Nässe. »Meine Herrin Admete!«

»Rhoecus!« Als ich stehen bleiben wollte, glitt ich aus und verlor das Gleichgewicht, sodass ich mich an der Mauer festhalten musste und mir die Haut am Stein aufschürfte. »Alexander ... wo ist er?«

»In seinen Gemächern, Herrin«, antwortete Rhoecus. »Sie wollten ihn hinlegen. Es geht ihm nicht gut.«

Als ich mich umdrehte, um zurückzulaufen, stieß ich mit Alkides zusammen und hätte beinahe Elais die Fackel aus der Hand geschlagen.

»Er ist in seinen Räumen«, teilte ich ihnen mit, raffte meine Röcke und rannte die Stufen wieder hoch.

Zurück über den Hof, die Treppe hinauf und in die Dunkelheit des Palasts, den Flur beim Großen Saal entlang, an den leeren Gemächern der Königin vorbei und zu der Doppeltür vor denen Alexanders. Als die Wachen sie für mich öffneten, schlug mir warme Luft entgegen – immerhin hatten sie ein Feuer entzündet. Edle und Sklaven drängten sich um Alexanders Bett: Ich entdeckte meinen Vater, meine Brüder Iphimedon und Eurybios und die Zwillinge Mentor und Perimedes, alle blond, wie mein Vater früher gewesen war, in dessen altersstumpfen Haaren nun graue Strähnen glänzten. Sie würden sich entfernen müssen, das stand fest. Ich stellte die Öllampe auf einem Tischchen ab und wandte mich Alkides zu.

»Häng einen Kessel übers Feuer«, wies ich ihn an. »Elais, die Tücher – da drüben beim Bett.«

Als mein Vater meine Stimme hörte, wandte er sich um und eilte zu mir. Seine Finger umfassten meine Schulter, seine Stirn war gerunzelt. »Kannst du ihn heilen?« Mit der freien Hand rieb er sich die Stirn so fest, dass er die Haut wund scheuerte.

»Das kann ich erst sagen, wenn ich ihn mir genauer angeschaut habe. Aber ich werde mein Möglichstes tun, das verspreche ich.«

Er drückte mir einen Kuss auf die Haare. »Dann mach das.«

Ich schob Mentor und den Sklaven weg, der Alexanders Gesicht mit einem Tuch zu kühlen versuchte. Endlich sah ich ihn und wie schlimm das Fieber war. Alexander warf sich auf den Laken hin und her, hatte die Decke weggestrampelt, und sein Untergewand war schweißnass. Im Licht des

Feuers wirkte seine Haut totenbleich, die Haare klebten ihm am Kopf. Er hatte die Augen fast geschlossen; sie bewegten sich, zwischen den Lidern war ein wenig vom Weiß zu erkennen. Ich legte ihm die Hand auf die Stirn. *O nein.* Sie war so heiß wie ein Stein im Hochsommer. Angst stieg in mir auf. Doch soweit ich das beurteilen konnte, befanden sich keine Blasen oder Pockennarben auf seiner Haut. *Also immerhin nicht die Pest.*

»Er braucht Ruhe«, erklärte ich den Versammelten. »Ihr habt euch gut um ihn gekümmert«, lobte ich seine Sklaven. »Auch ihr, Vater und Brüder. Es war richtig, ihn hierherzubringen.« Ich verneigte mich vor ihnen. »Doch jetzt benötigt er meine Hilfe. Kräuter und Schlaf sind die besten Heilmittel.«

Die Wächter öffneten die Tür, und zuerst die Sklaven, dann Alkides und Elais verließen das Gemach.

Eurybios griff im Hinausgehen nach meiner Hand. »Du wirst ihn doch kurieren können, oder, Schwester?«

Ich drückte seine Finger an meine Lippen, dann an meine Stirn und versuchte, Kraft zu sammeln für die lange Nacht an Alexanders Bett. »Ich gebe mein Bestes, Eurybios.«

Sein Blick flackerte. »Unsere Mutter hätte …«

»Wir kommen schon sehr lange ohne sie zurecht.« Mein Vater, der sich zu uns gesellt hatte, schickte Eurybios weg. Der verschwand mit meinen jüngeren Brüdern und Iphimedon in der Dunkelheit.

Einen Moment herrschte Stille, die nur durch das Knistern des Feuers und das Stöhnen und Murmeln von Alexander durchbrochen wurde.

»Streng dich an, Admete.« Die Stimme meines Vaters klang angespannt. Unsere Blicke trafen sich; sie sagten mehr als Worte: Er dachte an die Jahre, die er darauf verwendet hatte, seinen Sohn zum künftigen König zu erziehen; daran, wie Alexander die Sprachen der Ägypter und Hethiter erlernt hatte; wie er ihn in die Kunst der Diplomatie eingewiesen, ihm alles über den Handel, die Finanzen des Palasts und die Methoden der Rechtsprechung beigebracht – kurzum, wie er ihn zu seinem Nachfolger auf dem Thron von Tiryns aufgebaut hatte. Mit alledem war der ausgelassene, unbekümmerte, selbstsüchtige Iphimedon nicht vertraut. »Es ist unendlich wichtig, dass er gesund wird«, meinte mein Vater, schluckte und drückte meine Schulter noch einmal so fest, dass es wehtat. Dann entfernte auch er sich.

Als die Tür sich mit einem Klicken schloss, wandte ich mich dem Bett zu. Nun war nur noch Alexanders Flüstern im Fieberwahn zu hören. Ich holte tief Luft und ging zu dem Kessel, den Alkides übers Feuer gehängt hatte, schöpfte das sprudelnde Wasser in Alexanders Becher, gab mit zitternden Fingern Mutterkraut dazu, nahm ihn und bereitete mich innerlich auf den langen, harten Kampf vor.

Denn obwohl ich das niemandem gegenüber zugegeben hätte, wusste ich, seit ich Alexander gesehen hatte, dass er dem Boot Charons und der Reise in die Unterwelt sehr nahe war.

Die letzten Arbeiten

Hippolyta

Amazonen, Land der Saken

Vierzigster Tag nach dem Tag der Stürme in der Jahreszeit von Tar, 1265 v. Chr.

Hufschlag hallte im Lager wider. Ich ließ das Schwert fallen, dessen Klinge ich gerade schärfte, und hastete aus dem Zelt. Das grelle Licht der Sonne blendete mich. Als meine Augen sich an die Helligkeit gewöhnt hatten, nahm ich herandonnernde Pferde wahr …

»Orithyia!« Ich rannte auf sie zu; meine Schuhe knirschten im Schnee.

Sie sprang von ihrem Ross und umarmte mich kurz. »Schwester.«

»Du schaust müde aus«, stellte ich fest, trat einen Schritt zurück und musterte sie. Um ihre Augen hatten sich Fältchen eingegraben, und ihre Wangen waren rot vom Wind. Das Heft ihres Schwerts an ihrem Kampfgurt war mit getrocknetem Blut verkrustet und die Schulter ihres Gewands aufgerissen. Darunter sah ich eine halb verheilte Wunde, die die Tätowierung eines sich in die Lüfte erhebenden Adlers durchschnitt.

»War das jemand aus Hylaia?«, fragte ich.

Sie nickte. »Dafür habe ich ihn zu den Göttern geschickt«, antwortete sie grinsend. Dabei kamen ihre weißen Zähne zum Vorschein.

Ich bedachte sie meinerseits mit einem kleinen Lächeln.

Orithyias Mordlust war sogar bei den Amazonen berüchtigt. »Schön, dass du wieder da bist, Schwester. Du hast uns gefehlt.«

Sie bückte sich, um die Zügel ihres Pferdes zu ergreifen, bevor wir ins Lager gingen. Unsere Füße versanken tief im Schnee.

»Wie ist der Überfall auf Hylaia gelaufen?«, erkundigte ich mich mit einem Blick auf die Kämpfer, die mit klirrenden Schwertern abstiegen, ihren Rössern den Hals tätschelten und sich zu ihren Ehemännern oder -frauen gesellten, die ihnen mit Webdecken und gewärmtem *kumiss* entgegeneilten. Voller Angst fragte ich: »Haben wir Verluste erlitten?«

»Nicht so große wie der Gegner. Wir haben ihnen zwanzig Pferde abgenommen. Leider haben wir Toxaris und Artimpata verloren. Und ich musste Areto zurücklassen. Sie hätte den Rückweg über den Silis-Fluss keinesfalls überlebt.«

Ich nickte, die Fäuste so fest geballt, dass die Knöchel weiß hervortraten. Wieder einmal berührte mein Daumen den Adler an meinem Gurt. *Du bist die Königin,* dachte ich. *Du kannst nicht jeden Verlust betrauern. Und ohne diese Pferde würde dein Volk den Winter nicht überstehen.*

»Und bei euch?«, erkundigte sich Orithyia, als wir den freien Platz in der Mitte des Lagers erreichten. Ihr Pferd, das sein Zuhause erkannte, wieherte. Sie tätschelte seine Flanke, in die das *tamga*-Zeichen eingebrannt war, und ließ die Zügel los. Es trabte zu einer Gruppe anderer Rösser, die aus einem Trog getrocknetes Gras von den Sommerweiden fraßen. Kinder lachten, als es den Kopf vor Freude darüber, wieder etwas Ordentliches in den Bauch zu bekommen, in den Nacken warf.

»Ein Überfall der Budiner. Wir erwarten einen weiteren,

weil sie nicht viele Pferde erbeutet haben. Melanippe und ich brauchen deinen Rat.«

»Du? Die Königin der Amazonen, die uns alle in der Schlacht übertrifft? Du willst meinen Rat?«

Ich neigte das Haupt. »Ich bin als älteste Tochter von Marpesia Königin – das weißt du, Schwester.«

Sie klopfte mir auf die Schulter. »Du bist als Klügste und Stärkste von uns allen Königin. Sonst hätten die Götter es nicht so bestimmt. Doch bevor ich dir Kriegsrat erteile, muss ich die Kleidung wechseln. Sie ist seit Tagen feucht, und meine Füße sind vom Reiten kalt wie Eis.«

Die Versammlung fand in meinem Zelt statt. Die Wärme des Feuers verband sich mit der der sich nebeneinander auf Hockern drängenden Leiber. Meine Berater waren anwesend, die dem Volk die Entscheidungen der Königin vermittelten, sechs von ihnen erfahrene Kriegerinnen, die sich im Kampf hervorgetan hatten. Die anderen sechs waren Angehörige meiner Leibwache, flink zu Fuß und zu Pferd, ausgewählt ihres Geschicks mit der *sagaris*-Streitaxt und dem Speer wegen. Zeltbewohner wie Teuspa, welche die Kinder der Amazonen aufzogen, waren nicht zugelassen – obwohl der Rat durchaus Männer umfasste, wie auch nicht alle Frauen in die Schlacht ritten. Sämtliche Angehörigen unseres Volkes übten sich von Kindesbeinen an im Kampf, Jungen und Mädchen wuchsen miteinander auf. Wenn sie das erste Mal in die Schlacht zogen, kämpften sie Seite an Seite, lernten gemeinsam das Gefühl des durch die Luft sausenden Eisens und des Blutes auf dem Schwert kennen; nach der Rückkehr am Abend opferten sie den Göttern. Sobald die Sterne am Himmel standen, wählten sie sich einen Partner, mit dem sie das Bett teilten. Am folgenden

Morgen, wenn die Sonne über der Steppe aufging und die Priesterinnen sie als Amazonen segneten, trafen die Männer und Frauen ihre Wahl – ob sie Zeltbewohner sein und die künftigen Amazonen aufziehen oder fürderhin als Krieger unseren Stamm beschützen wollten. Nur eine durfte sich nicht selbst entscheiden. Nur einer wurde ihre Lebensaufgabe durch ihre Geburt auferlegt. Für mich, die Tochter der Königin in einer Linie von Frauen, die bis zu den Urvätern zurückreichte, hatte es nie einen anderen Weg gegeben. *Und*, dachte ich voller Zuneigung, als ich die Gesichter meiner Ratsmitglieder im flackernden Licht des Feuers betrachtete, *ich lege mein Leben voller Stolz meinem Volk zu Füßen.*

Aella, meine schnellste Reiterin, die breite Wangen hatte, doch ansonsten zart wie ein Vogel war, reichte der Heilerin Ioxeia einen Schlauch mit *kumiss* und spießte Fisch aus dem Feuer und Käse aus Stutenmilch auf. Orithyia stand am Eingang. Sie trug die dunklen Haare zu einem Zopf geflochten, der hin und her schwang, während sie sich wild gestikulierend mit dem Berater Agar auseinandersetzte. Melanippe saß, ein Knie an die Brust gezogen, zu Orithyias Füßen und warf einen gesalzenen Fisch in die brutzelnde Butter in der Pfanne über dem Feuer. Als jüngste der drei Töchter von Marpesia war Melanippe immer die unbekümmertste von uns gewesen und stundenlang auf ihrem prächtigen dunklen, temperamentvollen Pferd Akhal, das sie über alles liebte, über die Steppen geritten, bis der Hengst bei einem Kampf von einem Speer getroffen und vom Gegner zerstückelt und aufgegessen worden war. Nach diesem Verlust hatte Melanippe sich in ihr Schneckenhaus verkrochen, war still und manchmal mürrisch geworden und aggressiv im Kampf. Das verspielte Mädchen, das so gern über die Weiden galoppierte, schien für immer verschwunden zu sein.

Ich nahm eine Lampe in die Hand und erhob mich. Obwohl ich der Versammlung schon viele Jahre lang die Pläne für unsere Kämpfe und unsere Bewegungen über die Steppe vorstellte, ging mein Atem schneller. Ich betrachtete meinen Kampfgurt, der über einen niedrigen Tisch gebreitet lag. Die Goldbleche schimmerten im Licht des Feuers, die Goldverzierungen am Köcher funkelten wie Sterne. *So muss es immer bleiben, für meine Mutter, meine Schwestern, mein Volk.* Ich straffte die Schultern, spürte, wie ich meine Kraft aus dem Gurt zog wie aus einem Trank von den Göttern.

»Wie ihr seht«, begann ich, und die Ältesten verstummten, »ist Orithyia wieder da. Sie hat in Hylaia einen Sieg errungen und Pferde erbeutet, die uns Fleisch für den Winter liefern.« Einige aus meiner Leibwache nickten oder wandten sich einander zu. Aella ergriff die Hand von Orithyia. Keine der Ältesten sagte etwas. Der eigentliche Kampf war nicht der zwischen den Stämmen der Grassteppe: Es ging ums nackte Überleben; ein einzelner Sieg bedeutete lediglich, dass dieses Überleben ein wenig länger gesichert war. Das wussten die Ältesten so gut wie ich, und meine Kämpferinnen würden es auch noch lernen. »Den Budinern im Norden gehen allmählich die Vorräte aus. Der Silis-Fluss ist schon viele Monate zugefroren, und bei dem Überfall auf uns haben sie mehrere Männer verloren. Ihre Verzweiflung wächst. Ich denke, wir müssen auf einen weiteren Angriff gefasst sein.«

»Dann greifen wir sie zuerst an!« Orithyia sprang auf, die Hand auf dem Heft des Schwertes, das an ihrem Kampfgurt hing. Das Licht vom Feuer warf tanzende Schatten auf ihr Gesicht und ließ ihre Augenhöhlen und Wangenknochen dunkel hervortreten. »Schließlich sind wir Krieger, oder? Hat man uns nicht von Kindesbeinen an das Reiten und Kämpfen beigebracht, damit wir uns gegen die anderen Völker der Steppe durchsetzen und dem Namen der Amazonen Ehre machen?«

»Man hat uns das Kämpfen beigebracht«, sagte Ioxeia mit vom Alter rauer Stimme, leckte sich über die Lippen und beugte sich ein wenig vor, »damit wir unser Volk beschützen. Wir ziehen auf der Suche nach besseren Weiden umher. Wir überfallen andere Stämme, wenn wir Fleisch oder Waffen brauchen. Wir kämpfen, um das zu schützen, was wir haben. Nicht mehr.«

Orithyia schlug mit der Hand gegen eine Zeltstange, sodass die Felle über mir erzitterten. Der Rauch des Feuers trieb auf eine Seite, als ein Lufthauch durch die Jurte wehte und meine Wange berührte. »Was sollen wir deiner Meinung nach dann tun? Hier herumsitzen, Däumchen drehen und auf den nächsten Angriff der Budiner warten?«

»Tochter der Marpesia«, meldete sich Agar zu Wort, »nimm dich zusammen. Du sprichst zur Vertreterin der Götter.«

»An die Götter denke ich ja!«, erwiderte sie. »Sieht Tar, der Gott des Krieges, denn Ruhm in der Niederlage? Sucht Tabiti, die Herrin des Feuers, denn die Schatten des Waldes?«

Gemurmel unter meinen Amazonen. Aellas Miene war halb zögernd, halb hoffnungsvoll, während Xanthippe neben ihr bereits eine Hand auf den Griff ihres Eisenschwerts legte.

»Schluss!«, rief ich lauter als beabsichtigt. Alle verstummten und wandten sich mir zu. »Orithyia, ich danke dir für deine Worte, doch du vergisst, dass ich die Königin dieses Stammes bin.« Melanippe und ich hatten auf ihre Rückkehr und ihren Rat gewartet … *Aber*, dachte ich, *wir hätten wissen müssen, wie der ausfallen würde. Orithyia ist immer für den*

Kampf. »Du hast dich gut geschlagen in Hylaia. Doch ich möchte nicht angreifen. Wir sind ein Reitervolk, das Götter anbetet, der dunklen Erde, den Adlern und Hirschen nahe lebt, und obwohl wir stolz und ehrenhaft in die Schlacht ziehen, suchen wir sie nicht. Du sagst, wir sollen dem Namen der Amazonen im Land der Saken Ehre machen. Mir wäre es lieber, wenn man uns unseres Geschicks im Umgang mit unseren stolzen Pferden wegen und nicht als Mörder bewundern würde.«

»Du hast mich um meinen Rat gebeten«, entgegnete sie, die Arme vor der Brust verschränkt, den Mund grimmig verzogen. »Und so lautet er.«

Ich zwang mich, mich nicht von ihr provozieren zu lassen. »Berater?«, fragte ich, erhob mich und sah allen nacheinander in die Augen: den Ältesten Agar, Iphito und Ioxeia, meinen Kämpferinnen Aella und Xanthippe. Ihre Gesichter lagen halb im Schatten, sodass die Narben darauf wie silberne Fäden wirkten. »Entscheiden wir uns für den Krieg gegen die Budiner, oder warten wir hier, bis wir uns verteidigen müssen? Diejenigen, die für den Kampf sind…«, einige zuckten mit den Achseln, »…und diejenigen, die…«

»…für die Königin sind…«, führte Ioxeia den Satz für mich weiter, erhob sich und reichte mir die Hand. Ich spürte ihre Haut, zäh wie Leder und voller Narben, unter meinen Fingern. Einer nach dem anderen standen die Ältesten und viele von meinen Kriegerinnen auf und legten ihre Hände in die meinen, während Xanthippe und Aella sich zu Orithyia gesellten.

»Gut, die Entscheidung ist gefallen«, sagte ich, den Blick auf Orithyia gerichtet. Fast spürte ich die Hitze ihrer Wut – sie stand mir mit gespreizten Beinen und verschränkten

Armen gegenüber. Doch ich ließ mich nicht von ihr beeinflussen. »Wir warten ab«, erklärte ich. »Und wenn die Budiner kommen, um unsere Pferde zu stehlen, verteidigen wir uns – nicht mehr.«

Ἀδμήτη

Admete

Tiryns, Griechenland

Zwölfter Tag des Monats des Neuen Weins, 1265 v. Chr.

Auf dem Boden kniend, schürfte ich mir die Hände bei dem Versuch auf, ein widerspenstiges Kraut herauszuziehen. Ein Monat war seit der Ankunft von Alexanders Schiff aus Ägypten vergangen; in dem Kräutergarten jenseits des Herbariums sprossen die ersten Frühlingsboten. Die Hundskamille hatte bereits gänseblümchenähnliche Blüten, um den Rosmarin summten Bienen. Die Alraune war noch grün, obwohl von Tag zu Tag mehr Weiß zum Vorschein kam, und die Blüten des Borretsch waren so weit geöffnet, dass man das lilafarbene Innere sehen konnte.

Doch ich hatte keine Freude daran, denn Alexander stöhnte und schwitzte nach wie vor im Fieberwahn. Er lebte – dafür dankte ich den Göttern –, aber obwohl ich all meine Fähigkeiten und mein Kräuterwissen aufbot, gelang es mir nur, seine Qualen zu lindern, nicht, sie zu beenden.

In meiner Frustration zerrte ich noch heftiger an dem Kraut. Tage hatte ich damit zugebracht, Rinde von Weiden zu schälen, sie zu Brei zu verkochen und durchzuseihen, bis meine Fingernägel braun davon waren. Ich hatte zahllose fast schlaflose Nächte hinter mir, in denen ich Alexanders Stirn mit einem Schwamm abtupfte und ihm Tee einzuflößen versuchte. Nun empfand ich es als Erleichterung, mich im Freien aufzuhalten, nicht mehr in seiner stickigen Kammer, wo das Feuer ohne Unterlass brannte und die Luft nach Weidenrinde und Mutterkraut roch. Ich zog noch einmal, die Finger um den Stängel der Pflanze. Endlich lösten sich ihre Wurzeln aus der schwarzen Erde. Ich warf sie in den Korb neben mir und griff nach der nächsten.

Was für eine Krankheit mag das sein? Meine Gedanken wanderten zu meinem Bruder, während meine Hände weiterarbeiteten. Diese Frage beschäftigte mich seit seiner Rückkehr. Was konnte einen kerngesunden Mann wie ihn ans Bett fesseln, dem all die fiebrigen Malaisen der Kindheit nichts hatten anhaben können? Welche Erkrankung besaß einen so typischen Verlauf, wie er bisher weder mir noch den Priesterheilern untergekommen war?

Vor meinem geistigen Auge tauchte das Bild der Tontafeln auf den Regalen im Herbarium auf, die ich nach Krankheiten sortiert hatte.

Unabänderlich wie die Jahreszeiten verschlimmert sich das Fieber neun Tage lang, bevor es nachlässt und dann von Neuem beginnt. Das einzig Positive daran scheint zu sein, dass die Verschlechterung des Gesamtzustandes nur sehr langsam erfolgt, da es sich um ein zyklisches, kein permanentes Fieber handelt und der Kranke – auch wenn er immer schwächer wird – in jedem Zyklus einige Tage Zeit hat, Kraft zu schöpfen. Im schlimmsten Stadium erzeugt es Schweißausbrüche, unkontrollierbaren Schüttelfrost, Schwäche und Blässe, Übelkeit, Erbrechen, ja sogar Deliriumszustände. Ein Absud aus heller Weidenrinde lindert die Beschwerden, während frisches Mutterkraut gekaut das Fieber senkt. Noch ist keine vollständige Heilung möglich.

Noch ist keine vollständige Heilung möglich. Diese Worte erschienen mir wie ein Fluch; sie motivierten mich, mir noch mehr Mühe zu geben und weiterzusuchen. *Auch gegen diese Krankheit ist ein Kraut gewachsen. Irgendwo muss es ein Heilmittel dagegen geben.*

In Gedanken über Kräuter versunken, die möglicherweise halfen, krempelte ich die Ärmel meines Gewands hoch und beschmutzte dabei meinen Unterarm. Feuchtigkeit sammelte sich unter meinen Achseln, meine Schläfen waren schweißnass. Obwohl an diesem kühlen Morgen noch Tau auf den Rosenblüten lag, wurde mir warm, weil ich schon mehrere Stunden im Garten arbeitete.

Als ich zum Spaten griff, fiel mein Blick auf das *tamga*-Zeichen an der Innenseite meines Unterarms.

Ich setzte mich auf die Fersen und betrachtete die Tätowierung, deren Linien an den Stellen, an denen sie über Adern führten, unregelmäßig wirkten.

Wann hatte ich gemerkt, dass meine Mutter eine Amazone war? Vermutlich hatte sich die Erkenntnis nach und nach eingestellt, als mir immer wieder Dinge auffielen: Wie sie ihre Haare anders als die Griechinnen zu einem Zopf flocht. Wie sie manchmal ganze Tage allein über die Hügel ritt und mit leuchtend roten Wangen zur Abendmahlzeit zurückkehrte. Wie mein Vater sie seine »Wilde« nannte. Die Lieder, die sie mir vorsang, voller Geschichten über Pferde, die unter einem endlosen Himmel über die Steppe galoppierten. Das *tamga*-Zeichen an ihrem Arm.

In meiner Kindheit und Jugend hatte ich mir oft gewünscht, dieses Zeichen meiner Herkunft los zu sein. Nachts im Bett hatte ich versucht, es mit dem Daumen wegzureiben, bis meine Haut sich rötete und schmerzte. Später hatte ich es stolz zur Schau gestellt und das Einzige, was mir von meiner Mutter geblieben war, wertgeschätzt. Ich hatte geglaubt, dass es mich einzigartig mache, mich über meine Brüder erhebe, die kein *tamga*-Zeichen als Beweis ihrer Herkunft besaßen. Nun verbarg ich es unter langen Ärmeln. Obwohl ich meine Haare zur Erinnerung an meine Mutter immer noch zu einem Zopf flocht und diesen auf dem Rücken trug, hielt ich den Arm stets an meine Seite gepresst, damit das *tamga* nicht zufällig zum Vorschein kam.

Denn ich hatte gelernt – vage Erinnerungen an Beleidigungen, Hände, die grob an meinem Zopf zogen, Anschuldigungen, Weigerungen, sich von einer *Barbarin* behandeln zu lassen –, dass es nicht leicht war, in Griechenland die Tochter einer Amazone zu sein.

Plötzlich wusste ich, wo ich möglicherweise ein Heilmittel finden konnte.

»Admete!«

Eine Stimme, die über den Hof hallte, riss mich aus meinen Gedanken. Vor Schreck ließ ich den Spaten fallen. Hastig zog ich die Ärmel herunter und stand auf.

»Ach, du bist es«, begrüßte ich Alkides, als dieser über die niedrige Mauer der Säulenhalle kletterte und in Jagdkleidung durch den schattigen Hof zum sonnenbeschienenen Kräutergarten schritt. Er trug einen Schwertgurt über dem Gewand, zwei Speere und einen Schild auf dem Rücken, dazu eine Lanze in einer Hand.

»Geht ihr schon voraus«, rief er über die Schulter gewandt jemandem zu, den ich nicht sah. »Ich komme gleich nach.«

»Du willst mit meinen Brüdern auf die Jagd?« Ich beschirmte die Augen gegen die Sonne.

»Ja, mit Eurybios, Mentor und Perimedes. Iphimedon schläft noch.«

Ich nahm den Spaten wieder in die Hand und stieß ihn mit dem Fuß in den Boden.

»Wir haben uns einige Tage nicht gesehen.«

»Stimmt.« Ich hob ächzend Erde aus und gab sie in den Korb mit den Kräutern. »Denn ich muss mich um Alexander kümmern.«

Ich spürte seinen Blick auf mir, als ich den Spaten noch einmal im Rosenbeet versenkte.

»Du schaust blass aus«, stellte er fest.

Ich holte tief Luft, um ihm zu antworten, dass ich kaum Zeit für mich selbst habe und ein wenig Hilfe von ihm und meinen Brüdern mir sehr willkommen wäre, doch am Ende war ich zu müde dazu. »Ich weiß nicht mehr, was ich machen soll«, gestand ich und drückte den Spaten so tief in den Boden, dass er darin stecken blieb. Dann wischte ich mit der Hand über meine brennenden Augen.

»Aber die Priesterheiler … du musst ihn doch nicht allein kurieren«, meinte er.

»Mein Vater hat mehr Votivgaben zum Hügelheiligtum Apollos gebracht als irgendjemand vor ihm«, entgegnete ich. »Die Priester glauben, Magie, Flüche oder böse Geister seien schuld. Sie haben versucht, diese Geister mit Opfern und Beschwörungen aus dem Körper meines Bruders auszutreiben, aber es geht ihm immer noch nicht besser. Ich zweifle wirklich nicht an den Göttern, doch anzunehmen, dass sie Krankheiten als Beweis ihres Missfallens schicken, bedeutet, diese als Strafe für Verfehlungen zu betrachten, und davon halte ich nichts.«

»Ich kenne deine Theorie«, er ließ den Daumen über den Schaft seiner Lanze gleiten, »dass Krankheiten aus dem Körper kommen und dieser, da er aus Erde gemacht ist und im Tod wieder zu Staub wird, auch durch Pflanzen der Erde geheilt werden kann. Das hast du mir oft genug erklärt. Aber wenn die Kräuter nichts bewirken …«

Er verstummte. Ich wusste, dass das keine Kritik sein sollte, doch seine seltener werdenden Besuche bei Alexander, seine Stimmungsschwankungen, sein Herumhampeln sowie sein Drang, fast täglich auf die Jagd zu gehen, verrieten mir, was mit ihm los war. Er hatte den gesamten Winter tatenlos im Palast verbracht, während mein Vater sich Sorgen um Alexander machte. Das Leben in Tiryns langweilte ihn. Er war kein Mensch, der schweigend eine Stunde, geschweige denn mehrere Tage hintereinander im Zimmer eines Siechen sitzen konnte.

Eine Reise, um ein Heilmittel zu besorgen, würde ihn von einer Last befreien – und du würdest es für Alexander tun.

»Mir ist da ein Gedanke gekommen.«

»Ja?« Die Finger seiner linken Hand trommelten auf seinem Oberschenkel. Ich merkte, dass er seine Entscheidung, mit mir zu reden, bereute und es ihn von mir wegzog.

»Vielleicht könnte meine Mutter …«, hob ich mit leiser Stimme an.

Er hörte auf, mit den Fingern auf seinen Schenkel zu tippen. »Was ist mit ihr?«, fragte er stirnrunzelnd.

»Sie war … sie ist eine Heilerin. Bevor sie verschwunden ist, hat sie mir alles beigebracht, was ich weiß. Sie hat oft von Kräutern im Land der Amazonen erzählt, die weit stärkere Wirkung entfalten als die, die wir hier in Griechenland kennen. Ich glaube, Kräuter könnten durchaus helfen; Alexanders Krankheit ist nicht unheilbar. Aber wir müssten nach der richtigen Pflanze suchen und dem damit verbundenen Wissen.«

Er stieß seinen Speer in den Boden, und seine Augen leuchteten. »Das ist es, Admete! Stelle mir eine Aufgabe!

Bitte deinen Vater, mich als elfte Arbeit zu den Amazonen zu schicken – wenn es Alexander hilft, erfüllt er dir jeden Wunsch. Ich bringe dir die Pflanze, die du brauchst.«

Ich rieb die Hände aneinander, sodass die Erde von meiner Haut krümelte. »Wie willst du die richtige Pflanze erkennen, wenn nicht einmal ich weiß, wie sie aussieht? Du hast keinerlei Erfahrung mit Kräutern.«

Obwohl ich mich der Lösung näherte, schreckte ich davor zurück, wie ein junges Pferd im Sturm scheut.

»Dann begleite mich! Wer sonst kennt sich so gut mit Kräutern aus wie du und spricht obendrein die Sprache der Skythen?«

Seine Begeisterung wirkte ansteckend. Aber …

Ich biss mir auf die Lippe. »Alkides, ich weiß nicht so recht.«

»Was weißt du nicht?« Er schlug mir so fest auf die Schulter, dass ich das Gleichgewicht verlor. »Es ist doch klar, was zu tun ist, oder? Die elfte Arbeit wird eine Reise ins Reich der Amazonen. Für mich ist das ein weiterer Schritt auf die Unsterblichkeit zu, für Alexander auf die Heilung, und für dich ist es die Möglichkeit, deine Mutter aufzuspüren.«

Zweifel scheinen ihn nicht zu plagen, dachte ich. *Ich wünschte, ich könnte die meinen genauso leicht beiseiteschieben.* »Alkides, was, wenn …«, ich brach einen Wintertrieb von einem Rosenbusch ab und spielte damit, »… wenn ich mich täusche und den Vorschlag nur mache, weil ich sie wiedersehen möchte?«

»Was spielt das für eine Rolle?«

»Es spielt eine Rolle, weil ich ein Heilmittel für Alexander finden muss.«

Er stieß den Atem zwischen den Zähnen aus. »Na schön«, meinte er, nahm seine Lanze in die Hand und beugte sich vor, um mir etwas ins Ohr zu flüstern. »Ich habe einen Vorschlag für dich: Wenn es dir innerhalb der nächsten drei Tage gelingt, Alexander zu heilen, erwähnen wir die Amazonen mit keinem Wort mehr.« Er nickte in Richtung meines dunklen Zopfs, wie um mich daran zu erinnern, dass ich immer eine halbe Amazone bleiben würde, egal, ob wir darüber redeten oder nicht. »Wenn du das nicht schaffst, tragen wir diesen Plan deinem Vater, dem König, vor, und er soll entscheiden, was am besten für Alexander ist. Dann ist es sein Beschluss, nicht deiner, dass wir gemeinsam in den Osten reisen.«

»Aber …«

»Drei Tage«, wiederholte er. »Und jetzt muss ich los. In drei Tagen …«, er legte seine Hände um meine Taille und hob mich so hoch, dass ich nach Luft schnappte, »… unterhalten wir uns weiter.«

Er ließ mich herunter, verabschiedete sich mit einem Winken und einem breiten Grinsen von mir und marschierte davon. Mein Blick wanderte über den Kräutergarten, über Thymian und Salbei, Borretsch und Baldrian – über den Garten, den meine Mutter und ich vor Jahren gemeinsam angelegt hatten. Damals war ich neben ihr her gehüpft, wenn sie arbeitete oder meine Größe nach der Höhe des Rosmarinbuschs maß.

Ich schlang die Arme um den Leib. Zum ersten Mal seit Langem gestattete ich mir so etwas wie Hoffnung.

Vielleicht würde ich meine Mutter doch wiedersehen.

Hippolyta

Amazonen, Land der Saken

Sechzehnter Tag vor dem Tag der Erde in der Jahreszeit von Apia, 1265 v. Chr.

Die Monate vergingen, und als die ersten grünen Spitzen des Grases aus dem Schnee hervorlugten, der Wind aus dem Süden wärmer wehte und die Eisdecke auf dem Silis-Fluss in Schollen aufriss, wurden die Angriffe der Budiner seltener – ob sie genug Vorräte bis zum Ende des Winters hatten oder einfach nur abwarteten, wusste ich nicht. Kaysters Verletzung heilte gut, auf seiner Haut bildete sich allmählich eine Narbe. An vielen Tagen war Agar nun in der Steppe unterwegs, um Kayster und den anderen jungen Amazonen das Reiten beizubringen, während ich die Vorbereitungen für das Fest für die Erdgöttin Apia überwachte. Es gab viel zu tun, und ich wollte, dass die Arbeit gut gemacht wurde. Wir errichteten den Tempel für die Göttin, wie die Tradition es verlangte, aus einem Haufen Reisig, den wir jeden Tag vergrößerten. Material dafür suchten wir zwischen den Bäumen am Silis-Fluss, sobald wieder Farne und Blätter wuchsen. Ich gab den Schmieden, die die Schwerter für den Tempel fertigten – ein Symbol für das Eisen, welches die Erdgöttin uns schenkte –, Anweisungen und verließ sie, das Gesicht rot von der Hitze ihres Feuers. Das Schlagen ihrer Hämmer klang mir noch lange in den Ohren. Ich sprach mit dem Pferdemeister. Er versicherte mir, dass die Rösser, die der Göttin geopfert werden sollten, gesund und wohlgenährt waren.

Am Ende des Tages, die Sonne ließ den Horizont rosafarben aufleuchten, begegnete mir Agar, der Kayster, Teres und Ainippe auf ihren Hengstfohlen ins Lager führte.

»Ihr sitzt gut auf dem Pferd«, lobte ich sie. Als das von Kayster sich bewegte, hob er die Arme, um das Gleichgewicht nicht zu verlieren, und ließ die Zügel schleifen.

»Nein«, sagte ich. »Behalt die Hände unten, so.« Ich drückte sie auf Hüfthöhe herunter. »Konzentrier dich auf das Pferd«, riet ich ihm und hielt ihn, während er mit seinem Körper den Bewegungen des Tieres folgte. Seine stämmigen Beine umschlossen fest den Leib des Rosses. *Er ist ein würdiger Vertreter unseres Amazonenvolkes*, dachte ich, und eine Welle der Zuneigung überspülte mich. »Genau, so ist's gut. Und jetzt lockerer.«

Vor uns trat Melanippe mit einer Lampe aus ihrem Zelt. »Kayster, du bist ja ein richtiger kleiner Reiter!«

»Schau, Mutter!«, rief er. »Ich reite allein. Agar muss mir nicht helfen!«

»Ja, ich sehe es«, meinte sie lachend, »aber dein Vater hat einen Bärenhunger und möchte essen, also komm her, ob mit oder ohne Pferd, ist mir egal.«

Agar hob den Jungen herunter.

Als ich mich entfernen wollte, spürte ich, wie die Erde unter meinen Füßen leicht zu beben begann. So leicht, dass niemand außer einer Steppenamazone es wahrnahm, niemand außer der Königin der Amazonen.

Ich hob den Blick. Die Grassteppe erstreckte sich goldengrün bis zum rosafarbenen Horizont. Im Norden entdeckte ich winzige schwarze Punkte wie von einer Tintentätowierung…

»Budiner!«

Mein Herz pochte im Takt mit ihrem Hufschlag. Agar sah mich an, Melanippe schaute in die Ferne.

»Budiner?«, fragte Agar. »Nach so langer Zeit?«

Ich schwieg. Furcht und Wut loderten in mir auf. Blitzschnell setzte ich Kayster wieder auf sein Pferd und ergriff die Zügel seines Fohlens wie auch die der Tiere von Teres und Ainippe. »Melanippe!«, rief ich. »Du führst den Angriff. Hol die Zeltbewohner mit unserem Schlachtruf heraus. Sie müssen ebenfalls in den Kampf – alle. Ich wette, es sind viele Budiner. Wir müssen ihnen etwas entgegensetzen.«

Melanippes Augen verengten sich, als Agar an ihr vorbeieilte, Befehle rief und die Bogenhülle an seinem Gurt überprüfte. »Was hast du vor?«

»Ich bleibe hier«, antwortete ich, »und bewache das Lager. Letztes Mal sind sie zu nahe herangekommen.«

»Allein? Dein Schwertarm ist der stärkste, den wir haben, Schwester. Du kannst sie nicht allein abhalten …«

Ich winkte ab. »Wir haben keine Zeit für Diskussionen, Melanippe! Ich muss es tun. *Geh!*«

Die Budiner galoppierten auf uns zu; ihre Schreie durchschnitten die Luft wie die von Adlern. Während ich, die Zügel der Pferde von den Kindern in einer Hand, durchs Lager marschierte und den Schlachtruf erschallen ließ, bewaffneten sich meine Leute mit Schwertern, Schilden und Streitäxten, warfen Decken über die Rücken ihrer Rösser und schwangen sich darauf. Sobald wir mein Zelt erreichten, hob ich Teres, Ainippe und Kayster von ihren Fohlen. Kayster rannte mit schreckgeweiteten Augen und leise jammernd hinein, als er sah, wie ich mein Schwert aus der mit Goldnieten verzierten Scheide an meinem Kampfgurt zog.

»Orithyia!« Ich packte ihren Arm. »Beschütze unser Volk.«

Sie nickte und sprang auf ihr Pferd. Meine Muskeln spannten sich an, ich wusste, was zu tun war. Teuspa konnte nicht allein für die Sicherheit des Amazonennachwuchses sorgen. Nicht nach dem, was das letzte Mal passiert war. *Was fast passiert wäre*, berichtigte ich mich selbst.

»*Oiorpata!*« Ich reckte die Klinge gen Himmel, und die Amazonen auf ihren schnaubenden, stampfenden Rössern erwiderten den Schlachtruf. Melanippe brachte ihr Tier vor uns zum Stehen und schüttelte ihren blitzenden Speer. »*Oiorpata!*«

»*Oiorpata!*«, antworteten die Truppen auch ihr.

Melanippe drückte die Knie gegen die Flanken ihres Hengstes und riss an den Zügeln, sodass er sich aufbäumte und die schwarze Mähne in den Nacken warf.

»Und jetzt – *los*!«

Ich gab Ippa einen Klaps auf die Hinterhand, Orithyia stieß noch einmal den Schlachtruf aus, dann entfernten sich die Amazonen mit klappernden Schilden.

Ich holte meinen Schild aus meinem Zelt, schob den linken Arm durch den Halteriemen und lief durch das verlassene Lager. Hier und dort sahen mich die dunklen Augen eines Kindes unter einer Zeltklappe hervor an. Das Schwert vor mir ausgestreckt, bewegte ich mich nach links und rechts, sodass meine Fußabdrücke im Gras aussahen wie die einer Tänzerin beim Fest der Götter. Von der Steppe drang das Klirren von Bronze auf Bronze herüber, dazu Kriegsgeheul, Schmerzensschreie und das Wiehern von Pferden. Auf der Seite des Lagers, die den angreifenden Budinern am nächsten war, nicht weit von meiner eigenen fellbedeckten Jurte entfernt, blieb ich, die Beine gespreizt, die Waffe gezückt, stehen, um auf einen eventuellen Stoßtrupp der Budiner zu warten.

Die wie aus dem Nichts auftauchten. Plötzlich hörte ich Hufschlag, gleich danach spürte ich, wie *sagaris* durch die Luft zischten: Zwei Budiner hatten sich von ihrer Truppe gelöst und griffen mich von links an. Mit wild hämmerndem Herzen duckte ich mich außer Reichweite der Streitäxte und schwang mein Schwert gegen die Beine des vorderen Pferdes, wirbelte herum und wiederholte den Schlag beim zweiten Tier. Die Krieger stürzten zu Boden, als ihre Rösser vor Schmerz wiehernd in die Knie gingen. Die beiden Männer rappelten sich hoch. Ihre rostroten Bärte waren schlammverkrustet, ihre Hände lagen schweißnass auf ihren *sagaris*.

»Wenn ihr jetzt verschwindet«, sagte ich mit tiefer, drohender Stimme, »tue ich euch nichts. Wenn ihr aber versucht anzugreifen, werdet ihr euch wünschen, eure Mutter hätte euch nie geboren.«

Einer der Männer fletschte knurrend die Zähne und hob seine *sagaris* an die Schulter. Der andere kam, seine Streitaxt schwingend, auf mich zu. Mir war klar, dass ich seinen Angriff abwarten musste, obwohl ich mich am liebsten sofort auf ihn gestürzt hätte.

Er stürmte mit erhobener Axt von links heran. Ich blockte den Schlag mit meinem Schild ab und drehte mich sofort herum, um auch den des zweiten Kriegers zu parieren, der von rechts auf mich eindrang. Zwischen uns entspann sich ein Zweikampf, bei dem unsere Waffen klirrend aufeinanderprallten und mein Unterarm ob der Wucht der Schläge erzitterte. Gleichzeitig wehrte ich die pausenlosen Angriffe des anderen Mannes, der vor Anstrengung keuchte, mit dem Schild ab. Ich war konzentriert wie ein Raubvogel bei der Jagd, meine Augen waren so schmal wie die Klinge meines

Schwertes. *Parieren, blocken, angreifen.* Meine Füße wirbelten übers Gras, mein ganzer Körper spannte sich an, als ich zustieß ...

Da rutschte ich in einer Schlammfurche aus, die der Huf eines Pferdes aufgerissen hatte, und verlor das Gleichgewicht. Mein Hieb verfehlte sein Ziel, die Klinge meines Gegners erwischte mich am rechten Unterarm. Vor Schmerz schnappte ich nach Luft. Sofort ließ ich meinen Schild sinken, nahm das Schwert in die linke Hand und hob es, um den Schlag der *sagaris*-Streitaxt abzublocken. Ich spürte, wie Mordlust in mir aufwallte, biss die Zähne zusammen und sorgte dafür, dass der Schmerz sich in Wut verwandelte.

Kreischend machte ich einen Sprung vorwärts; mein Schwert funkelte wie eine Flamme. Klingen prallten klirrend aufeinander. Die Budiner wichen zurück. Ich trieb sie weiter und weiter von meinem Zelt weg zu der Stelle, wo die verletzten Pferde vor Schmerz schreiend und zuckend am Boden lagen. Als einer der Kämpfer einen weiteren Vorstoß wagte, nahm ich all meine Kraft zusammen, ließ mein Schwert auf seine Waffe knallen, drehte sie herum und zwang sie nach unten, bevor auch ich mich drehte und seinen Schlag trotz meines schmerzenden Armes parierte. Dann stieß ich das Heft des Schwertes gegen sein Kinn. Ich spürte, wie Knochen splitterten, und hörte seinen Aufschrei, als er in die Knie sank und die Hände vors Gesicht schlug.

»Brauchst du noch eine Warnung?«, brüllte ich, mein Schwert hoch über seinem Kopf.

Der erste Krieger flüchtete in Richtung Steppe; sein Gewand schlang sich im Wind um seine Knie. Der Mann, den ich gerade zu Boden gebracht hatte, rappelte sich auf und rannte, eine rote Blutspur hinterlassend, ebenfalls weg.

In jener Nacht lag ich allein in meinem Zelt, die Wunde an meinem Arm gesäubert und verbunden. Die Glut des Feuers verströmte die letzte Wärme. Die Amazonen hatten die Budiner ohne Verluste unsererseits vertrieben. Mir war es gelungen, meinen Stamm zu schützen. Mein Plan war aufgegangen. Eigentlich hätte ich erleichtert sein sollen, doch wie immer nach einem Kampf kam ich innerlich nicht zur Ruhe. Und daran war nicht meine Verletzung schuld.

Ich wälzte mich auf dem Wolfsfell, das ich an der nackten Haut spürte, ohne Erleichterung zu finden. Meine kreisenden Gedanken und das Heulen des Windes hinderten mich am Einschlafen.

Als es mir schließlich gelang, träumte ich wieder von dem Griechen.

Ἀδμήτη

Admete

Tiryns, Griechenland

Fünfzehnter Tag des Monats des Neuen Weins, 1265 v. Chr.

Die Tage vergingen, ohne dass Alexanders Zustand sich gebessert hätte, obwohl ich alle nur erdenklichen Heilmittel probierte. Schafgarbentees. Tinkturen aus Beifuß und Enzian, importiert aus Thrakien. Thymian, Zitronenmelisse, Holunderblüten, in Wasser erhitzt. Zwiebeln, über dem Feuer geröstet, der Saft mit Honig eingeflößt.

Die Sonne war zweimal über den Mauern von Tiryns auf- und wieder untergegangen, als ich mit Alkides erschöpft, voller Hoffnung, aber auch Scham vor den Thron meines Vaters im Großen Saal trat. Da es bereits spät am Tag war, knisterten Kiefernholzfackeln in ihren Halterungen, und die Flammen warfen lange blau-goldene Schatten an die Wände. Ein einzelner Strahl der Abendsonne drang durch die Öffnung im Dach des Saals herein. In seinem Licht schienen die Figuren auf den lapislazuliblauen Wänden – Hunde, die einen Eber jagten; ein Tänzer, der über die Hörner eines Stiers sprang – sich zu bewegen.

»Tochter?«

Als ich merkte, dass meine Gedanken abgeschweift waren, wurde ich rot – bei dem wenigen Schlaf, den ich seit Wochen nur bekam, passierte mir das immer häufiger. Ich wandte mich meinem Vater zu, der, den Umhang über einer

Schulter, auf seinem verzierten Steinthron saß: der Thron von Tiryns, den eines Tages Alexander übernehmen sollte. Das Aussehen meines Vaters verriet, dass ich nicht die Einzige war, die sich Sorgen um Alexander machte. Sein Bart war dünn und nicht gestutzt; am Kinn konnte ich die Haut darunter sehen. Um seine geröteten Augen lagen tiefe Falten. Vermutlich hatte auch er nicht viel geschlafen. Er drehte nervös die Ringe an seinen Fingern.

»Kannst du mir Neues über Alexander berichten?«

Alkides trat ungeduldig von einem Fuß auf den anderen, weil er darauf brannte, etwas zu sagen. Doch ich wollte meinem Vater zuerst mitteilen, was mich bewegte. Er musste erfahren, wie sehr es mich betrübte, dass ich Alexander nicht helfen konnte, wie wichtig es mir war, die Pflanze zu finden, die ihn heilen würde.

»Sein Zustand ist unverändert, Vater«, antwortete ich. »Ich habe alles versucht. Ich wünschte, ich könnte mehr tun.«

Er hörte auf, an seinen Ringen zu drehen, und schüttelte den Kopf. »Du hast mehr für deine Brüder getan, als ich je zu hoffen wagte, Admete. Du bist ihnen Schwester und Mutter. Mehr kann ich nicht von dir verlangen.«

Mein Vater hob seufzend mein Kinn an. »Du siehst ihr so ähnlich.« Er nahm meinen Zopf und legte ihn über meine Schulter. »So ähnlich. Von allen meinen Kindern …«

Ich biss mir auf die Lippe und sah Alkides von der Seite an.

Mein Vater lehnte sich auf seinem Thron zurück, stützte den Kopf in die Hände und massierte seine Schläfen.

»Darüber wollten wir mit dir sprechen«, sagte ich.

Als er schwieg, bedeutete Alkides mir mit einer Geste, dass ich fortfahren solle. »Anfangs war ich mir noch unsicher«, begann ich. »Deswegen bitte ich dich, meinen Gedanken nicht sofort zu verwerfen. Es gibt keine Arzneien mehr, die ich nicht ausprobiert hätte, und ohne andere Kräuter und anderes Wissen wird Alexander nicht gesund.« Ich schluckte. »Vielleicht kennen die Amazonen, die viel von Heilkunst verstehen, eine Möglichkeit, ihn zu kurieren, weil sie auch Pflanzen und Kräuter der östlichen Welt nutzen, die hier in Griechenland nicht gebräuchlich sind.«

Blauer Rauch stieg von der Feuerstelle auf. Mein Vater hob stirnrunzelnd den Blick, die Augen vor Müdigkeit halb geschlossen. »Du möchtest zu den Amazonen reisen?«

»Soweit ich weiß, bin ich die Einzige in Tiryns, die sich so intensiv mit Kräutern befasst hat, dass sie in der Lage wäre zu erkennen, was ihm helfen kann«, erklärte ich vorsichtig. »Und ich bin die Einzige, die die Sprache der Skythen beherrscht.«

»Nein, das ist zu gefährlich.« Er sah mich mit dem verlorenen Ausdruck an, den ich von ihm kannte, seit meine Mutter aus dem Palast verschwunden war. »Du kannst nicht gehen. Dich möchte ich nicht auch noch verlieren.«

Ich legte eine Hand auf seine zitternden Finger. »Ich würde dich niemals im Stich lassen, Vater, das weißt du«, versicherte ich ihm, weil ich mich nur zu gut an den Schmerz erinnerte, den wir fünfzehn Jahre zuvor erlitten hatten. »Wir wissen beide, dass Iphimedon kein so guter Herrscher über Tiryns sein würde wie Alexander. Wir müssen ein Heilmittel finden. Du hast selbst gesagt, meine Mutter sei eine unvergleichliche Heilerin gewesen. Darüber habe ich in den letzten Tagen oft nachgedacht. Ich glaube wirklich, das ist die einzige Möglichkeit.«

»Was sollen wir ohne dich anfangen?«, fragte er. »Wer kümmert sich um Alexander? Und um deine Brüder?«

»Mentor und Perimedes sind sechzehn«, erwiderte ich.

»Nicht mehr die Knaben, die ich aufgezogen habe, sondern erwachsene Männer, und Elais soll die Pflege Alexanders übernehmen. Die Anwendung von Weidenrinde ist nicht schwierig. Ich kann im Moment auch nicht mehr für ihn tun als sie.«

Kurz schwieg mein Vater, dann winkte er ab. »Aber das Königreich! Wenn die anderen Herrscher – Atreus in Mykene, Laertes in Ithaka, Peleus in Phthia – erfahren, dass ich meine einzige Tochter ans andere Ende der Welt schicke, weil ich Angst habe, dass mein Sohn stirbt, glauben sie, Tiryns sei schwach und ohne Thronfolger. Du hast keine Ahnung von Diplomatie, Tochter. Ein König muss immer stark wirken, sowohl seinen Feinden als auch seinen Verbündeten gegenüber, sonst belagern sie ihn beide. Und das wäre unser Niedergang.«

Alkides trat mit rotem Gesicht und leuchtenden Augen vor. »Aus diesem Grund bin ich hier!« Nun sprudelte es aus ihm heraus. »Wenn Ihr mich bei meiner nächsten Aufgabe zu den Amazonen schickt, kann ich sie begleiten. Das wirkt auf die griechischen Herrscher nur wieder wie eine meiner Arbeiten, doch ich könnte dafür sorgen, dass ihr nichts zustößt, und gleichzeitig meine Verpflichtung Euch und der Königin der Götter gegenüber erfüllen.«

»Es geht um Alexander, Alkides, nicht um deine Unsterblichkeit«, rügte ich ihn. *Und was ist mit dir, Admete?*, fragte eine Stimme in meinem Kopf. *Handelst du denn selbstlos? Möchtest du die Amazonen nicht auch aus egoistischen Motiven aufsuchen?* Ich zwang mich, meine Zweifel beiseitezuschieben, wie ich es seit meinem Gespräch mit Alkides im Garten so oft gemacht hatte. *Ich habe getan, was ich konnte. Und ich habe meine Mutter von wirkungsvollen Kräutern erzählen hören, die die Amazonen aus dem Osten erwerben. Obwohl ich nicht gänzlich frei von Eigeninteresse bin, weiß ich doch, dass dies die einzige Hoffnung für Alexander ist.* »Mein Vorschlag, Vater, sieht folgendermaßen aus: Wir schicken Alkides zu den Amazonen, zum Beispiel, um Hippolyta, ihrer berühmten Königin, den Kampfgurt zu entwenden. Das würde die Götter erfreuen, wäre eine gute Aufgabe und eine geeignete Erklärung für unsere Reise.«

Er musterte mich im Schein der Fackeln.

»Du weißt, dass ich dir gegenüber immer ehrlich bin, Vater«, fügte ich mit gesenkter Stimme hinzu. »Ich habe viel über diese Frage nachgedacht und glaube tatsächlich, dass es keine andere Möglichkeit gibt, Alexander zu retten.«

Sein Blick wanderte von mir zu Alkides. Dann breitete er die Hände aus, sodass die Edelsteine an seinen Ringen, Karneol, Jaspis und Achat, im Feuerschein glänzten.

»Also gut. Du musst gehen.«

Alkides sank auf ein Knie, um meinem Vater die Hand zu küssen. Als er sich wieder erhob, sah ich, dass seine Augen bei der Aussicht auf eine Reise, die ihm Ruhm bringen würde, funkelten. »Ich werde diese Arbeit erledigen wie die anderen zuvor«, versprach er. »Und ich werde nicht versagen.«

»Wenn die Amazonen die Kräuter, nach denen du suchst, nicht haben, meine Tochter«, meinte mein Vater, den Blick wieder auf mich gerichtet, »soll Alkides sie trotzdem seiner letzten Arbeit wegen aufsuchen. Dann kannst du, Alkides, behaupten, ich hätte dir die Aufgabe vor deiner Abfahrt gestellt. Niemand soll den wahren Grund der Reise erfahren, damit keiner auf die Idee kommt, die Nachricht von Alexanders Krankheit gegen uns zu verwenden.«

Ich neigte das Haupt, während Alkides wie immer nur an seinen eigenen Ruhm dachte. Fast konnte ich seine Gedanken hören: *Das Ende meiner Arbeiten.* »Natürlich, Vater. Wie du meinst.«

»Und, Admete.« Er streckte die Hand aus und zog mich zu sich heran. Aus der Nähe wirkte er noch müder und älter; in seinen Augenbrauen schimmerten graue Haare, und seine Haut war von Falten durchzogen. »Ich kann dich nicht daran hindern, deine Mutter zu suchen. Du hast jetzt etwa das gleiche Alter wie sie, als ich sie damals geheiratet habe, bist also alt genug, um selbst über dein Handeln zu entscheiden. Doch ich möchte dir eine Warnung mit auf den Weg geben.« Er senkte die Stimme, obwohl Alkides, der in Träumereien über seine Aufgaben vertieft war, ihn vermutlich sowieso nicht hörte. »Sie hat Griechenland verlassen, weil sie nicht hierherpasste, weil sie ihr Amazonentemperament nicht zügeln konnte. Erwarte nicht, dich in ihr wiederzuerkennen.«

Ich nickte erstaunt über seine Unverblümtheit und trat einen Schritt zurück.

»Bereiten wir jetzt die Reise vor?« Alkides war kaum noch zu bändigen.

Mein Vater erhob sich von seinem Thron. »Ja«, antwortete er, stieg von dem Podest herunter und legte mir einen Arm um die Schultern, um mich an sich zu drücken. Der Gedanke, ihn verlassen zu müssen, schmerzte mich, aber gleichzeitig freute ich mich auch darauf aufzubrechen. »Wir machen uns sofort an die Arbeit.«

König und Königin der Götter

Auf dem Olymp

Die Nachmittagssonne taucht die Zedernholztruhen und Hocker in Heras Gemach in goldenes Licht, als die Königin der Götter ihren Umhang überwirft. Iris sitzt mit gerunzelter Stirn auf der Bettkante und lässt die Beine baumeln. »Erklär mir noch einmal, warum du dir so sicher bist, dass Kalliope die Äpfel gestohlen hat.«

Hera fummelt an der Schnalle des Umhangs. »Warum interessiert dich das?«

Iris zuckt mit den Achseln und zupft einen Fussel von der wollenen Tagesdecke. »Ich bin deine Botin, oder?« Sie sieht Hera mit einer Miene an, die man als spöttisch deuten könnte. »Als solche muss ich mich für alles, was mit dir zu tun hat, interessieren.«

Hera mustert Iris, unsicher, ob diese sie provozieren will. Nachdem sie sich offenbar zu Iris' Gunsten entschieden hat, tritt sie an den Bronzespiegel auf ihrem Frisiertisch und meint, während sie den Verschluss an ihrem Umhang zumacht: »Weil sie den Olymp verlassen hat.«

»Und kein Gott würde den Olymp verlassen, wenn er nicht etwas im Schild führt«, stellt Iris fest.

»Genau.« Hera ignoriert Iris' ironischen Tonfall. »Sie ist jetzt vier Monate weg – vier! Die Musen – Melpomene, Erato, Klio und die anderen, sie haben samt und sonders Namen, die ich mir nicht merken kann – behaupten alle, sie hätten keine Ahnung, wo sie sich herumtreibt oder warum sie verschwunden ist.« Hera richtet sich auf und tätschelt ihre Haare unter dem Eichenlaubkranz. »Keine Muse würde sich aus dem Olymp entfernen, wenn

sie nicht eine Intrige im Sinn hätte. Die Musen sind allesamt hinterhältige Schwindlerinnen, die einem mit schönen Worten Lügen als Wahrheit verkaufen.« Sie rümpft die Nase, nimmt eine Haarnadel in die Hand, windet eine Locke, die sich gelöst hat, um einen Finger und steckt sie fest.

»Das ist Grund genug, ihr zu folgen?«

»Nicht der einzige«, antwortet Hera, wendet sich Iris zu und breitet die Hände aus wie ein Redner, der ein zwingendes Argument unterstreicht. »Von Hermes weiß ich, dass sie die goldenen Äpfel hat.«

»Wie bitte?« Iris hört auf, an der Decke herumzuzupfen, und schenkt Hera endlich ihre volle Aufmerksamkeit. »Und du glaubst Hermes?«

Hera zuckt die Schultern. »Seine Geschichte klingt plausibel. Er behauptet, er hätte beobachtet, wie Kalliope am Abend meiner Hochzeit drei Äpfel von dem Baum gepflückt hat.«

»Warum sollte er dir das erzählen? Meinst du nicht, er will dich auf eine falsche Fährte locken?«

»Nein.« Hera blickt in den Spiegel, während sie eine weitere Haarnadel feststeckt. »Hermes ist durchtrieben. Er hat sich bestimmt gedacht, dass ich ihm nicht glaube. Und für den Fall, dass ich es doch täte, hat er sich wohl einen Spaß daraus gemacht, mich Kalliope hinterherzuschicken. Loyalität …«, sie schiebt die Nadel in ihre Haare und richtet sich erneut auf, »… ist nicht gerade Hermes' Stärke.«

Iris legt nachdenklich den Kopf schief. »Da könntest du recht haben.«

Schweigen, während Hera den Gürtel um ihre Taille schlingt. Nur das Gurren der Tauben und das Zirpen der Zikaden ist zu hören.

»Und wenn die Äpfel tatsächlich bei Kalliope sind, möchtest du sie zurückhaben, weil …?«

»Weil niemand die Königin der Götter bestiehlt«, erklärt Hera in scharfem Tonfall. »Niemand. Diese goldenen Äpfel waren ein Geschenk der Erde. Sie gehören mir und nur mir …«

»Du meinst dir und Zeus«, korrigiert Iris sie und hebt die Augenbrauen.

»… und ich möchte mir nicht nachsagen lassen, ich würde einen solchen Diebstahl dulden!«

Iris hebt die Hände, rutscht von der Bettkante und hilft Hera, die Kapuze ihres Umhangs über den Kopf zu ziehen. »Ich dachte nur, Herkules beschäftigt dich mehr. Schließlich ist er der Sohn von Zeus.«

Hera winkt ab. »Herkules wird sich selbst ein Bein stellen.« Sie öffnet die Tür, ein goldener Sonnenstrahl fällt auf den Marmorboden. »Er hat sich eine Reise zu den Amazonen in den Kopf gesetzt, und …«, ein Lächeln spielt um ihre Mundwinkel, »… wenn die nicht mit ihm fertigwerden, weiß ich schon, wie ich ihn ausschalte.«

Iris hält ihr die Tür auf, Hera tritt mit einem kurzen Nicken in den Flur hinaus. Draußen rafft sie den Umhang. Als sie zum Rand des Olymp hastet, um Kalliope zu verfolgen, blitzen hin und wieder ihre Knöchel darunter auf.

Iris blickt ihr nach, einen Arm um den Türpfosten geschlungen. »Das glaube ich dir sofort.«

Der König der Götter wendet sich seinem Boten zu. Die beiden kauern hinter einer Buchsbaumhecke in Heras Garten und beobachten Zeus' Gattin.

»Hast du eine Möglichkeit gefunden, sie abzulenken?«, flüstert Zeus Hermes zu.

Hermes nickt. Dabei ergießt sich ein Schauer duftender Blätter über sie. »Ich habe ihr von Kalliope und den goldenen Äpfeln erzählt. Etwas Besseres ist mir nicht eingefallen.«

»Meinst du, Kalliope macht das was aus?«

»Ob es ihr etwas ausmacht?« Hermes kratzt sich am Kinn. »Das bezweifle ich. Sie konnte ja damit rechnen, dass Hera sich irgendwann mit diesem Unsinn von wegen ›niemand bestiehlt die Königin der Götter‹ auf sie stürzt. Kalliope wusste, dass das nur eine Frage der Zeit war. Außerdem ist das die perfekte Ablenkung. Seit du Hera zur Königin der Götter gemacht hast, ist sie besessen von ihrem Anspruch auf Autorität. Schätze, der ist ihr das Wichtigste, abgesehen von …«, er sieht Zeus von der Seite an, »… abgesehen von eurer Ehe.«

Zeus schnippt eine Spinne von einem Zweig. Sie seilt sich an einem silbernen Faden ab. »Ich begreife das nicht. Es ist doch nur eine Affäre von vielen. Ja, Alkmene war wohl mein erster Fehltritt, aber was ist mit all den anderen, die nach Alkmene kamen? Ich verstehe nicht, warum sie sich so aufregt.«

Hermes zwinkert ihm zu. »Vielleicht weiß sie von den anderen nichts.«

»Ja, war clever von mir, die vor ihr zu verbergen, nicht wahr? Ich meine, wenn sie sich jedes Mal so aufführt? Warum will sie unbedingt verhindern, dass mein Sohn unsterblich wird?«

»Vermutlich«, antwortet Hermes in gespielt ernstem Tonfall, »damit du nicht mehr das Bett mit anderen Frauen teilst. Doch …«, er stößt Zeus den Ellbogen in die Rippen, wobei wieder ein paar Blätter von der Hecke flattern, »… was spielt das schon für eine Rolle? So ist sie jedenfalls abgelenkt, und wir können Herkules helfen. Eine glatte Lösung, findest du nicht?«

Zeus' Wangen röten sich. »Es ist nur … Ich gebe das ungern zu, Hermes …« Er verstummt. »Hera fehlt mir«, gesteht er schließlich.

»Oh.« Hermes wirkt erstaunt. In solchen Dingen kennt er sich nicht so gut aus. »Vielleicht solltest du dein Glück mal bei Aphrodite versuchen …«

»Es ist nur …«, wiederholt Zeus, lehnt sich an einen Ast

und windet mit wehmütigem Blick eine Locke seines Barts um einen Finger. »Nicht dass ich mit Alkmene und den anderen keinen Spaß gehabt hätte, aber niemand mag gern Veränderungen. Und ...«, die Röte breitet sich bis zu seiner Stirn aus, »... sie hat nicht ... wir haben nicht mehr ..., seit sie weiß, dass Herkules von mir ist. Seit sie das Orakel von Delphi belauscht hat.«

Hermes stößt einen leisen Pfiff aus. »Das ist lange her.«

Zeus seufzt. »Doch es macht mir auch Freude, sie zu provozieren.«

»Das kann ich verstehen.« Hermes hebt die Hände. »Nichts auf dem Olymp – wirklich nichts – ist so komisch wie Heras Wutausbrüche.«

Er will rückwärts aus der Hecke heraustreten, doch Zeus hält ihn am Handgelenk fest. Keine Sekunde zu früh. Iris ist soeben aus Heras Gemach gekommen und schreitet nun den Säulengang am Rand des Gartens entlang. Sie wirkt nachdenklich.

Die beiden Götter warten schweigend, bis sie vorbei ist. Ein Insekt summt zwischen den Ästen herum, genießt den warmen Frühlingsnachmittag.

Als das Echo von Iris' Sandalen auf dem Marmorfußboden in der Ferne verhallt, atmet Zeus erleichtert aus. »Meinst du, sie hat uns gehört?«

Hermes schüttelt den Kopf. »Aber wir sollten lieber vorsichtig sein. Mit deinen Eheproblemen beschäftigen wir uns ein andermal. Im Moment geht's um Herkules, oder?«

Zeus schürzt die Lippen. »Ja. Um Herkules.«

»Und?« Hermes sieht ihn an. »Du hast mich um ein Ablenkungsmanöver für Hera gebeten.« Er deutet auf den Säulengang, durch den die Königin der Götter und ihre Botin kurz zuvor verschwunden sind. »Wie sieht dein Plan aus?«

»Seine nächste Arbeit«, antwortet Zeus, »ist eine Reise zu den Amazonen.«

»Ah«, meint Hermes interessiert. »Die Amazonen. Ich hatte da mal ein Techtelmechtel mit …«

»Er muss sicher ans Ziel gelangen. Sorg dafür, dass seine Reise so glatt wie möglich verläuft«, murmelt Zeus, ohne auf Hermes' Äußerung zu achten. »Ich dachte mir …«

»Poseidon?«

Hermes und Zeus wechseln einen vielsagenden Blick. Wenn ein Gott für einen sterblichen Liebling den Wind kontrollieren möchte, wendet er sich immer zuerst an Poseidon, den Gott des Meeres.

»Keine Sorge. Ist sozusagen schon erledigt.«

Nun verlassen sie die Buchsbaumhecke und betreten den Rasen von Heras Garten. Dort zupfen sie Zweige und Blätter aus ihren Haaren.

»Guter Junge«, sagt Zeus und rückt seinen Eichenlaubkranz zurecht, während Hermes ihm einen Käfer von der Schulter wischt. »Wir brauchen einen starken Südwestwind, um Herkules nach Skythien zu befördern, bevor Hera etwas merkt.«

Zu Wasser und zu Lande

Άδμήτη

Admete

Tiryns, Griechenland

Achtzehnter Tag des Monats des Neuen Weins, 1265 v. Chr.

Es war so weit. Nach einigen Tagen hastiger Vorbereitungen, in denen ich Elais erklärte, welche Kräuter sie Alexander verabreichen solle, und Alkides Gefährten für die Reise zusammentrommelte, stachen wir in See. Fast hatte ich nicht zu hoffen gewagt, dass das tatsächlich geschehen würde.

Wir fuhren zu den Amazonen.

Zu meiner Mutter.

Ich saß in dem großen Schiff, das Alkides beschafft hatte. Es besaß fünfzehn Ruderbänke und ein Segel. Im Moment wehte der Wind, der nach Salz roch, so stark, dass niemand rudern musste. Hinter mir erhob sich Tiryns mit seinen hohen Mauern und dem Wachturm. Die Flanken des Hügels darunter waren bedeckt mit gelb blühendem Ginster. Ich zog die Knie an die Brust; Erregung und Furcht erfüllten mich gleichermaßen. *Meine Heimat.* Es schmerzte mich, sie zu verlassen: die vertrauten Gerüche des Herbariums, das Summen der Bienen im Kräutergarten, die Orte, die die Grenzen meiner Welt markiert hatten. Mir wurde bang bei dem Gedanken, wie Alexander sich ächzend auf seinem Bett wälzte. Ich überlegte, an welche Arzneien ich nicht gedacht, welche Tränke ich Elais nicht genannt hatte, und kurz wünschte ich mir nichts sehnlicher, als zum Hafen umzukehren, wo ich meine jüngsten Brüder sah. Perimedes rannte dem blonden Mentor nach und bewarf ihn mit Kieseln.

»Admete.«

Alkides schwang ein Bein über die Ruderbank vor mir. Der Wind zerzauste ihm die Haare. »Was ist los? Warum machst du so ein trauriges Gesicht?« Er wollte meine Hände ergreifen, doch ich zog sie weg.

»Nicht«, sagte ich und biss auf meine Lippe.

Kurz herrschte Stille, die nur vom Knattern der Seile im Wind und dem Lecken der Wellen am Rumpf durchbrochen wurde. »Ach, Alkides«, platzte es schließlich aus mir heraus. »Mache ich gerade einen schrecklichen Fehler?« Ich richtete den Blick auf die Mauern von Tiryns.

Er legte mir eine Hand auf die Schulter, als wüsste er, dass ich am liebsten zurückgeschwommen wäre, um mein schlechtes Gewissen zu beruhigen. »Nein«, meinte er, selbstbewusst grinsend. »Hör auf zu zweifeln, Admete. Das ist ein großes Abenteuer, von dem man noch in Hunderten von Jahren sprechen wird.« Alkides stieß mich mit dem Ellbogen in die Rippen. »Wirf deine Bedenken über Bord – deine Mutter war auch nicht so vorsichtig!«

»Das stimmt.« Ich blinzelte die Tränen weg. »Vielleicht besitze ich nicht genug Mut, ihr zu folgen. Vielleicht hätte ich in Tiryns bleiben sollen, wo ich hingehöre. Vielleicht steckt doch zu viel Griechisches in mir.«

Er lachte schallend und warf den Kopf in den Nacken, sodass seine weißen Zähne zum Vorschein kamen. »Du meinst, Griechen haben keinen Mut? Habe ich dir denn nicht von meinen Arbeiten erzählt?«

»O doch«, ich schmunzelte, »bestimmt schon tausendmal. Aber …«, wieder biss ich mir auf die Lippe, »… habe ich dir je erklärt, warum sie gegangen ist?«

Eine Welle schlug gegen den Rumpf, salzige Gischt ergoss sich über uns. Alkides runzelte die Stirn. »Ich dachte, deine Eltern hätten sich gestritten. Du hast gehört, wie dein Vater deiner Mutter sagte, für eine Königin der Griechen schicke es sich nicht, den ganzen Tag zu reiten. War es nicht einfach nur eine schlechte Ehe?«

Ich schüttelte betrübt den Kopf.

»Ich glaube«, gestand ich schließlich und schaute auf die Wogen, die sich am Schiffsrumpf brachen, »sie ist meinetwegen gegangen.«

Wieder Schweigen. Über unseren Köpfen kreischte eine Seeschwalbe, eine erste Botin des Sommers.

»Absurd, das weißt du.«

»So absurd, wie daran zu zweifeln, dass der König der Götter seinen Sohn akzeptieren wird?«, fragte ich.

Seine Wangen wurden so rot wie sein Bart. Er stützte sich mit beiden Händen an der Ruderbank ab, seine Fingerknöchel traten weiß hervor.

»Sie hat mich gescholten.« Das hatte ich niemandem erzählt, nicht einmal meinem Vater. Obwohl ich Alkides vertraute, konnte ich ihm aus Scham nicht in die Augen blicken. Ich fürchtete, Griechenland zu einem Zeitpunkt verlassen zu haben, an dem ich das nicht durfte. Fürchtete, meine Mutter tatsächlich bei den Amazonen zu finden und es noch einmal aus ihrem Mund zu hören: dass die Liebe zu mir nicht gereicht hatte, sie in Griechenland zu halten. »Am Tag, bevor sie verschwunden ist«, begann ich mit zitternder Stimme, »hat sie meine Gemächer betreten, als meine Zofe mich gerade im griechischen Stil frisierte. Das hatte mein Vater angeordnet, weil er einen Gesandten aus Sparta erwartete, dem er mich präsentieren wollte. Sie hat die Zofe weggeschickt, alle Nadeln und Bänder aus meinen Haaren genommen, meine Locken ausgekämmt, sie wieder zu einem Zopf geflochten und gesagt, dass ich stolz auf mein Amazonenerbe sein solle. Dass sie nicht ihre eigene Freiheit aufgegeben habe, um mich nun in den Fesseln des griechischen Luxus zu sehen.« Ich blinzelte die Tränen weg. »Als ich am nächsten Morgen aufwachte und sie fort war, habe ich sie überall im Palast und auf den Hügeln von Argos gesucht. Ich habe nach ihr gerufen, weil ich mich entschuldigen und ihr sagen wollte, ich würde meine Haare für sie immer zum Zopf geflochten tragen. Danach bin ich jeden Tag zum Stadttor gelaufen und habe dort in der Hoffnung gewartet, dass sie zurückkehren würde. Bei jedem Schiff, das in den Hafen einlief, habe ich die Luft angehalten. Doch sie ist nie gekommen.«

Nun lachte Alkides nicht mehr. »Und jetzt«, fügte ich mit leiser Stimme hinzu, »fürchte ich, dass sie recht hatte.«

Er legte eine Hand auf die meine.

»Du bist mutiger als sie, glaube mir«, versicherte er mir. »Das hättest du mir schon früher erzählen sollen.«

Seine Worte und die Berührung seiner Hand trösteten mich. »Das meiste habe ich dir ja erzählt.«

»Admete, ich sage dir jetzt etwas, das du nie vergessen solltest. Obwohl ich in den letzten Jahren viel herumgekommen bin, habe ich nie einen selbstloseren Menschen als dich getroffen.« Als ich widersprechen wollte, winkte er ab. »Nein, ich will dir keinen Honig ums Maul schmieren. Es ist die Wahrheit.« Ein Lächeln spielte um seine Mundwinkel. »Deine Mutter hatte ihre eigenen Gründe zu gehen. Du hast damit nichts zu tun.« Er drückte meine Finger und zog mich hoch. »Du begleitest mich auf dieser Reise. Du findest ein Heilmittel für Alexander und deine Mutter. Und du wirst wie ich und dein Vater feststellen, dass sie, Amazone hin oder her, ihrer Mutterrolle nicht gerecht geworden ist.«

Ich schüttelte, überwältigt von seinen Worten, den Kopf. Er ließ meine Hand los, legte Daumen und Zeigefinger um mein Kinn und hob es an. »Du neigst vor niemandem das Haupt. Vor niemandem.«

Ich bedankte mich mit einem Lächeln. Mir war, als wäre eine schwere Last von mir genommen. Nun konnte ich mich selbst wieder objektiver betrachten.

»Ja, ich werde ein Heilmittel für Alexander finden. Und ich werde meine Mutter wiedersehen.«

»Genau, das wirst du.«

Er nickte, griff nach einem der Taue und schwang sich zu den Fürsten, die sich am Bug versammelt hatten. Ich blickte hinaus aufs Meer, auf die allmählich verschwindende graugrüne Küstenlinie und stützte mich auf die Reling. Dabei wiederholte ich seine Worte wie eine Beschwörungsformel.

Ich werde ein Heilmittel für Alexander finden.

Ich werde meine Mutter wiedersehen.

Entschlossen presste ich die Lippen zusammen. *Ja, das werde ich.*

Hippolyta

Amazonen, Land der Saken

Siebzehnter Tag nach dem Tag der Erde in der Jahreszeit von Apia, 1265 v. Chr.

Ich verstaute einen Lederschlauch mit *kumiss* sowie ein Stück Käse und etwas gebratenen Fisch in meinem Beutel. Der Köcher hing bereits neben der *sagaris*-Streitaxt an meinem Kampfgurt, und die Filzmütze saß auf meinem Kopf, als Melanippe geduckt das Zelt betrat.

»Ich habe Kati draußen festgemacht«, teilte sie mir mit. »Bist du bereit?«

Ich nickte.

»Du tust das Richtige«, meinte Melanippe. »Es ist lange genug her, das weißt du. Du willst doch nicht enden wie Antimache, oder?«

»Nein.«

Ich schüttete Wasser aus einem Krug ins Feuer. Es verlöschte zischend in einer dichten Rauchwolke. Wir traten hinaus, wo das feuchte Gras fahl im Mondlicht schimmerte. Frische, klare Nachtluft schlug mir entgegen. Ich spürte die Wirkung des Vollmondes, der mich beruhigte, mir vielleicht sogar Hoffnung schenkte.

Möge die Göttin geben, dass es bald vorbei ist, dachte ich. *Möge die Göttin geben, dass ich diese Qual bald los bin.*

Ich schwang mich auf mein Pferd und ergriff die Zügel. Im Mondlicht wirkten Melanippes Augen groß, als sie Katis

Nüstern streichelte. »Möge die Göttin dich beschützen«, sagte sie.

Ich versuchte zu lächeln, doch das wollte mir nicht gelingen. Mein Herz war zu voll von der Erschöpfung und der Angst, die mich schon so lange plagten. Ich trieb Kati, deren Hufe schwarze Erdschollen aus dem Boden rissen, an, weg vom Lager, ohne mich noch einmal umzublicken.

Der Ritt zum Heiligtum der Göttin führte mich zum Fluss. Abgesehen vom Hufschlag meines Pferdes und vom fernen Heulen der Wölfe, das mir ins Herz fuhr wie die Spitze eines Pfeils, herrschte Stille auf der Steppe. Nun, da ich mich nach fünfjährigen Torturen entschieden hatte, mich von dem Griechen zu befreien, musste ich feststellen, dass die Erinnerungen mich stärker verfolgten als sonst. Da nichts mich ablenkte außer dem Reiben der Decke an meinen Oberschenkeln und der schneidend kalten Luft an meinen Lippen, gab ich mich ihnen noch einmal hin – *ein letztes Mal.*

Wir sitzen auf einem Felsen nahe dem Strand der Insel inmitten von graugrünem Gesträuch; unter uns glitzert die See in Türkis- und Blautönen. Unsere Füße sind nackt und von der Sonne verbrannt. Er schlingt die Arme um mich. Mein Körper erbebt bei seiner Berührung wie das Gefieder eines aufgescheuchten Vogels.

»So«, sagt er und legt meine Hand auf die Saiten der Lyra. Gemeinsam, die Finger ineinander verschränkt, zupfen wir daran, und ich beginne zu singen.

»Überlass das Singen den Barden«, meint er und verschließt meinen Mund mit dem seinen.

Heiße Tränen liefen mir über die Wangen und fielen in meinen Schoß.

Nacht umfängt uns, als wir Hand in Hand, atemlos, lachend, zu dem Wäldchen laufen. In der Nähe feiern die Chöre das Fest des Gottes. Sie tanzen und schlagen das Becken im Licht des Mondes. Er zieht mich in den Schatten der Kiefern, presst mich an einen Stamm und nimmt mich. Die Sterne wirbeln um uns herum, und der Mond leuchtet rot, als ich vor Lust aufschreie, meine Stimme sich mit den Gesängen der tanzenden Gläubigen vermischt und er mir zuflüstert, dass es für ihn kein anderes Leben gibt als dieses.

Ich schloss die Augen, die Finger zitternd auf den Zügeln, wütend darüber, dass er Versprechungen machte, die er nicht machen durfte, darüber, wie sehr er mich enttäuscht hatte. Aus meiner Verbitterung ließ ich das letzte Bild aufsteigen.

Ich stehe auf der Felsnase, auf der wir zusammen an den Saiten der Lyra gezupft haben, diesmal allein. Ich beuge mich, die Augen rot und voller Tränen, vor und blicke einem weißen Punkt auf dem Meer nach, der sich am Horizont verliert. Ich gehe in die Hocke, öffne den Mund zu einem stummen Schrei. Der Wind weht durch meine losen Haare, Tränen kullern auf meine Lippen. Ich gebe mich ganz dem schrecklichen Schmerz des Verlustes und des Verrats hin.

Er hat mich verlassen.

Er hat mich verlassen.

Ἀδμήτη

Admete

Hof des Lykos, Mysien

Achtzehnter Tag des Segelmonats, 1265 v. Chr.

Für jemanden wie mich, der nie weiter herumgekommen war als in den engen Grenzen des Gebiets um Argos und dessen Kenntnis ferner Länder sich auf die Kräuter beschränkte, welche Händler in flachen Barken brachten, lieferte die Reise genug neue Eindrücke, um mich von der Sorge um meinen Bruder und meinem Wunsch, so bald wie möglich nach Hause zurückzukehren, abzulenken. Unterwegs erfuhr ich mehr über die Gefährten von Alkides. Theseus, der Fürst von Athen, redete nur wenig mit mir, umso mehr mit Alkides. Ihre Gespräche in den Nächten, die wir auf Inseln verbrachten, schienen sich hauptsächlich um Theseus' Heldentaten zu drehen. Die drei Brüder von seinem Hof in Athen mochte ich lieber: Besonders Solois hatte ein gutes Auge für die Vögel, die sich auf ihrem Frühlingszug nach Norden über den Inseln scharten und unserem Kurs folgten. Hin und wieder, wenn er der Unterhaltungen der Fürsten müde wurde, spazierten wir den Strand entlang und die Grashügel im Landesinnern hinauf, um nach ihren Nistplätzen zu suchen. Telemos von Salamis war ein schweigsamer Mann, doch Timiades sprach gelegentlich mit mir. Gemeinsam erinnerten wir uns an die mit Rebstöcken bestandenen Ebenen unserer Heimat. Auf der Insel Paros hatte Alkides zwei weitere Gefährten für unsere Reise angeworben, die Brüder Perses und Sthenelos.

Obwohl ich mich in Gesellschaft von Alkides – wann immer Theseus ihn entbehren konnte – und Solois wohlfühlte und ich gern mit Timiades in Erinnerungen schwelgte, beschäftigte ich mich am liebsten mit den Pflanzen. Ich fand so viele verschiedene, dass mit ziemlicher Sicherheit eine darunter war, die Alexanders Krankheit heilen konnte. Auf Paros entdeckte ich eine Fenchelart, die in den Felsen der Küste wurzelte und salzig schmeckte. Wenn man sie pflückte und frisch aß, erwies sie sich als gutes Mittel zur Förderung der Verdauung. Auf Ikaria zeigten mir Dorfbewohner einen Tee aus Salbei, Knoblauch und Honig, den sie als Allheilmittel tranken. Mein Stilus aus dem Herbarium hing an meinem Gürtel, und Solois brachte mir bei, wie man Lehm aus dem Schlamm von Flüssen zu Tafeln formte – das hatten bis dahin immer die Sklaven von Tiryns für mich gemacht –, sodass ich in der Lage war, meine neuen Erkenntnisse über die Pflanzen und ihre Eigenschaften darauf festzuhalten. Als wir in Troja, dem Tor zu den brodelnden Wassern des Hellespont, landeten, hieß König Priamos uns in seinen Hallen willkommen, und die Königin führte mich in ihren Vorratsraum, in dem ich mir Notizen über die dort befindlichen Kräuter machen konnte. Am Abend opferte der König uns zu Ehren zwei schwarze Widder für die Götter, und wir tranken und speisten mit den Trojanern – die Männer mit den Fürsten im Saal, ich mit der Königin und ihrer Tochter Kassandra, einem hübschen fünfjährigen Mädchen, in ihren Gemächern.

Nun, da wir den Hellespont zum Propontis-Meer durchquert hatten, zog die Mannschaft das Schiff ans Ufer eines Flussdeltas, wo sich roter Lehm und Sand mit Marschgrasbüscheln abwechselten. Die Sonne warf lange Schatten auf die Hügel, als ich Alkides' Hand ergriff und an Land sprang.

Dort erwartete uns bereits ein Bote – offenbar hatte man uns gesichtet –, der Alkides und Theseus begrüßte. Sein Umhang flatterte im Meereswind.

»Lykos, der König der Mariandyner, heißt Euch an seinen Gestaden willkommen!« Der Herold verneigte sich kurz. »Ihr seid Griechen?«

»Ich bin Herkules, der Sohn des Zeus«, antwortete Alkides und neigte das Haupt. »Und das sind Theseus, der Sohn des Aigeus, Telemos von Salamis, Timiades von Argos, Thoas, Solois und Euneos von Athen sowie Perses und Sthenelos von Paros«, erklärte er und deutete auf jeden Einzelnen.

Ich neigte ebenfalls das Haupt, weil ich erwartete, nun meinen Namen zu hören, aber Alkides schwieg. Um meine Verbeugung zu kaschieren, strich ich über die Falten meines Rocks, während Verärgerung über seine Überheblichkeit in mir aufstieg. Obwohl ich nicht zu den griechischen Helden zählte, war ich doch die Tochter von Eurystheus, dem König von Tiryns, oder? Hatte nicht ich vorgeschlagen, den Kampfgurt der Hippolyta zu erringen? Ich bedachte Alkides mit einem wütenden Blick, der ihm nicht aufzufallen schien.

»König Lykos bittet Euch um Beistand«, verkündete der Bote. »Dafür bietet er Euch Geschenke und seine Gastfreundschaft, solange Ihr in unserem Land bleiben wollt.«

»Was für Beistand?«, rief ich hinter den versammelten Edelleuten Griechenlands hervor. »Wir sind unterwegs, um Hilfe für meinen Bruder zu finden.«

Der Herold tat, als hätte er mich nicht gehört. Soweit ich das zwischen den Männern hindurch, die Schulter an Schulter vor mir standen, beurteilen konnte, wanderte nicht einmal sein Blick in meine Richtung. »Der König befindet sich im Krieg mit Amykos, dem Herrscher der Bebryker. Euer Ruf eilt Euch voran, Sohn des Zeus. Kunde von Euren heldenhaften Taten erreicht uns sogar hier.« Ich sah, wie Alkides vor Stolz errötete. »König Lykos bittet Euch und Eure Kampfgenossen um Unterstützung gegen die Bebryker, damit dieser Krieg ein Ende hat und er die Gebiete zurückbekommt, die ihm von Rechts wegen gehören.«

»Die habt Ihr«, versprach Alkides und streckte dem Herold die Hand hin, um seine Zusage zu besiegeln. »Ich erachte es als Ehre, Eurem König beizustehen.«

Stirnrunzelnd versuchte ich, mich an Timiades und Telemos vorbeizudrängen, die vor mir standen, und ihn daran zu erinnern, dass wir nicht zum Kämpfen hergekommen waren, sondern um ein Heilmittel für Alexander aufzuspüren, dass jeder Tag, den wir irgendwo verweilten, meinen Bruder dem Tod näher brachte, doch der Bote hatte sich bereits abgewandt und führte Alkides vom Strand weg.

»Alkides!«, rief ich.

Aber er hörte mich bei dem Geklapper der Bronze nicht, als die Sklaven anfingen, die Waffen vom Schiff zu holen.

Hippolyta

Silis-Fluss, Land der Saken

Neunzehnter Tag nach dem Tag der Erde in der Jahreszeit von Apia, 1265 v. Chr.

Ich breitete meinen Wolfspelzumhang auf dem feuchten Gras aus, hüllte mich darin ein und legte mich zum Schlafen hin. Die warmen, mit Pelz gefütterten Schuhe und Fellhandschuhe behielt ich an. Es war eine klare, wolkenlose Nacht, und die Luft fühlte sich frisch an auf meiner Haut.

Vor Müdigkeit fielen mir die Augen zu. Zwei Tage zuvor hatte ich das Heiligtum erreicht und seitdem kaum geschlafen. Die Feuergöttin Tabiti forderte jedes Mal, wenn die Sonne oder der Mond aufging, Gebete, am häufigsten jedoch, wenn der Mond voll und golden leuchtete. Ich hatte die Nacht laut betend auf den Knien vor dem heiligen schwarzen Stein zugebracht, auf dem uralte Bilder von springenden Hirschen, stolzen Pferden und Bogen eingeritzt waren, die Symbole unseres Volkes. Am folgenden Tag war ich in der Steppe auf die Jagd gegangen – zu Fuß, denn wenn man einen Adler fangen will, muss man leise sein – und hatte mit meinem Pfeil einen Vogel erlegt, der sich gerade zum Fressen auf einem Kadaver niederlassen wollte. Ich hatte ein Feuer entzündet, den Adler gerupft und gebraten, die besten Teile der Göttin Tabiti geopfert und den Rest selbst verzehrt. In der Morgendämmerung hatte ich unter der Sonne für sie gesungen und in der Nacht unter dem Mond für sie getanzt.

Ich ließ die Finger über meinen Kampfgurt gleiten, den ich gelöst und abgelegt hatte, über die Reliefs der Goldbleche und die Stiche, die alles zusammenhielten wie die Sitten und Gebräuche unseren Stamm. Dann überprüfte ich meinen Bogen und die Pfeile, schloss den Deckel des Köchers, vergewisserte mich, dass meine *sagaris*-Streitaxt frisch geschärft neben mir lag, und hob den Blick zu meinem Pferd. Ich hatte der Stute mit einem Strick die Vorderbeine so zusammengebunden, dass sie nur kleine Schritte machen konnte, und ihr gegen die Kälte der Nacht eine Decke übergeworfen. Sie rupfte in der Nähe am Gras. Der Himmel war mit Sternen übersät. Ich spürte, wie meine Verärgerung und mein Kummer nachließen, als ich mich an die Worte meiner Mutter erinnerte. Sie hatte mir gesagt, dass die Geister unserer Vorfahren in den Sternen fortlebten und auf uns herabblickten. Im Norden schimmerte Targitaos, der Stammvater der Saken, Sohn des Silis-Flusses. Die drei Sterne in einer Reihe waren seine drei Söhne Lipoxais, Arpoxais und Kolaxais, daneben befand sich seine Tochter Opoea – die Begründer der zahlreichen Sakenstämme.

Schaut heute Nacht auf mich herunter, meine Vorfahren, und gewährt mir innere Ruhe.

Ich hatte alles getan, was die Göttin verlangte. Nun musste ich nur noch darauf warten, dass sie das Feuer aus meinem Herzen tilgte.

Ich schloss die Augen. Hatte die Muttergöttin mir den Schmerz genommen? In meinem Kopf tauchte ein Bild der Meeresbrandung auf, die um meine Knöchel wirbelte, und eines Segels, das sich von mir entfernte.

Ich schlug die Augen auf, drehte mich um und blickte zähneknirschend über das mondhelle Gras.

Ich komme darüber hinweg, dachte ich. *Ja, das schaffe ich.*

Ich muss.

Als ich diese Worte wiederholte, breitete die Göttin den Schleier des Schlafes über mich, und zumindest in dieser Nacht quälten mich die Gedanken an ihn nicht mehr.

Ἀδμήτη

Admete

Hof von Lykos, Mysien

Vierundzwanzigster Tag des Segelmonats,
1265 v. Chr.

Sechs Tage später tobte die Schlacht zwischen Mariandynern und Bebrykern noch immer. Da mir im Palast von Lykos die Hände gebunden waren und ich die dortigen Kräutervorräte inzwischen kannte – es gab keine Arzneien, die mir nicht schon vertraut gewesen wären, und auch keine, die Alexander hätten helfen können –, war ich wütend auf Alkides. Als die Sonne im Westen unterging, kehrten Lykos und die Griechen zurück, und ich wurde aus meinem Gemach zur Abendmahlzeit in den Saal gerufen. Bereits an der Tür hörte ich Rufe und Lachen, das Klappern von Bechern und Gesprächsfetzen. Die Krieger, die auf Kissen und Teppichen auf dem Boden lagerten, waren bester Stimmung, hatten die Haare nach dem Bad mit Öl geglättet und ihre Helme, Brustharnische und Schilde abgelegt. Musik drang durch das Gemurmel an mein Ohr. Auf einem Hocker an der Wand entdeckte ich einen Barden, der mit gerecktem Kopf den Blick über den Saal wandern ließ und sang, obwohl niemand ihm zu lauschen schien. Ich ging näher heran, um ihn besser zu verstehen.

Die Bebryker stürzten sich mit ihren Keulen
auf den Helden Herkules,
doch die Griechen schützten den mit ihren Schwertern.
Einen Gegner traf Timiades am Schädel
und spaltete ihn in zwei Hälften.
Perses, Sthenelos' Bruder, erschlug zwei Männer:
Dem einen hieb er gegen die Brust
und warf ihn zu Boden;
den andern traf er unter der Stirn,
sodass er das Augenlicht verlor.
Worauf Amykos, König der Bebryker,
den Solois verletzte,
als die Klinge unter dessen Gürtel drang.
Doch der Streich tötete ihn nicht.

Ich wandte mich ab, froh darüber, dass Alkides mit Theseus ins Gespräch vertieft war und den Lobgesang auf ihn nicht hören konnte. Über dem Feuer brutzelte ein Hirsch, und Mundschenke füllten die leeren Becher der Krieger mit Wein. Die Schatten der Sklaven huschten über die weiß getünchten Wände; die Flammen ließen die Konturen der mit Schnitzereien verzierten Holzsäulen, die das Dach stützten, scharf hervortreten. Als einer der Sklaven mir Wein aus der Mischschale anbot, schüttelte ich den Kopf.

»Nein danke…« Ich schob mich an ihm, den Dienern mit den Brotkörben und dem Mann, der den Spieß über der Feuerstelle drehte, vorbei in Richtung Alkides. Als ich ihn fast erreicht hatte, sah ich, wie Theseus sich zu ihm beugte und ihm etwas ins Ohr flüsterte, worauf Alkides schallend lachte und seinen Wein verschüttete.

»Ihr kennt eine lustige Geschichte?«, fragte ich Theseus und setzte mich neben Alkides auf den Webteppich.

»Keine, die Ihr zu würdigen wüsstet, Tochter des Eurystheus«, antwortete er, verbeugte sich kurz und schaute zu Alkides hinüber, der noch einmal lachte.

»Dann würde ich gern mit Alkides sprechen.«

»Alkides?« Theseus hob die Augenbrauen und trank einen Schluck aus seinem Becher, ohne den Blick von mir zu wenden. »Wer, bitte, soll das sein? Ich kenne nur den Helden Herkules.«

»Genau den meine ich.«

Alkides fuhr sich mit der Hand durch die Haare und nestelte an seinem Schwertgurt herum. Er errötete ob Theseus' offenem Lob, vielleicht auch des Weines und der Wärme des Feuers wegen.

»Können wir miteinander reden?«

»Worum geht's?«, fragte Alkides.

Ich wartete, bis Theseus sich Telemos zuwandte.

»Wir verlieren wertvolle Zeit«, sagte ich ohne Umschweife. »An jedem Tag, den wir hier vergeuden, wird Alexander schwächer. Möglicherweise ist er schon …« Ich schluckte, war nicht in der Lage, meine schlimmste Angst in Worte zu fassen. »Bitte, wir müssen weiterfahren. Lass diesen Kampf. Dies ist nicht dein Krieg.«

Alkides' Augen leuchteten unnatürlich hell. »Ich habe Lykos mein Ehrenwort gegeben. Und …«, er deutete auf den Barden in der Ecke, »… dies ist eine Gelegenheit, mir Ruhm zu erwerben. Zeus lauscht den Gesängen der Dichter.«

Fast hätte ich vor Wut mit der flachen Hand auf den Boden geschlagen. »Es gibt Wichtigeres als deinen Ruhm!«, entgegnete ich, bemüht, die Beherrschung nicht zu verlieren. »Wir haben uns meines Bruders wegen auf diese Fahrt begeben und weil ich es wollte! Hast du das vergessen?«

»Was soll das heißen?«

»Ich möchte nicht mit dir streiten, Alkides. Die Götter sehen es nicht gern, wenn alte Freunde sich uneins sind. Doch denk, wenn du das nächste Mal die Namen deiner Gefährten nennst, daran, dass mein Vater dich auf diese Reise geschickt hat und wir sie für meinen Bruder unternehmen. Nur für meinen Bruder.«

Er lachte. »Bist du deswegen so mürrisch? Weil ich deinen Namen Lykos gegenüber nicht erwähnt habe?«

Ich spürte, wie ich rot wurde. »Nein, das ist nicht der Grund. Mich ärgert, dass du vergessen zu haben scheinst, warum du diese Fahrt machst und mit wem.«

»Was willst du, Admete? Soll ich dem König der Mariandyner hier und jetzt deinen Titel und deine Herkunft nennen?«

»Nein«, antwortete ich und entwand ihm den Becher, worauf er das Gesicht verzog wie ein schmollendes Kind. »Es ist mein Ernst, Alkides. Ich möchte, dass du dich aus diesem Krieg zurückziehst und wir so schnell wie möglich die Reise zu den Amazonen fortsetzen, damit wir ein Heilmittel für meinen Bruder finden.«

Theseus packte die Hand einer Dienerin, die gerade vorbeiging, und Telemos zog sie lachend zu sich herunter. Alkides und ich schauten einander wütend an.

»Lass uns nicht streiten«, sagte er nach einer Weile und holte sich den Becher zurück. Dabei berührten seine Finger die meinen. Sein Blick wurde sanfter. »Entschuldige. Ich spreche mit Lykos. Die Bebryker sind ohnehin fast bezwungen.«

Ich atmete erleichtert aus. »Danke«, sagte ich und nahm seine Hand. »Wusste ich's doch, dass es den guten alten Alkides noch gibt.«

Er schwieg, aber ich sah, wie die Muskeln seines Kiefers

arbeiteten, als er diesen Namen hörte. Der Gesang des Barden drang zu uns herüber:

Theseus, der mutige Sohn des Aigeus,
packte seine schwere Axt
und stürzte sich mitten ins Getümmel.
Mit ihm stürmten Herkules,
der Sohn des kriegerischen Amphitryon,
und der listige Telemos.

Ich sah Alkides an, doch weil er den Blick abgewandt hielt, konnte ich seinen Gesichtsausdruck nicht erkennen. Beim Aufstehen stützte ich mich mit einer Hand auf seiner Schulter ab. Erst im allerletzten Moment wandte er sich mir zu, um mir zu helfen.

»Danke«, sagte ich noch einmal, und er schenkte mir ein kleines Lächeln.

»Dann geh mal lieber.« Er tat so, als wollte er mich aus dem Saal schieben. Ich lachte erleichtert, nun, da ich wusste, dass wir uns bald wieder auf die Fahrt begeben würden, nahm mir Fleisch und Brot und ein wenig Wein von einem Sklaven und machte mich auf den Weg zur Tür. Als ich an dem Barden vorbeikam, hörte ich die nächste Strophe seines Liedes:

Wie Bienen, die von Schäfern ausgeräuchert werden,
noch eine Weile leise summen,
bevor sie sich, vertrieben vom dunklen Rauch,
davonmachen,
flohen auch die Bebryker …

Ich beschloss, das als gutes Omen zu deuten.

Der Kampfgurt der Hippolyta

Ἀδμήτη

Admete

Amazonen, Skythien

Zehnter Tag des Erntemonats, 1265 v. Chr.

Die Fahrt erschien mir endlos. Jeder neue Sonnenaufgang über dem wässrigen Horizont brachte von Neuem die Angst mit sich, dass wir zu spät kommen und Alexander bei unserer Rückkehr nicht mehr am Leben sein könnte. Wochen nach unserer Abreise von Lykos' Hof beugte ich mich am Bug des Schiffs über die Reling. Ja, dort am Horizont, wo der Fluss ins Meer mündete, ja, ich war mir ganz sicher …

Unter den Wolken kamen eine Grassteppe und Bäume in Sicht. Als wir uns beim Takt der Rudertrommel näherten, meinte ich, Zelte auszumachen und Menschen, die sich dazwischen bewegten.

War es das wirklich? Dort vor mir …

Das Lager der Amazonen.

»Pass auf, dass du nicht ins Wasser fällst. Das wäre nach der langen Fahrt doch schade«, bemerkte Alkides, der auf der dem Bug nächsten Ruderbank saß, grinsend. Die Ärmel seines Gewands waren bis zu den Schultern hochgekrempelt, damit sie ihn beim Rudern nicht behinderten.

»Was meinst du: Wie werden sie sein?«, fragte ich.

»Mir ist das ziemlich egal«, antwortete Timiades, der eine Bank weiter hinten saß, bevor Alkides etwas sagen konnte. »Ich bin zufrieden, solange sie frisches Fleisch und Wasser zum Baden haben.«

»Was erwartest du dir von den Amazonen, Alkides?«

Er überlegte kurz. »Dass sie ihrem Ruf gerecht werden.«

Ich wandte mich der Küste zu, spürte den Wind auf meinem Gesicht und die Gischt auf meiner Haut. *Und du, Admete?*, fragte ich mich.

Ein Schauder überlief mich, und ich schloss die Augen, die Finger um das geschnitzte Holz des Bugs geklammert. *Ihr Götter, was tue ich hier?* Ein ungutes Gefühl beschlich mich. *Vielleicht sind das gar nicht die Amazonen. Oder sie haben kein Heilmittel gegen die Krankheit meines Bruders, und unsere Reise war vergebens …*

Oder meine Mutter erklärt mir vor versammelter Mannschaft, dass sie Tiryns tatsächlich meinetwegen verlassen hat …

Mir wurde übel, doch ich öffnete die Augen und zwang mich, zum Ufer hinüberzuschauen. Wir näherten uns der Flussmündung, wo die Strömung am Kiel zerrte. Das Lager lag ein wenig zurückgesetzt. Nun konnte ich die mit Filz und Tierhäuten bedeckten Zelte deutlich erkennen. Rundherum grasten goldfarbene und kastanienbraune Pferde. Die Frauen hackten Holz mit Bronzeäxten, häuteten erlegte Tiere und bereiteten das Fleisch zu. Ich schlug die Hand vor den Mund, als ich ihre Kleidung sah: Sie ähnelte der, die meine Mutter getragen hatte – Stulpenstiefel, gemusterte Hosen in lebhaften Grün- und Blautönen, spitze Mützen, Obergewänder mit ledernen Kampfgürteln, an denen anders als an dem meiner Mutter Schwerter und Streitäxte baumelten.

Dann entdeckte ich eine Gestalt, deren Haare nicht zu einem Zopf geflochten waren. Sie bürstete das Fell eines Pferdes … *Ein Mann?*

Nach allem, was ich seit dem Verschwinden meiner Mutter gehört hatte – Informationssplitter aus belauschten Gesprächen, Gesänge von Barden, die zu uns kamen –, handelte es sich um einen Stamm, der jeglichen Kontakt mit Männern mied. Er bestand ausschließlich aus Frauen, die keine Gatten oder Beschützer brauchten, weil sie sich mit Männern messen konnten.

Obwohl meine Mutter, wenn ich mich recht entsinne, das nie so geschildert hat …

Als ich spürte, wie jemand meinen Arm drückte, blinzelte ich. Alkides beugte sich auf seinem Sitz vor. »Angst ist etwas ganz Natürliches«, stellte er fest. »Du hast viele Jahre auf das hier gewartet.«

Ich presste die Lippen zusammen. »Was, wenn sie das Heilmittel, nach dem wir suchen, nicht haben?«, flüsterte ich so leise, dass nur er es hören konnte, bevor ich mich neben seiner Ruderbank auf die Planken setzte und die Knie an die Brust zog. »Was, wenn alles, was ich über sie weiß, falsch ist?«

Er gab mir keine Antwort. Sekunden vergingen, in denen der Bug sich in den Wellen hob und senkte. Ich kauerte mich an die Seite des Schiffs, als wollte ich mir einreden, dass es ein ganz gewöhnlicher Tag war, ich mich in meinen Gemächern in Tiryns aufhielt und meine Sklavin mir gleich eine Wanne mit Wasser für ein Bad füllen würde.

Alkides' Stimme riss mich aus meinen Gedanken. »Admete, schau!«

Mittlerweile hatten wir die Mündung des Flusses erreicht, der anders als unsere sprudelnden griechischen Bäche träge dahinfloss. Als ich mich erhob, sah ich mit einer Mischung aus Furcht und Sehnsucht, dass einige Mitglieder des Stammes entlang des Flussufers im Schatten der Bäume lagerten. Die Speere hatten sie neben sich in den Sand gestoßen. Eine groß gewachsene Frau, die einen Umhang aus Tierfell um die schmalen Schultern trug, trat vor, eine Streitaxt an dem mit Goldblechen verzierten Gurt über ihrem Gewand. Sobald der Steuermann unser Schiff an Land lenkte und der Kiel sich in den Sand grub, wichen alle anderen Gedanken aus meinem Kopf. Hier kannte ich mich instinktiv aus, wie ein Jungvogel, der zum ersten Mal zum Überwintern gen Süden fliegt.

Ja, das waren die Amazonen.

Hippolyta

Amazonen, Land der Saken

Vierzigster Tag nach dem Tag der Erde in der Jahreszeit von Apia, 1265 v. Chr.

Als ich das Schiff auf uns zukommen sah, schlug mein Herz hektisch wie die Flügel eines in einem Netz gefangenen Vogels. Es handelte sich um ein griechisches Schiff, das erkannte ich an dem schwarz geteerten Kiel, dem quadratischen Segel und dem Achterdeck mit dem Steuerruder. *Wie das seine, auf dem er mich verlassen hat.* Griechische Wörter und Sätze drangen übers Wasser zu mir herüber, vergessen geglaubte Musik in meinen Ohren, die mein Blut zum Singen und alle Nervenenden meines Körpers zum Klingen brachte.

Ich fasste meinen Speer fester, sodass die Knöchel weiß hervortraten. Melanippe stand links neben mir, Orithyia rechts. Mir war klar, dass Melanippe meine Anspannung spürte wie bei einer Stute, die nervös an der Gebissstange kaut.

Gleich würde das Schiff das Ufer erreichen, und sie müssten es an Land ziehen. Sobald ich die Gesichter der Ruderer erkennen konnte, ließ ich suchend den Blick darüber schweifen. Was ich zu sehen hoffte, ob ich überhaupt auf etwas hoffte, wusste ich nicht so genau. *Die dunklen Augen, das flachsblonde Haar…*

Schnell merkte ich, dass er nicht dabei war, und als meine

Schultern vor Enttäuschung herabsanken, wurde mir klar, dass ich tatsächlich gehofft hatte. *Vielleicht weiß einer von ihnen, wo er ist oder wie es ihm geht.* Es schnürte mir die Brust zu. Darauf folgte ein Gefühl der Verbitterung über meine Reaktion, darüber, dass sein Verrat mich noch immer so sehr quälte.

Gerade sprang der erste Grieche vom Schiff und watete durchs Wasser auf uns zu: ein bulliger, breitschultriger Mann, der den Sand mit wiegendem Gang überquerte. Als er vor mir niederkniete, sah ich die unstillbare Sehnsucht in seinen Augen.

»Herrin, *daimonié*«, begrüßte er mich, und beim Klang des Wortes, das der andere Grieche damals mir gegenüber ebenfalls verwendet hatte, empfand ich Freude, aber auch Schmerz. »Im Namen von Zeus, der über Reisende wacht und ihnen ein Dach über dem Kopf gewährt, frage ich Euch: Sind wir hier bei den Amazonen, oder müssen wir noch weiterfahren?«

Wie griechisch, einfach anzunehmen, dass ihre Sprache überall gesprochen wird, dachte ich. Melanippes Blick huschte zwischen mir und ihm hin und her, und Orithyia flüsterte: »Ein Fremder, ein Barbar!«

Ich trat einen Schritt vor, nahm seine Hand und zog ihn hoch. »Ja, wir sind Amazonen.« Meine Zunge musste sich erst wieder an die Aussprache des Griechischen gewöhnen. »Und ich bin ihre Königin Hippolyta. Was führt Euch hierher, Fremder?«

Kurzes Schweigen, dann hörte ich die anderen meines Stammes murmeln, die sich hinter mir am Ufer versammelt hatten, bereit, die Gäste willkommen zu heißen oder auf meinen Befehl hin die Waffen gegen sie zu ergreifen.

»Die Königin spricht ihre Sprache?«, raunte meine Bogenschützin Aella.

»Wie merkwürdig sie klingt!«

»Wie kann sie sie gelernt haben?«

»Eine fremde Sprache!«

Wir Amazonen reagierten Fremden gegenüber grundsätzlich misstrauisch. Unsere Mütter, die es von ihren Müttern lernten, seit Opoea, die Tochter von Targitaos, den Stamm der Amazonen mit ihrem Brudergatten Kolaxais begründete, hatten uns gesagt, die Götter hätten uns verboten, das Bett mit jemandem außerhalb unseres eigenen Volkes zu teilen, weil wir dann unseren Kampfgeist verlören. Seit meiner Kindheit erzählten die Frauen von Antimache, die vor meiner Geburt von einem anderen Stamm gefangen genommen worden war und noch heute als Verräterin unserer Sitten galt. Sie hatte das Bett mit einem Fremden geteilt – einem *paralati* –, einem Mann der Erde, und dem anderen Volk unsere Amazonengebräuche gezeigt. Wir seien ein starkes Volk, erklärten sie, und dürften die Wildheit nicht verlieren, die uns im Blut liege, indem wir uns mit Leuten anfreundeten, die außerhalb unserer Grenzen lebten, wie Antimache es getan habe. Deshalb wurde jeder *paralati* mit Argwohn betrachtet. Die schiefen Blicke, mit denen sie die bewaffneten Griechen nun bedachten, waren der beste Beweis dafür.

Wir Schwestern hatten unser Geheimnis gut bewahrt.

Ich bemerkte, wie meine Beraterinnen Thoreke und Iphito die jüngeren Kriegerinnen zum Schweigen brachten, und nickte, um ihnen zu sagen: *Ich tue nur meine Pflicht als Königin.* Sie schienen sich zu beruhigen und lockerten den Griff um ihre Schwerter und Schilde.

Ich wandte mich wieder dem Fremden zu, hinter dem die anderen Griechen sich versammelten. Mir stockte der Atem. Einer hatte den Kopf gedreht, und kurz, ganz kurz, meinte ich das Gesicht eines anderen in dem seinen zu erkennen. *Diese unergründlichen Augen, die die Welt und die Menschen zu verhöhnen scheinen … dieser markante Kiefer …*

Doch dann blinzelte ich, und die Ähnlichkeit verschwand. Dieser Mann hatte eine breitere Brust und war bestimmt einige Jahre älter als mein Grieche, denn graue Strähnen durchzogen die Haare an seinen Schläfen.

Ich konzentrierte mich auf den Fremden vor mir. Mein Atem ging schnell, der Kragen meines Umhangs fühlte sich heiß an.

»Ich bin Herkules, Sohn des Zeus«, sagte er, »und das …«, er deutete auf die Männer hinter ihm, »… sind meine Gefährten, die mutigsten Krieger von ganz Griechenland. Wir erbitten Eure Gastfreundschaft, und ich würde gern mit Euch sprechen.«

»Ihr kommt in friedlicher Absicht?« Ich betrachtete die Schwerter, die von ihren Gürteln hingen, die Speere und Schilde auf ihren Rücken. »Warum habt Ihr dann so viele Waffen dabei?«

Er breitete die Hände aus. Auf seinem Gesicht lag ein spöttischer Ausdruck, der mir nicht gefiel. »Ja, wir kommen in friedlicher Absicht – sofern Ihr bereit seid, mit uns zu reden.«

»Verstehe.« Ich ließ die Finger über die Goldbleche an der Vorderseite meines Gurts gleiten. »Dann sollten wir uns unterhalten.«

Als er das Haupt neigte, fiel mir eine Frau auf, die inmitten der Krieger und Sklaven hinter ihm stand. Sie wirkte in allem außer ihrer Kleidung – sie trug einen langen Rock wie die Griechen, der sich nicht zum Reiten eignete – wie eine Amazone. Ihre dunklen Haare waren zu einem langen Zopf geflochten, sie hatte hohe Wangenknochen, ihre

Augen waren schmal und schräg, und sie schaute mich voller Neugierde an.

Noch einmal wandte ich mich dem Mann zu, der sich Herkules nannte. »Ihr steckt voller Widersprüche, Fremder«, bemerkte ich. »Ihr segelt übers Meer ans Ende der Welt, nur um mit uns zu sprechen. Ihr bringt eine Frau mit, die aussieht wie eine Amazone, jedoch griechische Kleidung trägt …«

Und du bist Grieche, hast ihn aber nicht mitgebracht.

Er deutete auf die Frau. »Diese Fahrt hat ihr Vater, der König von Tiryns, mir als Aufgabe auferlegt. Ich muss zwölf Arbeiten in seinem Dienst verrichten. Admete hat verlangt, dass wir zu den Amazonen reisen.«

Ich schenkte der Frau ein Lächeln, das sie erwiderte.

»Es ist das Gesetz der Götter«, ich erhob die Stimme, damit alle Griechen mich hörten, »dass wir Euch bei uns aufnehmen und Euch zum Abschied Geschenke mitgeben, die von der Macht der Amazonen künden. Doch zuerst …«, ich deutete zum Lager hinüber, »… lasst uns gemeinsam der Göttin, die alle Dinge erschafft, opfern, essen und trinken. Dann könnt Ihr mir erzählen, woher und warum Ihr gekommen seid.«

Er neigte erneut das Haupt. »Gern.«

»Sie kommen in friedlicher Absicht«, erklärte ich meinen Leuten in unserer Sprache. Die Anspannung wich aus ihren Gesichtern. Nur Orithyias finsterer Blick hellte sich nicht auf.

»Sie sind Fremde!«, zischte sie. »Wie können wir ihnen vertrauen? Sie kommen bewaffnet, und trotzdem lädtst du sie an unser Feuer ein?«

Ich setzte mich in Richtung der Bäume in Bewegung. »Meine Mutter hat verfügt, dass wir alle Gäste bei unserem

Stamm willkommen heißen, Orythia. Wir behandeln sie, wie wir gern weit draußen in der Steppe behandelt werden würden.«

Am Ufer entdeckte ich den Mann, der meinem Griechen ähnelte. Er überwachte, wie das Schiff an Land gezogen wurde. Das Licht der Sonne ließ die Strähnen in seinen Haaren erstrahlen; ich hörte seine Befehle.

Melanippes Stimme riss mich aus meinen Gedanken. »Sei vorsichtig, Schwester«, warnte sie mich.

Ich erwachte wie aus einem Traum und versuchte, mich zu sammeln, als ich neben dem Fremden über den Sand schritt.

Vergiss nicht, wer du bist, Hippolyta, ermahnte ich mich selbst und biss mir auf die Lippe. Im Geist hörte ich die Stimme meiner Mutter, scharf wie der Schlag einer Reitpeitsche. Sie war eine Königin gewesen, die ihre Pflicht dem Stamm und den Sitten ihres Volkes gegenüber niemals vernachlässigt hatte. *Besinne dich auf diese Pflicht, wie du es damals bei dem Griechen nicht getan hast.* Schuldgefühle und Scham, die mich schon so viele Jahre begleiteten, überkamen mich.

Du bist die Königin der Amazonen. Du musst an dein Volk denken.

Meine Finger wanderten zu dem Adler-*tamga* an meinem Gurt. Das kalte Eisen an meiner Haut fühlte sich an wie die Liebe meiner Mutter, wild und stolz. Ohne zurückzublicken, marschierte ich hocherhobenen Hauptes zu den Zelten.

Ἀδμήτη

Admete

Amazonen, Skythien

Zehnter Tag des Erntemonats, 1265 v. Chr.

Es war wie eine Vision, aber besser, da wirklich. Ich blinzelte ein ums andere Mal, um mich zu vergewissern, dass ich nicht träumte. Ich hatte mir die Welt der Amazonen so oft vorgestellt, schon als kleines Kind, wenn meine Mutter mir davon erzählte, während sie mich an Sommerabenden in meiner Wiege schaukelte. Vor meinem geistigen Auge hatte ich sie über die Steppen reiten sehen, einen Jagdfalken auf dem Arm, den Wind in den Haaren. Später, als ich allein einschlief, hatte ich die Bilder weiter ausgeschmückt. In finsteren Nächten ohne Sternenlicht hatte ich mir eine eigene Welt ausgedacht, einen Zufluchtsort mit Bergen voller Geröll, darin Stämme, die sich in Felle kleideten, und Frauen, die einander wie Falken zuriefen. Und mittendrin meine Mutter auf ihrem Pferd.

Doch einen solch weiten Himmel und eine so grenzenlose Steppe hatte ich mir nie erträumt. Im Lager, in dem mindestens hundert Amazonen lebten, herrschte geschäftiges Treiben. Die Zelte standen dicht beieinander, die Menschen lebten so eng zusammen wie ihre Pferde, die gemeinsam an den Trögen fraßen und nebeneinander schliefen, um sich gegenseitig zu wärmen. Zwei Frauen auf Hockern, die eine spann Wolle, die andere flickte Kleidung, plauderten bei der Arbeit leise miteinander; einige Männer gerbten am Rand des Lagers, wo der Wind den Gestank wegtrug, Leder in Holzbottichen; andere kümmerten sich um die Pferde, füllten die Wassertröge und holten mit Stöcken Steinchen aus den Hufen. Es war alles ganz anders, als ich es mir vorgestellt hatte, und doch real und so lebendig, dass meine Fantasiewelt verblasste.

Die Königin, ihre Reiter und die Griechen, unter ihnen Alkides, waren auf die Jagd gegangen, während ich voller Spannung zurückblieb, ob ich nach so vielen Wochen auf See endlich die Kräuter finden würde, die meinem Bruder helfen konnten. Hinter meiner Aufregung verbarg sich ein weiteres Gefühl: Angst. Angst, dass sie sich vielleicht nicht hier aufhielt oder dass sie mich, wenn ich sie aufspürte, zurückweisen würde ... Um mich von solchen Gedanken abzulenken, suchte ich die Heilerin des Lagers auf. Den Frauen, die mich neugierig musterten, wenn sie an mir vorbeigingen, schaute ich nicht ins Gesicht. Nur so gelang es mir, weiter zu glauben, dass meine Mutter hier irgendwo war.

Am folgenden Tag hatte ich sie nach wie vor nicht entdeckt, und ich besaß nicht den Mut, mich nach ihr zu erkundigen. Allerdings meinte ich – vielleicht bildete ich mir das auch nur ein –, bisweilen ihren Namen zu hören, wenn sich jemand flüsternd unterhielt. Doch wenn ich den Blick hob, sah ich nur Menschen, die schweigend und mit gesenkten Köpfen ihre Arbeit verrichteten. Ich fragte mich zu der Heilerin des Stammes durch, einer älteren Frau namens Ioxeia, über deren blindes Auge eine Narbe verlief. Sie erklärte sich bereit, mir bei Sonnenaufgang ihre Kräutervorräte zu zeigen.

Also stand ich im Morgengrauen von meinem Bett im Zelt von Polemusa, Aella und Deianeira, Amazonenfrauen meines Alters, auf. Sie starrten meine griechische Kleidung und meinen Zopf an und reagierten kaum, wenn ich mich in der Sprache der Skythen mit ihnen zu unterhalten versuchte. Am Himmel zogen fahlrosafarbene Wolken mit Goldrand dahin, als ich zum Zelt der Heilerin eilte, einen Umhang gegen die morgendliche Kälte um meine Schultern und Tau vom feuchten Gras an den Sandalen. Rauch erhob sich in einer blauen Säule von der Jurte, deren Zeltklappe ich zurückschlug. Im Innern sah ich die Heilerin, eine Lampe in der Hand, vor einem Kessel mit dem Stutenmilchgetränk, das sie *kumiss* nannten, auf einem Hocker vor dem Feuer sitzen. Körbe voller Kräuter stapelten sich an den Zeltwänden. Bei dem Anblick breitete sich ein Lächeln auf meinem Gesicht aus. Die Gerüche, die mir in die Nase stiegen – von Mädesüß, Poleiminze und Färberdistel –, waren mir so vertraut, dass ich unwillkürlich die Augen schloss und tief einatmete.

»Aha, eine echte Heilerin«, bemerkte Ioxeia und schaute mich, den Kopf ein wenig schief gelegt, mit ihrem gesunden Auge an, während sie das vor sich hin simmernde *kumiss* mit einer Schöpfkelle umrührte. »Wenn du halb Amazone bist, wie du behauptest, wundert mich das nicht. Unser Volk hat Geschick im Umgang mit Pflanzen.«

Ich ließ den Blick über das Innere der Jurte wandern, sah das Bett mit den Fellen, die getrockneten Pflanzen, die von den Zeltstangen hingen, die Kräuter in den Körben.

»Bedien dich«, forderte sie mich auf.

Ich hob einen Korb mit getrockneten Süßholzwurzeln hoch und schnupperte daran. »Ich suche nach einem Heilmittel gegen eine bestimmte Krankheit.«

»Du hast den Kranken mit eigenen Augen gesehen?«

Ich nickte und nahm eine Handvoll Alant heraus.

»Welche Symptome?«

»Fieber«, antwortete ich, legte den Alant zurück und zählte die Symptome an den Fingern auf. Als Ioxeia sich zu mir gesellte, erfüllte mich Befriedigung über unsere gemeinsame Sprache, die uns über das Skythische hinaus verband, die Sprache der Pflanzen und ihrer Wirkungen auf den menschlichen Körper. »Ein solches Fieber habe ich noch nie zuvor gesehen. Es kehrt in regelmäßigen Abständen wieder, verschlimmert sich, lässt nach und wird wieder stärker. Der Kranke schwitzt und friert, ist schwach, deliriert.«

Sie schürzte die Lippen, sodass die Haut sich in Falten legte. »Fieber«, murmelte sie und ging zu den Körben auf der anderen Seite. Ich beobachtete, wie sie die Kräuter eines nach dem anderen an die Nase hielt, um sie zu identifizieren, bevor sie ihren Namen nannte und ihre Eigenschaften. »*Halinda* – aber das verstärkt die Wärme … Quitte und Kreuzkümmel für die Verdauung … Teufelsauge …«, sie nahm eine Handvoll getrockneter Blätter und gelber Blüten, »… damit könntest du versuchen, den Puls zu beruhigen.« Sie gab etwas von dem Kraut in einen Stoffbeutel, bevor sie sich erneut den Körben zuwandte. »Ysop erhöht die Temperatur, lindert jedoch auch Übelkeit – leidet der Kranke denn unter Übelkeit?«, erkundigte sie sich.

Ich nickte, worauf sie ein wenig davon in einen anderen Beutel gleiten ließ. »Brustwurz verursacht Schwitzen. Estragon hilft beim Einschlafen. Johannisbrot lindert Magenschmerzen …« Wieder hob sie ein Kraut an die Nase. »Du könntest es mit Schafgarbe versuchen«, sagte sie und reichte mir einen Behälter mit getrockneten Blättern. Schafgarbe hatte ich bereits probiert. Sie bewirkte nicht viel, abgesehen davon, dass sie das Fieber etwas senkte. *Die Götter mögen geben, dass sie mehr hat, denn sonst war diese Reise tatsächlich vergeblich.*

»Hast du es schon mit Mutterkraut versucht?«

»Ja, und mit Weidenrinde.«

Sie stellte den Korb zurück und setzte sich ächzend wieder ans Feuer. »Mehr kann ich dir auch nicht bieten.« Sie nahm die Schöpfkelle und begann erneut zu rühren. Aus dem Kessel stieg der süßliche Geruch von Milch auf.

Ich schob die Beutel halb verzweifelt, halb wütend in meinen Gürtel. »Bitte. Da muss noch etwas anderes sein! Meine Mutter hat von Kräutern gesprochen, die wir in Griechenland nicht kennen, von so großer Wirkkraft, dass sie jede Krankheit heilen können …«

Ioxeia ließ die Kelle sinken und stützte die Hände darauf. Sie wirkte resigniert. »Und wer war deine Mutter, mein Kind?«

Ich zögerte. »Antimache«, antwortete ich schließlich.

Sie stöhnte auf. »Das hatte ich mir fast gedacht.« Ioxeia musterte mich kurz, bevor sie hinzufügte: »Du siehst ihr ähnlich.«

Plötzlich waren alle Gedanken an Kräuter vergessen, und das Herz schlug mir bis zum Hals. »Du kennst sie also?«

»O ja.« Ich meinte, einen Schatten über ihr Gesicht huschen zu sehen. »Ich habe ihr die Heilkunst beigebracht.«

»Dann weißt du sicher, wo sie ist, oder?«

Sie schüttelte den Kopf. Ihre grauen Haare schimmerten im Licht des Feuers. »Mehr wirst du von mir nicht erfahren.«

»Aber …«

»Nein.« Ihre Stimme klang scharf. »Wenn du mehr wissen möchtest, musst du die Königin fragen.« Sie schob die Unterlippe vor und verschränkte die Finger ineinander.

»Gut, ich gehe gleich zu ihr. Danke.«

»Tochter der Antimache«, rief sie mir nach, und in meiner Eile rutschte ich auf dem Teppich aus. »Wenn du dieses Heilmittel unbedingt finden willst …«

»Du hast noch etwas anderes?«

Die alte Frau rückte mit dem Hocker näher ans Feuer heran. »Nein. Doch wenn die Krankheit so mächtig ist, wie du behauptest, vermute ich fast, dass es sich um eine gottgesandte Plage handelt, die nur die Götter kurieren können. Du solltest …«, ihr blindes Auge schimmerte milchig weiß, »… die Königin nach den goldenen Äpfeln fragen.«

Hippolyta

Amazonen, Land der Saken

Einundvierzigster Tag nach dem Tag der Erde in der Jahreszeit von Apia, 1265 v. Chr.

Wie sich herausstellte, waren die Griechen auf der Suche nach Arzneien zu uns gereist. Die Tochter des Königs, die so große Ähnlichkeit mit einer Amazone hatte, wollte die Krankheit ihres Bruders mit Kräutern, nicht durch die Besänftigung der Götter heilen – das teilte mir Herkules in leicht spöttischem Tonfall mit. Sie waren also tatsächlich in friedlicher Absicht gekommen, damit sie mit Ioxeia sprechen und von ihr lernen konnte. Obwohl die Ältesten in meinem Rat murmelten, sie fänden es merkwürdig, dass die Griechen so viele Schwerter und Speere mitgebracht hätten, wenn sie doch auf Wissen aus seien, und obwohl meine innere Stimme mich zur Vorsicht mahnte, achtete ich nicht darauf. Ich war entschlossen, ihnen zu glauben, ihrem Wort und ihrer Ehre, wie meine Mutter es getan hätte, als Königin, die den Gesetzen der Gastfreundschaft unter den Göttern verpflichtet war.

So führte ich, während Ioxeia der Tochter des Königs ihre Kenntnisse über Kräuter vermittelte, die anderen in die Steppe. An jenem Morgen wollten wir wieder gemeinsam auf die Jagd gehen. Den Griechen schien der ungewohnte Anblick von Frauen, die reiten konnten, zu gefallen, und ich freute mich, ihnen die Fähigkeiten meines Stammes zu demonstrieren, unsere althergebrachten Traditionen und die Schönheit des Lebens unter freiem Himmel, in dem Männer und Frauen, den Wind in den Haaren und den Köcher an der Hüfte, Seite an Seite ritten. Ich hörte, wie die Pferde vor meiner Jurte zusammengetrieben wurden, das Geräusch der Hufe auf dem Boden, das Schnauben und Wiehern. Die Hunde bellten, und die Jagdrufe in der Sprache der Griechen und der der Saken vermischten sich mit dem Lachen der Kinder.

Ich zog meine Tunika, die am Saum bestickt und in lilafarbenen und grünen Streifen gefärbt war, unter meinem Kampfgurt straff, überprüfte die Schnalle an meiner Seite und spürte, wie die Goldbleche unter meinen Fingern gegeneinanderklapperten. Zu Ehren der Gäste war mein Zopf mit Goldfäden geschmückt, und an meinem Gewand trug ich eine Brosche mit der Abbildung eines springenden Hirschen, die früher meiner Mutter gehört hatte. Aus dem Bronzespiegel blickte mir eine stolze Herrscherin, eine strenge Anführerin ihres Volkes, entgegen. Ihr Gesicht mochte ein wenig blass wirken, doch ihre Miene war entschlossen, und ihre Augen leuchteten.

Ich hob das Kinn, legte den Spiegel weg und trat, einen Daumen in meinen Kampfgurt geschoben, aus dem Zelt.

Theseus von Athen, der mich so sehr an den anderen Griechen erinnerte, wartete inmitten der sich versammelnden Reiter. Seine Finger lagen locker auf den Zügeln meines Pferdes. Er trug Jagdkleidung, hatte die Haare mit Öl nach hinten gekämmt, und der Bart glänzte dunkel an seinem Kinn und über seiner Lippe.

»Herrin«, begrüßte er mich, nahm meine Hand und verneigte sich. »Ihr seid so schön wie Artemis vor der Jagd.«

Ich entzog sie ihm, weil mir sein eindringlicher Blick

nicht gefiel. »Die Amazonen sprechen ihre Königin nicht so an.«

Er führte Kati zu mir. »Darf ich Euch wenigstens aufs Pferd helfen?«

Ich ging um ihn herum. »Ich bin die Königin der Amazonen«, erklärte ich, ergriff Katis Mähne mit einer Hand und schwang mich auf ihren Rücken. Kati wieherte und begann unter mir zu tänzeln. »Das Reiten habe ich noch vor dem Laufen gelernt.«

Er errötete und senkte schweigend das Haupt.

»Melanippe?« Ich lenkte Kati auf der Suche nach ihr zwischen den stampfenden Rössern und den bellenden Hunden hindurch. Endlich entdeckte ich sie. Sie saß in wollener Jagdkleidung auf ihrem Pferd, Bogen und Köcher an der Seite.

Als sie nach den Hunden pfiff, sammelte sich das Rudel. Meine Kriegerinnen Aella, Xanthippe, Asteria und die anderen, denen sich einige Zeltbewohner anschlossen, welche gern jagten, sprangen auf meinen Ruf, zuerst in der Sprache der Saken, dann in der der Griechen, auf ihre Rösser. Herkules schwang sich auf eines unserer Pferde, seine Gefährten folgten seinem Beispiel. Manche beklagten sich über die grob gewebten Filzdecken, die wir als Sattel verwendeten, andere rückten ihre Schwertgurte und Speere am Rücken zurecht.

Die Luft roch nach Regen, und am Himmel ballten sich dunkelgraue Sturmwolken zusammen. Ich nahm Katis Zügel in eine Hand und wendete sie in Richtung der Griechen und Amazonen. Vor meinen Augen vermischten sich die bunten Obergewänder und Hosen der Amazonen mit der schmucklosen Kleidung der Griechen, dazu kamen Pferde in allen Farben – schwarz, rötlich, hell- und dunkelbraun. Zwischen ihnen liefen Teres, Ainippe und Kayster hin und her, die die Tiere an den Schweifen zogen und sich lachend mit den Hunden im Gras wälzten.

»Los geht's!« Ich nahm meinen Bogen aus der Hülle an meinem Kampfgurt. Die Griechen lärmten, die Hunde bellten. Melanippe und Aella schüttelten die großmaschigen Jagdnetze. Nach einem kurzen Ruck an den Zügeln verfiel Kati, wie immer meine Gedanken erahnend, zuerst in Trab und dann in Galopp. Auf der offenen Ebene hörte ich Hufschlag hinter mir und sah Theseus. Ich warf den Kopf in den Nacken und trieb Kati an. Mein Körper hob und senkte sich mit dem ihren, als wären wir eins. Theseus fiel zurück.

»Ihr könnt nicht reiten?«, rief ich ihm über die Schulter gewandt zu.

»In Griechenland«, rief er zurück, »reiten Frauen nicht so. Manch einer würde behaupten, das zieme sich nicht.«

»Im Land der Amazonen«, erwiderte ich, und der Wind trug ihm meine Worte zu, »lernen Frauen wie Männer das Reiten. Oft ist die Frau auf dem Pferd schneller als der Mann und kann besser mit dem Bogen umgehen als er.«

»Sind die Frauen, die so gern reiten und die Kunst der Kriegführung kennen, denn auch Mütter? Wie kommt es, Königin, dass Ihr so viele Kinder im Lager habt, wenn Eure Frauen ständig auf dem Rücken der Pferde sitzen?« Lachend schickte er eine weitere Frage hinterher: »Teilen die Frauen auch das Bett mit Männern?«

Ich gab ihm keine Antwort, weil in dem Moment Xanthippe und Asteria zu mir aufschlossen. Ich hatte einen trockenen Hals, und mein Herz klopfte wie wild. War es reiner Zufall, dass er das gesagt hatte? Oder wusste er von dem Griechen? Hatte ihm jemand von ihm erzählt? Wenn er darüber redete … Wenn die Amazonen erfuhren, dass …

In meiner Panik verschwamm mir der Blick. Ich deutete blind auf die Umrisse eines Rotwildrudels in der Ferne, und die Frauen meines Stamms nickten und trieben ihre Pferde an. Die Hunde rannten voran, die anderen Mitglieder der Jagdgesellschaft folgten laut rufend und mit donnernden Hufen. Auch ich galoppierte weiter, spürte den Wind, der gegen meine Wangen peitschte, und den vertrauten soliden Rücken Katis zwischen meinen Oberschenkeln. Ich versuchte zu ignorieren, dass Theseus' Blick auf mir ruhte, unverwandt wie der eines Falken auf seiner Beute.

Urplötzlich teilte ein Blitz die Wolken, und ein lauter Donnerschlag erklang ganz in der Nähe. Die Rehe flohen, als Rudel zusammengedrängt, erschreckt über das offene Feld. Ein zweiter, blendend weißer Blitz erhellte den Himmel, dann erscholl so lauter Donner, dass meine Rippen erbebten. Kati scheute und warf den Kopf hin und her, während sie über die Steppe galoppierte.

Ich zerrte an den Zügeln und presste die Oberschenkel fest zusammen, um nicht abgeworfen zu werden. Die Schleusen des Himmels öffneten sich, Katis Augen waren angstgeweitet. Ich drehte mich um, schützte mein Gesicht mit der freien Hand. Hinter mir verstreuten sich die Reiter über die Steppe; einige versuchten, ihre Pferde zu bändigen, andere bemühten sich, nicht herunterzufallen. Als der Schneeregen sich zu einem silbergrauen Schleier verdichtete, wandte ich mich wieder nach vorn. Mein einziger Gedanke war es, nicht von Kati herunterzurutschen, obwohl meine Hose an meinen Beinen klebte und meine Schuhe sich mit Wasser füllten. Vor mir sah ich lediglich Katis Mähne, von der der Regen tropfte. Ich schlang die Zügel um meine Hände, zog den Kopf ein und rief ihr beruhigende Worte zu, die der Wind fortwehte.

Endlich tauchten verschwommen die Umrisse von Bäumen vor mir auf. Offenbar hatten wir den Fluss erreicht. Kati rannte unter das schützende Blätterdach und blieb mit bebendem Körper stehen. Ich glitt von ihr herunter ins Gras und barg ihren Kopf in meiner Armbeuge, streichelte ihren Nacken und murmelte: »Ruhig.« Obwohl weiter Blitze vom Himmel zuckten, spürte ich, wie Kati sich entspannte, wie sie auf meine Stimme und meine körperliche Nähe reagierte. Ihr Atem war warm auf meiner durchweichten Kleidung und meiner Haut; lächelnd legte ich meine Stirn an die ihre und sog ihren Geruch nach Heu und Rauch ein.

Ich stutzte.

Ein Reiter näherte sich uns. Das unangenehme Prickeln meiner Haut sagte mir, dass es Theseus war. Er lenkte sein Pferd zu mir. Ich wandte mich ihm nicht zu.

»Ihr habt keine Angst?«, fragte er mit sanfter Stimme, die kaum den Regen übertönte. Als erneut ein Donnerschlag erscholl, zuckten Katis Ohren. Ich streichelte und beruhigte sie weiter. Mein eigenes Herz pochte vor Furcht bei dem Gedanken, dass er möglicherweise Bescheid wusste.

»Nein. Eine Königin kennt nur eine Angst: die um ihr Volk.«

Schweigen.

Er trat näher zu mir und ergriff mein Handgelenk. Ich spürte seinen Atem auf meiner Haut. Wut loderte in mir auf. Ich schlug ihm mit dem Handballen ins Gesicht und spürte, wie sein Nasenbein brach. Als er blutend zurücktaumelte, zückte ich in Windeseile mein Schwert und hielt es ihm an den Hals. Regentropfen tanzten auf der Klinge.

»Wie könnt Ihr es wagen? Wie könnt Ihr es wagen, mich zu berühren, mich, die …«

Er wich, die Finger an der gebrochenen Nase, zurück und

ging auf dem feuchten Gras ausgleitend zu seinem Pferd. Als er sich zu mir umwandte, trafen sich unsere Blicke. Ich sah den Hass in seinen Augen.

»Verschwindet!«, rief ich voller Wut und straffte, das Schwert nach wie vor ausgestreckt, die Schultern. »Und wagt ja nicht, noch einmal das Wort an mich zu richten.«

Schweigend trieb er sein Pferd in den Sturm und die Dunkelheit der regennassen Steppe.

Ἀδμήτη

Admete

Amazonen, Skythien

Zwölfter Tag des Erntemonats, 1265 v. Chr.

Ich ging nicht sofort zur Königin, weil ein Sturm losgebrochen war und Ioxeia mir gestattete, bei ihr am warmen Feuer zu bleiben. Als ich sah, dass der Regen nicht so schnell nachlassen würde, verließ ich das Zelt. Draußen sank mir der Mut. Ich spürte die Blicke der Amazonen auf mir und hörte ihr Flüstern in der Sprache der Skythen, von der sie glaubten, dass ich sie nicht verstand.

»Sie sieht aus wie eine Amazone!«

»Sie sieht aus wie Antimache!«

Warum hatte Ioxeia sich geweigert, mit mir über Antimache zu sprechen? Warum glaubte ich immer wieder, Antimaches Namen zu hören? *Vielleicht ist sie in Ungnade gefallen. Vielleicht ist sie tot. Vielleicht hat sie die Amazonen an die Griechen verraten …*

Ich zog die Kapuze meines Umhangs über den Kopf und schritt, in den Regen blinzelnd, schneller aus. Wenig später erreichte ich das Zelt von Alkides.

Und trat ein, statt zur Königin der Amazonen weiterzugehen. »Ich muss mit dir reden.«

Vom Eingang der Jurte aus betrachtete ich die mit Webteppichen bedeckten Filzwände und das Feuer, das in einem Kohlenbecken in der Mitte brannte, während durch die obere Zeltöffnung Regen hereintropfte. Alkides, der ein frisches Gewand trug, rubbelte auf einem Hocker sitzend seine Haare trocken. Einige andere Griechen – die Brüder Euneos, Solois und Thoas sowie Perses, Sthelenos und Timiades von Argos – wärmten sich in ihrer durchnässten Kleidung am Feuer. Auch Theseus war da. Der Anblick seiner schiefen Nase und seines blutverschmierten Gesichts erschreckte mich. War er vom Pferd gefallen oder hatte er sich mit einem anderen Griechen gestritten? Seine Miene war so finster wie die Sturmwolken draußen; eine Ader pochte an seiner Stirn, während ein Sklave ihm das Blut von der Haut tupfte. Als er mich sah, verengten sich seine Augen.

Ich ging an Timiades vorbei zu Alkides und kniete neben diesem nieder. »Die Jagd?«, fragte ich.

Alkides schüttelte den Kopf so heftig, dass Wassertropfen auf meiner Haut landeten. »Wir mussten umkehren.« Er wischte sich Wangen und Hals mit einem Tuch ab.

»Das tut mir leid.« Ich streckte die Hand nach seinem Knie aus. *Waren sie des Regens oder Theseus' Verletzung wegen zurückgekommen?*, fragte ich mich. »Aber ich bin froh, dass du da bist. Ich möchte mit dir sprechen.«

Er schien die Sorge in meiner Stimme zu hören oder sie in meinen Augen zu sehen, denn er hörte auf, sich abzutrocknen, beugte sich, die Ellbogen auf den Oberschenkeln, vor und schaute mich mit gerunzelter Stirn an wie in den vergangenen Jahren immer dann, wenn ich mich mit einer Sorge an ihn gewandt hatte. Ob dieses Zeichens unserer alten Freundschaft ging mir das Herz auf.

»Was ist los?«

Ich biss mir auf die Lippe, blickte zu Theseus hinüber, der den Kopf in den Nacken gelegt hielt, während der Sklave seine Wunde versorgte, dann zu Timiades, der sich nur wenige Schritte von ihm entfernt die Hände am Feuer wärmte.

»Hast du das Heilmittel gefunden?«, fragte Alkides so leise, dass nur ich ihn verstehen konnte. »Die Arznei für Alexander?«

Als ich verneinte, wurde er traurig. »Doch ich habe einen Hinweis«, erklärte ich, und sofort hellte sich seine Miene auf. »Ich weiß nicht, ob er viel bringt, aber …«, ich schob meine Zweifel beiseite, denn nun war der richtige Zeitpunkt, Alkides' Eifer zu nutzen, »… die Heilerin hat mir von einem Garten mit goldenen Äpfeln berichtet, der den Göttern gehört. Diese Äpfel könnten meinen Bruder möglicherweise heilen. Sie sagt, ich soll die Königin danach fragen … und nach meiner Mutter …«

»Äpfel aus Gold?«, wiederholte er. Seine Stimme übertönte das Prasseln der Flammen.

Timiades wandte sich uns interessiert zu. »Etwa die Äpfel der Hesperiden?«

»Ihr kennt sie?«, fragte ich erstaunt. »Ich hatte noch nie von ihnen gehört.«

Er zuckte mit den Achseln. »Das ist eine alte Geschichte, die heute nicht mehr oft erzählt wird.«

»Verratet mir mehr darüber.«

Timiades rieb sich die Stirn. »Angeblich befindet sich am Ende der Erde ein Garten, der von den Hesperiden, den Hüterinnen des Abends, den Töchtern des Atlas, bewacht wird. Die Äpfel aus Gold waren ein Geschenk der Erde an Zeus und Hera zu ihrem Hochzeitstag, heißt es.«

»Und diese Äpfel besitzen Heilkräfte?« *Vielleicht ist an Ioxeias Geschichte doch mehr dran. Wenn man sie auch in Griechenland kennt, handelt es sich möglicherweise nicht nur um ein Ammenmärchen.*

Wieder zuckte er die Schultern, dann streckte er die Hände zum Feuer aus. »Ich habe sie von der Mutter meines

Vaters gehört, als ich ein Junge war, und erinnere mich deshalb nicht mehr so genau daran. Doch ich glaube mich zu entsinnen, dass sie Unsterblichkeit verleihen.«

Ich spürte, wie Alkides die Ohren spitzte. Unsere Blicke trafen sich. Seine Augen glänzten, sein Gesicht glühte. Mir war klar, dass er sich an die Worte meines Vaters erinnerte, der gesagt hatte, er solle die Amazonen auch dann aufsuchen, wenn sie die Kräuter, die wir brauchten, nicht hätten. Dann könne er behaupten, er, der König, habe ihm diese Aufgabe gestellt.

Alkides wurde von einem einzigen Gedanken beherrscht: *Unsterblichkeit*.

»Bei allen Göttern, Admete!«, rief Alkides aus, wölbte die Hände um mein Gesicht und drückte mir lachend einen Kuss auf die Stirn. »Du hättest ein Mann werden sollen! Wie ist es Athene und Hephaistos nur gelungen, so viel Klugheit in den zierlichen Körper einer Frau zu füllen?«

Theseus, der auf der anderen Seite des Feuers saß, hob bei Alkides' begeistertem Aufschrei den Kopf. »Klugheit bei einer Frau?«, fragte er höhnisch und schob den Sklaven beiseite, der seine Wunde versorgt hatte. »Da fließt noch eher der Fluss Acheloos zu den Gipfeln des Pindos-Gebirges hinan.«

Um Alkides' Mundwinkel spielte ein Lächeln. Als er meinen Blick bemerkte, verschwand es. Theseus schnaubte verächtlich und zuckte vor Schmerz zusammen. »Wir machen uns sofort daran, den Kampfgurt zu erringen!«, meinte Alkides. »Es besteht keinerlei Grund mehr, noch länger hierzubleiben.«

Wieder einmal hörte ich die Ungeduld in seiner Stimme, und ich bekam ein flaues Gefühl im Magen. Ich hatte nicht bedacht, was passieren würde, wenn wir das Heilmittel fänden, nach dem wir suchten. Die Königin würde ihren

Kampfgurt nicht freiwillig hergeben, und ich hatte nicht damit gerechnet, dass Alkides ihn ihr mit Gewalt entreißen wollte, dass wir das Gesetz des Gastrechts verletzen und uns gegen die erheben würden, die uns mit offenen Armen empfangen hatten. Wie konnten wir uns nun, da ich die Amazonen – mein Volk – kannte, gegen sie wenden?

»Alkides, ich denke, wir sollten nicht kämpfen …«

»Beim Zeus, Herkules, es reicht!« Theseus sprang auf und stieß dabei den Tisch um, auf dem die Wasserschale mit dem Verbandszeug stand. Die Schale fiel herunter, das Wasser ergoss sich auf den Boden und floss zischend ins Feuer. Der Sklave kniete nieder, um es aufzuwischen. Theseus' Gesicht war zornrot; er wandte sich mit erhobener Stimme an Alkides. Ich spürte, dass nicht nur meine Anwesenheit Theseus verärgerte. »Wie lange wollt Ihr noch auf den Rat einer Frau hören?«, herrschte er Alkides über den Rücken des Sklaven hinweg an. »Wir hätten der Königin den verdammten Kampfgurt sofort abnehmen sollen, wie ich es Euch geraten habe! Zuerst mussten wir uns zurückhalten, weil sie …«, er sah mich wütend an, »… Kräuter für den Kochtopf finden wollte, und jetzt möchte sie Euch ganz von der Suche abbringen. Als wüsste sie über das Kriegsgeschäft Bescheid! Bei den Göttern!« Er versetzte dem umgestürzten Tisch einen Tritt. Der Sklave duckte sich. »Die Frauen sind alle gleich – Feiglinge, eine wie die andere! Warum hört Ihr auf sie, Herkules?«

Zorn wallte in mir auf. »Sohn des Aigeus«, ich erhob mich und sah ihm ins Gesicht, »ich bin die Tochter eines griechischen Königs. Es steht Euch nicht an, so mit mir zu sprechen! Alkides lässt das nicht zu!«

Doch Theseus redete einfach weiter. Die Worte sprudelten aus seinem Mund, als hätten sie sich wochenlang darin angestaut, und Alkides hinderte ihn nicht daran. Er rutschte lediglich ein wenig auf seinem Sitz hin und her. Röte stieg von seinem Hals in sein Gesicht, und im Licht des Feuers bemerkte ich die Schweißtropfen auf seiner Haut. »Ihr möchtet wissen, warum er Euren Namen am Hof von Lykos nicht erwähnt hat?« Theseus deutete auf Alkides; Speichelfetzen hingen in seinen Mundwinkeln. »Weil Ihr nicht zu uns gehört! Das hat er selbst gesagt. Fragt ihn, wenn Ihr mir nicht glaubt! Ihr seid weder so stark noch so mutig wie ein Mann und solltet Euch nicht einbilden, die Gefährtin des Zeussohns zu sein, gleichberechtigt wie ein Blutsbruder.«

Ich wandte mich Alkides zu, der meinem Blick auswich. »Das hast du nicht gesagt«, erklärte ich mit ruhiger Stimme, und im Zelt wurde es, abgesehen vom Prasseln des Regens auf dem Filzstoff und den Geräuschen, die Theseus' Sklave verursachte, still. »Bestätige mir, dass du das nicht gesagt hast.«

»Ich …« Alkides zögerte. Inzwischen hatte die Röte seine Ohren erreicht. Er sah Theseus an und holte tief Luft. »Du bist eine Frau, Admete«, meinte er schließlich und schaute mich halb trotzig, halb beschämt an. »Er hat recht. Du weißt nichts über die Kriegskunst. Krieg ist Männersache.«

Ich meinte, ein triumphierendes Schnauben von Theseus zu vernehmen.

»Männersache?«, wiederholte ich. Fast hätte ich gelacht. »Weißt du, wo du hier bist? Hast du die Amazonenkriegerinnen nicht gesehen?«

Alkides schenkte mir keine Beachtung. »Wir nehmen den Kampfgurt, notfalls mit Gewalt, und dann machen wir uns auf die Suche nach den goldenen Äpfeln. Es ist beschlossen.«

Panik ergriff mich, kalt wie der Regen, der von oben durch

die Zeltöffnung hereindrang. *Nein, ihr Götter, kein Kampf, nicht, bevor ich meine Mutter gefunden habe!* Ich ging noch einmal vor Alkides auf die Knie. »Gib mir wenigstens einen Tag. Ich muss mit der Königin reden!« Ich ergriff seine Hand. »Sie kann uns mehr über die goldenen Äpfel sagen. Denk an meinen Bruder, Alkides, und wenn schon nicht an ihn, dann an deine Unsterblichkeit. An die Äpfel, die Unsterblichkeit verleihen.« Mit zitternden Fingern berührte ich sein Kinn. »Vertrau mir. Wir sind doch noch Freunde, oder?«

Er gab mir keine Antwort, löste seine Hand jedoch auch nicht aus der meinen. Im Zelt herrschte Anspannung. Theseus beobachtete Alkides, die anderen musterten uns beide. Fast meinte ich, den Kampf in Alkides' Herz zu spüren: einerseits seinen brennenden Ehrgeiz und seine Kampflust sowie seine Sehnsucht, von den Männern, besonders den Prinzen, anerkannt zu werden, andererseits unsere Freundschaft.

»Nun denn«, sagte er schließlich, erhob sich, ohne mich anzusehen, und schritt zum Zelteingang. »Aber nur einen Tag, Admete.«

»Alkides!«, rief ich ihm wütend nach. »Alkides!« Ich sprang auf. »Schau mich an! Komm zurück!«

Doch die Zeltklappe fiel hinter ihm zu, und er kehrte nicht um. Als ich hinaushastete, konnte ich ihn hinter dem silbernen Vorhang des Regens, der sich auf meine Haare und Wangen legte, nicht mehr erkennen.

Garten der Hesperiden

Skythien

Eine Amazone schleicht durch das Lager am Ufer des Tanais-Flusses, durch die Dunkelheit und den unablässigen Regen. Sie hält sich nahe bei den auf der Steppe verstreuten Zelten und lässt den Blick umherschweifen. Es ist klar, dass sie nicht gesehen werden möchte. Sie trägt eine Wollhose, darüber ein völlig durchweichtes Obergewand, dazu Filzstiefel und eine Mütze, und an ihrem Gürtel hängen ein Schwert und eine Streitaxt: Sie ist gekleidet wie eine Amazone; nichts verrät ihre wahre Identität.

Doch sie ist keine Amazone.

Sondern die Königin der Götter.

Hera duckt sich weg, als eine Gestalt an ihr vorbeiläuft, zwei undeutlichen Schatten hinterher, die im Regen verschwinden. Einen Mann erkennt sie als den Griechen Theseus, den Sohn des Aigeus, den Prinzen von Athen. Er schaut ramponiert aus, denkt sie. Seine Nase ist schief, und über einem Auge prangt ein blauschwarzer Fleck. Die nassen Haare kleben ihm an der Stirn, doch sie findet ihn immer noch auf diese draufgängerische, provozierende Weise attraktiv …

Sie ermahnt sich zur Vernunft, schlüpft aus der Nische, in der sie sich verborgen hat, und bewegt sich zum Rand des Lagers. In Gestalt einer Sterblichen sucht sie nach Kalliope, weil sich vom Olymp aus nicht alles beobachten lässt, und eine Muse kann sich überall verstecken: zwischen Bäumen oder in einer Jurte am Rand der Amazonenwildnis. Von den Waldnymphen hat sie, als sie die Hänge der Karpaten hinaufkletterte, gehört, dass Kalliope dort vorbeigekommen und in Richtung Osten gezogen sei. Also ist auch Hera nach Osten gegangen, um zu suchen, immer weiter zu suchen …

Sie hält inne.

Denn sie hat etwas aus einem Zelt in der Nähe gehört, etwas, das ihr, wenn sie keine Göttin und unsterblich wäre, das Blut in den Adern gefrieren lassen würde.

Die altersraue Stimme einer Frau dringt aus dem Innern der Jurte.

»… ich habe der jungen Griechin, die aussieht wie eine Amazone, gesagt, dass dieser Herkules, wie er sich nennt, Königin Hippolyta nach den goldenen Äpfeln fragen soll. Vielleicht können sie ihr helfen.«

»Wie wahrscheinlich ist das?«, fragt eine andere Stimme.

Hera hört die Antwort nicht. Ihr ist, als wäre die Zeit stehen geblieben und als hätte der Regen aufgehört. Schrecken ergreift sie. Sie war so auf Kalliope fixiert, dass sie Herkules völlig vergessen hat!

Fast hätte sie vor Frustration und Wut mit dem Fuß aufgestampft. Herkules! Wieder! Immer! Er als Einziger der Sterblichen ist so selbstherrlich, ihr die Äpfel wegnehmen zu wollen. Der Bastardsohn von Zeus!

Sie schnaubt vor Zorn. Das ist undenkbar!

Hera muss sich sehr beherrschen, um nicht die Backen zu blähen und das Lager der Amazonen einfach wegzublasen. Kurz malt sie sich den Sturm aus, den sie heraufbeschwören könnte: den heulenden Wind, der die Zelte aus dem Boden reißt wie zarte Blütenblätter von Blumen, den Strudel, der sie in die Tiefen des Meeres zieht …

Als ihr einfällt, wie lästig streng Zeus im Hinblick auf die Gebote der Schicksalsgöttinnen sein kann, macht sie ein finsteres Gesicht.

Und der Zeitpunkt, zu dem die Amazonen aus der Geschichte verschwinden, ist noch nicht gekommen. Noch nicht.

Aber sie hat einen Plan, der Herkules ein für alle Mal ausschaltet und den sie bei ihrer Rückkehr in die Tat umsetzen wird. Zuerst jedoch muss sie die Äpfel, das Symbol ihrer Ehe, zurückholen.

Sie schließt die Augen, spürt, wie sie mit der Luft verschmilzt, eins wird mit dem Wind, der an ihrer Haut leckt, bis sie als Dunst mit dem warmen Südwind reist, der im Sommer Stürme bringt. Sie lässt sich hinauftragen, immer höher. Herkules und das Lager der Amazonen sind nur noch kleine Punkte am Flussufer des Deltas, über dem silberne Regennebel hängen.

Es wird Zeit, den Garten der Hesperiden aufzusuchen.

***

Die Reise zu dem Garten gefällt ihr jedes Mal wieder. Trotz ihres Zorns auf Herkules genießt Hera das Gefühl, leicht wie ein Löwenzahnschirmchen im Wind dahinzufliegen. Sie überquert die weiten Steppen Skythiens und das Gebiet der Sarmaten, eine breite grüne Fläche mit einigen Bäumen entlang des Tanais-Ufers. Hera bewegt sich weiter nach Norden und Westen, über den Zufluss des Borysthenes, dessen Wasser die untergehende Sonne golden erglänzen lässt. Hier verwandelt sich die Gegend in eine Marschlandschaft in mannigfaltigen Grüntönen. Noch weiter im Norden tanzen Schneekristalle im eisigen Wind, und die Erde liegt unter einer dicken weißen Schicht, aus der Tannen hervorlugen. Dies ist das trostlose, mit ewigem Winter geschlagene Land von Pterophoros. Vor ihr ragen, als sie höher und höher hinansteigt, die abweisenden Gipfel der Ripäischen Berge auf. Sie sind die Heimat des Nordwindes. Hera rastet, lässt sich über die höchste Erhebung tragen, staunt über den glitzernden Schnee und die eisbedeckten Gletscher unter ihr.

Nun nähert sie sich dem Gebiet der Hyperboreer, des Volks, das jenseits des Nordwinds lebt, wo das ganze Jahr über Frühling ist und sich der Eridanus-Fluss durch das wilde, blühende Land schlängelt. Weiter geht's zur Nordküste und dem Rand der Welt, an dem der unendliche Okeanos beginnt. Hier befinden sich die Angeln, um die sich das Firmament und die Sternbilder drehen, hier trägt der mächtige Atlas das Himmelszelt mit den funkelnden Sternen auf den Schultern. Der Garten liegt auf einer waldbedeckten Insel vor ihr, wo fahle Buchen bis zum Meer hinabwachsen. Schon ist in der Mitte dieser Insel der Baum mit den goldenen Äpfeln zu sehen, in denen sich die untergehende Sonne spiegelt.

Hera lässt sich herabsinken, reitet auf dem Luftstrom, der zur düsteren, wolkenverhangenen Heimat der Nacht wirbelt. Die Insel kommt näher. Nun kann Hera das Marschgras am Ufer und die Kiefern erkennen. Noch näher, und eine Waldlichtung voller Klee, Krokus und Safran kommt in Sicht. Hera entdeckt die drei Hesperiden, die Töchter des Atlas und der Göttin des Abends, die übers Feld schlendern und es mit Wassertropfen aus Bronzegefäßen benetzen, und in der Mitte den Baum – ihren Baum –, dessen Äste sich unter den goldenen Äpfeln biegen.

Sie landet neben Aigle, der ältesten der drei Schwestern, und lässt sich vom Wind in ihr weißes Gewand kleiden. Aigle hebt den Blick. Ihre Augen haben die Farbe von Honig, ihre Haare schimmern rotgolden, wie die aller drei Töchter des Abends. Sie blinzelt in Richtung Hera und nickt zu dem Baum hinüber.

»Er ist, wie Ihr ihn verlassen habt, Herrscherin.«

Hera nickt ihrerseits und schreitet durchs taunasse Gras.

Der Baum füllt ihr Sichtfeld aus mit seiner kupferbronzefarbenen Rinde, seinen Blättern und den Äpfeln, die wirken wie Bernsteinperlen, jeder an seinem Platz – bis auf die drei natürlich, die vor so langer Zeit gestohlen wurden. Vorübergehend ist ihr, als wäre sie wieder die junge Göttin an ihrem Hochzeitstag, die mit Zeus Hand in Hand beobachtete, wie das Geschenk der Erde aus dem Felsen hervorwuchs. Fast lacht sie – es ist ein verbittertes Lachen – über ihre damaligen Hoffnungen. Wie dumm die Jungen doch sind! Wie vertrauensselig!

Als sie die Fingerspitzen über die Rinde des Baumstamms gleiten lässt, wird ihr bewusst, dass auch sie die Hoffnung noch nicht aufgegeben hat.

Sie weist Aigle an, noch wachsamer zu sein und niemanden auf die Insel zu lassen, egal, ob Gott oder Mensch.

»Er ist nur ein Sterblicher, ein Bastard«, sagt Hera sich. Beruhigt überquert sie die Wiese, den Blick auf die über den Baum wachenden unsterblichen Nymphen gerichtet. »Er wird sie niemals finden.«

Zeus schaut mit Hermes vom Versammlungsplatz der Götter auf dem Olymp herunter, streckt eine Fackel in die hereinbrechende Nacht und hält durch die Lücke zwischen den Wolken hindurch Ausschau nach seiner Gattin. Als er sie entdeckt – er würde sie überall erkennen –, schmunzelt er. »Im Garten der Hesperiden ist sie«, stellt er fest. »Oh, Hera.«

»Da ist sie hingegangen?«, fragt Hermes, der über die Gipfel des Ripäischen Gebirges im Norden späht. »Warum denn das?«

Zeus überlegt kurz. »Vermutlich hat sie gehört, dass die Tochter des Eurystheus Herkules gebeten hat, die goldenen Äpfel zu suchen. Es sieht aus …«, er beugt sich vor und verengt die Augen, »… als würde sie sich vergewissern, ob die Hesperiden aufmerksam wachen.«

Hermes grinst. »Grundlegender Fehler.«

Zeus gestattet sich ein nachsichtiges Lächeln. »Bin ganz deiner Meinung.«

Er wendet den Blick nach Osten, zum Lager der Amazonen

am Ufer des Tanais-Flusses, wo Rauch von den Zelten zu den dräuenden Wolken aufsteigt. »Jetzt, da Hera weg ist…«, er schaut Hermes an, »… was hältst du davon, wenn wir uns ein bisschen einmischen?«

Hermes tut schockiert. »Du hast doch gesagt, weder du noch Hera dürfte eingreifen.«

Zeus grinst, als wüsste er, dass Hermes' Gedanken sich weit jenseits der feinen Linie zwischen Wahrheit und Lüge bewegen. »Aber du bist nicht ich, oder?«

Hermes lacht schallend. »Ganz schön hinterhältig, sogar für dich, Zeus.«

»Soll das heißen, du willst es nicht machen?«

Hermes hebt die Hände. »Doch! Natürlich mache ich es.«

»Gut.« Zeus beginnt, hin und her zu laufen. »Was wir brauchen«, meint er, nachdem er eine Weile überlegt hat, und noch während er spricht, verwandelt sich Hermes' Gestalt, »ist ein Grieche – jemand, vor dem Herkules Respekt hat, vielleicht der, den sie Timiades nennen.«

Und schon steht nicht mehr Hermes vor Zeus, sondern ein kräftiger Grieche, dessen Haare von Öl glänzen, dessen Gesicht ein schmaler dunkler Bart ziert und an dessen Gürtel ein Schwert hängt.

»Du gehst ins Zelt meines Sohnes«, erklärt Zeus, immer schneller werdend, als ihm weitere Gedanken kommen. »Ich lenke Timiades einige Tage ab – er jagt auf der Steppe einen Hirsch und verirrt sich. In der Zwischenzeit sorgst du dafür, dass es keine weiteren Verzögerungen mehr gibt bei der Entwendung des Kampfgurtes, dass Herkules seine Arbeit erfolgreich verrichtet und sich bald auf den Weg machen kann. Stachle ihn zum Kampf an. Wecke seine Sucht nach Ruhm. Sag ihm, er muss an seine Unsterblichkeit denken. Das sollte reichen. Auf die sind die Menschen immer besonders scharf.« Er schweigt kurz. »Ich

denke, Hera hat vor, Herkules im Lager der Amazonen einen Strich durch die Rechnung zu machen. Wie …«, sagt er als Antwort auf Hermes' unausgesprochene Frage, »… weiß ich nicht. Es wäre das Beste, wenn er mit dem Kampfgurt weg ist, bevor sie zurückkommt.«

Hermes neigt das Haupt. »Das wird nicht leicht«, meint er. »Die Amazonen geben dieses Symbol der Macht ihrer Königin bestimmt nicht kampflos her. Sie sind ein kriegserprobtes Volk und lassen sich in der Schlacht nur schwer ausmanövrieren.«

»Ja, aber …«, meint Zeus, als Hermes sich daranmacht, in Richtung des dunkler werdenden Ostens hinabzuspringen, »… sie kennen den Gott der Diebe und Betrüger noch nicht, was?«

Antimaches Geschichte

Hippolyta

Amazonen, Land der Saken

Einundvierzigster Tag nach dem Tag der Erde in der Jahreszeit von Apia, 1265 v. Chr.

Ich lief in meiner Jurte auf und ab. Als ich mich an das Gefühl seiner Finger auf meiner Haut erinnerte, an seine Dreistigkeit zu glauben, er könne mich berühren, schlug ich vor Wut und Scham mit der Hand gegen die Zeltstange. Seine Worte, sein Aussehen – er war meinem Griechen so ähnlich.

Ich sank auf einen Hocker am Feuer, den Kopf in die Hände gestützt, und lauschte auf das Knistern der Scheite. Mein Atem kam kurz und schnell.

Erinnerungen …

Ich bin jung. Meine Mutter Marpesia, die Königin der Amazonen, lebt noch. Ich reite allein, jage an der Küste hinter einem Reh mit weißen Flecken her, erfreue mich an der Schnelligkeit meines Pferdes und der Stärke meiner Arme. Weiter und weiter entferne ich mich vom Lager, mein einziger Gedanke gilt meiner Beute. Doch das Reh ist leichtfüßig, und zwischen den dicht beieinanderstehenden Bäumen treffen meine Pfeile ihr Ziel nicht.

Das Tageslicht beginnt zu verblassen, ich merke, dass ich mich verirrt habe.

Die bronzefarbenen Flammen lullten mich ein, ermöglichten es den Schatten der Vergangenheit, noch länger zu werden.

Ich lenke mein Pferd gegen das Licht der sinkenden Sonne nach Norden, beschließe, die Nacht hier zu verbringen und am folgenden Tag zum Tanais weiterzureiten. Da werde ich von einer Bande von Männern umringt, welche die Küste nach Menschen absuchen, die sie gefangen nehmen und als Sklaven verkaufen können. Ich zücke mein Schwert und meine Streitaxt, um mich zu verteidigen, doch es sind zu viele. Sie zerren mich von meinem Pferd herunter und fesseln mich, obwohl ich schreie und um mich schlage. Hier gibt es niemanden, der mich hören könnte.

Es ist lange her, dass ich solche Gedanken zugelassen habe.

Ich schluckte und tauchte erneut in meine Erinnerungen ein.

Sie verschleppen mich auf ihr Schiff. Dort lösen sie die Fesseln und zwingen mich zu rudern. Das ist harte Arbeit; fast verlässt mich unter der Peitsche des Steuermanns der Mut. Doch eines Nachts, nach Wochen der Gefangenschaft, die Wachen sind auf ihren Posten eingeschlafen, springe ich von Bord und schwimme weg. Das Meer ist eisig, aber weil ich stark und an Entbehrungen gewöhnt bin, kann ich trotz meiner kalten Haut viele Stunden schwimmen. Die ganze Zeit über bete ich zu Tar, dem Sturmgott, dass er mich retten möge.

Irgendwann erreiche ich eine Insel – wo, ist mir inzwischen einerlei. Ich lasse mich hustend und prustend von der Brandung ans Ufer spülen, wo ich erschöpft niedersinke.

Ich weiß nicht, wie lange ich dort, der Welt entrückt, schlafe.

Als ich erwache, liege ich in einem Bett, trage ein Gewand und bin zugedeckt. Meine Haare sind auf einem Kissen ausgebreitet. Tagelang fiebere ich. Sie wischen mir das schweißnasse Gesicht mit feuchten Tüchern ab, zwingen mich, kleine Schlucke mit Honig gesüßten Weins zu trinken.

Als ich schließlich aus meinen Fieberträumen auftauche, erfahre ich, dass ich mich auf der Insel Skiros befinde, weit weg von meiner Amazonenheimat, im Land der Griechen. Ich will mich sofort auf den Weg nach Hause machen und meine Pflicht gegenüber meiner Mutter und meinem Volk erfüllen. Jeden Tag aufs Neue schnüre ich die Bänder meiner Schuhe und rede mir ein, dass dies der Morgen ist, an dem ich mit einem Schiff nach Osten aufbrechen werde.

Doch etwas hält mich zurück.

Der Grieche ist jünger als ich, noch kaum ein Mann. Er verbirgt sich vor den Gefahren der kriegerischen Welt. Im Stall gesellt er sich zu mir, zäumt ein Pferd für den Ritt zum Hafen auf und erzählt mir von den beiden Rössern, die sein Vater ihm versprochen hat für die Zeit, wenn er über sein Reich herrschen wird. Danach verbringen wir fast alle Tage miteinander. Wir springen von den Klippen ins Meer und pflücken die reifen Feigen von den Bäumen. Er bringt mir das Lyraspielen bei; ich zeige ihm, wie man ohne Steigbügel und Sattel reitet. Im wilden Gras des Tals küssen wir uns, am sandigen Ufer fallen wir uns in die Arme. Eines Abends, als die anderen ein Fest für die Götter feiern, führt er mich von ihnen weg, und wir lieben uns zum ersten Mal richtig. Allmählich, das Jahr neigt sich bereits dem Ende zu, kenne ich seine Sprache und seine Sitten. Ich tausche meine Schuhe gegen Sandalen und trage meine Haare offen wie die Griechen. Ich lege mein kämpferisches Wesen ab und lerne, den Klang des Windes, der durch die Olivenbäume streicht, zu lieben, das Bimmeln der Ziegenglöckchen und den ruhigen Rhythmus der Tage, die ich spinnend am Webstuhl verbringe und an denen ich darauf warte, dass er mich zum Reiten abholt. Langsam schwindet die Erinnerung an die Grassteppen und den weiten Himmel. Ich vergesse, wer ich bin.

Und ich glaube, dass nichts mir mein Glück nehmen kann.

Eines Tages legt ein Schiff voller Griechen im Hafen an – sie sind älter als er und bewaffnet. Sie nehmen ihn mit, behaupten, sie bräuchten ihn, er sei zum Kämpfen geboren, seine Hände seien dazu geschaffen, einen Speer zu halten, nicht dazu, an den Saiten einer Lyra zu zupfen. Er ist geblendet vom Glanz der Waffen und den Geschichten, die sie vom unsterblichen, immerwährenden Ruhm erzählen. Sein Wesen verändert sich. Keine meiner Bitten kann ihn zum Bleiben bewegen. Das Schlimmste daran ist, dass auch ich in meinem tiefsten Innern eine Kriegerin bin. Er muss gehen, das weiß ich. Es ist seine Pflicht. Eine Pflicht, die ich schon zu lange vernachlässige.

Ich sage ihm nicht, dass ich schwanger bin.

Und dann ist es zu spät, und er ist fort.

Tränen traten mir in die Augen und rollten mir die Wangen hinunter, als ich mich an den Schmerz erinnerte, der sich mit der bittersüßen Freude über das, was er mir hinterlassen hatte, vermischte.

Meine Blutungen hören auf. Über die Monate beobachte ich, wie mein Bauch dicker wird. Ich bringe sein Kind auf Skiros zur Welt, allein, in dem Wissen, dass er seinen Sohn niemals sehen wird. Ich nenne ihn Kayster, nach einem klaren Fluss in der Nähe des Amazonengebiets.

Das schlechte Gewissen und das quälende Bewusstsein, dass ich meine Pflicht meinem Volk gegenüber in jeder Hinsicht vernachlässigt habe, treiben mich schließlich nach Hause – die Verzweiflung zwingt mich dazu, die Verantwortung, die meine Herkunft mir auferlegt und die mein Liebesglück mich hat vergessen lassen, zu übernehmen. Ich besteige ein Handelsschiff, das nach Troja fährt, und kehre über das Gebiet der Hethiter und den wilden Kaukasus zurück nach Hause, wo ich meinem Stamm erkläre, dass Kayster ein Sakenfindling eines Nachbarstamms ist, den ich unterwegs gefunden habe. Ich gebe ihn meiner Schwester Melanippe und ihrem Mann Teuspa, die ihn aufziehen wie ihren eigenen Sohn. Niemand außer Melanippe weiß, dass Kayster mein Kind ist. Ich werde auch niemandem sonst aus meinem Volk erzählen können, dass er von mir ist – oder woher er kommt.

Sie sagen mir, dass der Geist meiner Mutter in meiner Abwesenheit zu den Göttern gegangen ist.

Und so werde ich, obwohl ich mit einem Fremden das Bett geteilt habe, Mutter eines Bastardkindes bin und meinen Stamm anlüge, den ich eigentlich gerecht und aufrichtig regieren soll, seine Königin. Inzwischen herrsche ich bereits fünf Jahre über mein Volk, ohne ihm mein Geheimnis offenbart zu haben.

Das Bild meiner Mutter tauchte vor mir auf, wie sie mich als kleines Mädchen zum Reiten über das raureifbedeckte Gras der Steppe führte, obwohl ich lieber zu der Feuerstelle in unserem Zelt zurückgelaufen wäre. »Amazone zu sein bedeutet zu kämpfen, egal, ob Mann oder Frau, Jungfrau oder Mutter. Dir ist es bestimmt, eines Tages Königin zu werden. Es ist sowohl deine Berufung als auch deine Pflicht, dein Volk kämpfend zu schützen, und nichts, kein Mann, keine Ehe, kein Kind darf dir wichtiger sein als das.«

Ich schluckte. Mein Magen verkrampfte sich beim Gedanken an den flachsblonden, dunkeläugigen Jungen, der mit den anderen Kindern im Lager spielte, und an die Amazonen, die den Kleinen für einen Findling hielten und meinten, er sei geboren, um auf den Steppen der Saken zu reiten wie alle anderen. Ich hatte auf meinen Sohn verzichtet, es mir versagt, seinen Geruch einzuatmen, ihn in meine Arme zu schließen. Ich war von seinem Vater verlassen worden, hatte mich jedoch nicht der Verzweiflung ergeben. Trotz meiner Fehler und Irrtümer hatte ich versucht, eine würdige Königin zu sein. Hatte ich den Auftrag meiner Mutter nicht erfüllt? Hatte ich nicht gelernt?

Ich starrte in die Flammen. Meine Augen waren feucht; ich blinzelte die Tränen weg.

Kämpfend mein Volk schützen.

Was das bedeutete, begriff ich nun, wie ich es noch nicht verstanden hatte, als ich den Griechen kennenlernte.

In meinem Körper breitete sich Wärme aus. *Ich weiß, dass ich mein Volk beschützen muss.*

Diese Worte in meinem Kopf vor mich hinsagend wie eine Beschwörungsformel, beobachtete ich, wie die Flammen in der Feuerstelle allmählich erstarben, und ich schwor mir: *Ich werde die Königin sein, die mein Volk verdient; ich bin es schon.*

Weil ich muss.

Ἀδμήτη

Admete

Amazonen, Skythien

Dreizehnter Tag des Erntemonats, 1265 v. Chr.

Ich begehrte, bei Königin Hippolyta vorzusprechen, entschlossen, Alkides beim Wort zu nehmen, egal, wie widerwillig er es mir gegeben hatte. Am folgenden Morgen, als die Sonne durch die Wolken brach, das Lager der Amazonen in Licht tauchte und sich in den Wasserpfützen auf dem Gras spiegelte, erklärte sie sich bereit, mit mir zu reden.

Eine andere Amazone – ihre Schwester Melanippe, eine ruhige junge Frau mit dunklen Augen – führte mich zu ihrem Zelt. Da mir die Stimme versagte, bedankte ich mich, indem ich das Haupt neigte. Ich konnte nur hoffen, dass sie mich verstand. Nicht nur das, was Hippolyta mir möglicherweise mitteilen würde, machte mir Angst. Nein, Alkides' Worte – *Wir nehmen den Kampfgurt, notfalls mit Gewalt* – hallten in meinem Kopf nach. Wie konnte ich zu ihr gehen, wenn ich wusste, was Alkides vorhatte? Wie konnte ich es ihr verbergen? Als Melanippe mich hineinwinkte, plagte mich das schlechte Gewissen. Ich holte tief Luft, duckte mich unter der zurückgeschlagenen Zeltklappe durch und betrat die Jurte der Amazonenkönigin.

Sie war karg eingerichtet, ähnlich den anderen, die ich bereits kannte. Von einem prasselnden Feuer in der Mitte erhob sich Rauch durch ein Loch im Dach, der Boden war mit Fellen und Teppichen bedeckt, auf denen niedrige Hocker standen und Kissen lagen, und auf der einen Seite befand sich eine Schlafstatt mit Pelzen und Fellen. Auf kleinen Tischen sah ich Lampen, die im hereindringenden Tageslicht nur gedämpft leuchteten, und neben der Feuerstelle einen Krug mit Wasser. Hippolytas Kampfgurt mit den glänzenden Goldblechen und Lederriemen, an denen allerlei Waffen, zum Beispiel eine Streitaxt und ein Schwert, hingen, war über einen Tisch gebreitet.

Die Königin saß im Schneidersitz auf dem Boden. So nahe erschien sie mir anders als bei meiner Ankunft am Flussufer. Ihre Augen wirkten wilder, leuchtender, und ihr Mund hatte einen entschlossenen Ausdruck. In der Wärme des Feuers waren die Ärmel ihres Gewands hochgekrempelt, sodass die schwarzen Umrisse des in ihre Haut tätowierten Adlers sich bei jeder Hebung oder Senkung ihres Arms bewegten. Mit einer Geste gab sie mir zu verstehen, dass ich mich auf ein Kissen setzen solle. Dann musterte sie mich.

»Wie nennen sie Euch?«, fragte sie auf Griechisch. Als ich ihren skythischen Akzent hörte, der dem meiner Mutter so ähnlich war, zuckte ich fast zusammen.

»Admete«, antwortete ich und senkte den Blick. »Ich bin die Tochter von Eurystheus, dem König von Tiryns.«

Sie beugte sich vor. »Doch Ihr seht aus wie eine Amazone.«

Ich biss mir auf die Lippe.

»Das ist einer der Gründe, warum ich zu Euch gekommen bin«, sagte ich in der Sprache der Skythen.

Sie hob erstaunt die Augenbrauen. »Aha. Ich hatte mir schon gedacht, dass Ihr nicht nur meine Bekanntschaft machen wollt. Aber vielleicht solltet Ihr mir mehr über Euch selbst erzählen, bevor Ihr mir Fragen stellt.«

»Da gibt es nicht viel zu erzählen, Herrscherin.«

»Bei einer Frau, die wie eine Amazone aussieht und allein mit einer Gruppe Männer ans Ende der Welt unterwegs ist? Bestimmt verbirgt sich dahinter eine interessante Geschichte.«

»Keine Geschichte«, erwiderte ich, »nur die Suche einer Frau nach einem Heilmittel gegen das Fieber ihres Bruders, das einfach nicht weichen will. Auch wenn sich irgendwann Mythen um diese Suche ranken werden. Wenn es nach Alkides geht, wird man sich an seine Reise zu den Amazonen noch sehr lange erinnern.« Ich wusste nicht, warum ich so offen mit ihr redete, warum mir die Worte so leicht über die Lippen kamen. Möglicherweise weil mir diese Frau merkwürdig vertraut erschien. »Seit unserer Ankunft hier notiere ich alles über Arzneien und Heilmethoden auf meinen Tafeln, damit mir mein neu erworbenes Wissen bei meiner Rückkehr helfen möge, meinen Bruder zu kurieren.«

»Das erklärt, warum Ihr so viel Zeit mit unserer Heilerin Ioxeia verbringt.«

Sollte ich das als Rüge verstehen? »Ich wollte nicht ...«

»Ihr seid neugierig und besitzt einen scharfen Verstand«, stellte sie lächelnd fest, »und Neugier wird von den Göttern nicht bestraft.«

»Ich hoffe, ich habe nichts getan, was Euer Missfallen erregt«, meinte ich, darauf bedacht, ihr zu zeigen, dass zumindest ich den Amazonen nichts Böses wollte. »Aber ich wünsche mir schon so viele Jahre, eure Sitten und Gebräuche zu lernen. Was man sich in Griechenland für Geschichten über euch erzählt! Dort behauptet man, dass euer Stamm nur aus Frauen besteht, dass ihr Männer verachtet und eure Söhne sterben lasst. Man sagt, ihr würdet euch eine Brust abschneiden, damit ihr beim Reiten besser mit dem Bogen zielen könnt.«

Sie lachte schallend. »Typisch Griechen! Wenn sie sich solche Ammenmärchen ausdenken, haben sie keine Ahnung vom Reiten oder Bogenschießen! Wie sollte uns so etwas denn nützen?«

Ich schüttelte den Kopf. »Ich habe noch nie einen Bogen in der Hand gehabt.«

Sie schwieg eine Weile und fragte dann mit nachdenklicher Miene: »Ihr sucht also nach etwas?«

»Und Ihr?«, entgegnete ich, unsicher, ob das zu forsch war. »Ihr sucht auch nach etwas?«

Sie sah mich an. Die tanzenden Lichter in ihren Augen verblassten. »Nach jemandem, den ich verloren habe«, antwortete sie schließlich.

In diesem Moment, in dem mir klar wurde, dass ihre Sehnsucht der meinen ähnelte, erkannte ich das Band der Freundschaft zwischen uns, unsichtbar wie der Faden, den die Schicksalsgöttinnen spinnen. Ich nahm ihre Hand. »Wie ich.«

Plötzlich wirkte sie jung und verletzlich, und ich konnte mich nicht mehr länger zurückhalten.

»Herrscherin, ich habe gesucht und nichts gefunden. Ich habe mich erkundigt, doch niemand ist bereit, mir eine Antwort zu geben.« Ich holte tief Luft. »Was wisst Ihr über die Amazone Antimache?«

Hippolyta

Amazonen, Land der Saken

Zweiundvierzigster Tag nach dem Tag der Erde in der Jahreszeit von Apia, 1265 v. Chr.

»Ihr fragt nach Antimache?« Ich lehnte mich zurück und musterte die junge Frau. Das vorgereckte Kinn und ihr Mund verrieten Entschlossenheit, doch in ihrem Blick und in der Art und Weise, wie sie zum Schutz leicht die Schultern vorzog, lag auch etwas Verletzliches. Unser *tamga*-Zeichen an ihrem Unterarm entging mir nicht. Ich konnte nicht leugnen, dass sie mich faszinierte – nicht zuletzt deshalb, weil ich aus meinen eigenen Gründen in den vergangenen Tagen an Antimache gedacht hatte. »Weshalb möchtet Ihr das wissen?«

Sie holte Luft, ihre Lippen bebten. »Sie war meine Mutter.«

Ihre Mutter …

Ja, das ergibt Sinn. Sie sieht aus wie eine Amazone, obwohl sie einen griechischen Vater hat.

Unser Stamm hielt Antimache für verloren, und wenn irgendjemand ihren Namen erwähnte, dann als Warnung davor, gegen die Sitten unseres Volkes zu verstoßen. Sie war ein Mythos, gleichbedeutend mit Verrat.

Admete beugte sich zu mir vor. »Bitte sagt mir, was Ihr über sie wisst.«

Ich schloss meine Hand um ihre kalten Finger. »Ja, meine

Tochter.« Bei diesem Wort huschte ein Lächeln über ihr Gesicht. »Aber ich weiß nicht, ob ich Euch helfen kann.«

»Das ist nicht wichtig. Ich möchte nur mehr erfahren.«

Ich schloss die Augen, versuchte, mich an das zu erinnern, was meine Mutter mir erzählt hatte. »Antimache«, begann ich nach kurzem Schweigen, »kam einige Jahre vor meiner Mutter, der Königin, zur Welt.« Als ich die Augen wieder öffnete, sah ich, dass die junge Frau an meinen Lippen hing. »Als sie vom Mädchen zur Frau heranreifte, überfielen Griechen unser Lager, die sich auf dem Meer verirrt hatten und halb verhungert und verdurstet waren. Obwohl meine Großmutter, die Königin, sie bei uns willkommen hieß, plünderten sie unsere Vorräte und entführten Antimache und einige unserer jungen Frauen. Die meisten konnten sich auf dem Schiff befreien und kehrten zurück. Alle außer Antimache.«

Admete biss die Zähne zusammen, als wollte sie Tränen unterdrücken.

»Von der anderen Seite des Meeres erreichten uns Berichte, dass Antimache zu einem griechischen Palast verschleppt worden sei, dass sie sich dort niedergelassen, einen Griechen geheiratet und die Gebräuche der Amazonen vergessen habe. Seit meiner Kindheit gilt ihre Geschichte als abschreckendes Beispiel des Verrats: Sie hatte das Bett mit einem Mann geteilt, der nicht unserem Stamm angehörte, und von ihm ein Kind empfangen, in dessen Adern das Blut eines Fremden floss. Wie sehr wir uns getäuscht haben!« Ich drückte ihre Hand. »Mir war es sofort klar, als Ihr bei uns an Land gegangen seid. Ihr seht aus wie eine Amazone und verhaltet Euch auch so.«

Sie blickte mich erstaunt an. »Ihr habt mich gleich als Amazone erkannt?«

»Ja«, antwortete ich lächelnd.

»Sie ist also nicht hier?« Admete nestelte nervös am Saum ihres Rocks.

»Nein. Als ich jung war, wollte sie zurückkehren. Ich selbst habe sie nicht zu Gesicht bekommen. Meine Mutter hat ein Zusammentreffen mit ihr verhindert, weil sie fürchtete, sie könnte einen schlechten Einfluss auf mich haben. Zur Strafe dafür, dass sie das Bett mit einem Griechen teilte, haben sie sie in die Verbannung geschickt.« Ich schluckte, meine Lippen waren trocken. »Seitdem habe ich nichts mehr von ihr gehört.«

»Sie hat uns verlassen«, erklärte Admete mit tonloser Stimme. »Als ich zehn Jahre alt war, ohne ein Wort der Erklärung. Ich dachte, ich würde sie hier finden.«

Ich schüttelte den Kopf. »Tut mir leid.«

Sie straffte die Schultern. »Dann ist dieses Thema wohl erledigt«, meinte sie mit verkniffenem Mund. »Es gibt wichtigere Dinge.«

»Seid nicht so streng mit Euch selbst. Ihr trauert. Es dauert viele Jahre, sich vom Verlust eines geliebten Menschen zu erholen. Das weiß ich selbst nur zu gut.«

»Da ist noch etwas anderes, Wesentlicheres«, entgegnete sie.

Schweigen senkte sich herab, das nur durchbrochen wurde vom Wiehern der Pferde vor dem Zelt und den Gesprächen der Leute, die draußen vorbeigingen. Ich legte den Kopf schief, um Admete zu mustern, denn so sehr sie auch behaupten mochte, sie habe ihre Trauer überwunden: In ihrer Selbstbeherrschung erkannte ich den Wunsch, sich von ihrem Gefühl des Verlusts zu befreien. »Wollt Ihr mich um etwas bitten?«, erkundigte ich mich sanft, obwohl ich nicht glaubte, ihr bei ihrem inneren Kampf beistehen zu können.

Irgendwann im Leben musste jede Amazone für sich allein kämpfen.

Sie nickte und spielte an ihrem Zopf herum. »Ja. Mein Bruder, den wir in Tiryns zurückgelassen haben, leidet unter einem Fieber, wie ich es noch nie zuvor gesehen habe. Ich bin hierhergekommen, um ein Heilmittel dagegen zu finden.«

»Und wie kann ich Euch dabei helfen?«

Ich sah die Dankbarkeit in ihrem Gesicht, weil ich nicht versucht hatte, sie zu trösten. Als Königin meines Stammes hatte ich schon oft erlebt, dass ein Hilfsangebot ein größeres Geschenk war als tausend Worte des Trostes. Da die Arme keine Mutter hatte, die sich um sie kümmerte, konnte sie sich vermutlich nicht vielen Menschen anvertrauen.

»Ich habe wirklich allergrößte Hochachtung vor den Fähigkeiten Eurer Heilerin«, hob sie an, darauf bedacht, ihre Worte sorgfältig zu wählen, »aber ich bin Ioxeias Vorräte durchgegangen und habe darin nichts entdeckt, was dem ähnlich wäre, wovon meine Mutter gesprochen hat. Nichts, was das Fieber meines Bruders heilen könnte, nichts, was ich nicht schon von Griechenland kennen würde, abgesehen von …«

»Abgesehen wovon?«

Sie biss sich auf die Lippe. »Ioxeia hat einen Garten mit goldenen Äpfeln weit oben im Norden erwähnt, von dem Händler erzählten, welche von den Hyperboreern hierherkamen. Angeblich«, sie verzog skeptisch den Mund, »machen sie unsterblich und können Tote ins Leben zurückholen.«

»Davon habe ich auch gehört.«

Sie redete schneller. »Obwohl ich nicht glaube, dass die Götter Krankheiten schicken, bleibt mir keine andere Wahl.

Mein Bruder …« Ihre Stimme bebte. »Vielleicht sind diese goldenen Äpfel das Mittel, das meine Mutter meinte.« Sie sah mich voller Verzweiflung an. »Wisst Ihr irgendetwas darüber? Wisst Ihr, wo man sie finden kann?«

»Die Geschichte, dass die goldenen Äpfel Männer in Götter verwandeln, kenne ich. Und es stimmt auch, dass die Hyperboreer, mit denen wir Handel treiben, von ihnen erzählt haben. Wenn es Euch so wichtig ist, Euren Bruder zu heilen, wie es scheint, würde ich Euch und den Griechen wie Ioxeia raten, nach diesen Äpfeln zu suchen, denn manchmal besitzen tatsächlich nur die Götter ein Heilmittel für unsere Krankheiten.«

Sie zuckte wortlos mit den Achseln.

»Die Hyperboreer«, fuhr ich fort, »meinen, sie befänden sich sehr hoch oben im Norden, noch nördlicher als ihr eigenes Reich. Meine Reiter können Euch von der Grenze unseres Gebiets zu den Hyperboreern geleiten, die Euch weitere Hinweise geben werden.«

Ein merkwürdig zögernder Ausdruck trat auf ihr Gesicht. »Würdet Ihr das tun?«

»Natürlich.« Lächelnd nahm ich ein weiteres Mal ihre Hand. »Für eine Amazone würde ich das und noch viel mehr tun.«

Ἀδμήτη

Admete

Amazonen, Skythien

Vierzehnter Tag des Erntemonats, 1265 v. Chr.

In jener Nacht, in der der Steppenwind am Zelt rüttelte und die Wölfe heulten, schlief ich unruhig, weil die freundlichen Worte der Amazonenkönigin mein schlechtes Gewissen verschlimmert hatten. Ich hätte gern mit Alkides gesprochen, ihn von der Sache mit dem Kampfgurt abgebracht, ihn, wenn nötig, bei allen Göttern angefleht, doch obwohl ich zu seiner Jurte ging und dort wartete, kehrte er in der Zeit, in der die Sterne über den Himmel wanderten, nicht zurück.

In der Morgendämmerung weckten mich laute Stimmen. In dem Zelt hielten sich keine Griechen auf – Timiades, Euneos, Perses, sie alle waren verschwunden. Ihre Felle und Decken lagen auf einem Haufen auf dem Boden. Das Herz klopfte mir bis zum Hals, die Augen brannten mir vor Müdigkeit, als ich einen Umhang über mein Untergewand warf, einen Gürtel anlegte, meine Sandalen ergriff und nach draußen hastete.

Wie befürchtet, standen Alkides, Theseus und Timiades vor der Jurte der Königin. Zwei axtbewehrte Wächter versperrten ihnen den Weg; um sie herum scharten sich Amazonen wie ein Schwarm wütender Bienen, unter ihnen meine Zeltgenossinnen Polemusa, Aella und Deianeira. Als ich auf Alkides zulief, hörte ich ihn die Wachen anbrüllen. Timiades gestikulierte wild, Theseus hatte die Arme vor der Brust verschränkt. Da öffnete sich die Zeltklappe, und die Königin trat heraus. Besänftigend legte sie den Wächtern eine Hand auf die Schulter.

»Was hat dieser Aufruhr zu bedeuten?«

Sofort verstummten alle. Nur noch das Zwitschern der Vögel war zu vernehmen.

»Eure Wachen verwehren uns den Zutritt«, erklärte Alkides.

»Wir sind gekommen, um etwas von Euch zu verlangen«, fügte Timiades hinzu, als ich versuchte, mir einen Weg zwischen den Amazonen hindurchzubahnen. Meine Hände waren feucht vor Angst. »Gebt es uns, dann entfernen wir uns, ohne dass Euch etwas geschieht. Wenn Ihr Euch weigert, kämpfen wir darum, und Ihr müsst mit ansehen, wie Eure Leute vor Euren Augen sterben, umgemäht wie reifer Weizen.«

Mit Mühe konnte ich durch einen Spalt zwischen den Körpern vor mir hindurch die Königin erkennen. Sie hob die dunklen Brauen, und die Augen der Wachen, deren Streitäxte nach wie vor erhoben waren, verengten sich zu Schlitzen.

»Was wollt Ihr?«

Kurzes Schweigen, dann antwortete Alkides mit schneidender Stimme: »Euren Kampfgurt.«

Stille. Ich spürte das Entsetzen der Amazonen. Furcht stieg in mir auf; plötzlich wurde ich mir der scharfen Schwerter an allen Gürteln und der blitzenden Klingen der Streitäxte sehr bewusst. Die Luft erzitterte und schien sich zu verdichten.

»Den …«, erklärte die Königin stolz, »… könnt Ihr nicht haben.«

Wie aus dem Nichts sauste ein Schwert hernieder und traf kreischend auf das Eisen, das es abwehrte. Die Wachen stellten sich schützend vor die Königin. Leiber bewegten sich, Metall blitzte auf, markerschütternde Schreie erschollen.

Ich drehte mich um, dankbar für meine geflochtenen Haare und dafür, dass ich die Sprache der Skythen beherrschte, und rief den Amazonen zu: »Ich gehöre zu euch! Ich bin eine Amazone!« Dann rannte ich, das Überraschungsmoment nutzend, zu den Zelten. Meine Lunge schmerzte, mir verschwamm der Blick. Angst sowohl um die Amazonen als auch um die Griechen, um Alkides und Hippolyta, durchzuckte mich, als ich Waffen klirren hörte und Schmerzensschreie zu mir herüberdrangen. In meiner Panik schien ich übers Gras zu fliegen.

Ich erreichte das Zelt der Heilerin und hastete hinein.

»Bei den Göttern, sie gehen aufeinander los, Ioxeia! *Sie kämpfen gegeneinander!*«

Streit um den Kampfgurt

Skythien

Als ein Nordwind mit seinen eisigen Fingern über das Land der Saken und das Lager der Amazonen streicht, landet Hera hinter einem Zelt am Rand des Versammlungsplatzes. Niemand sieht, wie sie ankommt; niemandem fällt auf, wie eine weitere Amazone sich unter die Kämpfenden mischt.

Beim Anblick der wogenden Amazonenhorden und aufblitzenden Streitäxte nickt sie.

Gerade rechtzeitig, denkt sie.

Hera holt tief Luft und ruft einen Nebel herbei, der sich zum Lager der Amazonen wälzt. Wenig später sind die Griechen und die Amazonen von einer undurchdringlichen grauen Wolke umhüllt, in der sich ihre schattenhaften Gestalten bewegen. Hera vernimmt Herkules' entsetzten Aufschrei: »Was für ein Zauber ist das?« Die Amazonen versuchen, sich durch Rufe und Tasten zu orientieren.

Hera schiebt sich schmunzelnd zwischen ihnen hindurch.

Hippolyta ist aus ihrem Zelt getreten, den Kampfgurt über ihrem Obergewand. Sie fragt, was los ist. Hera schlingt den Nebel fest um sie wie ein Tuch, bindet sie, blendet sie. Hippolyta stolpert und sinkt, von den Amazonen nicht wahrgenommen, am Rand des Kampfgeschehens auf die Knie.

Nun ist der Zeitpunkt gekommen, die Amazonen zu nie da gewesener Mordlust anzustacheln, so wild, dass keiner der Griechen das Lager lebend verlassen wird.

»Die Fremden!«, ruft Hera, ihrer Verkleidung angemessen in der Sprache der Skythen. »Sie haben die Königin!«

Die Panik verwandelt sich in Wut.

»Die Königin!«, wiederholt sie, peitscht sie an, wie Wind die Wellen aufwühlt.

Die Amazonen nehmen ihren Ruf auf, kreischen, die Augen groß vor Zorn: »Die Königin! Sie haben die Königin!«

Hera teilt den Dunst gerade so weit, dass sie den Weg zu ihren Pferden finden, die auf der Steppe grasen, und hört, wie die Amazonen sich eine nach der anderen darauf schwingen. Köcher klappern gegen Kampfgurte, Oiorpata!*-Rufe erschallen. Hera eilt zu Orithyia. »Verrat! Rache für deine Schwester!«*

Orithyia brüllt, das Gesicht wutverzerrt, »Oiorpata!«, *sammelt die Amazonen und führt sie gegen die Griechen.*

Vom Nebel umhüllt und zwischen den Zelten gefangen, zücken die Griechen die Waffen. Dolche scharren an den Scheiden. Herkules hält sein Schwert mit beiden Händen vor dem Leib; sein Blick huscht im Dunst hin und her. Theseus, Solois und Timiades schützen ihn zu beiden Seiten mit ihren Speeren. Die Amazonen donnern auf ihren Pferden heran. Als Erste stürzt sich Aella in die Schlacht, die ihren Namen aufgrund ihrer Schnelligkeit trägt. Sie gehört zu Hippolytas engstem Kreis. Aella prescht schreiend auf die Griechen zu und schwingt ihre Streitaxt, als wollte sie den Nebel, der die Griechen umfängt, damit durchtrennen. Hinter ihr nimmt Hera eine weitere Reiterin wahr, deren Gesicht sie nicht erkennen kann.

Sie zuckt mit den Achseln. Der Dunst hat seinen Zweck erfüllt. Welcher Gott würde sich schon die Gelegenheit entgehen lassen, eine Schlacht zu beobachten?

Ganz langsam, wie eine Frau, die Wolle verspinnt, zieht Hera den Nebel zu sich heran und windet ihn zu einem silbernen Faden um ihren Finger, sodass er sich lichtet. Plötzlich tauchen Gestalten aus dem Dunkel auf; die Griechen blinzeln geblendet. Aella reitet wie ein Todesengel zwischen ihnen hindurch und stößt wieder und wieder den Schlachtruf aus, während ihre Klinge auf den Feind herniedersaust. Orithyia ist von ihrem Pferd gesprungen und kämpft auf dem Boden gegen Herkules – Hera verfolgt fasziniert mit, wie die Schwester von Hippolyta mit der Axt Herkules' Schlag abblockt, selbst das Schwert zückt und seinen nächsten Streich mit solcher Wucht abwehrt, dass ihm das Heft aus den Fingern gleitet und die Klinge auf den Boden fällt.

Rechts von Hera nähern sich drei Schwestern zwei Griechen, locken diese mit Schwerthieben. Einer der Griechen macht einen Sprung vorwärts. Eine Amazone nutzt die Chance und stößt ihm die Klinge zwischen die Rippen. Er bricht zu Füßen seines Bruders zusammen, dessen Sandalen sich rot von Blut färben. Jetzt sind es drei gegen einen. Der verbliebene Grieche stürzt sich speerschwingend und mit einem wilden Schrei auf die Kriegerinnen.

Da taucht Orithyia wieder auf, die gleichzeitig gegen Thoas und Solois kämpft, ein Schwert in jeder Hand, ein Lachen auf den Lippen. Sie tanzt, spielt mit ihnen, stößt vor und weicht zurück. Die Gesichter der Männer sind schweißüberströmt. Melanippe gesellt sich zu ihr. Ihre Haare wehen um ihren Kopf, als sie den Kampf gegen Herkules aufnimmt. Ihr Schwert fährt mit der tödlichen Kraft eines Sturmwindes durch die Luft. Plötzlich hört Hera einen gellenden Schrei. Orithyia hält, die Schwerter vor sich ausgestreckt, mitten in der Bewegung inne, eine blutige Wunde quer über der Brust. Timiades' Speer hat sie getroffen. Er fällt herunter, die Spitze vergräbt sich im Boden.

»Macht Spaß, was?«

Hera wirbelt herum. Ein stämmiger, dunkelhaariger Grieche steht neben ihr. Den Schalk in seinen Augen kann nicht einmal die Verkleidung verbergen.

»O nein.«

»O doch«, entgegnet Hermes. Die Schlachtrufe und das Klirren aufeinanderprallender Schwerter treten in den Hintergrund, als die beiden Götter miteinander sprechen. »Wie ich sehe, bist du geschäftig wie immer.«

Heras Blick wandert zurück zu den Kämpfenden. »Ist nur ein Scharmützel. Nicht einmal eine richtige Schlacht.«

»Und ich bin nur ein Bote«, meint Hermes spöttisch. »Es verstößt gegen die Regeln, das weißt du. Nach dem Orakelspruch hast du dich mit Zeus darauf geeinigt, dass sich keiner in die Arbeiten des Herkules einmischen würde. Erfolg oder Versagen hängen von ihm allein ab.«

»Ja, ja.« Hera winkt ungeduldig ab. »Das musst du mir nicht unter die Nase reiben.«

»Jedenfalls«, fährt Hermes fort, »dachte ich, du hättest genug anderes zu tun.«

»Was soll das heißen?«

Hermes zuckt mit Unschuldsmiene die Schultern. »Ach, nichts. Auf dem Weg hierher habe ich eine gewisse Muse gesehen, die dem Garten der Hesperiden gefährlich nahe ist …«

Hera flucht leise. »Kann man denn nicht einen Moment Ruhe haben?«

»Offenbar nicht, wenn man über das Universum herrschen möchte«, entgegnet Hermes belustigt.

Hera reißt den Blick von Orithyia los, die leblos nach vorn sinkt. »Na schön«, sagt sie. »Ich geh ja schon.«

»Gut.«

»Aber Hermes, beende die Schlacht nicht«, weist sie ihn an, bevor sie sich auf den Weg macht. »Das würde auch als Einmischung gelten.«

Hermes grinst. »Ich würde sie selbst dann nicht beenden, wenn ich es könnte. Keine Sorge.«

Als die Königin der Götter sich schnellen Schrittes in Rich-

tung der Wälder im Norden verabschiedet, wendet Hermes sich der Schlacht zu …

… und plötzlich kämpfen die Griechen mit der Macht von Zeus.

Abschied vom Land der Saken

Hippolyta

Amazonen, Land der Saken

Dreiundvierzigster Tag nach dem Tag der Erde in der Jahreszeit von Apia, 1265 v. Chr.

Zitternd vor Angst richtete ich mich auf. Irgendein schrecklicher Fluch der Götter musste mich ereilt haben. Ich erinnerte mich nur noch an tiefe Dunkelheit, die sich vom Meer über mich herabgesenkt hatte, dann war ich blind, wie tot, zu Boden gegangen.

Nun peitschte der Wind gegen meine Wangen und weckte meine Sinne. Endlich sah ich klar, und meine Beine trugen mich wieder, obwohl ich nach wie vor wackelige Knie hatte. Entsetzt betrachtete ich das Chaos rund um mich herum. Auf dem Versammlungsplatz des Lagers herrschte Tumult – Pferde scheuten und bäumten sich auf, Reiter stießen Kampfrufe aus, Schwerter klirrten gegen Schwerter, Speere sausten durch die Luft, von allen Seiten hagelte es Pfeile. Der Geruch von Schweiß und Blut und Tod stieg mir in die Nase. Ich beugte mich vor, um mich zu sammeln. *Mein Volk … Mein Volk …*

Wie konnte das passieren?

Mein Blick fiel auf eine der Leichen im blutroten Gras. Sie lag auf der Seite, die dunklen Haare waren voller Schlamm und die Augen im Tod verdreht. Auf ihrer Schulter prangte das Adler-*tamga* …

»Orithyia!«, rief ich und hastete zu ihr. Kämpfende, die

mich behinderten, stieß ich mit blitzender Klinge weg. Plötzlich sprang mir jemand in den Weg – Theseus. Er blutete am Oberschenkel; sein Gewand war an der Schulter aufgerissen.

»Da ist die Königin ja!«, knurrte er voller Hass. »Soll ich Euch den Kampfgurt eigenhändig abschneiden?« Er zückte sein Schwert. Sein Spott wich Wut, als ich seine Schläge einmal, zweimal abblockte und Metall auf Metall traf…

»Ihr wagt es, mein Volk anzugreifen!«, rief ich, schwang meine Streitaxt und ließ sie mit so großer Wucht herniedersausen, dass sie den Schädel eines Pferdes gespalten hätte. »Ihr wagt es, die Götter zu beleidigen! Ihr ehrloser Verräter!«

»Ehre!«, wiederholte er höhnisch und wehrte mit dem Schwert den Schlag meiner *sagaris* ab, sodass sie seitlich abglitt, doch die Kräfte, die auf die Klinge wirkten, rissen sie ihm aus der Hand. »Ihr seid es, die keine Ehre im Leib hat – und wenn doch…«, er nahm das Schwert vom Boden auf und parierte einen neuerlichen Stoß von mir, »…ist es die einer Barbarin.«

In dem Moment erklang zu meiner Rechten ein Schrei. »*Oiorpata!*« Melanippe rannte, die Wangen blutverschmiert, die Streitaxt erhoben, zwischen den Kämpfenden auf uns zu.

»Melanippe, *nein*!«

Sie stürmte mit wippendem Zopf heran; ihre Axt blitzte auf wie eine in den Himmel züngelnde Flamme. Gerade als ich Theseus fällen wollte, kreuzte ein anderer Grieche meinen Weg. Ich wehrte ihn ohne Mühe mit links ab. Dann wandte ich mich in meiner Wut über das, was sie Orithyia angetan hatten, wieder Theseus zu. Das Blut sang in meinen Adern. Ich würde ihn und seine Griechen in die Welt der Toten schicken, dafür, dass er mir meine Schwester genommen hatte, meine…

Ich hielt mitten in der Bewegung inne.

Melanippe war die *sagaris* aus der Hand gefallen. Theseus packte meine Schwester an den Haaren und drehte sie so herum, dass sie mir in die Augen sah. Schweiß glänzte auf seinem Gesicht und seinen Unterarmen, und seine Zähne leuchteten weiß in seinem schmutzigen Gesicht. Dreist grinsend hob er die Klinge seines Schwerts an ihren Hals. Obwohl Melanippe wild um sich trat, gelang es ihr nicht, sich aus seinem Griff zu befreien. Eine kalte Faust schloss sich um mein Herz. *Nicht sie. Nicht auch noch sie.*

»Wofür entscheidet Ihr Euch, Königin Hippolyta?«, schleuderte er mir über den Lärm der aufeinanderprallenden Waffen und der Schreie entgegen. »Für Eure Schwester oder für Euren Kampfgurt?«

Melanippes Brust hob und senkte sich. »Nein, Hippolyta!«

Theseus zerrte an ihren Haaren. Sie verzog das Gesicht und biss sich vor Schmerz auf die Lippe.

»*Aufhören!*«, kreischte ich mit schriller Stimme. »Sie ist doch schon Eure Gefangene!«

Ich ließ mein Schwert auf den Boden fallen, löste die Schnallen meines Gurts, nahm ihn ab und hielt ihn ihm mit bebenden Fingern hin. Auch das Adleramulett zitterte am Riemen, als würde es seinen eigenen Niedergang erahnen. »Bitte … lasst sie los.«

Seine Augen leuchteten. Diese Demütigung war seine Rache für den Zwischenfall bei der Jagd, das wusste ich. Er ergriff den Gurt und warf ihn Herkules zu, der sich zu uns durchgekämpft hatte und ihn über die Schulter schlang, als handelte es sich um ein bloßes Kleidungsstück, nicht um den kostbarsten Besitz der Amazonenköniginnen. »Nur den?«, meinte Theseus. »Ihr glaubt, der reiche zur Auslösung Eurer Schwester?«

»Was wollt Ihr?« *Nicht Melanippe. Melanippe darf ich nicht auch noch verlieren.* »Ihr könnt alles haben. Goldbecher, Glasperlen, Armbänder aus Silber oder Bronze … ich hole sie selbst aus unserer Schatztruhe.«

Theseus schüttelte den Kopf und schaute zu Herkules hinüber. Hinter ihm kämpfte Aella gegen Timiades. Sie ließ ihn über das blutgesprenkelte Gras tanzen, schwang die Streitaxt im Rhythmus mit seiner Schwertklinge. »Ich will Euch.«

Plötzlich nahm ich den Lärm der Schlacht nur noch gedämpft wahr, als stünde ich wieder mitten im Nebel.

Theseus' Blick wurde härter. »Ich will Euch als meine Gefangene. Eine Amazonenkönigin ist eine für einen griechischen Helden angemessene Trophäe. Herkules gebt Ihr Euren Kampfgurt, mir gebt Ihr Euch selbst. Und Ihr fahrt mit mir zurück nach Griechenland. Dann lasse ich Eure Schwester frei.«

Meine Kiefer begannen zu mahlen. »Und wenn nicht?«

»Dann …«, seine schmalen Lippen verzogen sich zu einem höhnischen Grinsen, »… dann machen wir dieses Lager dem Erdboden gleich, und kein Mann, keine Frau und kein Kind werden sich mehr an die Amazonen erinnern.«

»Nein! Hippolyta, nicht … vergiss nicht …« Als Theseus fester an Melanippes Haaren zog, die nach wie vor um seine Finger gewunden waren, verstummte sie. In ihren dunklen Augen sah ich die Warnung davor, mir noch einmal von einem Griechen Schmerz zufügen und mich aus meiner Heimat entführen zu lassen.

»Ich wäre Eure Gefangene nach den Gesetzen der Götter?«

Er neigte das Haupt.

»Ihr würdet Euch an die Regeln für Gefangene königlichen Blutes halten und mich zur Frau nehmen?«

Wieder neigte er das Haupt.

»*Nein!*« Melanippe versuchte, sich ihm zu entwinden, und rief meinen Namen, doch ich achtete nicht auf sie.

»Ihr würdet mich mit dem Respekt behandeln, der einer Königin gebührt?«

Er nickte. »O ja.«

Schweigen.

»Dann ergebe ich mich Euch.«

Um mein Volk zu beschützen. Wie ich es mir geschworen hatte. Ich reckte das Kinn vor. Mein Herz schlug wie wild, mir war übel. Die ganze Zeit über lag mein Kampfgurt auf der Schulter von Herkules, vor meinen Augen, auf der Schulter eines *paralati*. Mit einem verächtlichen Knurren gab Theseus Melanippe frei.

»Was tust du?«, jammerte sie, warf sich vor mir auf den Boden und umklammerte, das Gesicht zu mir erhoben, meine Knie. »Hippolyta, das kannst du nicht machen!«

Ich blickte in ihre vor Angst geweiteten Augen. »Es geht nicht anders.«

»Ich wäre lieber gestorben!«, schrie sie mich an. »Ich wäre lieber gestorben, als dich wieder an einen Griechen verkauft zu sehen!«

»Nein, ich darf dich nicht verlieren, Melanippe«, sagte ich. »Und ich darf mein Volk keiner Gefahr aussetzen. Ich habe geschworen, es zu beschützen. Mir bleibt nichts anderes übrig.«

* * *

Die Griechen trafen ihre Vorbereitungen für die Abreise. Vor meinen Augen verschwammen Farben und Geräusche. Ich fühlte mich wie von meinem Körper losgelöst und ließ mich traumgleich treiben. Als ich durch das braune Wasser des Silis-Flusses watete und über die Strickleiter auf Theseus' Schiff kletterte, dachte ich mit einem Schaudern, das letztlich nichts mit mir zu tun hatte: *Ich werde meine Heimat niemals wiedersehen.*

Melanippe hatte schluchzend bei allen Göttern geschworen, dass sie mich nicht würde gehen lassen. Kayster hatte ich nur kurz umarmt, obwohl ich nahe daran war, die Selbstbeherrschung zu verlieren. Fast hätte ich ihn an mich gedrückt und nie wieder losgelassen. Doch vor den Augen aller musste ich stark wie eine Amazonenkönigin wirken, und deshalb – immer nur deshalb – konnte ich nichts zu meinem Sohn sagen. Ich musste die Arme von ihm lösen, mich abwenden und das Zelt verlassen, auch wenn ich mich mit jeder Faser meines Körpers danach sehnte, bei ihm zu bleiben. Mein Volk stand am Ufer – Aella, Xanthippe, Agar. Sie sahen mir mit vorwurfsvollem Blick und waffenlos nach, denn ich hatte ihnen verboten zu kämpfen. Als ich die Planken des Schiffs betrat, wurde mir flau im Magen. Mein Atem ging schnell, mein Blick wanderte von meinem Stamm zu den auf der Steppe verstreuten Zelten. Überlebende des Gemetzels suchten sich einen Weg zwischen den Leibern der Gefallenen hindurch; die dunkle Erde war vom Kampf aufgewühlt.

O Götter, mein Volk, mein Volk.

Furcht vor dem, was mir bevorstand, überkam mich – *wie kann ich sie verlassen?* Gleichzeitig war ich der festen Überzeugung, das Richtige für meinen Stamm zu tun. Das gleiche Chaos der Gefühle tobte in mir wie vor einer Schlacht. *Nur dass du jetzt nie wieder in den Kampf ziehen wirst.*

Unwillkürlich streckte ich die Finger nach dem Adler-*tamga* an meiner Leibesmitte aus – und spürte nur den Stoff meines Gewands.

Ich habe keinen Kampfgurt mehr.

Ich bin keine Königin mehr.

Ich unterdrückte den Schmerz wie bei einer Verwundung auf dem Schlachtfeld: einfach weiter parieren, angreifen, schlagen und stoßen, immer nur an mein Volk denken. Als das Schiff flussabwärts fuhr, blickte ich in Richtung Meer, das wir Temarunda, das Muttermeer, nannten. Es lag in seiner ganzen Breite vor uns und ergoss sich in blauen Schwaden über die Kante der Welt.

Schwankend klammerte ich mich an die Seite des Schiffs, so fest, dass die Knöchel weiß hervortraten. Nur so, indem ich die Nägel ins Holz vergrub und mich auf den Schmerz konzentrierte, konnte ich mich zwingen, nicht zum Lager der Amazonen zurückzuschauen. Ich wusste, dass ich meine Schwestern und meinen Stamm niemals wiedersehen würde.

Ich weiß, dachte ich mit gequältem Herzen und brennenden Augen, *dass ich meinen Sohn nie wiedersehen werde.*

Ἀδμήτη

Admete

Amazonen, Skythien

Sechzehnter Tag des Erntemonats, 1265 v. Chr.

Mein Traum von den Amazonen hatte sich in einen Albtraum verwandelt. Während des Kampfs hatte ich mich hinter den Kräuterregalen in Ioxeias Zelt verborgen und meinen Umhang über den Kopf gehalten wie einen Schild, um die Schreie der Verwundeten und das Klirren der Waffen auszublenden. Was da draußen geschah, besaß keinerlei Ähnlichkeit mit der Schlacht, von der der Barde am Hof von Lykos gesungen hatte, mit den nach genauen Regeln ablaufenden Zweikämpfen, der blitzenden Bronze und den tapferen Helden. Das hier war Tumult und Chaos gewesen. Ich hatte darin keinerlei Heroismus entdecken können, nur laute Schmerzensschreie, Verzweiflung und Angst.

Unmittelbar nach der Schlacht und auch noch am folgenden Tag lief ich von Zelt zu Zelt und versorgte verwundete Griechen und Amazonen gleichermaßen. Die Amazonen versuchten, mich zu vertreiben, doch wenn ich mit ihnen redete und ihnen mein *tamga*-Zeichen zeigte, ließen sie mich gewähren. Meine Hände waren wund vom Zerstoßen der Kräuter und Hacken der Alpenveilchen. Mit einer Süßwurzelart, die ich am Meeresufer entdeckt hatte und mit Honig vermengte, bestrich ich Wundverbände. Ich bereitete eine Paste aus Gelbem Enzian für Kopfverletzungen und eine Mischung aus gebranntem Harz, Kassie, Zimt und Myrrhe gegen Entzündungen. Außerdem kümmerte ich mich um die Toten. Ich schloss ihnen Augen und Mund, wusch und salbte die Leichen, kleidete sie, bahrte sie auf, übernahm die Wehklagen und verbrannte sie schließlich auf einem Scheiterhaufen, bis mein Gewand schwarz von Asche war, meine Haare nach Rauch rochen und meine Haut von Salbungsölen glänzte.

Während ich Solois mit zitternden Händen zur letzten Ruhe bettete, trafen Alkides, Theseus und die anderen Griechen Vorbereitungen für die Abreise. Voller Abscheu hörte ich, wie Alkides mit Gewalt Pferde einforderte. Von den Amazonen erfuhr ich, dass die Königin ihnen das Kämpfen verboten hatte. So mussten sie tatenlos zusehen, wie ihnen die Lebensgrundlage genommen wurde. Zwischen Amazonen und Griechen herrschte verbittertes Schweigen, das aus Furcht und Misstrauen ob des verletzten Gastrechts erwuchs. Ich arbeitete rasch, mit gesenktem Blick. Die Griechen schleppten Waffen und geplünderte Lebensmittel- und Stutenmilchvorräte zum Schiff. Einige wollten sich als Vorhut nach Griechenland aufmachen, um den Herbststürmen zuvorzukommen und zu ihren Reichen zurückzukehren, die sie vernachlässigt hatten. Die Amazonen beobachteten sie mit hasserfüllter Miene.

Am zweiten Morgen nach der Schlacht erklärte Alkides, es sei Zeit für den Aufbruch. Das Schiff von Theseus mit der gefangen genommenen Königin war bereits losgefahren. Hippolytas Kapitulation Theseus gegenüber verursachte mir Übelkeit. Wie konnte er nur auf die Idee kommen, die Königin der Amazonen zur Unterwerfung zu zwingen und sie aus ihrer Heimat zu entführen? Das war schlimmer als unehrenhaft: Es war barbarisch. Ich konnte nur hoffen, dass Hippolyta, die mir gegenüber so freundlich gewesen war, mich nicht genauso sehr hasste wie die anderen Griechen. Während wir die gestohlenen Pferde beluden, beäugten uns die Amazonen, nur zurückgehalten durch Hippolytas letzten Befehl, mit finsterem Blick von fern.

In Alkides' Zelt schlüpfte ich in Amazonenkleidung, die ich mir von Ioxeia geborgt hatte, denn wie sonst sollte ich auf einem Pferd reiten? Ich zog die Hose und die Tunika an, die mir bis über die Oberschenkel reichte, dann die Schuhe. Die Beine der Hose waren sehr weit, und mein schlichtes griechisches Untergewand sah zu dem gemusterten Stoff seltsam aus. Doch diese Art der Kleidung war bequem, und das allein zählte.

Ich betrachtete traurig die Zeltwände, an denen Scheiben trocknenden Fleisches hingen, die Felle und Kissen auf dem Boden, die Feuerstelle, an der Alkides, Solois, Euneos, Perses und ich gegessen hatten – manchmal mit den Amazonen, manchmal ohne sie. Ich hatte nicht vorgehabt, mich so wegzustehlen, sondern mir ausgemalt, zu den freundlichen Rufen und guten Wünschen der Amazonen loszureiten.

Als ich hinaustrat, sah ich das Pferd, das jemand für mich herangeführt hatte, zwischen denen von Alkides und den anderen. Der Hengst zerrte an den Zügeln, welche ein Sklave in der Hand hielt. Das Tier hatte schwarzes, seidiges Fell und eine weiße Blesse. Ich wusste, dass es Melanippe, der Schwester Hippolytas, gehörte.

»Das ist nicht in Ordnung«, sagte ich zu Alkides, der sich inmitten der versammelten Griechen mit Telemos unterhielt, und legte die Hand auf die warmen, weichen Nüstern des Pferdes. Alkides hatte Hippolytas Kampfgurt um die Taille geschlungen. Bei dem Gedanken daran, welchen Blutzoll er gekostet und wie stolz die Königin ihn getragen hatte, wurde mir erneut übel. »Dieses Pferd gehört der Schwester der Königin.«

Alkides redete, ohne auf mich zu achten, weiter mit Telemos. Seit dem Kampf hatten er und ich nicht mehr miteinander gesprochen. Er war mit den Vorbereitungen für die Abreise beschäftigt gewesen und ich damit, die Verletzten und Toten zu versorgen.

Ich biss mir auf die Lippe. »Ich will dieses Pferd nicht«, erklärte ich.

Endlich wandte Alkides sich mir zu. »Bei den Göttern!«, rief er aus und ließ den Blick über meine Hose und meine Schuhe wandern. »Wer hat das denn mit dir angestellt?«

»Ich. Und ich möchte kein gestohlenes Pferd reiten.«

Er sah mich an, dann Telemos, der kurz nickte.

»Doch, du wirst es reiten«, entgegnete Alkides so laut, dass alle Griechen ihn hören konnten, und reckte die Brust vor, »egal, ob dir das gefällt oder nicht. Ich habe genug von deiner Aufmüpfigkeit.« Er legte die Hände um meine Taille und hievte mich so grob auf den Rücken des Pferdes, dass ich mich am Hals festklammern und die Oberschenkel zusammenpressen musste, um nicht herunterzufallen.

»Was soll das?«, herrschte ich ihn an.

Doch Alkides gab dem Hengst einen Klaps auf die Hinterhand, der daraufhin einen Satz machte. Ich packte seine Mähne und hielt den Blick auf den Horizont gerichtet, als er mit mir hinaus auf die Steppe galoppierte.

»Folgt ihr!«, rief Alkides. Hinter mir trotteten die Griechen aus dem Lager, deren Pferde mit Satteltaschen aus Leder beladen waren. Schon bald verschmolzen der erdbraune Filz und die Felle der Zelte mit dem hellen Gras. Dieser unwürdige Abschied von den Amazonen schmerzte mich, und ich war wütend auf Alkides.

Ich versuchte, den Hengst dazu zu bringen, dass er langsamer wurde, doch der preschte in seiner Panik wie besessen dahin. Also passte ich mich dem Rhythmus seines Körpers an, wie meine Mutter es einst wohl getan hatte, und ritt über die Steppe, die sich endlos weit nach Norden erstreckte.

Hippolyta

Silis-Fluss, Land der Saken

Fünfundvierzigster Tag nach dem Tag der Erde in der Jahreszeit von Apia, 1265 v. Chr.

In den folgenden Tagen wehte der Wind aus Süden, blähte die Segel und führte mich weiter und weiter weg vom Land der Saken. Ich starrte stundenlang in die Wellen und beobachtete, wie eine nach der anderen sich formte und am Rumpf brach, den Blick permanent vom Ufer abgewandt, von den Lagern der anderen Sakenstämme, die sich, wie ich wusste, dort befanden. Mit diesen Menschen hatte ich als Königin Handel getrieben und gegen die Budiner gekämpft, mit ihnen hatte ich unsere jungen Leute verheiratet.

Die Nacht verbrachten wir auf einer Landzunge, die wie ein Finger ins Meer hinausragte, so seicht, dass die Griechen den Kiel des Schiffs an den Strand ziehen konnten. Dort ließ Theseus von den Sklaven Holz für ein Feuer aufschichten, und als die Sonne sich im Westen golden der See näherte, verkündete er, dass nun unsere Eheschließung stattfinden würde. So konnte er die gefangen genommene Amazonenbraut vor den Augen der Welt in Besitz nehmen.

Ich stand nur mit meiner Tunika bekleidet neben ihm, die Haare lose über den Schultern, wie Theseus es verlangte. Keine Amazonen begleiteten mich. Keiner sang für Tabiti oder streute Rosenblüten. Keine Priesterin brachte ein Pferdeopfer dar, und kein Weihrauch wurde ins heilige Feuer geworfen. Trotzdem beklagte ich mich nicht, denn dies war ein bescheidener Preis für Melanippes Leben. Für das Leben meines Volkes.

Theseus hob die Hände vor dem brennenden Feuer zum Gebet. Thoas, der Älteste der Griechen, vollzog die Zeremonie. Sein Bruder verkniff sich ob dieser Farce ein Lachen. Ich ertrug das Ganze mit so viel Würde, wie ich konnte.

Thoas schnitt mit einem Dolch einem jungen Reh, das sie als Opfer für die Götter gefangen hatten, den Hals durch. Das Blut spritzte daraus hervor und besprenkelte mein flachsfarbenes Gewand mit leuchtend roten Tropfen.

»Ein gutes Zeichen«, stellte Thoas fest. »Die Göttin Hera segnet diese Verbindung.«

Ich fragte mich, welche Götter sich wohl an einer blutbespritzten Braut erfreuten. *Jedenfalls nicht die Götter der Saken-Steppen.*

Das Feuer knisterte und zischte, während das Reh für den Spieß vorbereitet wurde. Theseus' Hand lag schweißnass in der meinen, die Luft war stickig, und vor meinen Augen verschmolzen das Orange der Flammen, das Scharlachrot des tropfenden Fleisches und das erdrote Blut zu einer Fata Morgana aus Farbe. Mir drehte sich alles. War ich in Griechenland oder im Land der Saken? War ich eine Königin oder eine Sklavin? Der Boden unter mir schien zu wanken, mir wurde schwarz vor Augen.

Da spürte ich, wie eine Hand sich von hinten auf meine Schulter legte. Ich blinzelte und sah Thoas und die Flammen wieder scharf. Thoas' Bruder stützte mich. Ich nickte ihm zu – »Danke, ich komme zurecht«. Er trat einen Schritt zurück; sein Lächeln verschwand. Thoas' Gesänge waren noch nicht zu Ende. Theseus schaute während der gesamten Feier kaum in meine Richtung. Mir wurde übel – *vermutlich sind die Hitze und der Geruch des bratenden Fleisches schuld*, dachte ich und versuchte, mich zu beruhigen. Doch ich kam nicht gegen meine Panik an. Schweiß lief mir über die Stirn, und meine Hände zitterten. Die griechischen Worte drangen mir glatt wie Öl in die Ohren. Der Gürtel an meiner Taille war ohne meinen Kampfgurt unerträglich leicht. Meine Beine fühlten sich nackt an ohne die Hose, und meine Haare hingen lose über meine Schultern.

Ich werde nie mehr als Amazone reiten. Diese Zeremonie besiegelte mein Schicksal: Von nun an würde ich als griechische Frau und Ehefrau leben. *Doch es muss sein.*

Eine andere Möglichkeit gab es nicht.

Ich hatte mir geschworen, meinem Volk eine gute Königin zu sein und es zu beschützen, weil ich wusste, wie weit die Gnade der Griechen reichte. Wenn ich mein Wort brach – meine Freiheit für die ihre –, wenn ich zu fliehen versuchte oder mich durch einen Kampf von Theseus befreite, würde dieser erst ruhen, nachdem er bittere Rache an meinem Stamm genommen hätte. Nein, das war undenkbar.

Mir bleibt nichts anderes übrig.

Der griechische Singsang dröhnte in meinen Ohren wie die Brandung des Meeres.

Und vielleicht, flüsterte eine andere Stimme leise wie der Flügelschlag eines Vogels, *vielleicht sehe ich den Griechen wieder, wenn ich nach Griechenland fahre.*

So wurde ich, in Gedanken bei dem anderen Griechen, mit Theseus, dem Prinzen von Athen, verheiratet.

Ich saß allein am Strand, abseits von den Griechen, die Knie an die Brust gezogen, die nackten Füße im Sand. Die Sonne ging in glänzend goldenem Schimmer unter, umrahmte die Wolken mit einem lila-blauen Rand und breitete einen Lichtschleier über den Himmel. Als die Sterne zu blinken begannen und Tabitis Mond am Firmament aufstieg, hörte ich Schritte. Kurz darauf spürte ich eine Hand auf meinem Arm.

Ich drehte mich nicht um.

»Du schläfst heute Nacht bei mir«, teilte Theseus mir mit. »Vergiss nicht: Wir sind jetzt Mann und Frau.«

Meine Wangen röteten sich, als er vor mir in die Hocke ging und mich begutachtete wie ein Reh, das er bei der Jagd erlegt hatte und das nun bereit für den Spieß vor ihm lag. Er musterte meine Lippen, meinen Hals und meine Brüste, die unter meinem Gewand kaum zu sehen waren. Ich nickte starr, spürte, wie sich mir die Kehle ob seiner Unverfrorenheit zuschnürte. »Wie Ihr wünscht.«

Seine Finger schlossen sich um mein Handgelenk. »Ich habe dich gefangen«, sagte er. »Eine wilde Amazone, gezähmt wie der Vogel eines Falkners, der auf meinen Befehl losfliegt. Ich denke, dir war es von Anfang an bestimmt, einem Griechen zu gehören. Du brauchst einen Mann, der dich leitet.«

Er zog mich hoch und führte mich schweigend den Strand entlang. Nur das Lecken der Wellen am Ufer und das Knirschen des Sands unter unseren Füßen war zu vernehmen. Schließlich wandte er sich mir zu.

»Meine Amazone.« Er ließ die Finger durch meine offenen Haare gleiten. Seinen Gesichtsausdruck konnte ich nicht erkennen, weil Theseus mit dem Rücken zum hell leuchtenden Mond stand. Als er mich berührte, überlief mich ein kalter Schauer. »Mein gefangener Adler.«

Er küsste mich auf die Lippen. Seine Zunge erforschte meinen Mund. Als er sich an mich presste und ich die Härte seines Körpers spürte, durchzuckten mich Angst und Verzweiflung.

Ich löste mich schwer atmend von ihm, unterdrückte ein Schluchzen. »Theseus … bitte …«

Doch er warf mich auf den Sand und drang so grob in mich ein, dass ich fast vor Schmerz aufschrie. Ich biss mir auf die Lippe und ließ es reglos geschehen, dass er wieder und wieder in mich stieß, mit Wucht, wie der Schlag einer Streitaxt. Meine Augen füllten sich mit Tränen. Ich fühlte mich einsamer als je zuvor in meinem Leben. Als Theseus ein letztes Mal zustieß, begann ich zu weinen. Endlich war es vorbei.

GRIECHIN

Hippolyta verstieß gegen die Gesetze der Amazonen, indem sie das Bett mit Theseus teilte, ihm nach Athen folgte und dort mit ihm als seine Gattin lebte …

Isokrates, *Reden* 12, 193

Zu den Enden der Erde

Ἀδμήτη

Admete

Königsskythen, Skythien

Achtzehnter Tag des Erntemonats, 1265 v. Chr.

Von der Sonne geleitet, ritten wir zwei Tage lang mit dem Gottwind Euros im Rücken nach Nordwesten. Über die Hyperboreer wusste ich nur, was die Königin mir gesagt hatte – dass ihr Gebiet nördlich des Tanais liege, jenseits des Skythenlands –, denn nach dem Kampf hatten die Amazonen sich verständlicherweise geweigert, uns zu helfen. Wir begegneten Nomadengruppen, die ähnlich wie die Amazonen in Zelten lebten und den größten Teil des Tages auf dem Rücken ihrer Pferde verbrachten. Da wir sie nicht angriffen, ließen auch sie uns in Ruhe. Am zweiten Tag erreichten wir das Territorium eines sesshaften Volkes, das die dunkle Erde mit Kohl, Wicken, Flachs und einer Art dickstängeligem Weizen bebaute. Die Steppe erstreckte sich schier endlos um die ordentlichen Parzellen und Holzhütten. Während ich am hinteren Ende unseres Trupps die Einsamkeit und den Wind an meinen Wangen genoss, wurde mir bewusst, wie merkwürdig es war, dass unsere Pferde nun in Ställen untergebracht wurden und nicht mehr frei über das Grasland streiften.

An jenem Abend waren wir gezwungen haltzumachen und die Gastfreundschaft der Skoloten – so nannte dieses Volk sich selbst – zu erbitten. Eine Amazone hatte Alkides eine tiefe Wunde am Oberschenkel beigebracht, die geschwollen und voller Eiter war. Alkides war blass und schwitzte. Ich bat einige der Griechen, ihm in eine der Hütten zu helfen und ihn dort auf eine Schlafstatt zu legen. Hastig säuberte ich die Wunde mit Schafgarbe, um die Infektion zu stoppen, trug eine Salbe aus Beinwell auf, die ich dabeihatte, und etwas Arnika gegen die Schwellung, bevor ich ihm einen fiebersenkenden Tee aus Schafgarbe und Holunderblüten verabreichte – in der Nähe befand sich ein Fluss, aus dem ich frisches Wasser schöpfen konnte. Schon bald döste Alkides ein. Ich sah, wie sich seine Augen hinter den Lidern bewegten, und ließ ihn schlafen, damit er sich erholte. In einer anderen Hütte hatten die Skoloten ein Mahl für uns zubereitet. Ich aß mit den Griechen schweigend Eintopf aus Wicken und genießbaren Wurzeln, dazu einen Fisch, den sie *pelamys* nannten, und bebuttertes Brot.

Bevor ich mich zum Schlafen auf das Bett zurückzog, das die Skoloten für mich hergerichtet hatten, schaute ich noch einmal bei Alkides vorbei. Er war wach, hatte sich aufgesetzt und aß aus einer Schale von dem Eintopf. Allmählich breitete sich etwas Röte auf seinen Wangen aus, und seine Augen wirkten nicht mehr so fiebrig wie zuvor. Er hatte die Decken weggeschoben und das Bein mit dem frischen, sauberen Verband auf dem Strohsack ausgestreckt. Meine Kiefer mahlten, als ich bemerkte, dass der Kampfgurt der Hippolyta über einem Hocker lag und die Goldplättchen daran im dämmrigen Licht schimmerten.

»Admete.« Er schluckte den Bissen, den er im Mund hatte, hinunter und breitete die Arme aus. »Du hast Wunder gewirkt. Ich bin schon fast wieder der Alte.«

Ohne etwas zu sagen, trat ich zu ihm, legte die Hand auf seine Stirn und schaute ihm in die Augen.

»Du redest nicht mehr mit mir?« Als ich mich aufrichtete

und abwandte, um frisches Wasser zu holen, ergriff er mein Handgelenk. »Bist du noch wütend auf mich?«

Die Familie, der die Hütte gehörte – Großmutter, zwei Söhne und ihre Ehefrauen –, saß nun, da die Kinder in ihren Betten lagen, bei *kumiss* am Feuer und unterhielt sich leise. Das Licht der Flammen flackerte über die bunten Wandbehänge und warf sich bewegende Schatten.

Ich schüttelte seine Finger ab. »Nein.«

»Das war ein Scherz, Admete!«

»Falls du daran denkst, wie grob du mich aus dem Lager der Amazonen weggeschickt hast: Das nehme ich dir nicht übel, nein.«

»Was dann?«, erkundigte er sich, beugte sich vor und zog mich zu sich auf den Strohsack. Ich ließ ihn gewähren. War er nicht all die Jahre mein engster Freund gewesen, der Einzige, mit dem ich über meine Mutter sprechen konnte? »Ich kann Andeutungen nicht ausstehen. Sag mir, was du meinst, und Schluss.«

Ich biss mir auf die Lippe, weil ich spürte, wie sich nun tatsächlich Wut in mir regte. »Der Kampf!«, zischte ich. »Im Lager.« Bei der Erinnerung daran schauderte mich. Ich blickte in die Glut des Feuers, um die Bilder zu vergessen und die Übelkeit zu verdrängen, die sich in meinem Magen ausbreitete. »Wie konntest du nur? Mädchen in der Blüte ihrer Jugend und Mütter von Kindern! Du hast sie erbarmungslos niedergemetzelt – das habe ich mit eigenen Augen gesehen!« Mir brach die Stimme. »Ich bin in der Erwartung ins Land der Skythen gekommen, dort Barbaren anzutreffen, ohne zu ahnen, dass ich sie in dir finden würde.«

Alkides stieß einen leisen Fluch aus. »Glaubst du denn, mir macht das Freude?« Er lief rot an. »Ich hasse das genauso wie du! Aber ich hatte keine andere Wahl – ich musste den Kampfgurt erringen, egal, um welchen Preis!« Er nahm meine Hand. »Du willst doch deine Mutter sehen, oder?«

Ich wandte den Blick ab. Von meinem Gespräch mit Hippolyta hatte ich ihm nichts erzählt.

»Das ist der Preis, den ich für den Ruhm zahlen muss!«, fuhr er fort, ohne auf meine Antwort zu warten.

»Und welcher Preis wäre dir zu hoch?«, fragte ich. Meine Stimme wurde lauter. Die Bewohner der Jurte sahen von der Feuerstelle zu uns herüber und rutschten unruhig auf ihren Hockern herum. »Was willst du noch? Begreifst du denn nicht, wie schrecklich das ist? Ist die Unsterblichkeit eines Mannes wirklich die Unfreiheit der Amazonenkönigin und den Tod so vieler unschuldiger Menschen wert?«

»Ja.« Er verschränkte die Arme vor der Brust.

Ich wich entsetzt zurück. »Das kann nicht dein Ernst sein.«

Er schlug mit der Faust gegen seine Hand. »Versuch nicht, mir zu erklären, was ich meine!« Seine Augen funkelten, und seine Nackenmuskulatur spannte sich an. Trotzdem bot er seines verletzten Beins wegen ein bizarres Bild der Hilflosigkeit. »Ich sage dir, ich habe keine andere Wahl! Es muss so sein!«

Ich erhob mich und musterte ihn von oben bis unten. »Wenn du denkst, du hättest keine andere Wahl, bist du nicht mehr der Mann, den ich einmal kannte. Der Mann, den ich kannte, war freundlich und loyal und mutig und hätte verächtlich ausgespuckt vor diesen Gräueltaten. Er hätte nicht auf elende Feiglinge wie Theseus gehört, die nur von Überheblichkeit und Ruhmsucht reden. Er hätte wie der Mann gehandelt, der du bist, nicht wie der, der du meinst, sein zu müssen.«

Es geschah blitzschnell. Er gab mir eine schallende Ohrfeige. Tränen traten mir in die Augen, ich presste die Finger an meine Wange.

»Was in Heras Namen bildest du dir ein?«, herrschte ich ihn an. »Du … du … Hoffentlich tut dir dein Bein heute Nacht richtig weh, Alkides!« Ich marschierte zur Tür und knallte sie hinter mir zu.

»Herkules!«, rief er mir nach. »Ich heiße Herkules!«

Ich rannte hinaus zu den Sternen, die am Himmel funkelten wie tausend Lämpchen, wischte die Tränen weg und zuckte zusammen, als ich meine Wange berührte. Nachdem ich mich halbwegs beruhigt hatte, ging ich zu der Hütte am anderen Ende des Dorfes, in der ich untergebracht war, die Schultern zum Schutz gegen die Kälte hochgezogen, die Füße kalt auf dem feuchten Gras.

Meinen Freund Alkides gab es nicht mehr, das wusste ich nun.

Hippolyta
Athen, Griechenland

Zweiundzwanzigster Tag vor dem Tag des Feuers in der Jahreszeit von Tabiti, 1265 v. Chr.

Der Fels von Athen schimmerte weiß in der Nachmittagshitze, karger zerfurchter Stein, der hoch in den Himmel aufragte, obenauf zinnenbewehrte Mauern aus mannshohen Blöcken, darin ein Tor. Ich blinzelte, weil meine Augen von der grellen Sonne und vom Schweiß brannten. Nach den Kiefernwäldchen und Wildblumen auf Skiros hatte ich nicht so etwas erwartet – etwas so Nacktes, Lebloses. Einige wenige Olivenbäumchen klammerten sich an den Felsen, als wäre alles andere Leben unter der gleißenden Sonne verkümmert. In der Luft lag nicht der Duft von Kiefern, sondern der Gestank von Rauch und Maultierkot. Der Schweiß rann mir in Strömen herunter. Athener, die uns auf der Straße begegneten, neigten das Haupt vor ihrem Herrscher. Sie transportierten Gefäße mit gedroschenem Getreide von den Feldern oder im Netz gefangene Fische vom Hafen oder trieben Maultiere vor Karren voller Holz an. Ich konnte keinerlei Frauen entdecken. Der Fels, dessen Seiten steil abfielen, verlieh der Stadt etwas Gefängnisartiges. Die Mauern schützten den Palast vor den Blicken Neugieriger und hielten nicht nur Gefangene drinnen, sondern auch Feinde draußen.

»Na, gefällt es dir?«, fragte Theseus mich von der untersten Stufe der in den Fels gehauenen Treppe, die zum Tor hinaufführte. Sein Nacken war braun gebrannt vom Rudern, sein Haar schweißnass. Seine Augen verengten sich, als er mein Zögern bemerkte.

Ich schwieg. Ich mochte gedemütigt sein. Ich mochte meine Freiheit verloren haben. Aber mit mir spielen ließ ich nicht. Und er würde mich auch nicht dazu bringen zuzugeben, dass ich aus einem anderen Grund hier war, als um mein Volk zu schützen. Die Haare klebten mir am Nacken; ich schob meine Sehnsucht nach der kühlen Brise über den Steppen meiner Heimat beiseite.

Als ich trotzig seinen Blick erwiderte, glaubte ich zu sehen, wie seine Hand zuckte, als wollte er mich schlagen. Doch er stieg die Stufen hinauf. Ich hob die Haare in meinem Nacken an und folgte Theseus. *Es muss sein, es geht nicht anders.*

Die Fahrt übers Meer nach Athen hatte viele Wochen gedauert, obwohl der Steuermann mir versicherte, wir kämen gut voran. Tagelang hatten wir nichts anderes zu Gesicht bekommen als Wasser. Ich hatte allein am Bug gesessen, die Knie an die Brust gezogen, die Wellen angestarrt, die sich am Kiel brachen, und versucht, die Erinnerung an Orithyias leblose Augen zu verdrängen, denn ich musste akzeptieren, dass ich, eine Königin, deren liebste Gefährtinnen ihre Schwestern waren, sowohl Melanippe als auch Orithyia verloren hatte: die eine, um mein Volk zu schützen, die andere – die mutigste Kriegerin, die ich kannte – an das Reich der Toten, aus dem niemand je zurückkehrt. Wenn wir nachts nicht an Land gehen konnten, warfen die Seeleute den Anker aus, und unser Schiff wippte unter den Sternen auf den Wellen. Für mich waren das die schlimmsten Stunden, denn dann kam Theseus zu mir. Obwohl seine Gefährten in Decken gehüllt auf den Ruderbänken neben uns lagen, nahm er mich ohne Rücksicht auf meine Scham. Ich ließ ihn jede Nacht gewähren wie jenes erste Mal am Strand im Land der Saken. Und jedes Mal schnappte ich, wenn er in mich eindrang, vor Schmerz nach Luft und versuchte, den scharfen Geruch seines Schweißes nicht einzuatmen. Ich merkte, wie mein Wille gebrochen wurde wie bei einem Wildpferd, das man einreitet. Oft hinterließen solche Nächte Prellungen an meinen Hüften, und ich konnte eine Weile nicht richtig sitzen. Zum Glück war mein Gewand lang genug, um die blauen Flecken zu verbergen.

Doch nun, da wir in Athen gelandet waren, hoffte ich wie eine Reiterin auf der dunklen Steppe, deren Fackel bald verglimmt, dass die Dinge sich ändern würden. Vielleicht hatte Theseus so schnell wie möglich nach Hause gewollt. Vielleicht war er unterwegs anders gewesen als er es in Athen sein würde, weil ihn das Rudern ermüdete und ihm vom Auf und Ab der Wellen übel war. Vielleicht würde er mich jetzt, an Land, mit mehr Respekt behandeln: mit dem Respekt, den die Götter für eine gefangene Königin forderten. Vielleicht würden wir sogar, sobald er sich sicher war, dass ich das Leben meines Volkes nicht aufs Spiel setzen würde, indem ich von ihm weglief, nach Thessalien reisen. Und vielleicht würde ich dann – ich verachtete mich selbst für den Gedanken – meinen Griechen wiedersehen.

Wir erreichten das Tor und traten ein. Speerbewehrte Wächter begrüßten ihren Herrscher, als der in den Hof ging, mit einem Nicken. In diesem Hof befand sich links von mir ein säulengeschmücktes weitläufiges Gebäude, vermutlich der Palast, mindestens doppelt so groß wie der auf Skiros. Bei dem Anblick krampfte sich mein Herz zusammen: Das Steinfundament trug das Gewicht mehrerer Stockwerke, die sich übereinander himmelan erhoben; die Säulen und die Dachbalken waren blutrot bemalt und das hohe Dach mit einem gelb-blauen Fries verziert, das in der grellen Sonne leuchtete. Auch hier standen knorrige Olivenbäume, die dem Fels mit letzter Kraft Wasser abtrotzten. Sklaven schnitten Äste ab und rechten Laub weg. Als wir an ihnen vorbeigingen, hoben sie den Kopf. Mir wurde bewusst, wie merkwürdig ich mit meinen hohen Wangenknochen, der dunklen Haut und dem gürtellosen Gewand auf sie wirken musste, das sich deutlich von dem der griechischen Frauen unterschied.

Durch einen offenen Bogen traten wir in einen kleineren Hof, der von zwei am oberen Ende mit in Stein gehauenen Blättern verzierten Säulen begrenzt wurde. Theseus schnippte mit den Fingern, und eine Frau mit rot-blauen Röcken und langem lockigem Haar tauchte zwischen diesen Säulen auf.

»Theia«, sagte er, als sie sich ihm näherte. Sie verneigte sich vor ihm, und ich sah – Erinnerungen an Skiros, halb schmerzlich, halb traumgleich, überkamen mich –, dass ihre Augen schwarz und ihr Mund und ihre Wangen rot geschminkt waren. Ihr Gesicht wirkte so blass, als bewegte sie sich nie in der Sonne. Sie hatte die Haut einer griechischen Edelfrau. »Theia entstammt der Familie meiner Mutter und dient hier im Frauenbereich«, erklärte Theseus, während sie mir zur Begrüßung ein freundliches Lächeln schenkte. »Sie besorgt dir, was du brauchst. Theia, das ist…«, er schaute mich an, »…Antiope, ein guter griechischer Name, findest du nicht? Nicht einer von diesen barbarischen Pferdebezwingernamen aus dem Osten. Sie wird hier im Palast bleiben.«

Ich spürte, wie das Lächeln auf meinen Lippen erstarb, als

hätte er mir eine Ohrfeige gegeben. *Ein griechischer Name.* Mein Magen verkrampfte sich. Im Land der Saken verband unser Name uns mit unserem Stamm, mit unserem Land und unserem Boden, wie Lederriemen einen Kampfgurt zusammenhalten: Melanippe war ihres Rosses wegen das Schwarze Pferd, Orithyia – Schmerz durchzuckte mich, als ich an meine mutige, eigensinnige Schwester dachte – ihres Temperaments wegen der Wütende Berg und ich, Hippolyta, als die schnellste Reiterin von uns die Befreierin von Pferden. Wie konnte er es wagen, mir das zu nehmen?

Er hat mir schon so viel genommen, dachte ich, als Sklaven mit Säcken vom Schiff an uns vorbeistolperten. Meine Finger glitten über die blauen Flecken an meiner Hüfte. *Warum sollte seine Überheblichkeit ihn nicht auch noch dazu bringen, mir meinen Namen zu rauben?*

Theseus hatte nicht erwähnt, dass wir verheiratet waren. Ich machte den Mund auf, um etwas zu sagen, doch er wandte sich ab.

»Bei den Göttern«, seufzte er, »ich brauche ein Bad – Eurydamas!« Seine Stimme hallte von den Wänden des Flurs wider. Kurz darauf hörte ich trippelnde Schritte herannahen.

»Kommt.« Theia nahm mich am Arm.

»Moment«, rief Theseus uns nach, als ich mit Theia den Hof überquerte. »Ich habe etwas vergessen.« Ich blinzelte. Hoffnung keimte in mir auf. *Jetzt sagt er es. Jetzt erklärt er ihnen, dass ich eine von den Göttern erwählte Königin bin, dass er mich nicht so behandeln wollte, wie er es tut, dass er mir den Respekt zollen wird, der mir gebührt, wie er es mir im Land der Saken versprochen hat – auch wenn ich seine Gefangene bin.*

»Morgen fahre ich nach Sparta.« Sein Blick wanderte über mein Gewand und meine dunklen Haare, die zu einem Zopf geflochten über meiner Schulter hingen, dann zu Theia. »Bei meiner Rückkehr erwarte ich, dass sie wie eine zivilisierte Griechin aussieht, nicht wie eine Wilde.«

Er entfernte sich.

Mit einer Mischung aus Zorn und Scham und einem Gefühl der Ohnmacht ließ ich mich von Theia durch einen Saal in eine Flucht von Gemächern führen – Ankleideraum, Badezimmer mit einer in den Boden eingelassenen Tonwanne, umgeben von weißen und blauen Fliesen, dann in ein Schlafgemach. An jeder Tür standen zwei Wachen mit Langschwertern. Bestimmt dachte Theseus, dass eine unbewaffnete Frau – mochte sie auch eine Amazone sein – nicht in der Lage wäre, diese Wachen zu überwältigen.

Die Decken auf dem Bett waren zusammengelegt und mit einem Lavendelsträußchen geschmückt, und auf dem Boden lag Salbei ausgestreut, dessen Duft den kühlen, dunklen Raum erfüllte. Mir fiel auf, dass in den Schränken Frauenkleidung hing. Vielleicht hatte Theseus einen Boten vorausgeschickt, um seinen Dienern mitzuteilen, dass ich ihn begleitete. Auf dem Frisiertisch standen Schminkutensilien und Duftöle, auf einem Tuch ausgebreitet waren Ohrringe und filigrane Haarnadeln, beides aus Gold.

Theia führte mich zum Baderaum. Dort kippten Sklaven aus Kesseln heißes Wasser in die Wanne und gaben fahlrosafarbene Rosenblüten hinzu. Nach Rosmarin und Olivenöl duftender Dampf stieg zur Decke auf. Theia wartete, bis der letzte der Sklaven sich entfernt hatte, bevor sie mir aus dem Gewand und in die Wanne half, an deren Innenseite Spiralmuster glitzerten wie Wellen im Meer. Sie äußerte sich nicht zu den grünblauen Flecken auf meiner Haut. Wohlig seufzend sank ich ins warme Wasser, sodass die Blüten meine Scham verbargen. Bei mir zu Hause gab es keine Bäder, nur

Dampfjurten, die von rot glühenden Steinen erhitzt wurden. Dort schwitzten wir den Schmutz von unserer Haut und rieben uns mit Zypressen-, Zedern- und Weihrauchsalben ein. Seit Skiros hatte ich nicht mehr gebadet wie hier.

»Theia?«

»Ja, Herrin?«

Ich gab ihr zu verstehen, dass sie sich auf den Hocker neben der Wanne setzen solle. »Du kannst Hippolyta zu mir sagen.«

Sie zögerte, schaute zu den Wachen hinüber. »Mein Herr hat gesagt, Ihr seid jetzt Antiope.«

Es ärgerte mich, dass sie Theseus' gottlosen Verstoß gegen die Ehrengesetze achtete. *Du bist keine Königin mehr.* »Dann benutze mir gegenüber überhaupt keinen Namen. Denn ich bin nicht Antiope und werde es auch niemals sein.«

Sie schob schweigend meine Haare über den Rand der Wanne. Eine sanfte Geste. *Vielleicht*, dachte ich, und mein Ärger ließ ein wenig nach, *kann sie mir trotz ihres Gehorsams Theseus gegenüber doch noch eine Freundin sein. Sie muss sich seinem Befehl ja beugen wie ich.*

»Hat Theseus schon einmal eine Frau geheiratet?«, erkundigte ich mich schließlich.

Ihr Blick wurde sanfter. »Er hat viele Frauen gehabt.« Sie nahm eine mit Honig und Öl gefüllte Tonschale vom Boden und redete hastig weiter, als hätte sie diese Frage schon oft beantworten müssen: »Ariadne – er hat sie von Kreta mitgenommen und auf Naxos zurückgelassen. Phaedra, Ariadnes Schwester, hat er hierhergebracht – sie lebt nach wie vor in der Unterstadt. Wenn er Lust auf sie hat, sucht er sie auf. Periboea, Phereboea, Iope, die Tochter des Iphikles ...«

Trotz der Wärme des Wassers überlief mich ein Schauer, als sie weitere Namen aufzählte. *Was, wenn ich nur eine von vielen auf der Liste seiner Eroberungen bin? Was, wenn er niemals vorhatte, sich an die Gesetze der Götter über Gefangene königlichen Geblüts zu halten, wie er es geschworen hat, und mich von Anfang an nur als Sklavin wollte?*

Meine Beinmuskulatur spannte sich an, als würde ich losrennen – doch wohin? Wohin sollte ich mich wenden, so weit von meinem Volk und meinem Zuhause entfernt, ohne Waffe, die mich schützte, und ohne Pferd, auf dem ich reiten konnte?

Aber, meinte eine Stimme in mir, die mich zur Vernunft ermahnte, *er hat dich geheiratet und dich mit nach Athen genommen. Er hätte dich auf einer Insel aussetzen können wie diese andere Frau.*

Eine Gnade, für die ich dankbar sein muss. Ich verzog den Mund.

»Ihr könnt Euch glücklich schätzen, ihm zu gehören«, sagte Theia, deren Finger sanft die Honigpaste in meine Schläfen und Wangen einmassierten. »Er ist reich und mächtig, der Herrscher über ganz Attika. Ihr solltet seine Gunst genießen, solange sie währt.«

»Weißt du, ich war eine Königin«, erklärte ich mit bebender Stimme. »Ich habe über mein eigenes Volk geherrscht, als Kriegerin auf dem Rücken von Pferden gekämpft und konnte schneller reiten und einen Pfeil weiter schießen als irgendjemand sonst in meinem Stamm.«

Sie nahm ein Gefäß mit Öl, gab etwas davon auf ihre Handflächen, rieb sie aneinander, fuhr mir mit den Fingern durch die Haare und massierte meine Kopfhaut. Der Duft von Lavendel stieg mir in die Nase, und ich schloss die Augen. Bei diesen sanften Bewegungen war es schwer, Angst zu haben. Ein bisschen kam ich mir vor wie ein Pferd, das von seinem Reiter beruhigt wird. »Ihr seid jetzt Griechin.

Wenn ich Euch einen Rat geben darf, Antiope, Herrin …«
Meine Kiefer begannen zu mahlen. »Theseus schätzt Ungehorsam nicht. Wenn Ihr zu fliehen versucht, lässt er Euch von seinen Wachen mit ihren Schwertern durchbohren, egal, wie gut Ihr mit Pfeil und Bogen umgehen könnt. Unbewaffnet habt Ihr als Frau allein keine Chance gegen sie.«

Meine Finger zuckten, als wollte ich die *sagaris*-Streitaxt von dem Kampfgurt nehmen, den man mir geraubt hatte. Es gab keine Fluchtmöglichkeit. Ich hatte mich wie ein Falke, der einer Maus in einen Käfig nachflattert, selbst an den Handschuh des Falkners gefesselt.

Ich sitze in der Falle.

In jener Nacht lag ich allein in meinem Gemach. Ich redete mir ein, dass es sich nicht allzu sehr von meiner Jurte unterschied: Wenn ich die Augen zumachte, konnte ich den Wind durch die Blätter vor dem Fenster streichen hören, doch mein Bett fühlte sich hart an; mir fehlten das Gefühl der Wolfspelze an meiner Wange und der Geruch des Holzrauchs vom Feuer. Bei der Abendmahlzeit hatte Theia mir vom Hof erzählt, während Theseus mit den Edelleuten von Athen Neuigkeiten austauschte und immer wieder aus seinem Becher trank, ohne mich eines Blickes zu würdigen.

Nun öffnete sich die Tür zu meinem Gemach knarrend. Ich schreckte hoch und griff nach Schwert und Dolch, bevor mir einfiel, wo ich war.

»Wer da?«, fragte ich mit zitternder Stimme in die Dunkelheit hinein. Was, wenn Theseus meiner bereits müde geworden war und eine seiner Wachen mich beseitigen sollte? *Was ist nur aus der Amazonenkönigin geworden?* Ich zog die Decke bis zum Kinn hoch. Schritte näherten sich mir über den gefliesten Boden, kurz darauf stieg mir der Geruch von Männerschweiß in die Nase. Schon spürte ich Hände auf meinem Rücken, und ein Mund presste sich grob auf den meinen.

»Theseus!«, rief ich, nach Luft schnappend, aus. Ich sah seine Augen im Mondlicht schimmern, das durch das Fenster hereinfiel. »Ihr seid es doch, oder?«

Er lachte rau. »So vorsichtig heute Nacht, mein Adler?«

Ich sank aufs Bett zurück. »Ich war mir nicht sicher, ob Ihr es seid.«

»Wer sonst sollte es denn sein?«

Ich glättete den Stoff meines weißen Untergewands, das am Saum mit feinen Lorbeerblättern bestickt war. »Niemand«, antwortete ich. »Ihr habt mich erschreckt, das ist alles.«

Da wurde es plötzlich hell: Er hatte eine Lampe mit Feuerstein und Kerze angezündet. Im gedämpften Licht der Flamme erkannte ich den Frisiertisch mit dem Spiegel in der Ecke, den Schrank und die Truhen mit der Kleidung all seiner anderen Frauen, den Stuhl, über den ich das zerlumpte, mit Salz verkrustete Gewand von der Reise gebreitet hatte.

»Lös deine Haare«, wies er mich an und ließ eine Hand über meinen Kopf und meinen Rücken gleiten. »Ich mag es nicht, wenn du aussiehst wie eine Barbarin.«

Gehorsam zog ich den Zopf nach vorn und knüpfte das Band auf, das ihn zusammenhielt, bevor ich die Strähnen mit den Fingern auseinanderstrich. Als Theseus so nahe bei mir stand, wurde mir wieder bewusst, um wie viel älter er war als mein Grieche. Ich bemerkte die weißen Stoppeln in seinem Bart und die Tränensäcke unter seinen Augen. Er starrte mich lüstern an.

»Zieh es aus.« Theseus deutete auf mein Untergewand.

Ich wurde rot. »Herr …« Ich hielt die Hand schützend vor meine Brust. Nicht einmal der Grieche hatte mich damals nackt gesehen, und bisher war der körperliche Akt mit Theseus stets schnell, heftig und in der Dunkelheit geschehen. Er hatte mir immer nur die Tunika hochgeschoben.

»Zieh es aus«, wiederholte er. »Ich befehle es dir.«

Mit schamrotem Gesicht erhob ich mich und löste das Gewand von meiner Schulter.

»Schneller.« Ich hörte seine Erregung. Er zerrte an den Bändern. Der Stoff rutschte von meinen Schultern, bauschte sich kurz um meine Hüfte und glitt dann ganz auf den Boden.

Das Licht der Lampe zeichnete die Umrisse meines Körpers nach. Ich hätte mir gewünscht, meine Blöße bedecken zu können. *Ich bin die Königin der Amazonen*, dachte ich, den Tränen nahe. *Wie die Götter mich demütigen. Gefällt dir meine Verzweiflung, Theseus? Bereitet meine Erniedrigung dir Vergnügen?*

Sein Atem ging schnell, sein Blick verweilte auf meinen Brüsten, meinem flachen Bauch, meinem Schritt und meinen Oberschenkeln.

»So also sieht eine Amazone aus«, meinte er und warf mich aufs Bett. Ich wollte mich wegdrehen, presste verzweifelt die Beine zusammen, doch er drückte sie auseinander und drang in mich ein. Obwohl ich die Augen zumachte, nahm ich nach wie vor das Licht der Öllampe wahr. Als er zustieß, spürte ich den Schmerz in meinem Unterleib und konnte die Tränen nicht länger zurückhalten. Träge wie ein Bach an einem windstillen Sommerabend flossen sie über meine Wangen und tropften in das Kissen unter meinem Kopf. Meine Lippe war feucht von Blut, weil ich darauf biss, um nicht laut aufzuschluchzen – ich schmeckte, wie es sich in meinem Mund mit Salz vermischte.

Und immer wieder hörte ich in meinem Kopf den Satz, der mich verspottete: *So also sieht eine Amazone aus.*

Ἀδμήτη

Admete

Melanchlainen, Skythien

Dreizehnter Tag des Weizendreschmonats, 1265 v. Chr.

Kiefernnadeln kratzten an meinen Beinen und Unterarmen. In der Luft lag der feuchte Geruch von Moos, und über mir konnte ich durch die ineinander verschlungenen Äste der Fichten kaum den grauen Himmel ausmachen. Meine Lider waren schwer, meine Beine wund gescheuert, und meine Hüfte und mein Rücken schmerzten. Es kostete mich alle Kraft, mich auf meinem Pferd zu halten.

»Können wir keine Rast einlegen?«, rief ich Alkides am vorderen Ende der Gruppe zu. Am Rand des Skolotengebiets war die Steppe in dichten Wald übergegangen – stachelige Bäume mit roten Stämmen versperrten uns den Weg, braune Farne wischten gegen die Hufe der Pferde, und uns umfing undurchdringliche Dunkelheit, die nicht einmal mittags von den Strahlen der Sonne erhellt wurde.

Alkides ritt, den Blick nach vorn gerichtet, weiter, ohne mir eine Antwort zu geben, doch ich wusste, dass er mich gehört hatte.

Ich schaute mich nach etwas um, das Abwechslung zu den Nadelbäumen bot. Nach dem Land der Skoloten hatte ich, abgesehen von einigen Moos- und Flechtenarten, kaum mir unbekannte Pflanzen entdeckt. Meine Enttäuschung darüber, nicht wie erhofft Kräuter für Alexander aufzuspüren, und meine wachsende Furcht, dass wir zu spät zu Hause eintreffen könnten, selbst wenn wir doch noch fanden, wonach ich suchte, trugen nicht dazu bei, das Ungemach des Ritts zu mindern. Noch nie hatte ich mich so weit von Tiryns, von meinem Vater und meinen Brüdern und dem Trost des Kräutergartens entfernt gefühlt.

Mir knurrte der Magen. Unsere Mahlzeiten aus Waldpilzen, Wurzeln und Beeren waren alles andere als sättigend, und so kreisten meine Gedanken um die Feigen, die um diese Jahreszeit zu Hause reif an dem Baum im Hof hingen. Ich stellte mir die kleinen Samen in meinem Mund vor, ihr süßes Fruchtfleisch …

Der Schrei eines Bussards durchschnitt die Luft und riss mich aus meinen Tagträumen. Unser Zug hatte angehalten, die Pferde standen Nüstern an Schweif und schüttelten die Mähnen. Ich lenkte das meine zum vorderen Teil der Truppe, zu Alkides, dessen Ross schnaubend neben dem von Telemos mit den Hufen auf den Boden stampfte.

Ich sah, warum sie stehen geblieben waren.

Der Wald endete an einem breiten Fluss, an dessen Rand Gras und Schilf wuchsen und in dessen träge dahinfließendem blaugrauem Wasser Enten schwammen. Am anderen Ufer erkannte ich eine Lichtung, überschwemmtes Marschland, braunes Wasser mit Grasbüscheln und dann eine Ansammlung von Zelten, geschützt durch den Wald, der sich dahinter erstreckte.

»Der entfernteste Fluss«, sagte ich. Da ich Alkides auch Wochen nach der Ohrfeige noch nicht ansehen wollte, wandte ich mich Timiades zu. »Das ist er doch, oder? Der *Danu Apara*, der entfernteste Fluss. So hat der Anführer der Skoloten ihn genannt, nicht wahr? Und jenseits davon …«

Ich verstummte. Jenseits des Flusses lag das Gebiet der

Sarmaten, von denen die Skoloten behauptet hatten, dass sie wüssten, wie wir das Land der Hyperboreer erreichen könnten. Mein Magen krampfte sich zusammen, und meine Oberschenkel pressten sich fester an den Rücken meines Pferdes. *Möglicherweise finde ich dann die Äpfel, das Heilmittel gegen Alexanders Fieber, wir können nach Tiryns zurückkehren, und alles wird wieder, wie es früher war.* Bei dem Gedanken wurde mir leichter ums Herz.

Ich blickte zu Alkides hinüber. Vielleicht war ich zu hart mit ihm ins Gericht gegangen. Vielleicht hatte er mich gar nicht schlagen wollen. Vielleicht sollte ich mich entschuldigen – denn auch ich hatte ihn mit meinen Worten verletzt.

Alkides überprüfte die Tiefe des Flusses mit einem Ast. Ich würde am Abend mit ihm reden, wenn wir unser Lager aufschlugen. Wenig später riefen er und Timiades, nachdem sie einige Male das Ufer auf und ab gegangen waren, uns zu, sie hätten eine seichte Furt entdeckt, wo das Wasser über die Steine sprudelte und gurgelte. Wir überquerten den Fluss langsam und vorsichtig zu Pferde. Unsere Füße baumelten ins eisige Nass, die Strömung zerrte an den Schweifen unserer Rösser.

Als ich vor Kälte zitternd das andere Ufer erreichte, sah ich die Zelte genauer, die mir bereits zuvor aufgefallen waren. Sie standen dicht beieinander im Schatten der Bäume, wo der Wald sich zum Marschland hin öffnete. Die Angehörigen des Stammes versammelten sich vor ihren Behausungen, Harken und Wassereimer in den Händen, und beobachteten uns. An ihren Gürteln hingen keine Schwerter, und sie trugen die gleichen dunkel gefärbten Umhänge wie die Skoloten, derentwegen Perses diese als Melanchlainen, »Schwarzmäntel« bezeichnet hatte. Der Name war mir im Gedächtnis haften geblieben.

Perses hatte sie ebenfalls entdeckt. Er lenkte sein Pferd neben das von Alkides, und ich hörte ihn fragen: »Holen wir uns die?«

Sthenelos rief: »Ja, Alkides – die sind leichte Beute.«

Timiades zog seinen Speer aus dem Rückengurt und wog ihn in der Hand. »Bei den Göttern, was würde ich nach dem langen Ritt für eine Jagd und einen Kampf geben!«

Ich lenkte meinerseits mein Pferd näher zu Alkides heran, dessen Ross über die Kiefernnadeln des Waldbodens tänzelte. »Was soll das heißen?«

Er wich meinem Blick aus. »Nichts, worüber du dir Gedanken machen müsstest.«

»Männerarbeit«, sagte Telemos, der sich mir von hinten näherte. »Ein kleines Vergnügen.«

»Die Männer werden allmählich unruhig«, erklärte Alkides leise.

»Das verstehst du unter Vergnügen? Unbewaffnete Stammesleute bestehlen, die dir nichts getan haben?«

Perses hatte sein Schwert gezückt und ließ es durch die Luft sausen. »Wenn man sich die Beute erkämpft, ist es nicht stehlen.«

»Und Ihr solltet nicht so mit dem Sohn von Zeus sprechen«, rügte Telemos mich. »Das steht Euch nicht an.«

»Es steht mir nicht an?«, rief ich wütend über die Verachtung und den Hass dieser Männer aus, die mich in den vergangenen Wochen immer wieder verhöhnt hatten. »Ich bin die Tochter von Eurystheus! Diese Fahrt findet auf meine Anregung und den Befehl meines Vaters, des Königs, hin statt!« Ich wandte mich erfreut darüber, dass Telemos ein langes Gesicht machte, Alkides zu. »Du erkennst die Ungerechtigkeit dieses Vorhabens, das weiß ich.« Ich legte meine Hand auf die seine. »Du musst das nicht tun, Alkides.«

»Herkules«, murmelte er, und seine Mundwinkel verzogen sich nach unten. »Sie nennen mich Herkules.«

»Aber …«

Er löste seine Hand von der meinen und schnalzte mit den Zügeln. »Ich habe meine Arbeiten fast vollendet, und du hast selbst gesagt, ich darf nicht zweifeln.« Seine Augen glänzten, sein Blick war hart. »Ich werde den Ansprüchen meines Vaters genügen, das muss ich, und es beginnt damit, dass du mich bei meinem Namen nennst.«

Verwirrung und Verärgerung stiegen in mir auf. »Ich habe niemals gesagt, dass du nicht zweifeln darfst, nur dass du Vertrauen in dich selbst haben sollst. Das ist etwas völlig anderes.«

Röte breitete sich über Alkides' Wangen aus. Er merkte wie ich, dass die anderen Griechen uns beobachteten. »Es reicht!«, herrschte er mich so laut an, dass sie es hörten. Perses lachte, und Telemos nickte ob der Schärfe seines Tonfalls. »Ich erlaube dir nicht, so mit mir zu sprechen.« Alkides reckte das Kinn vor. »Behalt deine Meinung für dich, wie es einer Frau geziemt. Ich dulde nicht, dass du mir widersprichst.«

Er stieß seinem Pferd die Fersen in die Flanken, und die anderen folgten ihm in Richtung der Zelte, während ich wütend und mit offenem Mund zurückblieb.

Sturm

Skythien

Auch Hera ist nach Norden unterwegs. Den Umhang über den Schultern, galoppiert sie, nach wie vor in ihrer Amazonenverkleidung, durch die Wälder Skythiens und hält zwischen den Bäumen Ausschau nach einem blassen Knöchel oder dem Schimmer eines Gewands – nach irgendeiner Spur dieser verdammten Muse Kalliope. Sie weiß – spürt es –, dass sie näher kommt. Ihr Zorn über Kalliopes Diebstahl treibt sie durch die finsteren Nächte und den prasselnden Regen, über durchweichte Marschen und durch diese endlosen Wälder. Denn Hera vermutet, dass eine Muse, die die Erde für gewöhnlich aus der Perspektive der Götter betrachtet, sich ein Versteck gesucht hat, das von oben nicht zu sehen ist.

Da bemerkt Hera an dem Fluss, den sie soeben überquert hat, einige Gestalten, die – sie zügelt ihr Pferd – erstaunliche Ähnlichkeit mit … Griechen haben.

Ihr Atem geht kurz und schnell, als sie versucht, mehr zu erkennen. Ja, der Mann an ihrer Spitze, das scheint Herkules zu sein, und auf dem Pferd hinter ihm, gekleidet wie eine Amazone, sitzt eine Frau, deren wüste Beschimpfungen der Wind an Heras Ohr trägt. Das muss Admete sein.

Hera stößt einen lauten Fluch aus, der eine Ringeltaube erschreckt von ihrem Nest aufflattern lässt.

»Beim Zeus!«, ruft sie aus und treibt ihr Pferd an. Wie beim Styx haben sie den Angriff auf das Lager der Amazonen überlebt? Wieso ist es den Amazonen – unter ihnen einige der ruhmreichsten Kriegerinnen in der Welt der Sterblichen – nicht gelungen, sich ihrer zu entledigen?, fragt sie sich erbost.

Bäume werden zu Skeletten aus Asche, als Hera die Lippen schürzt und bläst. Wie am Ufer des Tanais formt sich eine Wolke aus Dunst. Hera hebt reitend eine Hand gen Himmel, wirft den Nebel hoch und dreht ihn um sich selbst, sodass er zu einer dunklen, grollenden Sturmwolke wird. Diese verdichtet sie weiter, bis sie sich wie ein Fluch über das Gebiet der Sarmaten legt. Heulende Winde peitschen über den Wald, beugen Fichten und lassen Kiefernnadeln pfeilspitz durch die Luft schießen. Vögel werden gegen Baumstämme geschleudert, wie Fische bei einem Sturm im Wasser herumwirbeln. Als Hera sich räuspert und ausspuckt, beginnt es zu regnen – kein lauer Sommerregen, sondern eine wahre Sturzflut –, genug, um jeden Sterblichen an der Weiterreise zu hindern. Genug, um die Griechen von den Äpfeln fernzuhalten, bis Hera sich um die Muse gekümmert hat und der Sohn von Zeus ihre Wut zu spüren bekommt.

Hera sieht, wie die Pferde der Griechen stolpern, einige sich erschreckt aufbäumen, andere auf dem feuchten Boden aus Moos und Kiefernnadeln ausgleiten. Die Griechen schauen himmelwärts und geraten wie bei dem furchtbaren Nebel über dem Lager der Amazonen in Panik, denn darin erkennen sie den Zorn der Götter.

Schmunzelnd treibt Hera ihr Pferd an.

Keine hundertfünfzig Kilometer entfernt blickt Kalliope, das Zedernholzkästchen an ihr durchweichtes Gewand gepresst, hinauf in die Sturmwolken. Sie weiß, dass Hera sie fast aufgespürt hat.

Griechin werden

Hippolyta
Athen, Griechenland

Vierzehnter Tag vor dem Tag des Feuers in der Jahreszeit von Tabiti, 1265 v. Chr.

»Halt den Spiegel für mich«, bat ich Theia, während ich mit zitternden Fingern Fäden von meinen Röcken zupfte. Dies war das erste Mal seit meinem Aufenthalt auf Skiros, dass ich mich wie eine Griechin kleidete. An meinen Ohren und um meinen Hals hing griechisches Gold, mein Mund und meine Wangen waren griechisch geschminkt, und um meine Hüften bauschten sich die weiten Röcke, die griechische Frauen trugen, während meine Brüste sich in dem Oberteil unangenehm beengt anfühlten. *Wie wird es sein, mich wieder so zu erblicken?*

Theia hielt den Handspiegel aus Bronze so, dass ich mich darin sehen konnte.

Ich wurde blass. Die Verwandlung war geglückt – Theia hatte ganze Arbeit geleistet. Doch als ich in meine dunklen, angstgeweiteten Augen schaute, erkannte ich darin das wilde Pferd, das man eingeritten und mit Tand geschmückt hatte. In die Mähne des einstmals stolzen Steppengeschöpfes waren Bänder geflochten wie bei einem Paradepferd. Mein Gesicht hatte Theia gepudert, um die nussbraune Farbe meiner Haut zu verbergen, meine Lippen und Wangen rot angemalt, und meine Augen wirkten schwarz geschminkt sehr verführerisch. Meine Haare hatte sie mit Öl eingerieben, bis sie glänzten, und auf dem Oberkopf drapiert, bevor sie einige Strähnen herauszog, die mir über die Schultern fielen. An meinen Ohrläppchen schimmerten schwere Ringe, und eine goldene Kette mit einem lilienförmigen Anhänger lag zwischen meinen Brüsten.

»Ich bin nicht mehr als Amazone zu erkennen«, sagte ich zu Theia, bemüht, ruhig zu klingen, und versuchte, mir ein Lächeln abzuringen.

Ich stellte mir lieber nicht vor, was Melanippe sagen würde, wenn sie mich so sehen könnte.

Nun bin ich Griechin, damit es weiterhin Amazonen geben kann. Ein kleines Opfer.

Während Theia mein Gewand zurechtrückte, einen Gürtel um meine Taille legte und Duft auf meine Handgelenke und hinter meine Ohren tupfte, straffte ich die Schultern.

Theia trat einen Schritt zurück, um ihr Werk zu begutachten. »Für diesen Anblick lohnt es sich, aus Sparta zurückzukehren, Herrin.«

Ich hörte Theseus, bevor ich ihn sah. Sein tiefes, dröhnendes Lachen hallte von den Fluren wider, als ich aus meinen Gemächern trat und mich auf den Weg zu den seinen machte. Ich eilte an den Wachen vorbei, strich mir eine Locke aus dem Gesicht, befeuchtete meine Lippen mit der Zungenspitze und holte tief Luft, als ich um die Ecke bog, um den Hof vor seinem Bereich zu betreten …

… und hielt inne.

Theseus ließ lachend einen Holzreifen um den Olivenbaum in der Mitte des Hofs rollen. Ein Mädchen mit zerzausten blonden Haaren rannte ebenfalls lachend hinter ihm her. Die Kleine war bestimmt nicht älter als zehn und hatte reine Haut und Augen, die im Licht der Sonne funkelten.

Die Haare wippten in weichen, kindlichen Löckchen um ihren Kopf, und sie trug ein schlichtes Gewand mit Gürtel. Sie war vollkommen, anmutig wie eine Marmorstatue. Aber nicht starr. Eher erinnerte sie mich an den Daunenflügel eines Schwans. Ich hatte mir immer eine Tochter gewünscht. Im Land der Saken hätte ich ihr das Reiten beigebracht und ihr gezeigt, wie man eine Königin wie ich wurde. Ich hätte den heiligen Kampfgurt der Königinnen an sie weitergegeben. *Doch den Kampfgurt habe ich verloren.* Wieder einmal schnürte sich mir die Brust zusammen.

»Theseus.« Ich ging zu ihm. Er richtete sich auf, beschattete die Augen gegen die Sonne, den Reifen in einer Hand. Das Mädchen sprang an ihm hoch, um ihn ihm zu entwinden. Er warf ihn quer über den Hof und beobachtete belustigt, wie sie ihm nachlief.

»Theseus?«

Sein Blick verharrte noch ein wenig länger auf ihr, bevor er schließlich mich ansah. »Antiope. Was gibt es?«, fragte er verärgert.

Als ich den Namen hörte, stieg Wut in mir auf, doch ich beherrschte mich. »Ich wollte Euch lediglich begrüßen.«

Schweigen, das nur durch das Zirpen der Zikaden in den Ästen des Olivenbaums, das Lachen des Mädchens und das Klappern von Reifen und Stock durchbrochen wurde. Theseus blieb stumm.

»Ihr habt mir nicht gesagt, dass Ihr eine Tochter habt.« Ich schaute hinüber zu dem kleinen Mädchen, das am anderen Ende des Hofs spielte und dessen Haar in der Sonne golden glänzte. »Ich freue mich schon darauf, ihr eine Mutter zu sein.«

Er schnaubte verächtlich. »Sie ist nicht meine Tochter.«

Ich runzelte die Stirn. »Wer ist sie dann?«

Seine Augen wurden dunkel, und in seiner Wange begann ein Muskel zu zucken. »Sie heißt Helena«, antwortete er, ohne mich anzusehen, »Helena von Sparta. Sie ist mein Gast, solange ich das möchte. Du würdest gut daran tun, mir keine Fragen mehr zu stellen, Frau.«

Er entfernte sich, und ich wusste, dass es keinen Sinn hatte, weiter in ihn zu dringen.

Ich verließ den Hof so würdevoll, wie ich konnte, ohne darauf zu achten, dass sich meine Frisur auflöste oder meine Locken in der Hitze die Form verloren, und eilte zu meinen Gemächern.

»Theia!«

Sie richtete sich, einen Stapel Kleidung in den Armen, von einer Truhe auf und legte sie auf einem Stuhl ab. »Ja, Herrin Antiope?«

Ich bemühte mich, trotz meiner Aufregung ruhig zu klingen. »Weißt du, wer das Mädchen ist?«

Sie neigte das Haupt. »Ja, Herrin.«

»Und warum ist die Kleine hier?«

Schweigen.

»Warum ist sie hier?«, wiederholte ich und schlug mit der Hand auf den Frisiertisch, sodass das Gefäß mit der Augenschminke ins Wackeln geriet und kippte. Schwarzer Staub breitete sich auf dem Tisch aus. »Das ist jetzt nicht so wichtig«, sagte ich, als sie ihn wegwischen wollte. »Beantworte mir zuerst meine Frage, Theia. Du dienst nicht nur ihm, sondern auch mir.«

Sie nickte. »Die Antwort wird Euch nicht glücklich machen.«

»Von Glück kann ich hier ohnehin nicht sprechen«, entgegnete ich, ballte die Fäuste, vergrub die Nägel in meinen Handflächen und versuchte mit aller Macht, das bisschen

Würde zu bewahren, das mir geblieben war. Ich reckte das Kinn vor. »Sag es mir.«

Kurz meinte ich meine eigene Verzweiflung in ihrem Gesicht zu erkennen – die Tränensäcke unter ihren Augen, die hängenden Mundwinkel. Da wurde mir klar, dass auch sie litt. »Sie heißt Helena«, begann sie und richtete das Gefäß wieder auf. Dabei wurden ihre Finger schwarz. »Von meiner Cousine weiß ich, dass er sie aus Sparta entführt hat, wo sie allein am Ufer des Eurotas-Flusses herumlief. Offenbar schreckt er inzwischen nicht einmal mehr davor zurück, sich kleine Mädchen zu holen.«

Mir wurde übel. »Was hat er mit ihr vor?«

Ihr trauriger Blick verriet mir alles.

Meine Beine gaben unter mir nach, als hätte ein Schwert meine Sehnen durchtrennt. Sofort eilte Theia herbei, um mich zu stützen. Sie führte mich zu einem Stuhl und half mir darauf. »Das verstößt gegen die Gesetze der Götter«, stellte ich fest. Mir klapperten die Zähne, und meine Hände waren schweißnass, obwohl die Sonne den Raum wärmte. »Durch seine Missetat wird er den Fluch der Götter auf diese Stadt und uns alle ziehen.«

Sie schwieg.

»Was soll ich tun, Theia?«, fragte ich mit trockenem Mund. »Was soll ich nur tun?«

Sie schüttelte den Kopf. »Ihr könnt nichts tun außer warten. Er wird ihrer bald müde sein, so ist es immer.«

»Was, wenn er meiner müde wird? Was dann?«, flüsterte ich.

Sie schaute zu den Wachen hinüber, die reglos an der Tür standen, die Hände auf den Heften ihrer Langschwerter, und begann, die Kleidung in die Truhe zu legen, dazwischen Lavendelsträußchen. In diesem Moment des Schweigens wurde mir klar – vielleicht wusste ich es auch schon, ohne es mir eingestehen zu wollen –, dass er meiner bereits überdrüssig war.

Ich war gefangen wie ein Raubvogel auf dem Lederhandschuh des Falkners, unfähig zu fliehen, gebunden durch meinen Schwur den Göttern gegenüber und meine Liebe zu meinem Volk.

Und was das Allerschlimmste war: Ich wusste es.

Ἀδμήτη

Admete

Sarmatien

Vierundzwanzigster Tag des Weizendreschmonats, 1265 v. Chr.

Nach etlichen anstrengenden Tagen unter finsterstem Himmel trafen wir auf die Sarmaten. Als wir auf sie zuritten, blinzelte ich durch den dichten Regenschleier, der über dem Land lag, seit wir das Gebiet der Melanchlainen verlassen hatten. Hier lichteten sich die Bäume zu einer Steppe, und rechts von mir floss träge ein brauner Fluss dahin. Auf einer nebelverhangenen Wiese standen mehrere filzbedeckte Wagen, manche mit vier, manche mit sechs Rädern. Menschen in grünen und blauen Hosen und Obergewändern mühten sich, die Umhänge zum Schutz gegen den Sturm über den Köpfen, durch den Schlamm. Andere lugten aus dem Schutz ihrer Wagen hervor, während sich von den Mäulern ihrer Schafe und Ochsen feuchter Dunst erhob.

Meine Finger schlossen sich fester um die Zügel, und mein Pferd – ein neues, von den »Schwarzmänteln« gestohlenes Tier, das man mir aufgedrängt hatte – warf den Kopf hektisch hin und her.

Jetzt ist es nicht mehr weit. Es kann nicht mehr weit sein.

Die Sarmaten hießen uns willkommen. Wir durften ihre Dampfjurte benutzen und in ihren Wagen schlafen. Als ich in einen hineinkletterte, stellte ich fest, dass er von einem Kohlenbecken aus Eisen erwärmt wurde, die Wände mit bunt gemusterten Stoffen bedeckt waren und auf den mit Schnitzereien verzierten Betten Flickenstoffe lagen. Am Abend aßen wir zusammen, in Decken gehüllt, vor einem Feuer unter einem durch Birkenäste gestützten Dach. Der Mond verbarg sich hinter den Wolken, und das Geheul der Wölfe war durch das Prasseln des Regens zu hören. Die Schafe, Ochsen und Pferde befanden sich in einem Gehege und wurden von Männern bewacht, die *kumiss* aus einem Lederschlauch tranken und unbeeindruckt vom Sturm ihre Schwertklingen schärften. Das gekochte Pferdefleisch, das mit Brot gereicht wurde, war zäh und schmeckte nach nichts, doch ich aß, ohne mich zu beklagen, denn nach den Wurzeln, Beeren und Pilzen erschien mir dieses Essen wie ein Festmahl.

Ich unterhielt mich mit unseren sarmatischen Gastgebern, froh darüber, endlich mit jemandem reden zu können. In den vergangenen Tagen hatte ich mich geweigert, mit Alkides zu sprechen, und keiner der Griechen hatte sich nach meiner Rüge gegen Telemos bemüßigt gefühlt, das Wort an mich zu richten. Obwohl ich die skythische Sprache so viele Wochen nicht mehr gehört hatte, stellte ich fest, dass die der Sarmaten der der Amazonen ähnelte. Die Sarmaten behaupteten, einer Verbindung zwischen Amazonenfrauen und den Männern eines skythischen Stammes entsprungen zu sein, die nach Norden gezogen waren, um selbst einen Clan zu gründen. Alkides war nach wie vor mürrisch und nahm keine Notiz von mir. Als er das Fleisch vom Knochen genagt hatte und diesen ins Gras warf, wanderte sein Blick zu einem der jungen sarmatischen Mädchen auf der anderen Seite des Feuers. Da fiel mir hinter dem Sarmaten, mit dem ich mich unterhielt, eine Frau auf. Sie war groß gewachsen, redete und lachte mit jemandem, den ich nicht sehen konnte. Ihre Haare waren von grauen Strähnen durchzogen, ihre Schultern gestrafft. Das Licht des Feuers erhellte ihr Gesicht, ihre Nase und die Wangenknochen traten vor dem silbrigen Regen scharf hervor.

Mir wurde schwindlig, meine Welt geriet aus den Fugen. Ich versuchte blind, Halt zu finden, klammerte mich an Grashalme.

Das ist nicht möglich. Das kann nicht sein. Und doch …

Sie war es.

Meine Mutter.

Hippolyta

Athen, Griechenland

Achter Tag vor dem Tag des Feuers in der Jahreszeit von Tabiti, 1265 v. Chr.

Dunkelheit brach über den Felsen von Athen herein; der Himmel schimmerte blauschwarz. Die Abendmahlzeit im Großen Saal war beendet, die Kiefernholzfackeln wurden in ihren Halterungen an den Wänden angezündet. Theia überwachte die Sklaven, die im Saal aufräumten, die Edelleute hatten sich in ihre eigenen Behausungen zurückgezogen, und Theseus war mit seinem Verwalter zu den Lagerräumen gegangen, um sich einen Überblick über seine Bestände zu verschaffen. Helena lag bäuchlings auf einigen Kissen und schob müde ein Spielzeugpferd aus Holz über den Steinfußboden.

»Komm«, sagte ich und klatschte in die Hände. Sie sah mich an. Der Anblick ihres blassen Gesichts und das Flehen in ihren Augen versetzten mir einen Stich. Sie schienen zu fragen: *Bringst du mich jetzt nach Hause?* Alle Gedanken an meine eigene Not verflüchtigten sich, als ich sie hochhob und sie die Arme um meinen Nacken schlang.

»Gehen wir in meine Gemächer«, schlug ich vor. »Dort ist es gemütlicher als in diesem zugigen alten Saal. Theia«, ich nickte der Dienerin zu, »zünd das Feuer in meinem großen Raum an und bring uns etwas Süßes. Hast du Lust auf Honigmandeln, Helena?«

Die Kleine hob den Blick und senkte ihn gleich wieder, als schämte sie sich für ihre Gier. »Gern, wenn es Euch recht ist, Herrin.«

»Du kannst Hippolyta zu mir sagen.« Obwohl Theia den Mund aufmachte, erwiderte sie nichts. Helena klemmte lächelnd das Holzpferd unter den Arm. *Bei den Göttern, sie ist wirklich ein hübsches Kind*, dachte ich. Ich empfand Mitleid mit ihr, weil ich ahnte, was ihre Schönheit ihr vermutlich bescheren würde. *Was sie ihr vielleicht schon beschert hatte.*

»Behandelt Theseus dich gut?«, fragte ich sie. Ihr Griff um meinen Nacken verstärkte sich; ich spürte, wie ihre Finger den Kragen meines Untergewands umklammerten. Ohne weiter in sie zu dringen, schritt ich, Kissen und Weinkelchen ausweichend, die von der Abendmahlzeit herumlagen, durch den Flur. Krümel blieben am Saum meines Rocks hängen, und ich trat auf Knorpel und weggeworfene Knochen, die die Sklaven zusammenkehrten. Ich legte meine Wange an Helenas Kopf und atmete ihren Duft ein, der so süß war wie der von Kayster.

Wenn wir nur eine Familie wären, nicht die Gefangene des Herrschers von Athen und sein neuestes Spielzeug.

Da Theia das Feuer gerade erst angezündet hatte, als wir meine Gemächer erreichten, war es in dem Raum – kleiner als der von Theseus – kühl. Durch die Öffnung zwischen den Dachbalken wehte eine abendliche Brise herein. Ich ließ von Theia Decken bringen, und Helena und ich schmiegten uns vor den züngelnden blauen Flammen aneinander, um uns gegenseitig zu wärmen. Ich strich Helena ein goldenes Löckchen aus der blassen Stirn und schob es ihr hinters Ohr.

»Du hast mir vorhin keine Antwort gegeben«, sagte ich zu ihr, nachdem Theia eine Schale mit Mandeln vor uns abgestellt und eine eingefettete Bronzepfanne an ein Gestell über den Flammen gehängt hatte. Ich warf eine Mandel in die Pfanne, die im Öl brutzelnd einen warmen, aromatischen Geruch verströmte. »Behandelt Theseus dich gut?«

Sie zuckte mit den Achseln. »Ich denke schon. Er lässt mich Feigen aus der Küche essen, wann immer ich will. Aber ich habe Heimweh.«

»Und er hat nicht…?« Meine Stimme verlor sich im Knistern der Flammen und Zischen des Öls. Ich brachte es nicht fertig, den Satz zu Ende zu führen.

Ihre blaugrauen Augen wurden groß. »Nicht was?« Als sie, der Mund klebrig vom Honig, an einer Mandel lutschte, wirkte sie so unschuldig, dass ich wusste, wie die Antwort lautete.

Ich atmete erleichtert aus. »Das ist ja immerhin etwas«, murmelte ich. »Er ist mit dir noch nicht in der Unterstadt gewesen? Wie ich höre, befinden sich am Fuß des Felsens mehrere Ortschaften, die er unter seiner Herrschaft geeint hat.«

Sie schüttelte den Kopf, und ihre Löckchen tanzten. »Nein«, antwortete sie. »Bis jetzt habe ich noch nicht aus dem Palast herausgedurft.«

Wie ich. Panik stieg in mir auf, die sofort verschwand, als ich ihre hängenden Schultern und Mundwinkel sah.

Schweigend beobachtete sie, wie die Mandeln in der Bronzepfanne tanzten. Dann stellte sie mir unvermittelt die Frage, vor der ich so große Angst hatte: »Warum bin ich hier?«

Ich zögerte, während sie an einer Mandel herumzupfte, die äußere braune Hülle mit dem Daumennagel entfernte. Ihre Lippe begann zu beben. »Ich… ich will nach Hause, nach Sparta.«

Plötzlich schien ich ganz leicht zu werden, mich von meinem Körper zu lösen und dieses seltsame Pärchen in seinem Gefängnis zu betrachten: die Prinzessin aus Sparta und die Amazonenkönigin.

»Ach, Liebes.« Ich zog sie näher zu mir heran. Sie schmiegte sich in meine Armbeuge. Schreckliche Traurigkeit überkam mich, ein Gefühl der Ohnmacht, das so stark war, dass ich am liebsten Theseus, die Götter und alle, die unser Schicksal lenkten, laut angeschrien hätte: *Wollt ihr das? Für dieses arme, unschuldige Kind und mich? Habt ihr euch nicht schon genug von uns geholt?*

Mehr denn je sehnte ich mich nach meinen Waffen und meinem Kampfgurt, nach dem glatten Schaft einer *sagaris*-Streitaxt in meiner rechten Hand und dem Heft eines Schwertes in meiner Linken, nach einem Bogen und einem Köcher an meinem Gürtel. Ich hätte mir gewünscht, die Kleine mit mehr beschützen zu können als nur mit meiner Umarmung. »Ich kann dir nicht sagen, warum du hier bist«, antwortete ich, schloss die Augen und verfluchte mich innerlich. *Du wärst in der Lage, es ihr zu erklären, aber du willst nicht. Du willst Helena den furchtbaren Grund nicht verraten, warum sie hierhergebracht wurde. Du willst ihr gegenüber nicht zugeben, dass auch du eine Gefangene bist, genauso hilflos wie sie – du, die du einmal eine Königin warst.*

Aber der Schmerz … Ich drückte sie an meine Brust und bemühte mich, nicht auf die quälende Leere darin zu achten.

Und die Götter und die Vorfahren, Skythen und Griechen gleichermaßen, schauten von den Sternen auf uns herab – ohne einzugreifen.

Ἀδμήτη

Admete

Sarmatien

Vierundzwanzigster Tag des Weizendreschmonats, 1265 v. Chr.

Ich versuchte, meine Finger zu strecken, die sich so sehr verkrampft hatten, dass sich die Nägel in meine Handflächen gruben, ruhig zu atmen und meinen Blick unter Kontrolle zu bekommen, der nach links und rechts huschte, doch ohne Erfolg. Mein Puls raste, ich konnte das Flattern in meinem Magen nicht beherrschen. Die Kälte machte meine Haut klamm und ließ meine Knochen schmerzen. Ich erhob mich mit wackeligen Knien. Alles um mich herum schien zu schwanken, die Schatten wirkten groß und bedrohlich. Ich zwang mich zu gehen, einen Fuß vor den anderen zu setzen, obwohl meine Beine schwer waren und es in meinen Ohren dröhnte. Die ganze Zeit über hielt ich den Blick auf sie gerichtet, auf die Gestalt auf der anderen Seite des Feuers.

Mir erschien es unendlich lange, bis ich mich zwischen den Sarmaten und Griechen hindurchgedrängt hatte, die aßen und plauderten, als würde nicht gerade mein Leben auf den Kopf gestellt – als wäre das nicht meine Mutter, die lachte, wie ich es in Erinnerung hatte. Ihr Gesicht war mir so vertraut wie die Silhouette der Hügel um Tiryns, auch wenn es nun älter wirkte. Ihre Augen lagen tief in den Höhlen, ihre Haut war dunkler als früher und hatte zahllose Lachfältchen. Ihre Wangen waren von Sonne und Wind gerötet.

Sie trug das Obergewand und die gemusterte Hose dieses Stammes, einen Kampfgurt mit spitzem Dolch an der Seite und einen Rückengurt. Das stand ihr gut zu Gesicht, deutlich besser als die griechischen Röcke und Oberteile.

Als ich ihr nahe genug war, um die grauen Strähnen in ihrem Zopf zu sehen, nahe genug, um die Finger auszustrecken und darüberzustreichen, stieg ein Gefühl der Angst, doch auch der Wut in mir auf. Wieso sollte eine Tochter, die allein zur Frau hatte heranwachsen müssen, auf ihre Mutter zugehen, nachdem diese sie im Stich gelassen hatte? Wieso sollte eine Tochter sich davor fürchten, der Frau ins Gesicht zu sehen, die sie geboren hatte? Ich hatte nichts, aber auch gar nichts getan, was gerechtfertigt hätte, dass sie mich verließ.

Mein Herz klopfte wie wild an meine Rippen. In dem kurzen Moment der Stille, bevor ich sie ansprach und sie mich bemerkte, wurde mir endlich klar, dass vielleicht nicht ich an ihrem Verschwinden schuld gewesen war, wie ich so lange geglaubt hatte. Möglicherweise war es ihr Irrtum, ihre Schwäche gewesen, nicht die meine.

Ich holte tief Luft.

»Mutter.«

Sie wandte sich mir zu. Die Farbe wich aus ihrem Gesicht; plötzlich sah sie hager und alt aus. Als sie zu wanken begann, wollte ich sie stützen, doch sie packte mich an der Schulter.

»Sag das noch einmal.« Sie schüttelte mich so fest, dass ich laut nach Luft schnappte. »Sag es noch einmal!«

»Mutter.« Tränen traten mir in die Augen. »Die bist du doch, oder?«

»Admete!« Schluchzend zog sie mich zu sich heran, umarmte mich, strich mir über die Haare und flüsterte meinen

Namen ein ums andere Mal. Noch nie zuvor hatte ich so tief empfunden; ich kam mir vor wie ein randvoller Kelch, der überlief. Unsere Tränen vermischten sich in unserer Kleidung.

Erst nach einer Weile lösten wir uns wieder voneinander. Ich wischte mir das Gesicht mit dem Ärmel ab, und sie deutete auf einen Hocker am Feuer. Die meisten anderen schienen mit dem Essen fertig zu sein und zogen sich für die Nacht in ihre Wagen zurück. Ich sank auf den Hocker, weil alle Kraft aus meinen Beinen zu weichen schien. Obwohl mich zahllose Fragen quälten, sehnte ich mich plötzlich nach Schlaf.

»Was führt dich hierher?« Sie beugte sich zum Feuer vor, das ihr Gesicht bronzefarben erstrahlen ließ. Ihre Augen waren gerötet, und erneut fiel mir auf, wie viel älter sie aussah.

»Alexander«, antwortete ich. »Er leidet unter einem grässlichen Fieber, wie ich es noch nie erlebt habe.«

Ihr Gesicht fiel in sich zusammen. »Mein Junge?« Sie stützte den Kopf in die Hände. »Bei den Göttern. Was musst du von mir denken?«

Ich biss mir auf die Lippe. Sollte ich ihr ehrlich antworten? *Ich glaube, dass du mich aus egoistischen Motiven verlassen hast, weil es ein Fehler gewesen war, nach Griechenland zu kommen, und du nicht an diesem Leben festhalten konntest. Ich glaube, mich an eine mutige, eigensinnige Frau zu erinnern, doch die, die vor mir sitzt, ist alt, unsicher und hat Angst.*

»Warum bist du gegangen?« Ich verfluchte mich dafür, dass meine Stimme bebte.

»In Griechenland habe ich mich nie zu Hause gefühlt.«

»Du hast es zu deinem Zuhause gemacht, indem du meinen Vater geheiratet und mich zur Welt gebracht hast«, entgegnete ich. »Du hattest deiner Familie gegenüber Verantwortung. Waren wir dir denn nicht wichtig?«

Ich wurde wütend, spürte, wie mir das Blut ins Gesicht schoss.

»Admete, ich will nicht behaupten, dass mein Handeln richtig war. Ich erkläre dir nur, warum ich es getan habe.«

»Das weiß ich. Du bist gegangen, weil du dich nach dem Steppenwind in deinen Haaren gesehnt hast, danach, wieder mit den Amazonen zu reiten. War das Grund genug für dich, dein Ehegelübde zu brechen und deine Tochter zu verlassen?« Mir schnürte es die Kehle zu. »Deine Tochter, die allein zur Frau heranreifen musste und sich ständig fragte, ob sie mehr hätte tun können, um dich bei ihr zu halten?«

»Admete …« Sie streckte die Hand nach meinem Arm aus.

Doch ich sprang auf. »Ich will es nicht hören!«, rief ich voller Verbitterung aus. »Es war dumm von mir zu meinen, dass es mir den Schmerz nehmen würde, wenn ich dich fände.«

Mit diesen Worten rannte ich weg. Im Sturm vermischten sich meine Tränen mit dem Regen. Ich fühlte mich so einsam wie noch nie.

Angriff der Amazonen

Ἀδμήτη

Admete

Sarmatien

Fünfundzwanzigster Tag des Weizendreschmonats, 1265 v. Chr.

»Ich möchte mit dir reden.«

»Ich wüsste nicht, worüber.«

»Ich schon – es gibt so viel zu erzählen.«

»Aber ich will es nicht hören.«

Ich saß in dem Wagen, den die Sarmaten uns zur Verfügung gestellt hatten. Der Regen trommelte aufs Dach, als weinten die Götter. Draußen vor der Tür, nur eine Armlänge entfernt, stand meine Mutter. Alkides und die anderen Griechen waren den ganzen Tag mit den Sarmaten unterwegs gewesen und aßen höchstwahrscheinlich gerade mit ihnen zu Abend. Ich war drinnen geblieben, weil ich mich nicht überwinden konnte, mit Alkides zu sprechen, von den anderen Griechen gemieden wurde und wütend auf meine Mutter war.

Warum ist sie nie mehr zurückgekommen?

Warum hat sie sich häuslich hier eingerichtet, während ich mich so viele Jahre nach ihr sehnte?

»Admete, bitte ...«

Eine Windböe ließ den Wagen erzittern.

Schweigen, dann: »Ich bin nass bis auf die Knochen.«

Seufzend dachte ich an all die Tage, die ich von den Hügeln um Tiryns aus nach ihr gerufen, meine Sandalen durchgelaufen, mir das Gewand zerrissen und die Schienbeine am Dornengestrüpp aufgeschürft hatte. Ich stand auf, trat an die Tür, schob den Riegel zurück und öffnete sie.

Sie warf sich mir nicht in die Arme, sondern nickte nur, vor Kälte zitternd, die Hose völlig durchweicht, und ging an mir vorbei zum Feuer. Wasser tropfte von ihrem Zopf und ihrer Kleidung. Ich schloss die Tür und setzte mich wieder.

»Du bist wütend auf mich«, stellte sie fest und hockte sich vor das Kohlenbecken. Als ich ihre Augen im Schein der Flammen so klar wie damals sah, versetzte es mir einen Stich.

Ich wandte mich ab, zwang mich, die tanzenden Schatten an den Wänden des Wagens zu betrachten, statt sie anzuschauen.

»Du hast guten Grund, wütend zu sein. Aber Tochter …«, das Wort zu hören tat mir weh, »… du musst mich anhören.«

Ich biss mir auf die Innenseite der Wange und hielt den Blick starr auf die Wand gerichtet. »Warum? Warum sollte ich dir zuhören? Warum schulde ich dir etwas? Du hast mir alles genommen.«

»Bitte erlaube mir, dir mein Handeln zu erklären«, sagte sie mit brechender Stimme.

Schweigen senkte sich herab, das nur durch den prasselnden Regen, den heulenden Wind und das knisternde Feuer durchbrochen wurde.

»Na schön«, meinte ich schließlich. »Sag, was du zu sagen hast. Ich bin nicht so weit gereist, um mich ohne Antworten wieder zu verabschieden.« Ich wandte mich ihr zu, obwohl Wut und Angst in mir tobten. »Warum bist du gegangen?«

»Ich war keine Griechin«, flüsterte sie, »das habe ich dir schon erklärt.«

Ich machte den Mund auf, um etwas zu erwidern, doch sie hob die Hand. »Bitte.«

Ihre Haut glänzte vom Regen, sie runzelte die Stirn. »Es hat sich über viele Jahre entwickelt, als du allmählich größer und mir immer ähnlicher wurdest – das hat mich stolz gemacht. Ich habe dir dein *tamga*-Zeichen gegeben, dir die Haare geflochten und dich so gekleidet wie mich. Ich habe eine Amazone aufgezogen und mit dir gelacht, wenn wir davon träumten, über die Steppen zu reiten. Aber als du älter wurdest, begannen die Edelleute bei Hof dich wahrzunehmen, und was als eigenwilliges Spiel der fremden Königin angefangen hatte, wurde nun zu einer Bedrohung ihrer Sitten und Gebräuche. Was, wenn ich Alexander so erzog wie dich? Was, wenn der nächste König nach Eurystheus, der für seine Gerechtigkeit als Herrscher bekannt war, ein Barbar wäre?

Nun lauschte ich ihr gespannt. Meine Hände, die in meinem Schoß lagen, fühlten sich klamm an.

»Es gab viele Hinweise – zuerst noch kleine, harmlose. Ein Edelmann aus Sparta, der uns besuchte und sich weigerte, sich vor dir zu verneigen, als du ihm vorgestellt wurdest, und der mir auf die Schuhe spuckte. Behauptungen, ich sei eine Barbarin, eine Hexe, wenn ich mich in der Stadt um die Kranken kümmern wollte. Vorwürfe. Flüstern. Gerüchte, ich hätte den König von Tiryns mithilfe von Kräutern verführt und ihm eine Hexentochter geboren. Forderungen, man solle die verfluchten Amazonenfrauen – dich und mich – an einen Felsen fesseln, damit ihnen die Adler die Innereien auspickten.«

Während sie sprach, stiegen halb vergessene Erinnerungen in mir auf an Finger, die auf mich deuteten, Schreie, Türen, die mir vor der Nase zugeschlagen wurden, Kinder, die mich am Zopf zogen, um mich herumtanzten und riefen: *Amazone, Amazone …*

»Da wurde mir klar, was ich dir antat – ich zwang dir aus egoistischen Motiven mein Vermächtnis auf. Das führte dazu, dass du anders warst, angestarrt wurdest, dass dir niemand wirklich vertraute. Ich habe immer wieder versucht, deinen Vater dazu zu überreden, mich deinetwillen, aller Kinder willen ziehen zu lassen. Oft haben wir uns darüber gestritten. Er meinte, das würde sich schon einrenken, die Leute würden sich daran gewöhnen. Eines Tages …«, sie schluckte und blinzelte, »… als ich deine Kammer betrat, sah ich dann, wie die Sklavinnen deine Haare mit Bändern schmückten und du dich in deiner griechischen Kleidung lachend vor dem Spiegel drehtest – da ist etwas in mir zerbrochen. Schuldgefühle plagten mich, als ich an das Leben dachte, das du ohne mich führen könntest. Mir wurde klar, dass ich dich daran hinderte, deine Fähigkeiten zu nutzen, ohne Zweifel und Vorurteile und die Verachtung eines Volkes, zu dem du, wenn ich blieb, niemals gehören würdest. Und so …«, Tränen liefen ihr über die wettergegerbten Wangen, »… bin ich gegangen, obwohl es mir das Herz gebrochen hat. Ich habe dich bei deinem Volk gelassen und mich zu dem meinen aufgemacht.«

Mir schnürte sich die Brust zusammen, meine Augenwinkel brannten.

»Bitte glaube mir«, sagte sie leise und streckte die Hände nach mir aus. »Ich hätte niemals etwas getan, das dir schadete.«

Der Druck in meiner Brust verstärkte sich und breitete sich bis zu meinem Hals aus. Als unsere Finger sich berührten, schluchzte ich auf.

»Bitte glaube mir«, wiederholte sie auf Griechisch.

Ich nickte, und plötzlich lag ich in den Armen meiner Mutter.

Die Morgendämmerung erhellte den Himmel durch den Regen wie durch einen Silberschleier, und trotz des Windes hörte ich das Zwitschern der Vögel, die den neuen Tag begrüßten. Ich nahm einen Umhang von einem Haken an der Wand des Wagens, schob den Riegel zurück, öffnete die Tür und trat auf die rutschigen nassen Holzstufen hinaus.

Geleitet vom matten Grau des Morgens, eilte ich durchs Lager, um dreimal an der rot bemalten Tür des Wagens zu klopfen, in dem meine Mutter schlief.

Sie begrüßte mich, in eine Decke gehüllt, eine Lampe in der Hand. Die Jahre, die seit damals vergangen waren, schienen von ihr abzufallen. Sie wirkte wieder wie die Frau, an die ich mich erinnerte. »Komm herein.« Die Decke rutschte ihr von den Schultern.

Im Innern des Wagens roch es nach dem Rauch des Kohlenbeckens. Unter einem Haufen Flickenstoffen schliefen mehrere Sarmaten. Ich setzte mich mit meiner Mutter auf ihr Bett, schlang die Decke um uns beide und lehnte den Kopf an ihre Schulter. So saßen wir ziemlich lange schweigend da. Ich wollte nicht reden; mir reichte das Gefühl der Zufriedenheit, das ich in ihrer Gegenwart, ihrer Umarmung empfand.

Nach einer Weile hob ich den Kopf und schaute sie an. »Ich habe beschlossen zu bleiben.«

Ihre Hand sank von meiner Schulter. »Admete …«

»Nein, du verstehst mich falsch: Ich werde nach Griechenland zurückkehren. Hauptsächlich wegen Alexander. Alkides soll weiterreisen zu den goldenen Äpfeln in Hyperborea. Aber ich dachte mir, ich bleibe hier bei dir, bis er zurückkehrt. Er braucht meine Hilfe nicht, und offen gestanden habe ich genug von ihm und seinen Männern. Wir könnten Zeit miteinander verbringen.« Ich verschränkte die Finger in meinem Schoß. »Du könntest mir deine Kräutervorräte zeigen. Ich könnte dir mehr über Alexanders Krankheit sagen, und wir könnten uns gemeinsam auf die Suche nach einem Heilmittel begeben.«

Sie nahm meine Finger und löste sie voneinander. Ich hob errötend den Blick. »Es sei denn natürlich, du möchtest das nicht …«

»Nichts lieber als das.« Als sie mich an sich drückte, schloss ich die Augen und betete, dass dieser Moment nie enden möge.

Hippolyta

Athen, Griechenland

Siebenunddreißigster Tag nach dem Tag des Feuers in der Jahreszeit von Tabiti, 1265 v. Chr.

Seit meiner Ankunft in Athen hatte ich zweimal den Vollmond und den Neumond erlebt. Als ich, an Fußknöcheln und Handgelenken klimpernd, durch die Flure zu Theseus' Hof stolperte wie ein als Opfergabe gefesseltes und geschmücktes Fohlen, wusste ich, dass ich am Tiefpunkt angelangt war. Auf Theseus' Anweisung hin hatte man mir das Oberteil ausgezogen, sodass meine Brüste nackt unter meinem Leibchen schwangen, und Theia hatte mit abgewandtem Blick Glöckchen aus Bronze mit roten Bändern an meinen Gelenken und nackten Knöcheln befestigt. Nun begleitete sie mich über den Vorhof, eine Öllampe in der einen Hand, deren Schein über die Säulen wanderte, und deutete auf die von dunkeläugigen Bewaffneten bewachten Türen zum Saal, aus dem Gelächter und der Geruch von brutzelndem Fett drangen.

»Entschuldigt«, sagte sie leise. »Wenn er nicht zu tief ins Glas geschaut hätte, würde er das nicht tun, glaubt mir.«

»Dich trifft keine Schuld, denn du bist genauso seine Gefangene wie ich. Den Göttern sei Dank, dass er dich besser behandelt als mich.«

Sie sog scharf die Luft ein und entfernte sich, ohne mich anzusehen.

Mir krampfte sich der Magen zusammen. *Werde ich nun darauf reduziert? Auf nackte Brüste wie eine gewöhnliche Hure? Mit klingenden Glöckchen geschmückt wie eine Gauklerin auf dem Markt? Amüsiert dich das, Tabiti?*

Wie schon so oft in den vergangenen Tagen verdrängte ich meinen Schmerz. Dies war eine weitere Schlacht, in die ich ziehen, ein weiterer Feind, dem ich mich stellen musste. Obwohl ich keine Waffen besaß und mein Kampfgurt verloren war, konnte ich immerhin behaupten, ich hätte gekämpft, auf Augenhöhe mit dem Gegner. Ich reckte das Kinn vor, zog das Leibchen über meine Brüste und schritt mit entschlossener Miene an den Wachen vorbei in den Saal.

Der Gestank von Männerschweiß, Wein und Fett war so stark, dass ich fast zurückgewichen wäre. In dem dichten Rauch und der stickigen Luft trat mir Schweiß auf die Schläfen. Abgesehen vom Licht der Feuerstelle war es in dem Raum fast dunkel. Einige wenige Öllampen hingen in Ständern neben den Männern, die auf dem Boden ruhten, manche auf Kissen, andere auf den nackten Fliesen. Sie lachten so laut über ein Trinkspiel, dass mir der Kopf dröhnte.

Als ich mich näherte, musterte mich Theseus, dessen Wangen gerötet waren. Ich schüttelte den Kopf und flehte ihn, die Arme vor der Brust, mit Blicken an. *Bitte zwing mich nicht dazu.*

Einen kurzen Moment hoffte ich, diese Demütigung würde mir erspart bleiben. *Bitte, ich mache alles …*

»Freunde, Athener.« Er räusperte sich und erhob sich schwankend. Seine Haut glänzte. »Seht meine Amazonengefangene.«

In dem rauchgeschwängerten Saal richteten sich die Augen aller auf mich. Er schlenderte zu mir und küsste mich.

Seine Zunge erforschte meinen Mund und erfüllte ihn mit dem widerwärtigen Geschmack von abgestandenem Wein.

»Bitte«, flüsterte ich, als er sich von mir löste. »Bitte, erspart mir das.«

Er legte den Kopf schief und lachte. »Die Gefangene meint, selbst Regeln aufstellen zu können!«, höhnte er, packte mich an den Haaren – meine Augen begannen vor Schmerz zu tränen – und zog mich näher zu sich heran. »Du hast nichts von mir zu verlangen – *nichts*. Verstanden?«

Ich bewegte mich nicht, damit er mir die Haare nicht ausriss.

»Und jetzt ...« Er stieß mich so heftig von sich weg, dass ich das Gleichgewicht verlor, über meinen Rock stolperte, vorwärts fiel und meine Brüste sich aus dem Leibchen lösten. Ich richtete mich auf und versuchte, meine Ohren vor dem Gelächter und dem Gejohle der Griechen zu verschließen. »Antiope, tanze!«

Ich war knapp davor niederzusinken und flehend seine Beine zu umfassen, doch er kam mir zuvor und versetzte mir einen Schlag gegen das Kinn, der meinen Kopf nach hinten schleuderte.

Ich kämpfte gegen die Dunkelheit an, die mich zu überwältigen drohte. Endlich hörte der Saal auf, sich zu drehen, und ich konnte wieder klar sehen: die bunten Wände, den Schimmer des Feuers und die grinsenden Gesichter der Griechen, die auf mich wirkten wie ein Wolfsrudel in der Nacht.

»Tanze!«, brüllte Theseus noch einmal.

Und so tanzte ich. Die Brüste taten mir weh, als ich sprang und wirbelte, die Handgelenke gegeneinanderschlug, meine Röcke hob und mit den Füßen auf den Boden aufstampfte, wie wir es früher auf der Steppe getan hatten. Fast freute ich mich über den Schmerz. Auf ihn konzentrierte ich mich lieber als auf die Verzweiflung, die mich überkommen würde, sobald ich aufhörte. Einer der Männer stand wankend auf, zog sein Schwert aus der Scheide und zwang mich mit der Spitze, immer wieder auszuweichen. Früher, als ich noch im Besitz meines Kampfgurts und meiner *sagaris*-Streitaxt gewesen war, hätte ich ihm das Schwert aus der Hand geschlagen wie einem Kind das Spielzeug. Doch nun hatte ich weder Waffen noch Kraft. Als ich an Theseus vorbeitanzte, klatschten seine Finger auf meine Brüste. Seine Gäste folgten seinem Beispiel und kniffen mich, bis meine Haut brannte und mein Gesicht rot vor Scham war. Ich tanzte und drehte mich weiter und weiter. Das Klimpern der Glöckchen und das Johlen der Männer klangen mir in den Ohren, in der Hitze lief mir der Schweiß herunter, und alle Glieder taten mir weh. Irgendwann konnte ich keinen Schritt mehr tun.

Die Beine gaben unter mir nach, Dunkelheit umfing mich, ich sank zu Boden.

Ἀδμήτη

Admete

Sarmatien

Siebter Tag des Pflügemonats, 1265 v. Chr.

Ohne dass wir darüber gesprochen hätten – so weit war es mittlerweile zwischen uns gekommen –, zog Alkides mit seinen Gefährten in Richtung Hyperborea, während ich bei den Sarmaten blieb, bei meiner Mutter. Ich hatte ihr erklärt, dass Alexanders Fieber sich einem merkwürdigen Rhythmus folgend alle paar Tage verschlimmerte und dann wieder nachließ. Nun saßen wir bis spät in die Nacht in dem Wagen, in dem sie ihre Heilpflanzen aufbewahrte. Die Öllampen flackerten, und die Augen taten uns weh, wenn wir uns über Schafgarbe und Alant unterhielten, über Weidenrinde und Mutterkraut und Tinkturen und Tränke ausprobierten. Obwohl es mir Freude bereitete, meiner Mutter alles zu erzählen, was seit ihrem Verschwinden aus Griechenland geschehen war, und ich gern mit ihr die Kräuter durchging, wurde ich zusehends ungeduldiger und enttäuschter darüber, dass wir kein geeignetes Heilmittel fanden. Aus den Tagen wurden Wochen, und Alkides kehrte nicht zurück – weder mit den goldenen Äpfeln, an deren Wirkung ich ohnehin immer weniger glaubte, noch ohne sie.

Die Schatten gingen nahtlos in die Dunkelheit der Nacht über, während wir uns im Kräuterlager durch die Beutel, Flaschen und Büschel arbeiteten, welche von der Decke hingen. Meine Mutter, die an einem Holztisch beim Kohlenbecken saß, hielt eine Handvoll Blätter dicht vor ihre geröteten Augen, um sie in dem trüben Licht genauer zu begutachten.

»Du könntest es mit Beifuß versuchen«, seufzte sie. »Den verwende ich gegen Ausschläge. Er hilft auch gegen Fieber und würde Alexanders Beschwerden möglicherweise lindern, falls seine Krankheit tatsächlich eine der Hitze ist, wie ich vermute.«

Darüber hatten wir schon öfter gesprochen – *eine Krankheit der Hitze erfordert Kräuter, die dieser Hitze entgegenwirken; Kräuter, die beruhigen und das Übermaß ausgleichen.* In den Worten meiner Mutter erkannte ich meine eigene Hilflosigkeit. Ich nahm den Beutel mit den getrockneten Blättern, den sie mir reichte, und schnupperte daran. Sie rochen weniger bitter als die, die ich kannte. *Es handelt sich also um eine andere Art von Beifuß.* Der mir vertraute – eine graugrüne Pflanze mit fedrigen Blättern – regte die Verdauung an, was bedeutete, dass er in Alexanders Fall nichts nutzte. Obwohl ich allmählich den Mut verlor, drückte ich zum Dank leicht die Finger meiner Mutter. Alexander hatte keinen Ausschlag und keine Hautverletzungen. *Mögen die Götter geben, dass uns noch etwas anderes einfällt.*

Ich legte den Beifuß zu meiner Sammlung und arbeitete mich weiter schweigend durch das Lager, nahm Kräuter heraus, machte mir Notizen auf meinen Tontafeln, beschrieb diejenigen, die mir neu waren, und markierte, wo ich sie gefunden hatte. An einer Rinde entdeckte ich eine merkwürdige Art von Moos, das in gelben, ledrigen Büscheln wuchs. Süßlich riechende geschälte Samen und getrocknete Stiele befanden sich in Säcken auf dem Boden, und in vielen Gefäßen lagerten nadelähnliche Blätter aus dem Wald.

Eine nach der anderen notierte ich mir die Eigenschaften der Kräuter – vom Geruch bis zur Größe und den nutzbaren

Teilen – und ließ, während meine Hände beschäftigt waren, die Gedanken schweifen. *Vielleicht hat Alkides die goldenen Äpfel bereits. Vielleicht kommt er bald von Hyperborea zurück. Dann kann ich endlich nach Tiryns und mich um Alexander kümmern. Und ich habe meinen Bruder wieder.*

Aber ... Zweifel nagten an mir. Ich war überzeugt davon, dass Erkrankungen des Körpers sich mithilfe von Pflanzen, allein mithilfe von Pflanzen, heilen ließen, und hatte die Priesterheiler in Tiryns verachtet, wenn sie den Göttern opferten und Gebete flüsterten oder den bösen Geist mit Zaubersprüchen zu bannen versuchten. Was, wenn das Heilmittel, in das ich meine Hoffnungen gesetzt hatte, gar nicht existierte? Oder was, wenn Alkides' Unternehmung von Erfolg gekrönt war und die goldenen Äpfel helfen konnten, unsere Fahrt jedoch zu lange gedauert hatte und Alexander ...

Nein, diesen Gedanken darf ich nicht zulassen. Eine weitere besorgniserregende Erkenntnis bemächtigte sich meiner.

Wenn Alkides diese Aufgabe tatsächlich bewältigt, ist die Zeit seiner Arbeiten vorüber.

Ich lehnte mich auf dem Hocker zurück und beobachtete, wie das Licht der Lampen übers Holz tanzte. Merkwürdig: Ich hatte gemeint, ich würde traurig sein und Bedauern darüber empfinden, dass Alkides nicht mehr im Herbarium vorbeischauen, dass ich mich nicht mehr länger auf seine Rückkehr und auf unsere gemeinsamen Spaziergänge im Kräutergarten freuen würde. Noch ein paar Jahre zuvor hatte ich jedes Mal Angst gehabt, wenn er den Palast verließ, und seine Vitalität und sein Lachen geliebt. Er war der Einzige, mit dem ich offen über meine Mutter sprechen konnte, der Einzige, der wirklich begriff, was es bedeutete, sich im Stich gelassen und allein zu fühlen. Doch nun empfand ich nicht viel. Höchstens ein wenig Wehmut der Dinge wegen, die verloren waren.

Wundert dich das? In den Monaten seit unserer Abfahrt aus Tiryns hatten wir immerzu gestritten. Die Reise hatte uns anders als das Leben in Tiryns vor Augen geführt, wie verschieden wir waren, dass wir nicht die gleichen Dinge wollten. Das Ende seiner Arbeiten wäre für ihn einfach nur der nächste Schritt auf dem Pfad, den er für sich selbst gewählt und auf dem unsere Freundschaft vorübergehend eine Rolle gespielt hatte. *Ich bin froh, dass mir diese Freundschaft vergönnt gewesen ist,* dachte ich, verschränkte die Hände in meinem Schoß und schaute zu meiner Mutter hinüber. Sie hob kurz den Blick, schenkte mir ein kleines Lächeln und wandte sich wieder ihrer Arbeit zu. Nun fühlte sich diese Freundschaft an wie etwas, das ich, ähnlich einem Säugling, der den Windeln entwächst, nicht mehr brauchte.

»Ich glaube, ich mache für heute Schluss«, sagte ich, erhob mich und nahm die Lampe vom Tisch, deren Licht die Wände orangefarben und golden färbte. Der angenehme Geruch von Kamille stieg von meinen Händen auf, als ich meiner Mutter einen Kuss auf die Stirn drückte. Sie tätschelte meine Wange. Ich schloss die Tür hinter mir, lehnte mich mit geschlossenen Augen dagegen und atmete die klare Nachtluft ein.

Ich weiß, wohin mein Weg mich führt.

Hippolyta
Athen, Griechenland

Siebenunddreißigster Tag nach dem Tag des Feuers in der Jahreszeit von Tabiti, 1265 v. Chr.

Ich blinzelte. Meine Augenlider fühlten sich bleiern an. Ich blinzelte noch einmal. Ganz allmählich nahm ich meine Umgebung wahr. Das Feuer war erloschen, abgesehen vom Licht einiger weniger Lampen herrschte Dunkelheit. Ich lag auf dem Boden.

Als ich mich aufzusetzen versuchte, durchzuckte mich Schmerz, und ich schmeckte Blut an meiner Lippe. Ich drehte den Kopf, spürte die Schwellung daran und sah auf den Fliesen Kissen, manche mit Weinflecken, sowie Teller und Becher. In dem Saal hielt sich außer mir niemand auf.

Langsam kehrte die Erinnerung wieder. *Der Tanz…* Die Schellen und Glöckchen befanden sich nach wie vor an meinen Handgelenken. Meine Brüste waren nackt, die Brustwarzen von der Kälte aufgerichtet. Mich schauderte, Übelkeit überkam mich: *wirbeln und drehen, mit klimpernden Knöcheln.*

Die Luft war so stickig, dass sie mir den Atem aus der Brust zu pressen schien. Ich stand auf, versuchte, das taube Gefühl in meinen Beinen und das Schwanken der Wände zu ignorieren.

Dann stutzte ich. Ich hörte etwas – etwas Vertrautes, das nach mir zu rufen schien wie ein Adler nach seiner Brut im Nest.

Das kann nicht sein …

Bei dem Sturz auf den Boden musste ich mir den Kopf angeschlagen haben. Ein Traum, ein Echo meiner Fieberträume.

Nun hörte ich den Ruf so deutlich, dass kein Zweifel mehr bestand: »*Oiorpata! Oiorpata Amazonen – Oiorpata!*«

Mir war, als würde ich aus der Trance erwachen, in der ich in den vergangenen Monaten gelebt hatte. Ich blickte mich in meinem Gefängnis um und sah die Rotweinpfützen auf dem Boden sowie die blau-rot bemalten Wände, die schwach von den Öllampen erhellt wurden. War es mein Heimweh, das mich den Ruf vernehmen ließ?

Da war er wieder. Ich musste herausfinden, ob mir meine Fantasie einen Streich spielte. Ich raffte meine Röcke und rannte mit laut klopfendem Herzen und trockenem Mund zu meinen Gemächern. Dort stand Theia im Untergewand an den geöffneten Fensterläden. Im Mondlicht wirkte sie blass, sie schnappte nach Luft. Auf dieser Seite des Palasts hörte ich Kriegsfanfaren und erneut ein durchdringendes: »*Oiorpata! Oiorpata Amazonen!*« Doch im Hof unter dem Fenster war es gespenstisch still, der Sand auf dem Boden schimmerte glatt und milchig weiß.

»Theia!«, rief ich. Sie wandte sich mit schreckgeweiteten Augen zu mir um. »Was ist los? Was ist passiert?«

»Die Amazonen sind da«, flüsterte sie. »Sie greifen die Stadt an.« Theia hielt sich am Fensterbrett fest. Da wurde mir bewusst – fast hätte ich laut gelacht –, dass sie sich vor mir fürchtete, obwohl ich halb nackt vor ihr stand, die Glöckchen, die sie mir angelegt hatte, nach wie vor an den Handgelenken.

»Du musst keine Angst vor mir haben.« Ich trat zu ihr und nahm sie bei den Schultern. Sie zuckte zusammen. »Bitte erklär mir, was los ist.«

»Die Amazonen sind da«, wiederholte sie. »Mein Herr Theseus hat eine Botin aus ihrem Lager empfangen, die Eure Rückkehr fordert. Er weigert sich, Euch ziehen zu lassen, und deshalb greifen sie an.« Ihre Stimme wurde schriller, ihre Finger kneteten ihr Gewand. »Ich habe sie vom Wachturm aus beobachtet. Sie wüten wie die Furien und töten unsere Männer mit scharfen Äxten.« Sie schluckte und schloss die Augen.

Ich kämpfte gegen eine Ohnmacht an. Zu vieles stürmte auf mich ein. Doch ich hatte die Rufe gehört – und Theia hatte unsere *sagaris*-Streitäxte gesehen.

Wärme breitete sich in meinem Leib aus, wie von einer Glut, die die ganze Nacht durch glimmt, obwohl das Feuer längst verloschen ist.

Ich bin immer noch eine Amazone.

Plötzlich erwachte mein Körper zu neuem Leben, nachdem ich in Dunkelheit verharrt hatte, ohne zu wissen, wer oder wo ich war. In den vergangenen Wochen hatte ich mich mit verbundenen Augen wie durch ein Labyrinth bewegt. Doch jetzt war mein Blick klar, und ich wusste wieder, was ich tun wollte. Was ich tun musste. Was ich gleich hätte tun sollen, als Theseus mich schlecht behandelt und ich mich einer Amazone unwürdig gefühlt hatte.

»Theia, komm mit.«

In den Gebäuden beim Tor, in denen sich die Stallungen des Palasts befanden, herrschte Aufregung. Die Türen standen offen, Sklaven führten Pferde heraus, deren Hufgeklapper sich mit dem Klirren von Bronze und den Schreien aus dem Tal vermischten. Ich schlüpfte, die Kapuze ins Gesicht gezogen, hinein. Zuvor war ich zu Helenas Gemächern gelaufen, hatte sie in einen Umhang gehüllt und ihr gesagt, dass wir fortgingen. Nun führte ich sie an der Hand. Vor Müdigkeit konnte sie kaum die Augen offen halten. Theia hastete mir nach. Keiner der Sklaven, die mehr Pferde und Waffen forderten, würdigte uns eines Blickes, als wir an ihnen vorbeirannten.

»Wir müssen schnell sein«, sagte ich. Wieder Befehle zu erteilen, statt mich herumkommandieren zu lassen, war für mich, als würde ich wie ein Vogel die Schwingen ausbreiten. »Theia, kannst du reiten?«

Sie nickte. »Aber Herrin …«

»Helena«, ich beugte mich zu der Kleinen hinunter, »Theia bringt dich nach Sparta zurück. Sei artig, dann siehst du deine Eltern bald wieder.«

Ich wölbte die Hände um ihr Gesicht und drückte ihr einen Kuss auf die Locken. Dann ging ich in den hinteren Teil des Stalls, wo die Sklaven uns nicht sehen konnten, und löste die Zügel einer kastanienbraunen Stute von einem Pfosten. Sie schnaubte und wieherte, und der vertraute Geruch von Heu, Pferdeschweiß und Leder stieg mir in die Nase, als ich zuerst Theia, dann Helena hinaufhalf.

»Nehmt das Osttor und macht einen Bogen um die Kämpfenden«, wies ich sie an, während ich die Leute am Eingang zum Stall im Auge behielt. Sie hoben Speere von einem Stapel neben der Tür und reichten sie in einer Kette weiter. »Ich kenne den Weg nach Sparta nicht, also müsst ihr in Ortschaften fragen, wenn ihr euch verirren solltet. Aber erst, sobald ihr einen oder zwei Tagesritte von hier weg seid. Wenn ihr den Amazonen begegnet, sagt ihr ihnen, dass Königin Hippolyta …«, Freude darüber, meinen Namen wieder aussprechen zu können, durchströmte mich, »… euch freies Geleit zugesichert hat. Sie kennen das Zeichen des Adlers, das *tamga* unseres Stammes.« Ich zog einen Goldring von meinem Finger, auf dem ein Adler abgebildet war, und gab ihn Helena. Theia legte die Arme um das Mädchen. »Ihr dürft keine Zeit verlieren. Reitet sofort los. Wenn ihr die Kapuzen aufsetzt und ihnen erklärt, dass ihr für Theseus unterwegs seid, halten sie euch nicht auf. Und Helena«, fügte ich hinzu und strich mit einem Finger über ihre Wange, »verbirg dich unter Theias Umhang. Es wäre nicht gut, wenn man dich sieht.«

Theia ergriff meine Hand. »Wie sollen wir Euch jemals danken …?«

»Geht!«

Sie nickte, schob mit einem letzten Blick auf mich die Kapuze in die Stirn und verschwand in Richtung Eingang. Ich hörte die Männer an der Tür aufschreien, als sie das Pferd mitten durch den Haufen mit den Speeren lenkte. »Was … hey!« Theia antwortete: »Ich reite für Theseus!«

Ich wandte mich einem schwarzen Hengst zu, der mich misstrauisch beäugte, beruhigte ihn mit Worten in meiner Sprache und streichelte seine Nüstern. Schon bald ließ er sich das Zaumzeug anlegen und eine Decke auf den Rücken werfen. Ich schwang mich hinauf, nahm die Zügel in die Hand und spürte, wie das Leder an meinen Daumen rieb. Ein Hochgefühl darüber, wieder auf einem Pferd zu sitzen, wieder frei zu sein, erfüllte mich, und ein Lächeln, das erste seit vielen Tagen, breitete sich auf meinem Gesicht aus.

»Komm, *ippa*.« Ich stieß dem Ross die Fersen in die Flanken und lenkte es zum Tor, wo die Sklaven laut rufend und mit den Armen fuchtelnd hinter Theia herliefen.

»Jetzt geht's nach Hause.«

Die Schlacht um Athen

Auf dem Olymp

Würde man über die nachtschwarze sarmatische Steppe reiten, die Karpaten über- und das wilde Thrakien nach Thessalien durchqueren, würde man die sieben Erhebungen des Olymp mit einer leuchtenden Fackel in der Hand erklimmen, sich durch den Kiefernwald und über Geröllfelder zum höchsten Gipfel vorarbeiten, sähe man fast alle Götter des Olymp dort versammelt, die gebannt die Schlacht um Athen mitverfolgen.

Die Götter streiten sich um die Plätze mit der besten Aussicht auf die Stadt. Zeus, Poseidon, Athene und Ares beugen sich vor, um die Kontrahenten besser beobachten zu können. Athene ist natürlich für die Griechen – schließlich gehört das erst kürzlich gegründete und auf dem Felsen erbaute Athen, wo die jungen Olivenbäume noch keine tiefen Wurzeln schlagen, ihr. Sie möchte wohl kaum, dass eine einfallende Barbarenhorde die Stadt plündert und niederbrennt. Zeus tut so, als wäre er neutral, obwohl er und Poseidon – die beide aufgrund von Söhnen ein persönliches Interesse an den Griechen haben – mehr als nur ein bisschen voreingenommen sind. Zeus' Gedanken weilen weit weg bei Hermes, der Hera durch den wilden Norden folgt. Ares hingegen jubelt für die Amazonen, denn er hat seinerzeit Hippolytas Mutter Marpesia den Kampfgurt gegeben und staunt über die Fähigkeiten dieser tapferen Kriegerinnen.

Ares späht durch die Dunkelheit. Melanippe, die Anführerin der Amazonen, hat seinen Bemühungen zum Trotz, sie in eine andere Richtung zu lenken, beschlossen, nachts eine Offensive gegen die Athener zu starten, die – er reibt sich das Kinn – tatsächlich zu funktionieren scheint. Die Verbündeten der Amazonen, der skythische Stamm von Sagylos, dessen Hilfe sie sich auf ihrem Weg nach Griechenland versichert haben, ziehen plündernd durch die Gegend um Athen und brennen Dörfer und abgelegene Gehöfte nieder, die in der Ferne wie Glühwürmchen leuchten. Die Amazonen selbst haben die Mauern von Athen überwunden und ihr Lager auf einem der westlichen Hügel aufgeschlagen. Ihre Truppen sind in einer Linie zum Pnyx aufgestellt, und obwohl die Athener unter lauten Fanfarenklängen vom Hügel der Musen ins Tal hinuntergaloppieren, haben sie den Amazonen nichts entgegenzusetzen.

Ares, ein Kenner des Krieges, bewundert ihr Können. Zum Beispiel Melanippe. Sie reitet auf ihrem grau gescheckten Hengst, als wäre sie körperlich und geistig mit ihm verschmolzen, ihr sichelförmiger Schild erscheint wie eine Verlängerung ihres linken Arms. Sie prescht die Reihe der Amazonen auf und ab, erteilt Befehle und zieht ihre Leute in einer zangenförmigen Bewegung um die Athener zusammen, die, da sie es nicht gewöhnt sind, im Nahkampf offen und nicht hinter den Schilden der nebeneinander marschierenden Krieger zu fechten, ins Stolpern geraten und voneinander getrennt werden. Das enge Tal verwandelt sich zu einem Feld des Todes, als Melanippe und ihre Amazonen sich auf die eingekesselten Griechen stürzen und sie von allen Seiten mit Hieben traktieren. Manche springen von ihren Rössern und kämpfen zu Fuß, andere trampeln die Athener einfach unter den Hufen der Pferde nieder. Der Wind trägt das Klirren von Bronze, Schreie und Fanfarenstöße zum Olymp hinan wie das Zirpen der Zikaden, und von Zeit zu Zeit spiegelt sich das Mondlicht in einer Schwertklinge und reflektiert einen silbernen Strahl in Richtung der zuschauenden Götter.

Ares blinzelt.

Als er hört, wie Athene neben ihm verblüfft nach Luft schnappt, weiß er, dass sie es auch gesehen hat.

Eine Gestalt donnert auf einem Pferd den Palasthügel hinab. Sklaven rennen hinter ihr her und schleudern Speere nach ihr, die das Ziel weit verfehlen. Ihr Haar flattert im Wind; sie stößt den Schlachtruf aus. Wie sie reitet – der Körper eins mit ihrem Ross, das Kinn vorgereckt –, verrät, dass sie eine Königin ist. Die Amazonen wenden sich ihr zu. Sie beobachten, wie sie zwischen den Kiefern im Tal hindurch, über Felsen und durchs dunkel blühende Gebüsch reitet. Die Amazonen schlagen mit den Speeren so laut gegen ihre Schilde, dass der Olymp erbebt. Königin Hippolyta neigt lächelnd das Haupt. Sie bringt ihr Pferd zum Stehen, dessen Atemwolken sich in die Nachtluft erheben, und fängt die Streitaxt, die Melanippe ihr zuwirft.

Dann stürzen die Schwestern sich Seit an Seit in die Schlacht.

Manche Götter verfolgen den Kampf um Athen jedoch nicht mit.

Kalliope läuft, verkleidet als Hyperboreerin, am anderen Ende der Welt in einem Säulengang im Palast von Abaris, dem König der Hyperboreer, auf und ab. Ihr sandfarbenes Gewand bauscht sich um ihren Körper, ihre Haare wehen im Wind, der vom Meer hereinpeitscht. Beim Dröhnen der Wellen und Tosen von Heras Sturm, der Herkules seit Sarmatien begleitet und das Missfallen der Götterkönigin ausdrückt, kann sie kaum ihre eigenen Gedanken hören. Kalliope blickt zum Himmel, doch der Mond wird von Wolken verhüllt, und so kann sie nicht beurteilen, wie spät es ist. Sie sucht die Kolonnade nach den beiden Göttinnen ab, die sie hergebeten hat, aber auf den Bänken unter den Kiefernholzfackeln sitzt niemand.

Sie verstärkt den Griff um das Kästchen, das sie in der Hand hält.

»Kalliope!«

Sie dreht sich um. Aphrodite und Iris haben Platz genommen, als wären sie schon die ganze Zeit dort gewesen. Auch sie sind, wie von Kalliope gewünscht, als Hyperboreerinnen verkleidet. Ihre Gewänder sind an den Brüsten verknotet, die Ärmel an den Schultern überschnitten, und sie tragen Lorbeerkränze im Haar. Doch nichts könnte Aphrodites Rundungen oder Iris' scharfen, wissenden Blick verbergen.

»Hier versteckst du dich also.« Aphrodite erhebt sich und küsst Kalliope auf eine Wange. Dann ergreift sie ihre Hände und tritt einen Schritt zurück, um sie zu begutachten. »Das Hyperboreer-Gewand steht dir«, meint sie, legt den Kopf schief und betrachtet Kalliopes Haare, die ihr lose über die Schultern fallen. »Das schlichte Kleid der Dichterin, das du sonst trägst, finde ich schrecklich.«

Auch Iris steht auf. Sie verschränkt die Arme vor der Brust. »Lasst uns zum Punkt kommen. Warum hast du uns hierher bestellt, Kalliope?«

Kalliope saugt die Luft ein. Ihr ist nicht ganz wohl bei der Sache, aber was bleibt ihr anderes übrig? Hera hat sie fast eingeholt: Sie fühlt die Nähe der Götterkönigin wie ein Bauer, der, wenn er zum Himmel emporblickt, den Winter nahen spürt.

Sie löst ihre Hände aus Aphrodites Griff und zieht das Kästchen unter ihrem Arm hervor. »Der goldenen Äpfel wegen.«

Kalliope schiebt einen Fingernagel unter den Verschluss und öffnet ihn. Wieder sind die drei Einbuchtungen, alle mit Goldgravuren, zu sehen. Die eine ist leer, in den anderen beiden liegen golden glänzende Äpfel. Kalliopes Brust zieht sich zusammen. Wenn ihr Plan nicht funktioniert … Er muss.

Iris schaut Kalliope an, dann das Kästchen. Aphrodite stößt ein Lachen aus, das sie hinter vorgehaltener Hand zu verbergen sucht. »Es stimmt also! Ich dachte, Hera hätte das erfunden, damit Zeus ihr mehr Aufmerksamkeit schenkt. Du hast es tatsächlich getan?«

Iris schenkt Kalliope widerwillig einen anerkennenden Blick. »Wie, bei den Wassern des Styx, ist dir das gelungen?«

»Das ist unwichtig«, antwortet Kalliope. »Wir haben nicht viel Zeit.«

»Was ist damit passiert?« Iris zeigt auf die leere Einbuchtung, in der sich einmal ein Apfel befunden hat.

Die Wahrheit wird schon bald ans Licht kommen, aber noch nicht jetzt. »Wie gesagt, wir haben nicht viel Zeit.« Kalliope deutet auf die Bank. Aphrodite lässt sich mit raschelndem Gewand auf dem Kissen nieder und sieht Kalliope neugierig lächelnd an. Kurz darauf folgt Iris ihr.

»Ich habe drei Äpfel. Wie sie in meinen Besitz gelangt sind, muss euch nicht interessieren«, beginnt Kalliope. Wind vom Meer weht durch den Säulengang, die Fackeln flackern, Donner ertönt. Kalliope schnürt es die Kehle zu. Hera ist schon ganz nahe. »Für euch ist nur von Belang, dass Hera sie will und weiß, dass ich sie habe. Ich musste den Sterblichen nahe sein, um einem von ihnen einen Apfel zukommen zu lassen, als die Zeit reif war, und um die anderen vor ihr zu verbergen. Die kann ich nun nicht mehr länger bei mir behalten. Sie ist mir auf den Fersen – ich kann mich nicht ewig verstecken. Von nun an müsst ihr für mich auf sie aufpassen.«

Iris hebt eine Augenbraue, eine Welle bricht sich tosend am Ufer. »Und warum sollten wir das tun?«

Kalliope fährt fort, ohne auf sie zu achten. Zum gegebenen Zeitpunkt, jedoch keine Sekunde früher, wird sie ihnen alles erklären. Das gehört zu ihrem Plan. »Einen habe ich dem Sterblichen Herkules geschenkt – warum, werdet ihr bald erfahren, also fragt mich jetzt bitte nicht –, und die anderen beiden gebe ich euch, damit ihr sie hütet, bis ich euch mitteile, dass die Zeit reif ist.«

»Herkules?«, wiederholt Aphrodite und richtet sich kerzengerade auf. »Dem Sohn von Zeus?«

Kalliope nickt ungeduldig. »Er hat seine Arbeiten erledigt. Ich habe sein Schiff zu einer Insel nördlich der Hesperiden gelenkt. Wenn er an dem dortigen Garten gelandet wäre, hätten die Töchter des Atlas Hera sofort informiert. Er glaubt, er hätte den Apfel für die Vollendung der Aufgaben erhalten. Und er muss den wahren Grund nicht erfahren.«

Iris beugt sich stirnrunzelnd vor. »Angenommen, wir lassen uns die Äpfel tatsächlich von dir geben: Was sollen wir mit ihnen machen?«

»Ist das ein Ja, Tochter des Thaumas?«, fragt Kalliope.

Iris macht ein finsteres Gesicht. »Vielleicht.«

»Ach, gib her.« Aphrodite streckt die Finger aus. Kalliope nimmt einen Apfel aus dem Kästchen und legt ihn wie eine Mutter, die ihr Neugeborenes einer Amme anvertraut, in Aphrodites Hand.

»Wie schön!« Aphrodite hält den Apfel am Stiel fest und dreht ihn mit einem Finger, sodass das Licht der Fackel sich darin spiegelt und einen Strahl aussendet wie ein Leuchtturm zu einem gestrandeten Schiff.

»Nicht!«, herrscht Kalliope sie an, entreißt ihr den Apfel und wölbt die Hände darum. »Begreifst du denn nicht? Wir müssen sie vor Hera verstecken, bis der richtige Zeitpunkt da ist! Du kannst ihn nicht einfach ins Licht halten wie… irgendeinen Tand, den Hephaistos für dich gefertigt hat!«

Kurz herrscht Schweigen, das nur vom Heulen des Sturms und vom Rauschen der Wellen durchbrochen wird. Aphrodite zieht einen Schmollmund, Iris streicht nachdenklich mit dem Finger über ihre Lippen.

»Und die Aktion soll dazu dienen, Hera zu ärgern?«, erkundigt sich Iris.

Kalliope zögert. Aphrodite nutzt die Gunst der Stunde, um den Apfel wieder an sich zu nehmen und in den Falten ihres Gewands zu verbergen. Die Muse reibt sich die Augen. Mit diesem

Problem hat sie gerechnet. Iris ist immerhin die Botin von Hera und schuldet ihr als solche Loyalität, aber ihr sind keine anderen Göttinnen eingefallen, die so gewieft und gierig wie Aphrodite oder so klug wie Iris wären.

»Ja, ich weiß, du bist Heras Botin und …«

»Ich mach's«, sagt Iris und streckt die Hand aus.

Kalliope sieht sie mit großen Augen an. »Wirklich?«

Iris schnippt mit den Fingern. »Ja.«

Kalliope nimmt den letzten Apfel aus dem Kästchen und reicht ihn Iris, die ihn geübt wie eine Diebin in ihrer Tasche verschwinden lässt. Traurig betrachtet Kalliope das leere Kästchen. Sie stellt es ab und ergreift Aphrodites und Iris' Hand.

»Ich danke euch, auch im Namen der anderen Götter«, meint sie.

Iris steht auf, Aphrodite tut es ihr gleich. »Und wir sollen sie verstecken, bis …?«

Kalliope neigt das Haupt, als sie ihnen zu der Öffnung im Säulengang vorangeht, wo sie sich im prasselnden Regen daranmachen, sich wieder in die Vögel zu verwandeln, in deren Gestalt sie von Griechenland hierhergeflogen sind. Sie beobachtet, wie aus Aphrodites Kleidung das weiche Gefieder einer Taube wird und aus Iris' Nase der Hakenschnabel eines Falken. »Wie gesagt: Ich teile euch mit, wann die Zeit reif ist.«

Letzte Begegnung

Hippolyta

Athen, Griechenland

Achtunddreißigster Tag nach dem Tag des Feuers in der Jahreszeit von Tabiti, 1265 v. Chr.

Ich verfolgte die Schlacht von meinem Beobachtungsposten auf dem Hügel aus wie ein Vogel über der mondbeschienenen Steppe. Unser linker Flügel erstreckte sich rechts den Pnyx hinan. Die Griechen stürzten sich vom Hügel der Musen hinunter ins Tal.

Unseren Schlachtruf ausstoßend, stürmte ich los. Neben mir nahm Melanippe ihn auf, und hinter mir schlugen meine Truppen mit den Streitäxten an ihre Schilde. Ich spürte, wie mich Kampflust erfüllte und opalfarbenes Mondlicht, Bronze und die schwarzen Umrisse der Bäume vor meinen Augen verschmolzen. Wut und wilde Freude darüber, wieder als Amazone zu reiten, trieben mich an, als ich, meine *sagaris* wie ein vom Sturmgott Tar gesandter Dämon schwingend, die westliche Flanke des Hügels hinuntergaloppierte. Unten ritt ich unsere gesamte Kampflinie ab: Schützen mit gespannten Bogen und schimmernden Pfeilspitzen, Reiter, deren Zähne in der Dunkelheit schimmerten und die meinen Schlachtruf erwiderten.

Zwischen den Bäumen vor uns sah ich die Griechen herannahen; ich hörte das Dröhnen der Hufe auf dem trockenen Boden und roch die Kiefernnadeln, die sie in die Luft schleuderten. Ich brachte mein Pferd am äußersten linken Ende unserer Linie zum Stehen, wo der Hügel, von dem ich heruntergeritten war, in ein enges Tal überging, auf der anderen Seite begrenzt vom weiß leuchtenden Felsen Athens. Die Griechen hatten meinen Köder geschluckt: Sie preschten inmitten einer riesigen Staubwolke auf mich zu. Als ich »*Oiorpata!*« rief, zogen meine Leute das Netz enger, sodass den Griechen nichts anderes übrig blieb, als ihre Rösser in das Tal zu lenken.

Ich warf mich mitten ins Getümmel, schwang meine Streitaxt nach links und rechts auf Schädel und Schulterblätter, mähte Krieger um wie eine Sense langes Gras. Vor mir, in den Fels gehauen, entdeckte ich einen Schrein für die Furien, die Göttinnen der Rache, von dem Theseus mir erzählt hatte und vor dem eine Schale mit Obst und Getreide stand. Ja, wir waren tatsächlich die Furien, von denen Theia gesprochen hatte, und übten Rache an Theseus für seine Verbrechen gegen die Götter.

Von Zorn besessen, wie in Trance, ließ ich meine *sagaris* herniedersausen und stieß mit meinem Schwert zu. Die Zeit schien stillzustehen, während ich mein blutiges Werk verrichtete.

Als ich aus den Augenwinkeln einen gespenstischen orangefarbenen Schimmer wahrnahm, wachte ich schließlich auf. Erst jetzt wurde mir bewusst, dass ich schwer atmete und mir der Schweiß den Nacken und die Oberschenkel hinunterlief. Ich sah Flammen, Funken, die in die Luft stoben, und rotorangefarbene Feuersäulen. Beißender Rauch stieg mir in die Nase. Dieser Rauch, der mich würgen und meine Augen tränen ließ, brachte mich schließlich zur Besinnung.

»Melanippe!« Ich hielt sie auf, als sie an mir vorbeiritt.

»Schwester?«

»Was …?« Ich deutete zu den Flammen hinauf und war

nicht in der Lage, den Satz zu Ende zu führen. Vor meinem geistigen Auge sah ich Sklaven, die in der Palastküche in der Falle saßen oder um Hilfe rufend durch die brennenden Gemächer rannten, die Arme schützend um ihre Kinder gelegt.

»Die Sklaven sind unschuldig«, keuchte ich. »Sie können nichts dafür. Den Palast hätten wir nicht angreifen dürfen.«

Plötzlich nahm ich das Schlachtfeld bewusst wahr: die toten Griechen, von Pferdehufen zertrampelt, die feine Bronzewehr zerbeult, die Schäfte der Speere zerbrochen. Der Helm eines der Soldaten war weggerollt, sodass ich sein Gesicht und seine schwarzen, zerzausten Haare sah – er war jung und blass, im gleichen Alter wie mein Grieche damals. Eine Amazone lag zusammengekrümmt neben ihm – Arga, die Tochter von Iphito. Auf ihrer blassen Wange prangte eine dünne, glänzende Wunde; die leblosen Arme waren in Richtung des griechischen Jünglings ausgestreckt. Fast glaubte ich mich selbst und den Griechen zu erblicken, wie wir uns im Tod umarmten. Ich hatte einen bitteren Geschmack im Mund.

»Das ist nicht im Sinne der Götter«, sagte ich mit bebender Stimme. »Wir haben erledigt, weswegen ihr gekommen seid. Jetzt müssen wir von hier weg.«

»Von hier weg?«

»Ja!«, herrschte ich sie an. »Du bist doch meinetwegen da, oder? Wir haben Rache an den Griechen genommen. Du hast mich, und nun *verschwinden* wir. Das ist ein Befehl!«

Ich wendete mein Pferd im Licht der Flammen, die das Schlachtfeld in Orangetöne tauchten. Im Westen durchschnitt ein Fanfarenstoß die Luft, und im Feuerschein sah ich weitere Griechen mit blutrot glänzenden Speerspitzen vom Palastfelsen heranstürmen.

»Melanippe«, rief ich, »sammle die Truppen.« Mit diesen

Worten galoppierte ich davon und leitete den Rückzug meiner Amazonen ein. Ich wich heranfliegenden Speeren und Pfeilen aus und parierte die Schwerter, die gegen mich erhoben wurden. In der Luft lag der Geruch von Blut und Eisen.

Während ich mich zwang, zu dem brennenden Palast hinaufzublicken, in dem er mich gedemütigt hatte, schwor ich mir, niemals mehr einem Griechen zu vertrauen.

Ἀδμήτη

Admete

Sarmatien

Achter Tag des Pflügemonats, 1265 v. Chr.

Ich schreckte hoch. Die Tür zu dem Wagen, in dem ich schlief, wurde aufgerissen und schlug mit einem Knall gegen die Seitenwand. Kurz wusste ich nicht, wo ich war. *Bin ich in Tiryns, wo die Sklaven meines Vaters das Feuer entzünden? Oder flattern die Felle der Amazonenzelte im Wind?*

Blinzelnd erkannte ich die Umrisse von Alkides, die sich im Licht der Morgendämmerung abzeichneten. Ich setzte mich auf, rieb mir die Augen und wollte ihn begrüßen.

Als er mir einen goldenen Apfel hinstreckte, blieb mir der Mund offen stehen.

Noch niemals zuvor hatte ich etwas so Vollkommenes gesehen. War es die glänzende Schale, die das Licht in tausend goldenen Splittern reflektierte, oder das perfekte Rund, das meinen Blick so unwiderstehlich anzog? Dieser goldene Apfel schien meine geheimsten Wünsche zum Leben zu erwecken: Vor mir spannen sich Bilder aus Goldfäden, und bronzefarbene Funken verdichteten sich um meinen Kopf zu einem Sternenhimmel. Die Buchstaben, die in eleganter Handschrift darauf geschrieben standen – ΤΩΙ ΑΘΑΝΑΤΩΙ – *Dem Unsterblichen* –, schienen vor meinen Augen zu tanzen.

Ich schluckte und kehrte in die Realität zurück. Alkides hielt mir den Apfel hin. Lichtstrahlen fielen durch die hölzernen Fensterläden auf die Flickendecke auf meinem Bett, und das Feuer im Kohlenbecken zischte, als ein Windstoß hineinfegte.

Ich zog die Decke zur Brust hoch. »Wie bist du an den gekommen?«

Während er einen Schritt auf mich zu trat, ließ er den Apfel in die andere Hand gleiten. Da hörte ich draußen Timiades, Perses und weitere seiner Gefährten, die sich lachend unterhielten, und das Wiehern von Pferden. »Wir sind mitten in einem schlimmen Sturm auf der Insel der Hesperiden gelandet«, antwortete Alkides und breitete die Hände aus wie ein Barde, der die Geschichte eines großen Helden erzählt. »Ich habe ihn unter einem Baum gefunden. Die Äpfel der Hesperiden waren gar nicht so streng bewacht, wie es immer heißt!« Alkides strahlte. »Aber das ist nicht wichtig. Ich bin fertig, Admete. Ich habe die Arbeiten vollendet! Jetzt werden alle Sterblichen von meiner Größe erfahren, und Zeus wird mich zu den Göttern erheben!«

»Alkides«, hob ich an, doch er redete einfach weiter. »Alkides!«

Er sah mich an, als hätte er ganz vergessen, dass ich da war.

»Findest du es nicht merkwürdig«, ich schlang die Decke enger um den Leib, »dass du einfach so über den Apfel gestolpert bist? Und dass es nur einer war? Was, wenn du den Garten der Hesperiden gar nicht aufgespürt hast?«

Er runzelte die Stirn. »Warum fragst du das?«

»Weil einem das der gesunde Menschenverstand sagt! Timiades meinte, der Garten werde von den Töchtern des Atlas gehütet! Warum sollten der König und die Königin der Götter den Apfel unbewacht dort herumliegen lassen?«

Alkides stieß ein ungläubiges Lachen aus. »Du bist neidisch!« Er trat einen Schritt zurück. »Neidisch auf meinen Ruhm!«

Nun war es an mir zu lachen. »Neidisch?«, rief ich aus. »Hast du schon einmal erlebt, dass ich wie ein dummer Pfau vor anderen herumstolziere, um ihr Lob zu erringen? Aber du, Alkides …«

»Du nennst mich einen dummen Pfau?« Seine Stimme wurde lauter, und die Griechen draußen verstummten.

»Ich sage nur, dass du deinen Kopf benutzen sollst!«, herrschte ich ihn meinerseits an. »Warum haben die Götter dich den Apfel mit so wenig Mühe finden lassen? Selbst dir müsste klar sein, dass das verdächtig ist.«

»Es war alles andere als mühelos!«, brüllte er. In seinen Mundwinkeln hingen Speichelfetzen. »Du neidest mir meinen Erfolg immer schon und willst mich wie in Tiryns ganz für dich allein haben. Jetzt, da ich mich als den Göttern ebenbürtig erwiesen und bei den Sterblichen Ruhm errungen habe, fühlst du dich in deiner Eitelkeit verletzt!«

Ich kehrte ihm den Rücken zu. »Das Problem mit dir ist, dass du ausschließlich an deinen Ruhm und deine Unsterblichkeit denkst und dein Gehirn nicht einsetzt.«

Er schlug die Tür so heftig hinter sich zu, dass der Wagen erzitterte.

Am folgenden Morgen, als wir mit den Sarmaten vor dem offenen Feuer mit Brot, Käse und Stutenmilch frühstückten, trat Alkides zu mir. Die meisten Griechen waren bereits fertig, und meine Mutter hatte mit den Sarmaten zu tun, sodass wir allein waren. Ich hielt den Blick auf die Flammen gerichtet, genoss den frischen Wind auf meinem Gesicht und freute mich am Gezwitscher der Vögel in den Bäumen und am Blöken der Schafe in ihrem Gehege.

»Was ist?«, fragte ich.

Er setzte sich schweigend auf den Hocker neben dem meinen und schien etwas sagen zu wollen. Weil er am Ende nichts herausbrachte und ihm nichts Besseres einfiel, schob er etwas zu essen in den Mund.

Er will sich also entschuldigen, dachte ich. Meine Wut auf ihn verebbte.

Als ich mich ihm zuwandte, kam er mir zuvor.

»Weißt du, was das heißt?«

Ich wischte meinen Teller mit einem Stück Brot aus und runzelte die Stirn. »Was?«

»Dass ich meine Arbeiten beendet habe.«

»Unsterblichkeit? Ewigen Ruhm?«

»Ja.« Er schob den Tonteller auf seinem Schoß herum. »Ich habe keine Ahnung, ob du das weißt…« Er räusperte sich.

»So sprachlos habe ich dich nicht mehr erlebt, seit ich dir damals im Obstgarten das erste Mal von meiner Mutter erzählt habe.«

Statt zu lachen, wie er es früher getan hätte, wurde er rot. »Ja…« Er schluckte, seine Kiefer mahlten. »Ich habe deinen Vater Eurystheus um deine Hand gebeten, aber er meinte, die könnte er mir erst geben, wenn ich alle meine Arbeiten erledigt hätte – vorausgesetzt natürlich, du wärst einverstanden. Und jetzt bin ich fertig. Meinen Namen wird man noch in Hunderten von Jahren kennen. Ich werde ein Gott.« Er sah mich an. »Was hältst du davon, Admete?«

»Was halte ich wovon?«

»Davon, meine Frau zu werden. Liegt das nicht auf der Hand?«

Ich musste lachen. Nach dem Streit vom Vorabend fragte er mich doch tatsächlich hier, in dem Land, in dem ich meine Mutter gefunden hatte ... »Alkides, das ist nicht dein Ernst, oder?«

Sein wütender, verletzter Ausdruck sagte mir, dass es sehr wohl sein Ernst war. *Bei den Göttern. Hera, hilf.* Als er mit seinem Hocker zurückrutschte, ergriff ich seine Hand. »Nein, geh nicht«, bat ich ihn. Er schaute mich finster an, ließ es jedoch zu, dass ich ihn auf den Sitz zurückzog.

Ich wählte meine Worte mit Bedacht. »Dein Angebot ehrt mich. Wirklich. Hättest du mich vor unserer Abfahrt von Tiryns gefragt, hätte ich es vermutlich angenommen. Aber ...«, ich drückte seine Hand, »... du hast doch sicher bemerkt, wie angespannt unser Verhältnis ist, oder?«

Er schwieg.

»In den letzten Monaten haben wir uns nur gestritten«, fuhr ich fort. »Du und ich, wir sind zu verschieden. Wir wünschen uns unterschiedliche Dinge. Du möchtest unbedingt unsterblich werden, und ich ... ich hätte gern jemanden, dessen Herz mir ganz allein gehört. Einen Mann, mit dem ich mein Leben in Tiryns, im Haus meines Vaters, verbringen und mit dem ich am Ende meines Lebens gelassen in die Unterwelt gehen kann. Ich denke, die Ewigkeit wäre sehr einsam ohne jemanden, mit dem man sie teilt. Ich will anders als du nicht auf den Olymp, Herkules.«

Als er den Namen hörte, stutzte er, und obwohl er verletzt wirkte, sah ich die alte glühende Sehnsucht in seinen Augen.

»Und ich könnte es mir für dich auch gar nicht anders vorstellen. Dies ist deine Berufung, und ich habe die meine.«

Langes Schweigen.

»So lautet deine Entscheidung?«, fragte er schließlich verbittert.

Ich nickte. »Ja.«

Er entzog mir seine Hand und erhob sich. Der Schatten seiner breiten Schultern lag auf mir.

»Herkules!«, rief ich ihm nach, als er sich entfernte. Er wandte sich zu mir um. »Ich werde immer stolz auf unsere Freundschaft sein.«

Er verzog den Mund zu einem Lächeln.

»Genau wie ich, Tochter des Eurystheus.«

Heimreise

Hippolyta
Attika, Griechenland

Neununddreißigster Tag nach dem Tag des Feuers in der Jahreszeit von Tabiti, 1265 v. Chr.

Von Athen aus ritt ich einen Tag lang zu den Saken-Verbündeten, die Melanippe begleitet hatten. Dem Stamm, der behauptete, entfernt mit unserem Clan verwandt zu sein, war sie begegnet, als sie den Danastris überquerten, erfuhr ich später. Nach einer Auseinandersetzung zwischen Melanippe und seinem Anführer Panasagoras hatten die Saken ein Lager aufgeschlagen und lieber attische Gehöfte niedergebrannt, als den Amazonen bei ihrem Angriff auf Athen zu helfen. Weder Melanippe noch irgendjemand sonst versuchte während des Ritts mit mir zu sprechen. Es war, als ließen sie mir Zeit, die Ereignisse zu verarbeiten; als wüssten sie, dass ich mich, sobald ich bereit wäre, zu ihnen gesellen würde. Dafür war ich dankbar. Ich gab mich ganz der Bewegung meines Pferdes hin, den Rufen der Falken und Mauersegler und der graugrünen Linie des Horizonts und konzentrierte mich auf Details: auf das Abendlicht, das sich im schlickigen Sand des Kephissos-Flusses spiegelte; auf die tiefen Furchen, die die Räder eines Wagens in den Boden gegraben hatten; auf den verkohlten Farn entlang des Weges, die Spur der Verwüstung, die unsere Verbündeten auf diesem fruchtbaren Land hinterlassen hatten. Gedanken an meine Demütigung hätten mich daran gehindert weiterzureiten –

an die Schande, die ich über mein Volk gebracht hatte, indem ich als Königin versagte, meine Schwestern, meine Mutter und meinen ganzen Stamm enttäuschte. Dieses Gefühl musste ich ignorieren und so tun, als würde ich nicht merken, dass die Augen aller Amazonen auf mich gerichtet waren, dass sie über mich tuschelten und sich über ihre Verletzungen und die Opfer beklagten, die sie meinetwegen hatten bringen müssen.

So ritt ich hoch aufgerichtet und mit vorgerecktem Kinn, als wäre ich nach wie vor eine echte Königin.

Melanippe trabte mit schwingendem Zopf voran, um mit den Verbündeten zu reden, mit denen wir nach Norden zurückkehren würden. Ich hielt mich im Hintergrund und bemühte mich, nicht darüber nachzudenken, dass meine Schwester eine bedeutend bessere Anführerin gewesen wäre als ich. Die Saken hatten ein weiß getünchtes, von einer niedrigen Mauer umgebenes griechisches Bauernhaus aus Stein sowie die dazugehörigen Nebengebäude, einen Heuschober, einen Schweinekoben und andere Ställe, eingenommen. Ihre Pferde grasten auf dem Hügel dahinter. Wenn die Saken sich zwischen ihren auf dem Ackerland errichteten Zelten bewegten, trampelten sie den Weizen nieder, und der trockene Geruch der Spreu stieg in die Abendluft auf. Melanippe führte einen Mann zu mir, dessen Augen tief in den Höhlen lagen und dessen lange Haare zusammengebunden waren. Ich stieg ab, um ihn zu begrüßen.

»Das ist Panasagoras«, stellte Melanippe ihn mir vor. »Der Sohn des Sagylos. Er hat uns seine Unterstützung zugesichert.«

Panasagoras verbeugte sich widerwillig, seine Nasenflügel blähten sich. »Eure Schwester meint Folgendes: Als wir uns ihr angeschlossen haben, wussten wir nicht, dass Ihr für die

Freiheit Eures Volkes mit den Griechen gegangen seid. Man kann es wohl kaum als Entführung bezeichnen, wenn Ihr Euch aus freien Stücken in Gefangenschaft begebt, damit Euer Volk verschont bleibt, oder – Königin?«, fragte er höhnisch.

Seine Worte versetzten mir einen Stich. Ich ließ die Finger über den Kampfgurt gleiten, den Melanippe mir gegeben hatte. Er war weniger prächtig als der meine, hatte aber genug Haken für zwei *sagaris* und einen Köcher. *Du musst dich für nichts schämen,* versuchte ich mich selbst zu überzeugen. *Nicht du bist schuld an allem, sondern Theseus.*

»Der Prinz von Athen hat sein Versprechen nicht gehalten.« Ich erwiderte Panasagoras' Blick ruhig. »Obwohl er mir als Königin den Kriegsregeln gemäß Respekt hätte zollen müssen, hat er mich in jeder Hinsicht behandelt wie eine Sklavin. Er hat geschworen, mich zur Frau zu nehmen, aber mein Vertrauen und seine Ansprüche als Gatte missbraucht. Natürlich konnte Melanippe das bei meiner Befreiung nicht wissen, doch das Recht war auf ihrer Seite. Und glaubt Ihr wirklich, mir wäre, als die Griechen drohten, das Lager der Amazonen dem Erdboden gleichzumachen, etwas anderes übrig geblieben, als mit ihnen zu gehen? Nachdem sie schon so viel Unheil über unseren Stamm gebracht hatten? Nachdem sie …«, ich schluckte, »… meine geliebte Schwester getötet hatten? Hättet Ihr anders gehandelt, Sohn des Sagylos?«

Er runzelte die Stirn.

»Und wenn der griechische Fürst uns überfällt, um Euch zurückzuholen? Warum sollte ich das Leben meiner Leute für Euch aufs Spiel setzen?«

Ich schüttelte den Kopf. »Ich versichere Euch, dass er das nicht tun wird. Ich kenne ihn: Sein Stolz wurde durch seine

Niederlage in der Schlacht verletzt. Er wird aus Angst davor, in den Augen der Griechen zu versagen, keinen weiteren Versuch unternehmen. Und …«, ich dachte an die Frauen, die Theia aufgezählt, und an den rachsüchtigen Blick, mit dem er mich bei dem Festmahl gemustert hatte, »… ihm liegt nichts an mir. Kommt.« Ich streckte ihm die Hand hin. Er zögerte kurz, ergriff sie dann jedoch. »Lasst uns als Verwandte zusammen reiten.«

Er nickte. »Gut, wir brechen morgen auf«, verkündete er. »Wir haben so viele Pferde wie möglich an uns genommen. Es ist gar nicht so leicht, an sie heranzukommen, weil sie in Ställen untergebracht sind.«

Sobald er sich entfernt hatte, wandte ich mich Melanippe zu, die mich mit tränennassen Augen ansah. »O Schwester.« Sie drückte mich an sich. Wir lachten und weinten und lachten. »Schwester«, sagte sie immer wieder, »Schwester.«

Als wir uns voneinander lösten, trocknete ich zuerst ihre Tränen mit einem Zipfel meines Umhangs, dann meine. Sie versuchte zu lächeln, doch ihre Lippen bebten. »Ich hatte Angst, ich hätte dich verloren.«

Ich nahm ihre Hand und ließ die Finger über ihre Adern gleiten, in denen das gleiche Blut floss wie in den meinen. »Du wirst mich nie wieder verlieren«, versprach ich ihr. »Niemals, hörst du? Ich werde dich und Kayster und euch alle nie mehr im Stich lassen.«

Ἀδμήτη

Admete

Sarmatien

Vierzehnter Tag des Pflügemonats, 1265 v. Chr.

Fünf Tage nach der Rückkehr von Alkides ging ich in der Morgendämmerung zum Wagen meiner Mutter. Sie öffnete, eine Lampe in der Hand, die Tür. Als sie meine Miene sah, wurden ihre Lippen schmal.

»Du willst also gehen«, sagte sie.

»Hast du noch die Sachen von früher, aus Griechenland?«, fragte ich leise, als sie mich hereinbat und den Riegel vorschob.

Sie nickte und wand seufzend meinen Zopf um ihre Finger. »Ich wusste, dass das irgendwann geschehen würde, und ich bin stolz auf dich, meine Tochter.«

Meine Mutter kniete neben ihrem Bett nieder und zog ein Kästchen aus Holz darunter hervor. Sie reichte es mir, und ich klappte den Deckel auf. Dort lagen sie, ordentlich auf bunten Filzdeckchen ausgebreitet: der Kamm aus Elfenbein, mit dem sie sich damals immer frisierte, das Fläschchen mit Duftöl, das stets an ihrem Gürtel hing, das zarte Goldkettchen, das sie um den Hals trug. Ich sah sie an. »Hilfst du mir?«

Die Zeit ist reif.

Es ist Zeit, mich für eine meiner beiden Welten zu entscheiden.

Es ist Zeit, endlich Griechin zu werden.

Ich setzte mich auf die Kante ihres Betts, von dem mir ihr

Geruch in die Nase stieg. Zögernd löste sie meinen Zopf. Kurz fragte ich mich, ob sie weitermachen würde. Sie begann schweigend, meine Haare zu kämmen. Ich schloss die Augen, spürte den Kamm an meiner Kopfhaut und wie ihre Hand darüberstrich. Diese vertraute Geste stimmte mich traurig, denn sie war ein Nachhall der Tage, die wir nicht zusammen verbracht hatten. Als sie sich über mich beugte, um meine Locken unter das Band zu schieben, spürte ich ihren Atem an meiner Wange, und als sie die Ringe an meinen Ohrläppchen befestigte, zuckte ich zusammen.

Das graue Licht des Tages drang unter der Tür des Wagens herein, meine Füße waren taub von der Kälte. Ich konnte mich selbst nicht sehen, doch das Leuchten in den Augen meiner Mutter, als sie mich betrachtete, verriet mir, dass ich nun ganz dem Bild ihrer Tochter entsprach.

Ich trat an die Tür, schob den Riegel zurück und drehte mich zu ihr um.

»Danke«, flüsterte ich. »Ich heile Alexander für dich – für uns alle. Noch weiß ich nicht, wie, aber es wird mir gelingen.«

Sie nickte und drückte mir mit ihren trockenen, aufgesprungenen Lippen einen Kuss auf die Stirn.

»Damals hätte ich gern anders gehandelt«, meinte sie, als wir uns voneinander lösten. »Und ich bin nicht stolz auf das, was ich getan habe.«

»Ich weiß.« Ich nahm ihre Hand, schaute sie ein letztes Mal lange an und versuchte ihr mit meinem Lächeln zu zeigen, wie sehr sie mir fehlen würde. Dann zog ich die Kapuze meines Umhangs über den Kopf und trat ins Freie zu den Pferden, die auf unsere Rückkehr nach Tiryns warteten.

Ich sah sie nie wieder.

Hippolyta

Amazonen, Land der Saken

Vierunddreißigster Tag vor dem Tag der Stürme in der Jahreszeit von Tar, 1265 v. Chr.

Mit Worten ließ sich nicht beschreiben, wie es sich anfühlte, am Ufer des Temarunda entlangzureiten, den Silis-Fluss an der seichtesten Furt zu durchqueren und mein Volk wiederzusehen. Die Zeltklappen flatterten im Wind; die Jurten befanden sich ein wenig weiter flussaufwärts, näher dem Ursprung des Silis, wo mehr Gras für die Tiere wuchs. Die Amazonen – mein Volk – trockneten Pferdefleisch und legten es für den Winter in Salz ein, wie immer zu Beginn der Jahreszeit von Tar. Meine Vergangenheit schien sich zu wiederholen. Vor vielen Jahren war ich mit einem Säugling ins Lager geritten. Ich wusste kaum zu sagen, wer ich nun war: eher die eigensinnige junge Amazone, die mit gebrochenem Herzen und ihrem Bastardkind von Skiros floh, oder eher die Königin, die gefangen genommen und ein zweites Mal von einem Griechen verhöhnt worden war.

Wolken jagten grau und meerblau über mich hinweg, und Gefühle der Zuneigung und Schuld durchströmten mich, als die Amazonen im Lager mich am Kopfende unserer Truppe ausmachten und mich mit lauten Rufen begrüßten. Melanippe lenkte ihr Pferd neben das meine und stieß einen Freudenschrei sowie unseren Schlachtruf »*Oiorpata!*« aus. Mein Stamm nahm ihn auf, und das Stampfen von Füßen, das Klatschen von Händen und Jubel klangen in meinen Ohren. Ich sah Ainippe und Teres auf und ab springen und mit bunten Bändern winken, sah, wie Toxis mit dem Speer gegen ihren halbmondförmigen Schild schlug, hörte, wie Thraso neben ihr einen durchdringenden Pfiff ausstieß. Bei dem Lärm hoben die Pferde die Köpfe vom Gras und wieherten. Mein Ross antwortete ihnen mit einem Schnauben. Erst als ich nach Orithyia Ausschau hielt, wurde mir bewusst, dass ich sie nie wiedersehen würde. Im Lager griffen Hände nach mir, und laute Stimmen begrüßten mich. Ich glitt vom Rücken meines Pferdes. Endlich spürte ich das Gras der Saken-Steppe unter meinen Füßen. Alle schienen mich berühren zu wollen, meine Haare, meinen Umhang, meine Arme, als fürchteten sie, dass ich ein von Tar gesandtes Schreckbild sei. Ich begrüßte sie lachend einen nach dem anderen, drückte die Kinder an mich, die Kriegerinnen, die Mütter und Zeltbewohner, sog den Geruch von Pferden, Leder und Rauch ein – *mein Zuhause* –, und Freudentränen liefen mir über die Wangen.

Ziemlich lange stand ich so da, inmitten meines Stammes, ließ mir von meinen Leuten die Neuigkeiten erzählen und versicherte ihnen, dass es mir gut gehe, dass ich wirklich wieder da sei. Doch all das war nichts, verglichen mit dem Moment, als Kayster zu mir lief, an meinem Hosenbein zupfte und mir die Hand entgegenstreckte.

Ich kniete neben ihm nieder, drückte ihn an mich, strich ihm über den Kopf.

»Kayster«, sagte ich ein ums andere Mal. »Kayster.«

Wie lange ich so mit meinem Sohn auf dem Boden kniete, seine Wärme und seine weichen Locken spürte, bis er zu Melanippe zurücklief, wusste ich nicht. Als ich meine Schwester anschaute, wurde mir klar, was ich tun musste.

Ich schwang mich auf mein Pferd und ließ den Blick über

mein Volk schweifen. Da war Ainippe auf dem Arm ihrer Mutter, den Daumen im Mund; dort Ioxeia, deren blindes Auge milchig weiß schimmerte. Ich entdeckte Teuspa und neben ihm Agar, der mit Toxis redete. Ich zog mein Schwert aus der Scheide und reckte es gen Himmel.

Es dauerte ein Weile, bis meine Amazonen verstummten, von denen viele sich nicht nur über die Rückkehr ihrer Königin, sondern auch über die ihrer Verwandten und Freunde freuen konnten.

Ich steckte die Klinge in meinen Kampfgurt zurück. Mein Herz klopfte laut, als ich ihre hoffnungsvollen, freudigen Gesichter betrachtete.

Ich kann es ihnen nicht länger verheimlichen. Wenn ich über sie herrschen soll, muss ich ihnen gegenüber ehrlich sein.

Wenn sie mich so nicht wollen, habe ich ihnen zumindest alles gestanden, und die Angst und die Schuldgefühle quälen mich nicht mehr.

»Mein Volk«, ich schluckte mit trockenem Mund, »ich bin froh, wieder bei euch zu sein.«

Sie jubelten so laut, dass mein Pferd nervös den Kopf hin und her warf. Ich hob die Hand, um sie zum Schweigen zu bringen.

»Zum Feiern ist später noch Zeit. Was ich euch jetzt sagen möchte, betrifft meinen Anspruch darauf, eure Königin zu sein. Ihr müsst Bescheid wissen – eigentlich solltet ihr das schon viele Jahre –, damit ihr mich annehmen könnt oder …«, meine Stimme zitterte, »… damit eine über euch herrscht, die eurer würdig ist.«

Ich schaute lächelnd zu Melanippe hinüber. *Hab Mut*, dachte ich und merkte, dass meine Mutter aus mir sprach, die ich, anders als den Kampfgurt, nicht verloren hatte. *Hab Mut, Hippolyta. Sie werden dich so annehmen, wie du bist.*

»Euch ist bekannt, dass ich nicht zum ersten Mal aus dem Land der Griechen zurückkehre. Ihr kennt die Geschichte von meiner Entführung in meiner Jugend. Ihr wisst, dass ich von dem Schiff, auf dem ich festgehalten wurde, gesprungen und in Griechenland ans Ufer geschwommen bin und später den Weg zurück zu euch gefunden habe.«

Ich holte tief Luft.

»Was ihr nicht wisst: Während meines Aufenthalts dort habe ich das Bett mit einem Griechen geteilt und von ihm ein Kind geboren. Dieses Kind.«

Mit zitternder Hand deutete ich auf Kayster.

Ich hatte Gemurmel, Flüche, vielleicht sogar einige »*Paralati!*«-Rufe erwartet, doch die Amazonen schauten mich nur unverwandt an. Kurz wanderte ihr Blick zu Kayster, der sich an Melanippes Hosenbein festhielt.

»Ich wollte immer eure Erwartungen an mich erfüllen und die Königin sein, die ihr in meiner Mutter gekannt habt«, sprudelte es aus mir hervor. »Aber inzwischen weiß ich, dass es falsch war, das vor euch zu verheimlichen, denn eine Königin, die eurer würdig ist, muss euch gegenüber aufrichtig sein. Ich unterwerfe mich eurem Urteil. Nun kennt ihr die ganze Wahrheit, die Götter sind Zeuge.«

Ich rang die Hände in meinem Schoß. *Sie hassen mich. Sie haben mir nichts zu sagen. Bitte, Tabiti, lass sie ihr Urteil sprechen, damit diese Qual ein Ende hat.*

Endlich meldete sich jemand zu Wort.

»Ihr seid unsere Königin.«

Ioxeia. Ihre leisen Worte waren so klar zu verstehen gewesen wie das Heulen der Wölfe auf der Steppe.

»Ihr seid die Älteste von Königin Marpesias Töchtern«, erklärte sie. »Das Blut von Opoea, der Tochter des Targitaos, fließt in Euren Adern. Ihr seid die rechtmäßige, von den Göttern erwählte Königin und habt den Eid am heiligen Stein abgelegt. Es kann keine andere geben.«

Ich schluckte. »Aber Melanippe ...«

Melanippe trat vor. »Du bist die Königin. Wir sind ans Ende der Erde geritten, um dich aufzuspüren. Ohne dich sind wir verloren. Du bist unsere Königin.«

Nun redeten die Amazonen alle durcheinander und reckten ihre *sagaris* in die Luft. »Die Königin! Die Königin! *Oiorpata!*« Trotzdem war ich nach wie vor verunsichert. *Bestimmt haben sie mich nicht richtig verstanden.*

»Ich ...«

Sie strömten auf mich zu, zogen mich von meinem Pferd herunter, umarmten mich und riefen: »Die Königin! Unsere Königin!« Melanippe trat zu mir und hob Kayster hoch.

»Kayster.« Ich drückte ihn so fest an mich, dass er fast keine Luft mehr bekam. »Kayster, mein Liebling, kannst du mir verzeihen?«

Ohne mir eine Antwort zu geben, schlang er die Arme um meinen Hals. »Du bist meine Mutter?«, fragte er.

Ich nickte.

»Dann freue ich mich, dass du wieder da bist.«

Ich lachte laut, Tränen liefen mir über die Wangen, mein Herz war voll der Freude.

Ἀδμήτη

Admete

Tiryns, Griechenland

Dritter Tag des Monats der Göttin, 1265 v. Chr.

Irgendwie – ich wusste nicht so genau, wie – schafften wir es nach Hause. Wir folgten dem Lauf des Borysthenes nach Süden zum Meer, ritten an der einsamen Küste entlang, an den Bergen Thrakiens vorbei und hinunter nach Griechenland. Alkides und ich sprachen während der Reise nur wenig, weil wir beide in unsere eigenen Gedanken vertieft waren. Mich trieb die Furcht an, Alexander todkrank oder gar nicht mehr anzutreffen. Meine Erschöpfung bemerkte ich kaum. Wichtig war nur Alexander. Die Männer waren müde und schwitzten in dem Regen, der sich unaufhörlich über uns ergoss, und die Leiber der Pferde dampften.

Als wir Tiryns erreichten, nahm ich mir nicht einmal die Zeit, meinen Vater zu begrüßen, sondern eilte sofort zu Alexander. Ich bekam nichts mit von dem Jubel und dem Festmahl anlässlich Alkides' Rückkehr und auch nichts davon, dass das Ende seiner Arbeiten vor der Menschenmenge verkündet wurde, die zum Thronsaal des Palastes von Tiryns strömte. Die Haare hingen mir schlaff herunter, meine Lippen und Finger waren vom Wind rau, und meine Beine zitterten vom langen Reiten.

Er muss am Leben sein. Er muss einfach… Ich hastete die Stufen hinauf und über den Hof.

Endlich erreichte ich die Tür zu seinen Gemächern, vor

der Wachen, die Speere auf dem Steinboden abgestützt, standen.

»Ist er am Leben?«, keuchte ich.

Einer nickte. Sein kurzes Zögern verriet mir, was mich erwartete. Als ich den Raum betrat, stieg mir der Geruch nach Tod und Rauch in die Nase.

»Bei den Göttern …«

Alexander lag, umgeben von Sklaven, auf seinem Bett. Voller Panik rannte ich zu ihm. »Mein Bruder …« Seine Haut wirkte blass und durchscheinend wie Papyrus, seine Lippen waren trocken und seine Haare schweißnass. Mit wild klopfendem Herzen legte ich die Hand an seine heiße Stirn.

»Admete … Den Göttern sei Dank, du bist wieder da.«

Mein Vater schritt auf mich zu, umarmte mich und drückte sein Gesicht in meine Haare.

»Wie schwach er ist!«, rief ich aus und löste mich von ihm, um Alexander genauer zu betrachten. Als ich sah, wie dünn er geworden war, überlief mich ein kalter Schauer. Die Knochen an seinen Handgelenken und sein Schlüsselbein standen hervor. Ich wandte mich Elais zu, deren Augen im Licht einer Fackel dunkel schimmerten. »Was hast du ihm gegeben?«

»Mutterkraut und Weidenrinde, wie Ihr es mir aufgetragen habt«, antwortete sie mit rauer Stimme, »aber es ist nur schlimmer geworden. Es kommt einem Wunder gleich, dass Ihr zurück seid, Admete, denn ich glaube, er hat nur noch wenige Tage zu leben.«

»Nein. Das sagen wir erst, wenn es so weit ist. Es gibt immer eine Lösung.«

Ich sank auf den Hocker neben Alexanders Bett und strich ihm die Haare aus dem schweißnassen Gesicht.

»Ich bin da, Bruder.« *Der goldene Apfel!*, dachte ich und griff in den Beutel an meinem Gürtel. Fast hätte ich ihn in meiner Hast fallen gelassen.

»Hier«, sagte ich, ohne auf die staunenden Laute zu achten, die die Sklaven beim Anblick des Goldes ausstießen, und hielt ihn ihm an den Mund. »Beiß hinein, Alexander, bitte. Beiß zu. Das ist der Apfel der Unsterblichkeit. Er wird dich heilen.«

Ich wölbte eine Hand um seinen Kopf, um ihn zu stützen. Er wollte den Mund bewegen, doch seine Lippen waren geschwollen, sie glitten von der Schale ab.

Mit zitternden Fingern hob ich den Apfel an meinen eigenen Mund und versuchte hineinzubeißen, aber er war so hart wie Granit.

Enttäuscht probierte ich es noch einmal, erneut ohne Erfolg. Ich drehte den Apfel in den Händen, tastete ihn auf der Suche nach einer Vorrichtung ab, die ihn öffnete. Vergebens. Ich meinte zu spüren, wie Alexanders Lebenskraft versiegte. *Ihr Götter, was sollen wir machen, wenn wir ihn verlieren?* »Das ist der Apfel, der goldene Apfel der Unsterblichkeit. Wie soll er Unsterblichkeit verleihen, wenn man ihn nicht essen kann? Es hat keinen Zweck…« Schluchzend ließ ich die Frucht fallen. »Was soll ich tun? Was, ihr Götter, soll ich tun?«

Alexanders Kopf lag schlaff in meinen Händen, sein Puls war unregelmäßig.

Er hat nicht mehr lange zu leben. Ich wusste es, weil seine Haut immer kühler wurde und sein Herzschlag flatterte. Panik ergriff mich. Mit dem Apfel, unserer allerletzten Hoffnung, hatte ich ungefähr so viel bewirkt, als wollte ich die Wassersucht mit Alraune kurieren, die doch, wie jeder wusste, nur half bei…

Bei ...

Da fiel es mir wie Schuppen von den Augen.

Mein Herz pochte wie wild, als ich hektisch die Riemen an meinem Kräuterbeutel lösen wollte. *Natürlich!*, dachte ich. *Natürlich!* Wie hatte ich den Beifuß von meiner Mutter vergessen können?

Ich zog so fest an den Riemen, dass sie mir ins Fleisch schnitten. Endlich öffnete der Beutel sich, und sein Inhalt ergoss sich in meinen Schoß. »Beifuß«, murmelte ich. Ich wusste, wie sich das Kraut anfühlen musste, denn ich hatte seine Beschaffenheit eigenhändig notiert: »Die Blätter sind ähnlich denen von unserem Beifuß«, zitierte ich, »aber leuchtender grün, und er hat gelbe Blüten und riecht süßer. Sie verwenden ihn für Ausschläge und Hautverletzungen und allgemein gegen Krankheiten der Hitze, die sie als Feuer im Körper interpretieren. Er wird als Trank, vermischt mit Essig, oder als Tee verabreicht, und bei Ausschlägen streichen sie Verbände damit ein.«

Ein rotgoldener Funke sprang aus dem Feuer, als ich den Beifuß ertastete, den meine Mutter mir gegeben hatte. Ich spürte die gerollten Blätter rau an meiner Haut, riss sie auseinander, so schnell meine klammen Finger es erlaubten, und zerkleinerte sie mit den Zähnen, bis ein bitterer Brei entstand. Den spuckte ich in meine Hand, nahm den Becher, der neben Alexanders Bett stand und in dem sich Weidenrindentee befand, gab den Brei hinein, rührte um und hob Alexanders Kopf an, damit er trinken konnte. Ein großer Teil der Flüssigkeit lief ihm übers Kinn, doch immerhin hatte ich es geschafft, ihm etwas davon einzuflößen.

Nun konnte ich nur noch warten.

Danach verabreichte ich ihm den Beifuß jeden Tag, kalt gepresst mit Essig, und dazu etwas vom *halinda* der Amazonen. Ich registrierte nicht, welcher der Sklaven oder Priesterheiler neben mir stand oder wie viele Stunden vergingen. Meine Sinne waren erfüllt vom Geruch des Beifußes, während ich ihn hackte und im Mörser zerstampfte, vom beißenden Gestank des Essigs, als ich ihn hineinrührte und Alexander etwas davon einzuträufeln versuchte. Ich nahm nichts wahr außer seinen blassen Wangen und dem leichten Heben und Senken seiner Brust – ein letztes schwaches Lebenszeichen. Irgendwann verlor ich jegliches Zeitgefühl. Ich aß und schlief nicht, pflegte nur ihn, tupfte sein heißes Gesicht und seine Hände ab und flößte ihm Beifußtinktur ein, bis meine Augen vor Erschöpfung brannten und meine Hände zitterten.

Dann endlich – so leise, dass ich es möglicherweise gar nicht gehört hätte, wenn ich nicht ganz auf diesen einen Laut konzentriert gewesen wäre – öffneten sich Alexanders geschwollene Lippen, und er schnappte nach Luft.

Seine Lider flatterten. Er war am Leben! Ich stieß einen erstickten Schrei aus. Die Schale mit dem Stößel fiel klappernd auf den Boden.

»Alexander!« Ich streckte die Hand nach seiner Wange aus, fühlte seine heiße Haut. »Alexander … kannst du sprechen? Ihr Götter … Elais, hol meinen Vater!«

Alexander schluckte und schlug die Augen auf. Sein trockener Mund bewegte sich stumm.

»Ruhig. Streng dich nicht zu sehr an. Es reicht, dass du ein Lebenszeichen gegeben hast.« Ich küsste ihn auf die Stirn. »Ich dachte, du wärst gestorben. Ich dachte, du hast uns verlassen. Aber du bist hier. Du bist hier.«

Da hörte ich herbeieilende Schritte und wie die Tür zu

dem Gemach aufgerissen wurde. Ich sah meinen Vater und hinter ihm meine Brüder – Iphimedon, Eurybios, Mentor und Perimedes – an den Wachen vorbeistolpern.

»Er ist bei Bewusstsein?«, fragte mein Vater. Ich nickte. Er trat ans Bett und sank neben Alexander auf die Knie. Alexander sah ihn an. Der König weinte, Alexander blinzelte. Ein tröstlicher Moment. Mein Vater bedankte sich mit einem stummen Blick bei mir, und auch Alexander schaute mich an. Ich ergriff Alexanders Hand, während mein Vater die seine auf meinen Kopf legte, an der Stelle, an der ich einen kleinen Zopf in meine losen Haare geflochten hatte – zur Erinnerung an meine Mutter, mit deren Heilmittel ihr Sohn gerettet worden war.

Mein Bruder und das Königreich von Tiryns sind gerettet.

Der Kampf ist gewonnen.

Über das Schicksal

Auf dem Olymp

Kalliope versucht, im Schnee auf den Knien hin und her rutschend, die Fesseln, die in ihre Handgelenke schneiden, zu lösen. Hera hat sie von Tiryns hierher, zum Gipfel des Olymp, gebracht, damit ihr vor allen Göttern der Prozess gemacht wird. Kalliope erinnert sich: an ihre Erkenntnis – die sie an ihr selbst als Muse zweifeln lässt –, dass es ein Fehler war, Herkules den Apfel zu geben, dass er doch nicht für ihn bestimmt war. An ihren Beschluss, alles zu riskieren, in Griechenland aus der Deckung zu kommen und den Apfel zurückzuholen. Daran, dass sie das Gemach des Prinzen von Tiryns als Sklavin verkleidet betreten und den goldenen Apfel aufgefangen hat, als Admete diesen, verzweifelt darüber, auch in ihm kein Heilmittel gegen die Krankheit gefunden zu haben, fallen ließ. Schließlich daran, wie Hera sich auf sie stürzte, als Kalliope sich in den Tälern des Parnassos verbergen wollte, bis die Zeit reif wäre, den Apfel demjenigen, für den er tatsächlich bestimmt war, zu überreichen. Nun steht Hera mit just diesem Apfel in der Hand vor ihr.

Der Versammlungsplatz wird von einem Kreis aus Fackeln erhellt, in deren Licht die Reihen der Throne wirken wie eine aus Stein gehauene Armee. In dem Schnee, der in glitzernd weißen Flocken vom Himmel fällt, betrachtet Kalliope die Götter auf ihren Thronen: Aphrodite und die blasse Athene neben Ares; Poseidon und Hephaistos, Hermes und Apollo, Artemis und Iris und dort, ganz hinten – immer in der zweiten Reihe, hinter den Göttern des Olymp, denkt sie – ihre Schwestern, die Musen. Sie sieht die dunkelhaarige Euterpe, Terpsichore, die die Beine über-

einandergeschlagen hat, und Thalia, die sich mit Urania unterhält; Polyhymnia, Klio, Erato und Melpomene, die die Köpfe zusammenstecken und tuscheln.

Hera, die Schneekönigin, in deren Haaren perlengleiche Eiskristalle glänzen und deren Gewand fahl schimmert, umkreist Kalliope. Diese knirscht ob Heras kaum verhohlenem Triumphgehabe mit den Zähnen. Da nimmt Zeus, einen Umhang über den Schultern, neben Heras leerem Thron Platz. Als er nach seiner Gattin Ausschau hält, bemerkt er Kalliope.

Beim Anblick ihrer Fesseln weicht sein verärgert-müder Ausdruck Furcht.

Zeus weiß Bescheid, denkt Kalliope mit einem Gefühl der Befriedigung, obwohl sie gefesselt und vor den Göttern gedemütigt im Schnee kniet.

Er weiß, dass ich sein Geheimnis verraten werde, ahnt vielleicht, dass ich das schon lange plane, seit ich damals die Äpfel von dem Baum gestohlen habe.

Er weiß, dass ich ihnen alles sagen werde. Wie wird der König der Götter darauf reagieren?

Sie reckt trotzig lächelnd das Kinn vor.

Hera ergreift das Wort. Nun beginnt es, das ist Kalliope klar. Möglicherweise hat es schon längst begonnen, und sie führen alle einen Tanz um die Ewigkeit auf und drehen sich zu ein und derselben endlosen Melodie im Kreis.

»Götter«, ruft Hera aus. »Nachkommen des Kronos. Unsterbliche. Ich habe euch als Zeugen gegen Kalliope, die älteste der Musen, hier zusammengerufen.« Ihre Stimme klingt hart, als sie den Namen ausspricht. »Kalliope, die mir mein rechtmäßiges Eigentum geraubt hat. Sie hat drei der goldenen Äpfel von dem Baum gepflückt, die mir und Zeus an unserem Hochzeitstag von der Erde geschenkt wurden, das habt ihr damals selbst gesehen. Ich habe sie hergebracht, damit ihr darüber urteilt, ob wir

sie, wie ich vorschlagen würde …«, sie richtet die dunklen Augen auf Kalliope, »… zur Strafe aus der Gemeinschaft der Götter verbannen, sodass sie ihre Tage als Sterbliche auf der Erde beschließen muss.«

Athene erhebt sich. »Darf ich etwas sagen?«

Kalliope sieht, wie Hera das Gesicht verzieht, die sich, obwohl sie von einem gerechten Urteil spricht, nichts sehnlicher wünscht, als Zeus' Tochter vom steilsten Gipfel des Olymp zu stoßen, weil sie es gewagt hat, ihr den Triumph zu verderben, einen Triumph, der umso kostbarer wäre, als es Hera am Ende doch noch misslungen ist, Herkules an der Vollendung seiner Arbeiten zu hindern. Hera seufzt ungeduldig. »Ich halte es kaum für nötig …«

»Als Göttin der Weisheit steht es mir zu, denke ich, mich zu äußern«, fällt Athene ihr ins Wort.

Hera schweigt. Athene fährt fort: »Kalliope verdient es, selbst gehört zu werden.« Die anderen Götter murmeln zustimmend. Kalliope sieht, wie ihre Schwestern nicken. Klio springt sogar wild gestikulierend auf. Eine Welle der Zuneigung für ihre Schwestern durchströmt Kalliope. Sie kennen wie sie selbst als Einzige aller Unsterblichen die Macht, für die Kalliope seit jeher kämpft, die Macht, die die eines jeden Gottes übersteigt. »Du sprichst von Vorwürfen gegen sie, Hera. Die Muse sollte Gelegenheit erhalten, diese zu entkräften, so sie das kann.«

Hera saugt die Luft zwischen den Zähnen ein. »Na schön.« Sie wendet sich Kalliope zu. Dabei zieht sie ihren Umhang mit einer so heftigen Geste nach, dass Schnee aufwirbelt, der in Kalliopes Gesicht landet. Doch die Muse zuckt nicht einmal mit der Wimper. »Dann erklär uns, welche Entschuldigung du für deinen Diebstahl hast.« Heras Nasenflügel beben, und ihr Odem bildet Atemwolken in der Winterluft, als sie den goldenen Apfel hochhält, auf dem in Kalliopes Handschrift steht: Dem Unsterblichen.

Kalliope schaut zu Zeus hinüber, der mit leicht geöffnetem

Mund die Arme ausstreckt, als wollte er seine Frau stoppen. »Hera, du wirst es bereuen, mich darum gebeten zu haben.«

Hera lacht laut. »Es ist immer das Gleiche mit euch Musen! Ihr haltet euch für schrecklich clever mit euren Listen und komplizierten Intrigen und Geschichten! Schau, Athene: Sie hat Angst, sich zu verteidigen, und tut lieber so, als wüsste sie etwas, wovon wir keine Ahnung haben! Aber so leicht kommst du mir nicht davon.« Ihre Augen verengen sich zu Schlitzen, ihre Stimme klingt tief und bedrohlich. »Erklär uns den Grund für dein Verbrechen! Die einzige Person, die es bedauern wird, wenn du sprichst, Kalliope, bist du selbst.«

»Hera.« Zeus' Blick flackert zwischen Kalliope und seiner Gattin hin und her. »Du solltest nicht …«

»Du hast mir nichts zu sagen!«, herrscht Hera ihn an.

»Frau, dies ist nicht der geeignete Zeitpunkt für …«, meint Zeus.

Kalliope fällt ihm ins Wort. Obwohl sie leise redet, ist sie gut zu verstehen. »Was ich zu sagen habe, betrifft die Schicksalsgöttinnen.«

Sofort kehrt Stille ein. Die Musen richten sich kerzengerade auf ihren Sitzen auf und spitzen die Ohren. Sogar der Sturmwind, der zwischen den Kiefern an den Hängen des Olymp hindurchfegt und die See aufwühlt, scheint innezuhalten, um zu lauschen.

Kalliope holt tief Luft. Sie genießt den Moment, bevor die Worte ausgesprochen sind und ihre Wirkung entfalten.

»Sie existieren nicht.«

Kein wütendes Gemurmel der Götter, lediglich schockiertes Schweigen, als sie sich einer nach dem anderen Zeus zuwenden. Der König der Götter stößt einen leisen Pfiff aus und sinkt, die Hände vor dem Gesicht, auf den Thron zurück. Schneeflocken landen auf seinem Bart.

Hera zischt zornig: »Was?«

»Die Schicksalsgöttinnen existieren nicht«, wiederholt Kalliope und beobachtet voller Befriedigung, wie Zeus sich tiefer und tiefer in seinen Thron verkriecht. »Der Saal der Schicksalsgöttinnen ist eine Erfindung. Es gibt keine drei alten Frauen, die im Hades den Lebensfaden der Sterblichen spinnen und ihr Schicksal bestimmen. Wir erhalten keine Schriftrollen aus der Unterwelt. Die Nachtigallen schicken wir los, und sie kehren mit unseren Papyrusrollen zurück. Das Orakel von Delphi spricht die Worte von uns Musen, nicht die einer Schicksalsgöttin oder irgendeines anderen Gottes – warum sonst würde es sich wohl in Reimen ausdrücken? Wir, die Musen, sind es, die die Sagen der Sterblichen anregen, denn wir sind die Poetinnen, Erfinderinnen der Mythen, und die Welt wird durch die Macht von Geschichten angetrieben.« Sie sieht zu ihrer Schwester Erato hinüber, deren Ausdruck genauso verzückt ist wie der ihre – eine Verzückung, die nur die Dichtkunst hervorrufen kann.

»Sprich nicht in Rätseln«, herrscht Hera sie an. »Ich sehe keinen großen Unterschied darin, die Sterblichen anzuregen oder sie ihrem Schicksal auszuliefern – das ist Haarspalterei. Ich hasse hintersinnige Aussagen.«

Kalliope schüttelt den Kopf. »Du täuschst dich. Das ist sogar ein enormer Unterschied! Eine Geschichte anzuregen bedeutet, ihren Ursprung zu bestimmen, den Funken zu zünden wie bei einem Feuer. Die Flammen brennen dann so hell und so lange, wie sie selbst es wollen. Das Schicksal hingegen ist wie ein Sklave, der nach vollendetem Tagwerk die Flammen mit Erde löscht, weil es so vereinbart ist.« Hera öffnet den Mund, um zu widersprechen, aber Kalliope redet weiter: »Die goldenen Äpfel«, ihr Blick richtet sich auf die Frucht in Heras Hand, »sollen die drei größten Epen, die die Welt jemals sehen wird, anregen. Diese Geschichten«, sie sieht Hera an, »werden tausend Jahre und mehr nachwirken, von den Sterblichen erzählt und wieder erzählt, bis sie diejenigen, von denen sie berichten – und somit uns –, durch diese Erzählung unsterblich machen. Aufgrund dieser Gesänge wird man sich ewig an uns erinnern. Unsterblicher Ruhm, für uns alle.« Die Worte schmecken wie Nektar.

»Wir sind doch schon unsterblich«, ruft Ares quer über den Versammlungsplatz. »Was wollen wir mehr?«

Ein Lächeln breitet sich auf Kalliopes Gesicht aus. »Wir mögen unsterblich sein«, meint sie und schaut die Götter einen nach dem anderen an, »die Menschen hingegen sind es nicht. Ihre Erinnerung verblasst mit jeder Generation, die zu Asche zerfällt, mehr. Ihre Verehrung lässt nach. Irgendwann wissen sie dann vielleicht nicht einmal mehr unsere Namen und schicken auch keinen Opferrauch mehr in die Luft. Aber wir können dafür sorgen, dass man sich an uns erinnert.« Sie schweigt kurz, lässt die Worte wirken. »Wir können die Erinnerung der Menschen an uns schützen. Und die goldenen Äpfel helfen uns dabei.«

Schweigen. Iris beugt sich mit leuchtenden Augen vor. Aphrodite strahlt. Kalliope weiß, dass sie am Haken baumelt wie ein Fisch. Sogar Hera runzelt die Stirn.

»Wenn die Schicksalsgöttinnen tatsächlich eine Erfindung sind«, sagt Hera mit vor Wut bebender Stimme, »wer hat sie dann bitte schön erfunden?«

Kalliope sieht Zeus an.

»Zeus?« Hera klingt so eisig, dass sie den Alfios-Fluss zufrieren lassen könnte.

Er spreizt die Finger vor den Augen und erhebt sich mit einem Seufzen, das die schneebedeckten Bäume auf den Hängen des Olymp erzittern lässt.

»Ja«, meint er, ohne seine Gattin anzuschauen, und murmelt etwas in seinen Bart hinein, während er Schneeflocken von seinem Umhang wischt. »Ich hab sie erfunden.«

»Du?«, wiederholt Hera in schneidendem Tonfall. Ihre Augen blitzen. Zeus stochert mit dem Zeh verlegen im Schnee wie ein Kind, das man beim Stehlen von Süßigkeiten erwischt hat. »Du hast sie erfunden?« Ihre schrille Stimme schickt einen heftigen Windstoß über den Berg.

»Schrei nicht so«, meint Zeus. »Alle haben meine Worte vernommen.« Nun herrscht so vollkommene Stille, dass die Götter, wenn sie sich die Mühe machen würden, den Fuchs hören könnten, der auf den niedrigeren Hängen des Olymp auf der Suche nach einer Maus übers Eis schnürt. »Die Idee ist mir damals zu Beginn meiner Herrschaft über den Olymp gekommen, nachdem … mein Vater … egal. Seinerzeit erschien mir das wie ein guter Gedanke. Und es ist ja auch kein großes Verbrechen, oder?« Zeus wendet sich in flehendem Tonfall an die anderen Götter. »Die Sterblichen haben uns erfunden. Warum sollte ich da nicht eine höhere Macht erfinden, die die Götter kontrolliert?«

»Also gibt es kein Schicksal?«, fragt Apollo und reibt sich die Stirn, als hätte er soeben erfahren, dass sämtliche Nymphen nach Hyperborea verschwunden sind.

Zeus schüttelt den Kopf, Schneeflocken regnen aus seinem Bart. »Na ja, ähm … nein. Nur die Eingebung und solche Sachen …«, stottert er.

»Und welche Rolle spielen die Götter dabei?«, erkundigt sich Athene und trommelt mit den Fingern auf der steinernen Armlehne ihres Throns.

Zeus' Miene hellt sich ob des Zwischenrufs auf. »Ganz einfach. Die Eingebung der Musen sorgt dafür, dass die Sterblichen ihre Gesänge dichten und uns damit unsterblich machen, genau wie Kalliope es erklärt hat. Solange man über uns singt, sterben wir nicht. Unsere Namen leben ewig weiter, vorausgesetzt, die Sterblichen, die uns geschaffen haben, erinnern sich an uns. Und wir lenken die Geschichten der Sterblichen. Obwohl die Musen den

Impuls geben«, er verneigt sich kurz vor Kalliope, »kann sich eine Geschichte in viele mögliche Richtungen entwickeln. Wir schieben die Sterblichen in eine oder ergreifen Partei. Letztlich ist das viel besser, als von den Schicksalsgöttinnen in seinem Handeln eingeschränkt zu werden.«

Die Götter denken über seine Worte nach. Athene überlegt. Apollo sinniert. Am Ende erhebt Hermes sich.

»Ich habe den Eindruck«, er verlagert sein Gewicht von einem Fuß auf den anderen, »dass es unter den gegebenen Umständen bedeutend weniger anstrengend ist, einfach an das Schicksal zu glauben.«

Die versammelten Götter nicken einer nach dem anderen, wie Kiefern, die der Schnee beugt, und murmeln zustimmend.

»Ja«, meint Apollo, »das ist definitiv einfacher.«

»Den ganzen Quatsch mit den Geschichen kapier ich nicht«, brummt Ares.

»Den überlassen wir am besten den Musen«, pflichtet Hephaistos ihm bei.

Zeus entspannt sich sichtlich, und sein Mund verzieht sich zu einem Lächeln. Er reibt die Hände aneinander. »Tja, das war's dann wohl. Wir tun also alle weiter so, als würden die Schicksalsgöttinnen existieren.«

Hera hebt die Hand. »Nein, das ist noch nicht alles«, widerspricht sie. »Hast du meine Äpfel vergessen? Bei diesen … diesen Arbeiten hast du gewonnen«, sie schluckt, ist offenbar nicht in der Lage, Herkules' Namen auszusprechen. »Da sollte ich doch wenigstens für die Äpfel entschädigt werden.«

»Ach, Hera.« Zeus nimmt seufzend den Becher mit Nektar, den Hermes ihm reicht. »Beim Hades: Wir brauchen gute Geschichten. Und Kalliope hat sie ja auch nicht für sich genommen – aufgrund dieser epischen Sachen erlangen wir doch alle Unsterblichkeit, oder?«

Er schaut zu Kalliope hinüber. Sie nickt, ihr Blick richtet sich auf den Apfel in Heras Hand. Jede Sehne ihres Körpers ist gespannt. Nun mach schon, denkt sie. Gib mir den Apfel… Gib ihn mir…

»Gib ihn ihr, Hera«, ruft Athene. »Was verlierst du damit schon?«

»Im Garten der Hesperiden hängen doch noch viele mehr!«

Die anderen Götter fallen ein: »Gib ihn ihr! Gib ihr den Apfel!«

Kalliope konzentriert sich voll und ganz auf die goldene Frucht. Gib ihn mir. Gib mir den Apfel. Gib mir den Apfel, damit ich mit dem Epos beginnen kann, von dem ich dachte, es wäre Herkules gewidmet, von dem ich nun aber weiß, dass es jemand anders gehört…

Schließlich lässt Hera den Apfel fallen. Er landet vor Kalliope im Schnee wie ein Bernsteintropfen.

Kalliope spürt, wie sich ihre Fesseln lösen, und sie streckt, kaum dass sie zu atmen wagt, die Hand nach dem Apfel aus.

Nun können die drei größten Epen, die die Welt jemals gesehen hat, beginnen.

Vierzehn Jahre später – für die Götter nicht mehr als ein Wimpernschlag – atmet Kalliope vor Aphrodites Gemächern den Duft von Moschusrose und Myrte ein, der durch die Tür dringt. Lächelnd genießt sie wieder einmal das Gefühl, an der Schwelle zu einer guten Geschichte zu stehen. Es ist eine Art intensivierte Sinneswahrnehmung, die dazu führt, dass die Zeit durch die Luft zu tanzen scheint wie ein bunter Schmetterling: wieder eine Geschichte, die erzählt werden muss, ein weiteres großes Epos, das sich entfaltet wie eine Schriftrolle.

Sie öffnet die Tür.

Aphrodite liegt, die Augen genüsslich geschlossen, auf ihrem

Bett in der Mitte der runden Kammer und lässt sich von Putten, die sie umflattern, die Haare kämmen. Abgesehen von einem fast durchsichtigen Gewand trägt sie nichts am Leib, und ihre nackten Füße baumeln über die Bettkante. Kalliope zögert, fragt sich, ob sie sich bemerkbar machen soll. Dann tritt sie auf die Rosenblüten auf dem Boden, deren Duft ihr in die Nase steigt. Eine Brise weht vom Meer herein und bauscht einen der feinen weißen Vorhänge am Fenster, sodass die Ägäis, deren Wellen blau über den Felsen glitzern wie Aphrodites Augen, zu sehen ist. Tauben gurren in den Dachsparren. Wenn sie ihr Gefieder spreizen, klingt das wie der Wind über den Wogen. In die Wände sind rosafarben und perlblau schimmernde Muscheln eingelassen. Kalliope drängt sich der Gedanke auf, dass ihre eigenen romantischen Erfahrungen – die sich bislang auf ihre Fantasie beschränken – durch ein sinnliches Gemach wie dieses angeregt werden könnten.

Sie ruft sich ins Gedächtnis, warum sie hier ist. Wieder erfüllt sie Vorfreude auf den Anfang der Geschichte – ein bisschen ist das wie die Stille, die herrscht, bevor der Barde zu singen anhebt.

»Aphrodite.«

Die Göttin der Liebe schlägt die Augen auf, ein Lächeln breitet sich auf ihrem Gesicht aus. »Kalliope? Ich habe dich gar nicht hereinkommen hören.«

Sie dreht sich auf den Bauch. Die Putten breiten ihre Haare über ihrem Rücken aus und flattern zu ihrem Frisiertisch, um Düfte und Öle zu holen. Sie stützt, frisch und rosig wie der Sonnenaufgang, den Kopf in die Hände.

Kalliope holt tief Luft. »Die Zeit ist reif.«

Aphrodite blinzelt einmal, zweimal, dann schürzt sie die Lippen. Sie setzt sich auf und zieht ihr feines Gewand enger um den Leib.

»Du hast ihn noch?«, erkundigt sich Kalliope.

Wie aufs Stichwort flattern zwei Putten zu einer Rosenholz-

truhe, kehren kurz darauf mit dem goldenen Apfel zurück und legen ihn in Aphrodites Schoß.

Sie nimmt ihn in die Hand. »Hier.«

Voller Freude spürt Kalliope die Schale des Apfels und tritt an eines der Fenster, um die Frucht im Licht zu betrachten. Sie ist genauso vollkommen wie damals, vor so vielen Jahren in Hyperborea, als sie sie Aphrodite gegeben hat.

Kalliope blickt hinaus auf die Inseln in der Ägäis, die wirken wie Kiesel in einem Weiher. Natürlich werden die Sterblichen behaupten, es sei bei der Hochzeit von Peleus und Thetis geschehen. Diese Geschichte wird Kalliope selbst unter ihnen ausstreuen. Die Geschichte, dass die schlangenhaarige Göttin der Zwietracht Rache an den Göttern übte dafür, nicht zu dem Hochzeitsfest eingeladen worden zu sein, indem sie einen Apfel mitten unter sie rollte, auf dem die fatalen Worte standen. Worte, die einen Krieg entfesselten, welcher die Welt der Sterblichen aus den Angeln heben sollte …

Kalliope und Aphrodite allein wissen, dass es hier und jetzt geschieht, ganz bewusst, in der Kammer der Göttin der Liebe, als das pfirsichfarbene Licht der Morgendämmerung den Horizont im Osten erhellt und die Schwalben in der warmen Sommerluft segeln.

Kalliope wendet sich Aphrodite zu, die sie neugierig beobachtet. »Wie sieht dein Plan aus?«

Kalliope schweigt. Sie nimmt einen Stilus von ihrem Gürtel – genau wie Iris so viele Jahre zuvor – und schreibt damit zwei Worte in die Schale: ΤΗΙ ΚΑΛΛΙΣΤΗΙ.

»Der Schönsten«, liest Aphrodite laut und befeuchtet ihre Lippen mit der Zungenspitze. »Die Zeit ist also reif für mein Epos.«

Kalliope neigt das Haupt.

»Und?«, fragt Aphrodite. »Was kommt nach der Fahrt von Jason und den Argonauten zu den Enden der Erde?«

»Ein Krieg«, wispert Kalliope aufgeregt. »Ein Krieg, welcher die ganze Welt erfassen und die größten Helden hervorbringen wird, die Griechenland je gesehen hat – einer schönen Frau wegen geführt.«

Sie reicht den Apfel Aphrodite, die ihn an den Busen drückt, ihn streichelt, die Fingerspitzen über die Buchstaben darauf gleiten lässt. »Verstehe. Und du willst, dass ich …«

»Ja«, sagt Kalliope. »Genau.«

Kurzes Schweigen, das nur vom Gurren der Tauben und vom Geräusch der Brandung an den Felsen durchbrochen wird.

Aphrodite gleitet von ihrem Bett. Die Putten flattern sofort zu ihr und legen ihr ein golden schimmerndes Tuch um die Schultern, in dem das Licht des frühen Morgens funkelt wie Tautropfen im Netz einer Spinne. »Nun denn. Dann hole ich mal lieber Hera und Athene.«

»Ja«, meint Kalliope. »Mach das.«

Sie lächeln zufrieden über gut getane Arbeit. Aphrodite wendet sich der Tür zu und schlüpft mit einem kurzen Nicken in Richtung Kalliope hinaus.

Kalliope lauscht ihren Schritten auf dem Marmorboden des Flurs nach. Als sie sicher ist, dass Aphrodite sich entfernt hat, gleiten ihre Finger in die Falten ihres Gewandes, und sie nimmt den letzten der drei Äpfel, ihren eigenen, heraus, den Apfel, den Hera ihr vor dem versammelten Götterrat geben musste, als alles sich änderte, als die Musen ihren Sieg errangen und die Olympier ihre Niederlage eingestehen mussten. Sie hält ihn ins fahle Licht und liest die Worte, die sie auf die schimmernde Schale geschrieben hat, als sie noch glaubte, es handle sich um ein Epos über Herkules: ΤΩΙ ΑΘΑΝΑΤΩΙ *– dem Unsterblichen.*

Nun weiß sie, dass dieser Apfel nicht für Herkules bestimmt ist.

Ihr Blick wandert zum östlichen Horizont, an dem das strah-

lende Licht die Wolken in gelbe Bänder zerteilt, danach zum Meer, das weißgolden unter dem Himmel glitzert, und schließlich zu den weiten Steppen, über die die skythischen Pferdebezwingerinnen reiten.

Sie lächelt.

Das letzte Epos steht noch aus.

UNSTERBLICH

Zur Zeit des Trojanischen Krieges

Die Amazonen stellten sich weiter allen Gefahren, obwohl ihr Lager von Herkules angegriffen worden war und sie später Athen plünderten; sie gingen nach Troja und kämpften gegen alle Griechen.

Pausanias, *Beschreibung Griechenlands*, 1.15.2

Nach Troja

Hippolyta

Amazonen, Land der Saken

Dreiundzwanzigster Tag nach dem Tag des Feuers in der Jahreszeit von Tabiti, 1250 v. Chr.

Die Nacht breitete ihren dunklen Schleier über die Steppe, als ich mich auf einem Kissen beim Feuer niederließ, die Beine unterschlug und zufrieden den Blick über die in meiner Jurte versammelten Berater wandern ließ. Dies waren meine kostbarsten Momente: wenn das Feuer knisterte, die Berater unseres Stammes sich friedlich vereint leise unterhielten und wir den Schlauch mit *kumiss* herumreichten. Fünfzehn Jahre waren mittlerweile seit dem Angriff der Amazonen auf Athen vergangen. Von den Ältesten weilten nur noch Sitalkes und Iphito unter uns, und in meine Gruppe von zwölf Kriegerinnen waren Jüngere nachgerückt, dazu mein inzwischen erwachsener Sohn Kayster. In den letzten Jahren des Überflusses hatten wir im Rhythmus der Jahreszeiten leben können. Im Sommer waren wir über die Steppen gezogen, und sobald die kälteren Monate begannen, hatten wir unser Lager am Ufer des Flusses aufgeschlagen. Nachdem ich eine Waffenruhe mit den Budinern ausgehandelt hatte, war es nur noch selten zu Überfällen gekommen. Alles war im Lot.

Trotzdem floss in unseren Adern nach wie vor Amazonenblut, und so drehten sich unsere Gespräche unwillkürlich um den Kampf.

»Gibt es irgendwelche Neuigkeiten über den Konflikt?«, erkundigte sich Sitalkes, sobald der Schlauch mit dem *kumiss* einmal die Runde gemacht und ich ihn abgelegt hatte.

Ich sah, wie Kayster und Thermodosa, eine meiner jüngsten Kriegerinnen, ein Lächeln wechselten. Sitalkes war mehr als dreimal so alt wie die beiden, hatte eingefallene Wangen, jedoch von vielen Waffengängen gestählte Muskeln und den Kampfgeist eines Schlachtrosses.

»Nein, seit ich das letzte Mal mit dem Anführer der Leute aus Hylaia geredet habe, nicht«, antwortete ich, nahm einen Stock in die Hand und stocherte damit im Feuer herum, dass die Funken stoben. »Bislang ähneln sich sämtliche Berichte. Die Stadt Troja wird weiter von den Griechen belagert. Beide Seiten erringen Siege, aber zu einem großen, alles entscheidenden, ist es noch nicht gekommen.«

»Kennt die Mordlust der Griechen denn keine Grenzen?«, fragte jemand von den Ältesten. »Müssen sie nun schon übers Meer fahren, um sie zu befriedigen?«

»Es scheint so«, meinte ich. »Doch wenn das, was wir hören, stimmt, war das Ganze die Schuld von Paris, dem Sohn des Priamos, denn er hat die Gattin des Menelaos von Mykene entführt.«

»Du weißt, dass das nicht der wahre Grund ist«, meldete sich Melanippe zu Wort, die neben mir saß. »Niemand würde unter einem solchen Vorwand einen Krieg anzetteln. Der Ehe eines Mannes wegen! Ich vermute, hier geht es eher um die Gier der griechischen Fürsten und Könige.«

»Vielleicht«, mutmaßte Sitalkes, »sind es auch der Sturmgott Tar und seine Gattin Tabiti, die die Menschen zu solchen Schlachten anstacheln. Ein Krieg, der die Welt in ihren Grundfesten erschüttert – so haben die Leute aus Hylaia das doch ausgedrückt, oder?«

Ich neigte das Haupt. »Gerüchte, Sitalkes, das sind nur Gerüchte.«

»Darf ich etwas sagen?«

Kayster beugte sich über die Feuerstelle. Seine hellen Haare der Kindheit, denen meines Griechen so ähnlich, waren dunkler geworden, und an seinem Kinn spross nun ein Bart.

Ich nickte. »Natürlich, Kayster.«

Er sprang auf. »Sind wir nicht seit Urzeiten Verbündete Trojas? Hat nicht deine Mutter, meine Großmutter, Seite an Seite mit Priamos gekämpft?«

Ich stieß ein Seufzen aus, das die Flammen vor mir zum Flackern brachte und Rauch aufsteigen ließ. »Sprich weiter.«

»Wir sollten nach Troja ziehen!« Die Worte sprudelten aus seinem Mund wie Wasser über Steine in einem Bach, und seine Augen glänzten. »Wir sollten mit den Trojanern gegen die Griechen kämpfen!« Er zögerte kurz, bevor er hinzufügte: »Das wird die größte Schlacht, die die Welt je erlebt hat!«

Die Berater warteten schweigend auf meine Antwort. Nur das Knistern des Feuers und das Wiehern der Pferde auf der Steppe durchbrachen die Stille. Was sollte ich erwidern? Wie konnte ich die Begeisterung meines Sohnes dämpfen? Obwohl seine Kriegerseele sich aufrichtig nach einem Kampf sehnte, erahnte ich den eigentlichen Wunsch hinter seinem Vorschlag. Entsprach er nicht dem meinen, als ich nach Athen gegangen war? Hatte ich in seinem Alter nicht auch gehofft, den Griechen wiederzusehen?

»Ich finde, die Trojaner sollten ihre Schlachten allein ausfechten«, sagte Iphito, zog den Dolch aus ihrem Kampfgurt und stocherte ihrerseits mit der Eisenspitze im Feuer. Ein Schatten wanderte über ihr Gesicht. Mir war klar, dass sie an ihre Tochter Arga dachte, die, frisch und rosig wie eine Apfelblüte, vor so vielen Jahren durch das Schwert eines Griechen gefallen war. *Doch wie*, dachte ich, *sollen wir den Jungen erklären, was wir in den Kämpfen damals verloren haben?*

Die Zeltklappe ging auf, und der Abendwind wehte herein. Polemusa, die Tochter von Toxis, stand schwer atmend im Eingang. Ihre Haut glänzte von Schweiß.

»Polemusa!«, rief ich aus. »Du störst die Versammlung des Rates!«

»Entschuldigt, meine Königin«, keuchte sie. »Draußen ist ein Gesandter aus Troja, der Euch umgehend sprechen möchte. Er lässt sich nicht abwimmeln.«

Ein Mann, dem anzusehen war, dass er mehrere Tage nicht richtig geschlafen hatte, schob sich an Polemusa vorbei.

»Was soll das?« Ich erhob mich, die Hand auf dem Heft meines Schwertes. Meine Berater folgten meinem Beispiel. Kayster zog seine Waffe. »Was ist passiert?«

»Ich bin Idaios, der Herold des Königs Priamos von Troja, Eures Freundes und Verbündeten«, antwortete er ein wenig gestelzt in der Sprache der Saken. Auch er war außer Atem. »Ich bringe schlimme Nachrichten über den Krieg in Troja.«

»Was für Nachrichten?«, fragte ich.

»Prinz Hektor ist tot«, erklärte er sichtlich betroffen. »Der Beschützer unserer Stadt wurde vor unseren Mauern getötet, und nun ziehen die Griechen mordend und plündernd über die Ebene. Wenn wir nicht bald Hilfe erhalten, sind wir verloren. Königin Hippolyta, ich flehe Euch im Auftrag von König Priamos an und falle vor Euch auf die Knie, wie er es tun würde, wenn er hier wäre.« Mit diesen Worten sank er zu Boden und schlang die Arme um meine Beine. »Ich bitte Euch im Namen Eurer Mutter, der Königin Marpesia, die in der berühmten Schlacht gegen die Phrygier an König Priamos' Seite geritten ist und ihm ewige Verbündetentreue geschworen hat: Kommt uns zu Hilfe, Ihr und Eure Amazonen – nicht nur für uns, sondern zum Schutz aller Völker in Anatolien und auch der Saken-Stämme, gegen die die Griechen mit Sicherheit ziehen werden, wenn Troja fällt. Ihr seid die letzte Hoffnung der Stadt.«

Ich ergriff seine Hand und half ihm auf. »Ihr müsst nicht vor mir niederknien«, sagte ich sanft, über alle Maßen berührt durch seine Bitte.

Wie schnell sich das Blatt durch ein einziges Wort der Götter wenden kann. Meine Hand glitt vom Heft meines Schwertes und berührte meinen Kampfgurt, der nach meiner Rückkehr von Griechenland aus Leder und Gold für mich gefertigt worden war, ein schönes Stück, doch nicht so wie der meiner Mutter – so konnte er niemals sein. Ich erinnerte mich an jede einzelne Verzierung an den Goldblechen, an jede Delle aus einem Kampf, als wäre der Gürtel meiner Mutter eine Dichtung gewesen wie die der Barden und als würden die Spuren der Vergangenheit ihre eigene Geschichte erzählen. Plötzlich wusste ich, was sie getan hätte, wenn dieser Herold mit seinem Anliegen zu ihr gekommen wäre. Noch klarer war mir, dass nicht meine Verbitterung und Enttäuschung über die Griechen meine Entscheidung beeinflussten, sondern meine Verbundenheit mit den Trojanern und mein unbedingter Wille, mein Volk der Amazonen zu schützen. Meine Feindseligkeit gegenüber den Griechen, meine Wut darüber, verraten worden zu sein, meine Sehnsucht – all das war mittlerweile nur noch eine vage Erinnerung. Vielleicht war ich nun, mit vierzig Jahren, eine reife Frau, endlich tatsächlich eine Königin.

»Wir schicken Euch unsere Truppen«, versprach ich. »Melanippe«, ich wandte mich meiner Schwester zu, »wie viele Leute können wir entbehren?«

Melanippe trat einen Schritt vor. Wie viel älter sie aussah, nun, da ihre dunklen Haare von grauen Strähnen durchzogen waren – wie viel älter wir alle wirkten als damals im Kampf gegen die Griechen. »Wie viele braucht Ihr?«, fragte sie den Herold.

Er wischte sich das Gesicht mit dem Ärmel seines Gewands ab. »Ich habe Schiffe, eine ganze Flotte, mitgebracht, die draußen auf dem offenen Meer vor Anker liegt. Wir sind zum Bosporus geritten und von dort losgesegelt, da der Hafen von Troja nicht mehr sicher ist. So ging es am schnellsten. Südlich durch das Gebiet der Hethiter dauert es zu lange, und bei den Göttern: Jeden Tag, den wir zaudern, verlieren weitere Trojaner ihr Leben. Wir haben uns zuerst an Euch als unsere ältesten und tapfersten Verbündeten gewandt. Nun wollen wir die Küste entlangfahren und auch die anderen Saken-Stämme um ihre Unterstützung bitten.«

»Wie viele Schiffe habt Ihr?«

»Genug, um einige Hundertschaften befördern zu können. Pferde befinden sich auf der Ebene vor Troja.«

»Einige Hundertschaften …« Melanippe sah mich an.

»Wir schicken Euch vierzig unserer Kämpferinnen und Kämpfer«, erklärte ich. »Und ich wende mich sofort an die Saken und König Panasagoras, damit sie sich uns anschließen. Ich werde selbst mit meinen zwölf besten Kriegerinnen mitkommen, um Eure Stadt und Euren König zu beschützen.« Ich legte ihm eine Hand auf die Schulter. »Die Göttin Tabiti weiß, dass ich nicht mit freudigem Herzen in die Schlacht ziehe.« Mein Blick wanderte zu Kayster. »Doch ich will für Frieden sorgen und Angreifer von unseren Gebieten fernhalten. Dies ist meine Pflicht als Eure Verbündete, deren Mutter den Bund mit Euch geschlossen hat, und …«, ich lächelte, »… als Königin der Amazonen.«

Ἀδμήτη

Admete

Troja, Anatolien

Siebenundzwanzigster Tag des Weinerntemonats, 1250 v. Chr.

Das Schiff fuhr um Lesbos herum, und die Stadt Troja kam in Sicht, die auf ihrer Landspitze saß wie ein Ring an einem Finger. Erinnerungen stiegen in mir auf an damals, als Alkides und ich, unterwegs zu den Amazonen, durch den Hellespont gesegelt und vom Hafen hinaufgegangen waren, um König Priamos' Gastfreundschaft zu genießen. Ich atmete die salzige Meerluft ein und schloss kurz die Augen, um mir ins Gedächtnis zu rufen, wie viele Jahre seit damals verstrichen waren und wie viele Dinge sich geändert hatten.

Beim Gedanken an meine Tochter Lysippe trat ein Lächeln auf mein Gesicht: Sie war ein Geschenk an mich und meinen Gatten Proetos, das unser Eheglück besiegelte. Ob es sich um ein Geschenk der Götter handelte oder der Mönchspfeffer etwas damit zu tun hatte, von dem ich wusste, dass er schneller ein Kind im Bauch heranreifen ließ, interessierte mich nicht. Nun war Lysippe selbst schon fast eine Frau, ihre Haare glänzten dunkel wie die ihrer Großmutter früher. Alexander saß gesund und munter auf dem Thron von Tiryns, und wir lebten friedlich unter seiner Herrschaft, ich mit dem edlen Proetos, meine Brüder mit ihren jeweiligen Gattinnen. Lachend beobachteten wir, wie unsere Kinder miteinander spielten. Es waren sonnige Tage der Freude, in denen Lysippe und ich uns um den Kräutergarten kümmerten und abends in unserem Haus am Feuer saßen, wo ich mir auf Tafeln Notizen über neue Pflanzen machte, die ich entdeckt hatte.

Dann kam der Aufruf zum Krieg.

Von Agamemnon, dem König von Mykene. Durch verwandtschaftliche Bande und Loyalität verpflichtet, führten Iphimedon und Eurybios die Truppen von Tiryns in die Schlacht. Alexander, der zurückblieb, um weiter über die Stadt zu herrschen, schickte unsere acht schwarzen Kriegsschiffe und unsere tapfersten Kämpfer, unter ihnen Proetos, mit dem Kontingent von Diomedes von Argos. Als der Frühling in den Sommer überging, tat ich so, als interessierte ich mich nur für Kräuter, doch sobald ein Bote aus Troja angekündigt wurde, raffte ich die Röcke und eilte in den Thronsaal.

»Keine Neuigkeiten über Proetos«, antwortete der Bote auf meine Frage. »Ich bin gekommen, um mit Euch, Herrin, zu sprechen, nicht mit dem König.«

Ich lauschte ihm stirnrunzelnd. Patroklos, der Gefährte von Achilles, war gefallen. Da der Armee sein Wissen über Kräuter nun fehlte und nur noch zwei Heiler übrig waren, hatte Nestor, der Fürst von Pylos, nach mir geschickt. Nach Alexanders Heilung war ich in ganz Griechenland bekannt und hatte viele kuriert, von denen es hieß, nicht einmal die Götter könnten ihnen mehr helfen. Doch ich wollte Lysippe nicht allein lassen. Erst als der Bote die Namen meines Gatten, meiner Brüder und der anderen Griechen erwähnte, die ohne mich Gefahr liefen, an ihren Verletzungen zu sterben, erklärte ich mich bereit zu gehen.

Ich öffnete die Augen. Das Schiff, das Alexander mir für die Reise zur Verfügung gestellt hatte, war eine Handelsgaleere mit breitem Rumpf. Die Palastsklaven hatten den Frachtraum bis obenhin mit eingelegten Oliven und Salzfleisch aus unserem Lager, mit Waffen, Verbänden und Pflanzen aus dem Herbarium beladen. Die Ruder tauchten ins Wasser und schickten weiße Gischtfontänen in die Luft, während unsere Galionsfigur, der springende Delphin, über die Wellen zu tollen schien. Der Wind blies mir in den Rücken und wehte meine Haare nach vorn. Vor uns ragte die Landspitze, die Trojas Hafen schützte, in das brodelnde Wasser des Hellespont. Als wir sie umrundeten, sah ich die Oberstadt auf dem Hügel, darunter die Unterstadt, die Türme, die sich in die Luft erhoben, und die Ebene des Skamandros, über der eine dichte Staubwolke lag. Am Strand erkannte ich Schiffe mit schwarzen Rümpfen, einen Behelfswall um ein Lager mit Zelten und Holzhütten, manche stark reparaturbedürftig mit Löchern im Dach, dazwischen Unrat. Soldaten riefen etwas, und ein Herold winkte uns ans Ufer. Ein merkwürdig irreales Gefühl ergriff mich, als wären ich, das Lager und die Staubwolke, die die Kämpfenden aufwirbelten, bereits ein Mythos und als fände diese Schlacht außerhalb von Zeit und Geschichte statt.

Der Bug erzitterte, als der Kiel auf Land traf, und ich kletterte nach dem Schiffsführer über die Strickleiter an Land.

»Wir bringen Vorräte und Verstärkung von Alexander, dem König von Tiryns und Sohn des Eurystheus«, teilte ich dem Herold mit, der uns begrüßte, und deutete auf unser Schiff. Neben denen der griechischen Flotte, von denen einige verkohlt von einem Feuer waren, wirkte es neu und solide.

»Und Ihr, Herrin?« Sein Blick wanderte über mein Gewand, das, obwohl von der wochenlangen Seereise zerknittert und fleckig, meinen gesellschaftlichen Status bewies, dann über mein Ohrgehänge aus Gold und den Siegelring meines Gatten an meinem Finger. Krieger, die Brustharnische und Speerspitzen in Säcken auf ihren Schultern trugen, marschierten mit lautem Geklapper an uns vorbei, und so dauerte es eine Weile, bis der Herold weitersprach. »Dies ist kein Ort für eine Frau. Nach der Waffenruhe während Hektors Beisetzung haben die Kämpfe wieder begonnen. Hier findet ein Krieg statt, Herrin. Ihr tätet gut daran, sofort umzukehren.«

»Ich danke Euch für Eure Sorge«, entgegnete ich, »aber ich bin auf die Bitte von Nestor von Pylos hier, als Heilerin für die Griechen.«

Er sah mich erstaunt an.

»Wenn mein Herr Nestor es war, der Euch hierher gerufen hat, führe ich Euch zu ihm.«

Der Sand knirschte unter meinen Sandalen, als ich ihm folgte und versuchte, nicht auf die zerbrochenen Pfeile zu treten, die überall herumlagen. Der süßliche Geruch verwesender Leichen von Männern und Pferden, die im Kampf gefallen und nun ein Festschmaus für die Krähen waren, stieg mir in die Nase. Ich ertappte mich dabei, wie ich unter ihnen nach Proetos, Iphimedon und Eurybios suchte und bei der Vorstellung, sie möglicherweise dort zu finden, erschauderte. Doch als ich den Herold nach meinem Gatten und meinen Brüdern fragte, antwortete er mir – *den Göttern sei Dank* –, dass sie am Leben und wohlbehalten seien. *Bald werde ich sie wiedersehen. Aber zuerst muss ich erledigen, weswegen ich hierhergerufen wurde.*

Wir erreichten eine Hütte aus Kiefernstämmen, die man in den Sand gerammt und mit einem Schilfdach ausgestattet hatte. Sklaven wimmelten um sie herum, und davor saßen zwei würfelnde Krieger auf umgedrehten Helmen. Als der

Herold die Tür öffnete, empfingen uns Dunkelheit und der Geruch von Schweiß und Rauch.

»Mein Herr Nestor«, sagte der Herold, »mein Herr Ajax. Diese Frau behauptet, sie sei auf Eure Anweisung hier.«

Durch den Rauch sah ich einen grauhaarigen Krieger mit dem Schwertgurt eines Edelmannes neben einem kräftigen, vermutlich groß gewachsenen Mann stehen, der nach vorn gebeugt auf einem Hocker saß. Ein Sklave war dabei, eine tiefe Wunde an seiner Schulter, aus der dunkles Blut sickerte, zu verbinden. Ajax, denn der Kräftige konnte nur der große Ajax sein, biss die Zähne zusammen, und die Hand des Sklaven glitt ab. Der Verband fiel auf den Boden, Ajax fluchte.

»Lasst mich das machen«, sagte ich, hob den Verband auf und roch daran. Ich rümpfte die Nase. »Beinwell?« Der Sklave nickte. »Beinwell ist schädlich für offene Wunden … Herold …«, ich drehte mich zu ihm um, »… habt Ihr ein Herbarium?«

Er nickte.

»Dann bringt mir Schafgarbe und frisches Verbandszeug«, wies ich ihn an und warf das Tuch mit dem Beinwell ins Feuer. »Wasser?«

Der Sklave eilte mit einem Krug heran. Ich riss einen Streifen Stoff von meinem Rock und tauchte ihn hinein.

»Wer ist das?«, fragte Ajax und schaute über die Schulter, als ich mich daranmachte, die Wunde zu säubern.

»Ich bin die Schwester von Alexander, König von Tiryns«, antwortete ich selbst, »und die Gattin von Proetos.«

»Ihr kennt Euch aus in der Heilkunst?«

»Gut genug, um zu wissen, dass Beinwell die Wunde vergiftet, wenn es aufgetragen wird, bevor sie sich geschlossen hat. Bitte haltet still«, fügte ich hinzu, als Ajax auf seinem

Hocker hin- und herrutschte und das Wasser, das ich über der Wunde auswrang, über seinen Arm lief.

»Und weswegen seid Ihr hier?«

»Auf meine Bitte hin.« Nestor legte eine Hand auf Ajax' unverletzte Schulter. »Also beklagt Euch nicht.«

»Ich komme mit Vorräten von meinem Bruder Alexander«, erklärte ich, nahm die Schafgarbe, die der Sklave mir reichte, und legte sie auf Ajax' Haut. »Und um Machaon und Podaleirios bei der Versorgung der Verletzten zu helfen.«

Ich wickelte den sauberen Verband um Ajax' Schulter und verknotete ihn zweimal, bevor ich mir die Hände an meinem Rock abwischte und mich aufrichtete. »Fertig«, ich wandte mich Nestor zu. »Würdet Ihr mich bei Euch unterbringen, solange ich hier bin, Herr? Ich habe ein Geschenk von meinem Bruder für Euch, einen feinen Dolch mit einem Griff aus Gold, gefertigt von Dädalus von Sizilien.«

Nestor winkte ab. »Ihr habt Euch Kost und Logis bereits verdient«, meinte er. »Ich freue mich, dass Ihr da seid, Tochter des Eurystheus. Die Söhne Griechenlands werden Euch für Eure Arbeit danken, und bei den Göttern: Es gibt genug zu tun. Talthybios besorgt Euch einen Umhang und Felle, damit Ihr Euch eine Schlafstatt bereiten könnt. Euer Gatte schläft bei den Soldaten im Zelt. Dort könnt Ihr nicht unterkommen.«

Ich bedankte mich mit einem Nicken und wandte mich zum Gehen. »Dann leiste ich Euch, wenn ich darf, beim Abendessen Gesellschaft.«

Draußen holte ich unter dem strahlend hellen Himmel tief Luft und betrachtete die Zelte und Hütten am Strand sowie die Krieger, die dazwischen herumliefen. Von der Ebene drang das Klirren von Bronze auf Bronze an mein Ohr, und über mir kreischten Möwen.

Dann also, dachte ich, ballte die Hände zu Fäusten und wappnete mich innerlich gegen die Kämpfe, die mir bevorstanden, *auf zum Trojanischen Krieg*.

Hippolyta
Der Ozean

Neunundzwanzigster Tag nach dem Tag des Feuers in der Jahreszeit von Tabiti, 1250 v. Chr.

Nach der Ankunft des Boten machten wir uns so schnell wie möglich auf den Weg. Ich führte unsere Pferde, die nervös die Köpfe hin und her warfen, über die Planken zum Schiff hinauf, das wir die ganze Nacht hindurch mit *sagaris* und *pelta*-Schilden beluden. Am Heiligtum der Götter opferte ich vor einer Eisenklinge, die in der Erde steckte, sodass sich Blut und Metall im dunklen Boden vermischten, eine Stute. Derinoe, meine schnellste Reiterin, war losgaloppiert, um die zahlreichen Saken-Stämme um Unterstützung gegen die Griechen zu bitten. Auch sie hatten daraufhin die Tage mit Vorbereitungen zugebracht, und als die Morgennebel über dem Ufer des Silis aufstiegen, durchquerte eine Armee die Furt des Flusses mit wehenden Wimpeln, um für Priamos, den Verbündeten der Saken, zu kämpfen.

Ich lehnte mich, auf einer Ruderbank sitzend, an die Seite des Schiffs. Die Ruder waren eingezogen, alle bis auf den Steuermann konnten sich Ruhe gönnen. Die Götter segneten unsere Fahrt mit günstigen Winden, und so flog unsere Flotte übers Wasser wie eine Schar dunkel gefiederter Vögel. Wie seltsam, dachte ich: Dieser Wind strich nun schon zum dritten Mal über mein Gesicht. Das erste Mal war ich jung und frisch und jungfräulich gewesen, dann eine Mutter und

Gattin, und nun zog ich als Königin in den Krieg. Ob mich der Windgott noch kannte?

»Schwester.« Melanippe trat zu mir. Strähnen ihrer Haare, die sich aus ihrem Zopf gelöst hatten, flatterten in der Brise, und ihre Silhouette zeichnete sich scharf vor der grellen Sonne ab. »Darf ich?«

Ich nickte.

Sie nahm neben mir Platz, einen beschuhten Fuß auf der Bank, die Arme um ein Knie geschlungen, wie sie es oft tat.

»Wie geht es Kayster?«, erkundigte ich mich. Trotz all meiner Bemühungen war es mir nicht gelungen, meinen Sohn zum Bleiben zu bewegen, ihn vor dem Krieg zu bewahren. In ihm brannten mein Feuer und meine Leidenschaft *und*, fügte ich für mich hinzu, *auch die des Griechen.*

Sie schmunzelte. »Der genießt jede Sekunde. Kayster hilft dem Schiffsführer, wo er kann, zieht die Taue an, hält auf dem Mast Wache. Er steckt voller Kraft und Tatendrang. Du erinnerst dich sicher noch, wie wir in unserer Jugend waren.«

»Es ist seine zweite Reise über dieses Meer«, bemerkte ich und blickte in den Sonnenuntergang, der den Horizont rosa und lila färbte.

»Hippolyta«, sagte Melanippe sehr leise. Als ich mich ihr zuwandte, sah ich ihr ernstes Gesicht. Ich wusste, was sie mich fragen wollte.

»Ja?«

»Hast du darüber nachgedacht… Hast du überlegt, was passieren könnte, wenn der Grieche von Skiros in der Schlacht um Troja mitkämpft?«

Ich leckte mir über die Lippen. Wir hatten nie über die Vergangenheit gesprochen, immer so getan, als wäre Kayster von jeher als mein Sohn akzeptiert gewesen und als hätten

Melanippe und ich uns von Anfang an gemeinsam um ihn gekümmert.

»Ja.«

»Und? Wenn du in der Schlacht auf ihn triffst? Was machst du dann?«

»Du gehst davon aus, dass ich ihn sofort erkenne.«

Sie war sich dessen genauso sicher wie ich, das verriet mir ihr Blick.

»Vielleicht lebt er nicht mehr, vielleicht hat eine Krankheit ihn ins Land der Toten befördert, oder er ist im Kampf gefallen. Es ist lange her«, stellte ich fest.

»Aber wenn er hier ist?«, hakte sie nach. »Wenn er in Troja kämpft?«

»Dann werde ich ihn verschonen.«

Sie stieß deutlich hörbar den Atem aus. »Nach allem, was er dir angetan hat? Nach dem Schmerz, den du so lange ertragen musstest?«

Ich nickte. »Ja, Schwester. Ich habe viele Jahre gebraucht, um zu diesem Entschluss zu gelangen, und bin ihm nicht mehr gram. Außerdem wäre es falsch, dem Vater meines Kindes Schaden zuzufügen.«

»Warum begibst du dich dann überhaupt auf diese Fahrt?«

»Ich habe geschworen, Priamos und den Trojanern im Kriegsfall beizustehen«, antwortete ich. »Ich bin die Tochter meiner Mutter, die Königin meines Volkes. Als Frau und Mutter werde ich ihn, ihn allein, verschonen. Doch gegenüber allen anderen Griechen werde ich bei der Verteidigung meiner Verbündeten und meiner Heimat keine Gnade walten lassen.«

»Gut. Du bist mir wichtig, Schwester, aber unser Volk ist mir ebenfalls wichtig. Ich möchte nicht, dass du es Gefahren aussetzt.«

»Vertraue mir«, sagte ich und stand auf. Das Segel wurde eingeholt, am Heck hoben junge Männer den Anker, einen Stein mit einem Loch, durch das ein Seil geschlungen war, und ließen ihn platschend ins Meer fallen. Ich legte die Hände auf Melanippes Schultern, schaute ihr in die Augen und versprach ihr: »Ich werde euch nicht enttäuschen.«

Das Epos beginnt

Hippolyta
Troja, Anatolien

Vierunddreißigster Tag nach dem Tag des Feuers in der Jahreszeit von Tabiti, 1250 v. Chr.

Aufgrund der günstigen Winde kamen wir schnell voran und erreichten schon bald den Bosporus. Wir passierten ihn zum Propontis-Meer und liefen in eine Bucht im Hellespont ein wenig nördlich von Troja ein, wo wir von Bord gingen. Dort erwarteten uns trojanische Abgesandte mit Pferden, die in der Hitze schwitzten und mit ihren Hufen Staub aufwirbelten. Unsere Leute blieben bei ihnen zurück, um das Lager aufzuschlagen und sich auf die Schlacht am folgenden Tag vorzubereiten, während der Herold, Melanippe, Kayster, meine zwölf Kriegerinnen und ich allein zur Stadt trabten.

Wir folgten Idaios, machten östlich einen Bogen um Troja und hielten uns im Schutz der Bäume, bis wir die Stadt vor uns sahen. Ihre Mauern leuchteten rosig im Licht der untergehenden Sonne wie ein Leuchtturm, der seine Strahlen hinaus aufs Meer schickt. Mein Puls beschleunigte sich beim Anblick der dicken Wälle und der Fackeln und bei dem Gedanken an die Schlacht, die am folgenden Tag darunter toben würde. Ich wandte mich Melanippe zu. Sie nickte. Kayster betrachtete die Stadt mit leuchtenden Augen.

»Seid Ihr bereit?«, fragte Idaios.

Ich neigte das Haupt. »Ja.«

Er stieg ab, schlug mit einem Feuerstein eine Flamme

und entzündete damit eine Fackel, die er mitgebracht hatte. Wenig später stieg mir der beißende Geruch von brennendem Pech in die Nase. Idaios ging zum Waldrand, hielt die Fackel hoch und schwenkte sie, sodass Funken flogen. Es sah aus wie der Schweif eines Kometen.

Kurz darauf tauchten berittene Wachen der Trojaner auf. Der Hufschlag ihrer Pferde wurde vom Wind gedämpft. Idaios sank auf ein Knie, und die anderen taten es ihm gleich. Ich blieb als Einzige hoch erhobenen Hauptes stehen, die Hand auf dem Heft meines Schwertes.

»Es freut mich, Euch zu sehen, Söhne Trojas«, begrüßte ich sie, als sie von ihren Rössern sprangen.

Einer, seinem lilafarbenen, golddurchwirkten Gewand nach zu urteilen, ein Prinz, trat vor und verbeugte sich tief vor mir. »Königin Hippolyta.« Seine Stimme klang noch nicht ganz wie die eines Mannes, und sein Gesicht war blass. »Ich bin Deiphobus, nun der älteste Sohn von König Priamos.« Bei diesen Worten straffte er die Schultern, und ich hatte den Eindruck, dass da jemand nicht sonderlich traurig über den Tod Hektors war. »Mein Vater schickt mich. Ich geleite Euch und Euer Gefolge nach Troja. Dort sollt Ihr mit uns essen und trinken und Euch vor der morgigen Schlacht ausruhen.«

»Sein Angebot nehmen wir gerne an«, sagte ich. »Wir kommen von weit her und haben während der Reise nicht gerastet.«

Der Prinz kniete nieder, um mir beim Aufsteigen zu helfen. Ich verkniff mir ein Lachen und schwang mich so leicht, wie ein Vogel sich in die Luft erhebt, auf mein Ross. Meine Amazonen folgten meinem Beispiel. Er richtete sich mit rotem Gesicht auf und kletterte unbeholfen auf sein Pferd.

»Wenn sie nur noch einen solchen Prinzen haben, müssen sie über den Verlust von Hektor tatsächlich traurig sein«, flüsterte Kayster mir zu.

Ich schwieg, weil ich Deiphobus' Vater, dem König, gegenüber nicht illoyal wirken wollte, freute mich aber wieder einmal darüber, wie schnell und mühelos meine Amazonen über die Ebene galoppierten.

Die Tore Trojas öffneten sich auf Deiphobus' Zuruf hin, und wir trabten auf einer mit Steinen gepflasterten Straße in die Stadt, vorbei an verputzten Häusern, von deren Türen aus uns trojanische Frauen beobachteten, dann über einen leeren Marktplatz zu den Stallungen, wo Sklaven bereits darauf warteten, unsere Pferde zu versorgen. Idaios führte uns zum Palast. Als die Türen zum Großen Saal aufschwangen, fiel mein Blick auf die Säulen um die Feuerstelle, und ich roch eine Mischung aus Rauch, Schweiß und bratendem Fleisch. An den Wänden hingen Fackeln, auf dem Boden lagen gemusterte Teppiche. Der König trat auf mich zu.

Bei seinem Anblick erschrak ich. Meine Mutter hatte mir König Priamos von Troja als Herrscher mit guten Manieren, dunklen Locken und freundlichem Lächeln beschrieben. Doch dieser Mann stank nach Tod. Der Geruch hing in seinen grauen, schlaffen Haaren; seine Augen wirkten, als würden Geister durch seine Säle huschen. Ich schaute zu Melanippe und Kayster und meinen Kriegerinnen Harmothoe, Derinoe und Thermodosa hinüber, um zu sehen, ob sie es auch bemerkten, doch in ihren Mienen entdeckte ich lediglich Interesse, als sie sich in dem Saal umblickten. Vielleicht, dachte ich, konnte nur eine Herrscherin, die die Todesstöße eines jeden Einzelnen aus ihrem Volk selbst wie einen Stich in die Seele spürt, es wahrnehmen. Priamos' Trauer war schlimmer als die eines Vaters um seinen Sohn – *falls es überhaupt etwas Schlimmeres geben konnte*, dachte ich.

Auf den Schultern dieses Königs lastete die Trauer eines jeden trojanischen Vaters um jeden trojanischen Sohn.

Als er mir die Hand hinstreckte, empfand ich Mitleid für ihn.

»Hippolyta.« Zu meiner Überraschung küsste er mich sanft auf die Stirn. Es war, als wäre er mein Vater und ich seine Tochter, die aus fernen Landen nach Hause zurückkehrt. Er flüsterte mir ins Ohr: »Ihr kommt mit Euren Truppen gerade zur rechten Zeit. Wir Trojaner brauchen Eure Hilfe dringend. Ich gebe das nur ungern zu, aber wenn Ihr uns nicht beisteht, wage ich nicht, mir vorzustellen, was aus uns wird.«

»König Priamos, ich werde alles in meiner Macht Stehende tun, um Euch zum Sieg zu verhelfen. Ihr könnt über meine Kraft und die meiner Leute, der tapfersten Krieger auf Erden, verfügen. Mit den Amazonen auf Eurer Seite werdet Ihr gewinnen, das weiß ich.«

Er ergriff meine Hand. »Mögen Eure Worte ein gutes Omen für uns sein, Königin Hippolyta.«

Dann wandte er sich an alle Anwesenden: »Lasst uns heute Abend feiern und auf unseren morgigen Sieg in der Schlacht gegen die Griechen trinken!«

Meine Amazonen zogen ihre Schwerter und Streitäxte und schüttelten sie, und die trojanischen Edelleute, die auf Kissen und Hockern um die Feuerstelle saßen, erhoben ihre Becher und stimmten ein. Diese Menschen brauchten Hoffnung. *Vielleicht*, dachte ich, *können wir ihnen die heute Abend geben.*

Priamos führte mich zu seinem Steinthron, wo er mich bat, zu seinen Füßen niederzuknien, während er einen goldenen Becher mit zwei Griffen von seinem Mundschenk entgegennahm und gen Himmel hob.

»Gott Zayu«, sagte er in die Stille hinein, die sich herabgesenkt hatte, »möge das sichere Eintreffen der Amazonen ein Zeichen deiner Gunst gegenüber den Trojanern sein. Stärke ihre Herzen und Arme für die Schlacht und gewähre ihnen den Sieg, wie wir dir, o Sturmentfessler, den Wein aus diesem Becher darbringen.«

Ich spürte, wie der Wein auf den Steinfußboden neben mir tropfte und mein Gewand benetzte.

»Und Ihr, Amazonen«, Priamos half mir auf, »bekommt viele Geschenke von mir.« Als er mit den Fingern schnippte, traten Sklaven aus dem Schatten, verbeugten sich tief und legten kostbare Wandteppiche, schimmernde Gewänder, Goldteller und Edelsteine vor mir auf den Boden. »Wenn Ihr uns zum Sieg über die Griechen verhelft, erhaltet Ihr noch mehr.«

Nun stellte er mir seine Familie vor: Deiphobus, der blasse Jüngling, der uns abgeholt hatte, und sein Bruder Äneas; Hekuba, seine Gattin; Andromache, die Witwe von Hektor, die, auf ihrem Hocker sitzend, die Augen rot vom Weinen, ihren Sohn Astyanax an sich drückte.

»Mein Sohn Paris«, sagte Priamos, als er sein langes Gewand nach hinten schob, um sich zu setzen, und mir mit einer Geste zu verstehen gab, dass ich ebenfalls Platz nehmen solle, »ist nicht hier. Er scheint sich lieber mit Helena von Sparta, von der Ihr bestimmt schon gehört habt, in seinen Gemächern aufzuhalten.«

Helena von Sparta. »Helena.« Das Bild von dem kleinen Mädchen mit den goldenen Löckchen in Theseus' Palast tauchte vor meinem geistigen Auge auf. »Helena von Sparta? Sie ist hier?«

Plötzlich begriff ich: *Die Gattin des Menelaos von Mykene.*

»Ja.« Priamos neigte das Haupt. »Sie ist Gast in diesem Palast.«

Andromaches deutlich vernehmbares Einatmen und Hekubas Griff nach ihrer Hand verrieten mir, dass nicht alle Helenas Anwesenheit so ruhig akzeptierten wie Priamos. Helena lebte also. Sie hatte Sparta erreicht. Und nun war sie in Troja, wieder Opfer eines Entführers – oder liebte sie diesen Mann? Ich empfand Mitleid mit ihr, mit dem verängstigten Kind, das ich einmal am Feuer von Theseus' Palast getröstet hatte. Vielleicht war sie diesmal aus freien Stücken mitgegangen – ich hoffte es für sie.

Meine Gedanken wanderten zu Paris' duftenden Gemächern und zu dem Bett, in dem die beiden Liebenden wohl gerade zwischen zerwühlten Laken lagen, wo Helenas Finger über seinen straffen Bauch strichen und seine Hände ihre Haare streichelten. Wieder Liebende aus Griechenland und einem Gebiet im Osten. Wieder ein Schiff, das zu fremden Gestaden aufbrach, leidenschaftliche Blicke, gemurmelte Worte, die kurze Berührung einer Hand; wieder eine überstürzte Flucht. Konnte ich es ihr verdenken? Hätte ich anders gehandelt? War ich nicht letztlich wie Helena?

Ich wurde aus meinen Überlegungen gerissen, als ein Sklave sich vor mir verbeugte und mir einen Teller mit Brot und Fleisch sowie einen Becher mit Wein hinhielt. Ich nahm beides und lauschte erneut den Gesprächen. Andromache und Hekuba unterhielten sich leise über das Kind; Priamos redete mit seinen Söhnen über den Krieg.

»Ich hoffe, dass wir mithilfe der Amazonen noch einmal ins Lager der Griechen einfallen und ihre Schiffe anzünden können«, sagte Priamos gerade. »Wenn wir ihnen die Fluchtmöglichkeit nehmen …«

Er sah mich fragend an.

»König Priamos, ich verspreche Euch, die Schiffe in Brand zu setzen, wenn das unser Volk schützt«, antwortete ich, während vor meinem geistigen Auge Bilder auftauchten. *Amazonen, die mit wehenden Standarten in den Kampf reiten, den Schlachtruf ausstoßen und die fremden Eindringlinge unter den Hufen ihrer Pferde niedertrampeln wie wildes Gras.* »Ich verspreche, noch den größten der Griechen niederzustrecken, Euch seine blutbefleckte Brustwehr als Beute zu bringen und Euch Euer Königreich wiederzugeben als Lohn für Eure Loyalität und Freundschaft meiner Mutter und meinem Volk gegenüber.«

Priamos' Augen leuchteten auf. Plötzlich erkannte ich den Heerführer in ihm, von dem meine Mutter mir erzählt hatte.

Andromache beugte sich zu mir herüber. »Ihr seid längst kein so großer Krieger, wie mein Mann es war«, zischte sie.

Ich wich verblüfft zurück. »Das habe ich auch nicht behauptet.«

»Warum prahlt Ihr dann damit, Taten zu vollbringen, die ihm nicht gelungen sind? Damit beleidigt Ihr sein Andenken, seine Familie und sein Volk. Ihr deutet an, dass er getötet wurde, weil er nicht …« Ihr versagte die Stimme.

»Sprecht nicht so mit jemandem, der Euch helfen möchte. Ich habe nicht vor, das Andenken Eures Gatten zu beschmutzen, sondern nur, den Krieg zu beenden, in dem er gekämpft hat, um seine, Eure und meine Heimat zu verteidigen.«

»Ihr werdet sterben«, wisperte sie. Ob dieser Worte, die sich anhörten wie eine Prophezeiung, wie ein Fluch, zuckten die Mitglieder der königlichen Familie zusammen. Hekuba erhob sich, um Andromache aus dem Saal zu ziehen, doch ich winkte ab.

»Ihr macht mir keine Angst«, erklärte ich Andromache. »Ihr trauert, denn Ihr habt Euren Gatten geliebt. Aber ich bin eine Amazone, zum Herrschen geboren, und habe schon in jungen Jahren gelernt, auf den schnellen Pferden der Steppe zu reiten und auf die Kraft meines Schwertarms zu vertrauen. Ich bin hier, um Euch im Kampf beizustehen, weil ich Eure Verbündete bin. Bestimmt hätte Prinz Hektor dagegen nichts einzuwenden gehabt.«

Ich rückte mit meinem Hocker zurück und erhob mich. »König Priamos«, ich verneigte mich vor ihm, »meine Amazonen und ich würden gern baden und uns nach der Reise zur Vorbereitung auf die morgige Schlacht ausruhen.«

Ἀδμήτη

Admete

Troja, Anatolien

Vierter Tag des Pflügemonats, 1250 v. Chr.

Meine Hände waren wund, als man mich auf einen Hocker in Agamemnons Zelt schob. Ich sah Machaon, einen Heiler der Griechen, verärgert an, der meinen Blick mit blutunterlaufenen Augen erwiderte.

»Ich würde lieber …«

»Selbst die Götter gönnen sich hin und wieder eine Rast«, entgegnete er. »Ihr seid uns eine große Hilfe, Tochter des Eurystheus, doch nun ist es Zeit für Wein und Tafelfreuden. Die Kranken und Verwundeten können bis morgen warten.«

Er entfernte sich, schob sich an Fürsten vorbei, die sich auf geschnitzten Stühlen zurücklehnten oder auf Kissen lagerten, ihre Becher auf den Sieg erhoben, über ihre Heldentaten in der Schlacht prahlten, ihre Gewänder hochschoben, um ihre frischen Wunden zu zeigen, oder Thersites, einen rattengesichtigen Mann, der nach abgestandenem Urin roch, seiner Feigheit wegen verspotteten.

Ich stand auf, weil mir ob des Gestanks nach eingetrocknetem Blut, ungewaschenen Leibern und schlechtem Wein übel wurde und ich in dem düsteren Licht der Lampen und der Glut in der Feuerstelle, über der die Überreste dessen, was einmal ein Reh gewesen war, an einem Spieß hingen, blinzelte. Dieser Krieg war anders als in meiner Fantasie: keine Helden, die Mann gegen Mann kämpften, keine bronzeglänzenden, groß gewachsenen, gottgleichen Krieger, deren Geschichten man sich noch in Jahrhunderten erzählen würde. Es herrschte tödliches Chaos, und an der Hütte des Heilers, wo Soldaten vor Schmerz stöhnten oder nach ihren Frauen und Müttern riefen, war nichts Ruhmreiches. Agamemnon mochte ein Fest veranstalten, um den Sieg zu feiern. Die Männer, die die Griechen Helden nannten – Achilles, der sich mit Wein übergoss, sodass er rot von seinen Haaren troff, Diomedes und Ajax, die lachend mit ihren Bechern um eine halb nackte Sklavin fochten, Odysseus, Nestor, Menelaos –, sie alle mochten ihre Kräfte vergeuden und sich in ihrer Trunkenheit aufführen wie die Schweine im Stall: Ich wollte damit nichts zu tun haben.

»Mir gefällt das so wenig wie Euch.«

Ich drehte mich um. Hinter mir stand ein junger Mann. Eine Lyra hing an einem Riemen über seiner Schulter, und er hatte die Arme vor der Brust verschränkt. »Ihr solltet Euren Abscheu besser verbergen. Dieser Hof schätzt Kritik an seinen Sitten nicht.«

»Woher wisst Ihr das?«, fragte ich.

Er zuckte mit den Achseln. Nun fiel mir auf, dass er blind war. »Ich bin nur ein reisender Barde, und noch dazu ein junger«, erklärte er. »Ich habe gehört, was ihr zu Machaon gesagt habt.«

»Ein Barde? Ein Sänger?« Ich sah ihn an. »Aber heute Abend singt Ihr nicht?«

»Nein, heute Abend nicht. Kein Krieger möchte eine Geschichte hören, wenn er damit beschäftigt ist, seine eigene zu erzählen. Es ist die oberste Pflicht eines Barden, sein Publikum zu kennen.«

Zum ersten Mal seit Tagen musste ich lachen.

»Und was macht Ihr, eine Frau, hier?«, erkundigte er sich. »Beherrscht Ihr auch die Kunst der Dichtung?«

»Nein.« Ich ließ die Finger über die Saiten seiner Lyra gleiten, deren Klang bei den Rufen und dem Lachen der betrunkenen Fürsten kaum zu vernehmen war. »Als Heilerin versorge ich die Wunden der Krieger, so gut ich kann. Ich habe die Heilkunst am Hof meines Vaters Eurystheus erlernt, des Königs von ...«

»... Tiryns«, führte er den Satz für mich zu Ende. »Ich präge mir die Namen der Könige von Griechenland und ihrer Vorfahren ein, seit die Griechen nach Troja gekommen sind. Ihr würdet Euch wundern, wie sehr es sie verzaubert, Geschichten über ihr eigenes Volk zu hören – als würde sie das in der Ferne im Geist zurück in die Heimat führen.«

Mein Blick wanderte zu dem rotgesichtigen, schwitzenden Menelaos, der die Haare nach hinten gebunden hatte. Gerade schleuderte er seinen Becher quer durchs Zelt zu Odysseus. Diomedes schwang sich über den Tisch, um ihn zu fangen, wobei er einige Stühle umwarf und einen Hocker zerbrach. Er landete laut lachend auf dem Boden.

»Findet Ihr es nicht auch merkwürdig«, fragte ich und erinnerte mich an den Hof von Lykos, wo der Barde damals von Alkides' Taten gesungen hatte, »dass Krieger sich so sehr nach Unsterblichkeit sehnen? Sie wünschen sie sich mehr als irgendetwas sonst und behaupten, sie treibe sie zu Ruhmestaten in tödlichen Schlachten – doch wenn der Barde den Lobgesang auf sie anstimmt, achten sie nicht auf die Verse, die ihnen diese Unsterblichkeit verleihen.«

Es dauerte eine Weile, bevor er etwas sagte. »Ja«, meinte er schließlich. »Ja, das ist in der Tat merkwürdig. Vielleicht haben sie Angst davor. Ich glaube, sie fürchten, in den Gesängen über ihren eigenen Tod zu hören. Unsterblicher

Ruhm ist ein großes Geschenk«, seufzte er, und seine Miene wirkte, als könnte er etwas sehen, das mir verborgen blieb, »aber sie kennen den Preis dafür besser als jeder andere. Auf dem Schlachtfeld, wo Schwerter in der Luft singen und einem das Seufzen des Styx in den Ohren klingt, gibt es keinen Ruhm. Es ist Aufgabe des Dichters, ihn zu erschaffen.«

Mit diesen Worten entfernte er sich.

Ich sah ihm nachdenklich nach, während meine Finger an dem Stilus an meinem Gürtel spielten.

𒀀𒈾𒀀𒇻𒅖𒁹

Hippolyta

Troja, Anatolien

Fünfunddreißigster Tag nach dem Tag des Feuers in der Jahreszeit von Tabiti, 1250 v. Chr.

Ich erwachte im rosafarbenen Licht der Morgendämmerung in dem Gemach, in dem die Dienerinnen mir eine Schlafstatt bereitet hatten. Kayster, Melanippe und meine Kriegerinnen waren in anderen Räumen untergebracht. Ich zog es vor, allein zu schlafen, wie ich es immer tat, und gerade an diesem Morgen war ich froh, ungestört meinen Gedanken nachhängen zu können.

Denn zum ersten Mal seit Jahren hatte ich von meiner Mutter geträumt.

In dieser sternenklaren Nacht war sie mir so deutlich erschienen, als stünde sie vor mir, als könnte ich die Hand nach ihr ausstrecken und sie berühren. Ich setzte mich auf, zog die Decke bis zum Kinn hoch und schaute hinaus.

Im Traum hatte sie mich gedrängt, mein Volk zu verteidigen, und mir gesagt, ich solle furchtlos gegen die Griechen kämpfen. Deshalb war ich hierhergekommen. Für sie und mein Volk.

Ich schlug die Decke zurück. Als ich zu der Truhe ging, auf der ich meine Waffen und meine Brustwehr, Geschenke von Priamos, abgelegt hatte, um mich für die Schlacht zu rüsten, spürte ich den polierten Holzfußboden kühl an meinen Sohlen. Ich zog das üppig gemusterte Gewand an, ging auf ein Knie und schlüpfte in meine Stiefel und die Schienbeinschützer aus gehämmertem Gold. Anschließend legte ich meinen Brustharnisch an und schloss den Kampfgurt mit meiner *sagaris* und dem Dolch. Das Schwert – ein weiteres Geschenk, das in einer fahl schimmernden Scheide aus Elfenbein und Silber steckte – schlang ich über die Schulter, und den Helm, der mein Gesicht sanft wie eine Umarmung umfasste, setzte ich auf den Kopf. Zuletzt nahm ich meinen sichelförmigen Schild, zwei Lanzen und meinen Bogen. Dann wandte ich mich der aufgehenden Sonne zu und kniete mit gesenktem Haupt, die Speere auf den Boden gestützt, nieder.

»Göttin«, sagte ich leise, »gewähre mir in der heutigen Schlacht den Sieg. Stärke meinen Schwertarm, wenn seine Kraft versiegt, und hilf mir, die Griechen zur Verteidigung meines Volkes niederzustrecken. Mutter, wache mit den Vorfahren über mich und erweise mir deine Gunst.«

Ich hob meinen Bogen an die Lippen, küsste ihn mit geschlossenen Augen, schmeckte die süße Bienenwachspolitur daran.

Ein Klopfen an der Tür ließ mich aufspringen.

»Ja?«

Die Tür wurde geöffnet, und ein Herold trat ein, jünger als Idaios, seine Haare rotgolden im morgendlichen Licht, sein schlecht sitzendes Gewand lose über den hängenden Schultern.

»Königin.« Er kniete nieder, den Blick gesenkt, als würde ihn die Sonne blenden. »So gerüstet, seht Ihr aus wie die Kriegsgöttin selbst, nicht wie eine Sterbliche.«

»Welche Neuigkeiten habt Ihr für mich?« Mit einer Geste gab ich ihm zu verstehen, dass er sich erheben solle.

Er stand auf, den Kopf nach wie vor gesenkt.

»Keine Neuigkeiten, Herrin, nur ein Geschenk. Ein weiterer Beweis seiner Dankbarkeit von König Priamos dafür, dass Ihr für Troja kämpft und wir Euren Schwertarm auf unserer Seite wissen.«

Der Herold holte etwas so hell golden Glänzendes aus seinem Gewand, dass ich blinzelte. Ich nahm es und trat damit in den Schatten. Erst jetzt erkannte ich seine Form richtig: Es handelte sich um einen Apfel aus reinem Gold, ein so herrliches Stück Handwerkskunst, dass es mir den Atem verschlug. Konnte so etwas von Menschen geschaffen sein? Als ich den Apfel herumdrehte, entdeckte ich die Schrift auf seiner Schale. Zwei Worte.

Dem Unsterblichen.

Ich lachte laut über dieses weitere gute Omen. Der Herold sah mich an. Auch über sein Gesicht schien ein Lachen zu huschen.

»Er ist wunderschön«, stellte ich fest, löste den Riemen des Lederbeutels an meinem Schwertgurt und ließ die Frucht hineingleiten. »Ein großzügiges Geschenk und ein gutes Omen für den Ausgang der bevorstehenden Schlacht. Überbringt Eurem Herrn meinen Dank und sagt ihm noch einmal ...«, mein Helmbusch aus Rosshaar erzitterte, als ich den Kopf hob, »... dass ich ihn nicht enttäuschen werde.«

Kayster, Melanippe, meine Kriegerinnen und ich verließen das Palastgelände auf dem Rücken unserer Pferde. Deiphobus und seine trojanischen Truppen warteten am Skäischen Tor auf uns, unsere Amazonen würden sich auf der Ebene zu uns gesellen. König Priamos' Gebete für unseren Sieg klangen uns in den Ohren. Als ich mein Ross aus den Stallungen lenkte, griff mir eine Hand in die Zügel.

Vor mir stand barfuß Andromache. Sie trug lediglich

ein Untergewand, und ihre Haare waren zerzaust, als wäre sie aus ihren Gemächern hergerannt. In der Hand hielt sie einen spitzen Dolch.

»Nehmt mich mit.«

Ihre Stimme war leise und drängend. Ich schaute zu Melanippe hinüber, nickte und gab den anderen ein Zeichen, dass sie weiterreiten sollten. Dann stieg ich ab.

»Andromache …«

»Nehmt mich mit«, flehte sie. »Ich möchte kämpfen. Irgendetwas muss ich tun.«

Ich lehnte meine Lanzen und den Speer an einen Buchsbaumbusch im Palastgarten und packte sie an den Schultern. »Andromache, schaut mich an!«

»Nein, Ihr schaut *mich* an!«, rief sie aus. Ich bemerkte ihre geröteten, müden Augen, die herunterhängenden Mundwinkel, die Tränen, die sich auf ihren Lippen sammelten und von ihrem Kinn tropften. »Was bleibt mir denn noch? Ich habe jeden Kummer durchlebt, der eine Frau ereilen kann. Mein Vater wurde getötet, meine Brüder wurden umgebracht, und nun habe ich auch noch den Gatten verloren.« Sie holte tief Luft. »Meinen Mann, der mir Vater und Mutter und Bruder in einem war.« Ihre Stimme bebte. »Ihr seid eine Frau, und Ihr kämpft – warum nicht auch ich? Es ist besser, jetzt in der Schlacht zu sterben, als mit ansehen zu müssen, wie meine Stadt und das Grab meines Mannes brennen, und als Sklavin nach Griechenland verschleppt zu werden.«

»Ich erkläre Euch, warum nicht«, antwortete ich. »Mir wurde der Umgang mit Waffen beigebracht, bevor ich richtig laufen konnte, und Ihr habt niemals ein Schwert gegen jemanden erhoben. Und …«, meine Finger schlossen sich fester um ihre Schultern, »… Ihr habt einen kleinen Sohn, der sich nicht selbst verteidigen kann, der Euch wichtiger ist als alles auf der Welt, und den werdet Ihr *nicht* im Stich lassen.«

Sie geriet ins Wanken, sank auf die Knie. Der Dolch fiel ihr klappernd aus den Fingern, und sie schlug schluchzend die Hände vors Gesicht.

Als ich meine Lanzen und den Speer nehmen wollte, schlang sie die Arme um meine Beine.

»Dann rächt ihn«, keuchte sie. »Rächt meinen Gatten für mich, wie ich es nicht kann.«

Ich küsste sie auf die Stirn. »Das tue ich«, versprach ich ihr. »Wenn irgendwie möglich, beschütze ich die Völker der trojanischen Ebene und auch diejenigen, die jenseits davon leben. Ich erfülle Euren Willen auf dem Schlachtfeld.«

Ich gesellte mich zu den Amazonen am Tor und trabte mit ihnen die Straße hinunter zu den trojanischen Truppen, die sich an der Stadtmauer versammelt hatten. Ihre Brustpanzer glänzten, und ihre Stimmen und stampfenden Füße übertönten das Zwitschern der Vögel. Ich gab Melanippe mit einem Nicken zu verstehen, dass alles in Ordnung war, und lenkte mein Pferd neben das von Kayster. Er beugte sich vor, um den Köcher zu überprüfen, der über dem Widerrist seines Rosses hing.

»Kayster«, begrüßte ich ihn. Er sah gut aus in seiner Kampfkleidung und mit dem glänzenden Helm, das musste ich zugeben. Seine Augen waren neben dem Nasenschutz nur als schmale Schlitze zu erkennen, und der Brustharnisch betonte seine breiten Schultern und muskulösen Arme. Mir schnürte es die Kehle zu, als ich meinen Jungen – den Jungen, der mir vor so langer Zeit gesagt hatte, er freue sich, dass ich aus Griechenland zurück sei – in der Kriegsmontur sah. Ich bekam einen trockenen Mund.

»Ich kann dich nicht am Kämpfen hindern«, sagte ich, »weder als Königin noch als Amazone, noch als Mutter. Aber ich flehe dich an, Kayster: Lass auf dem Schlachtfeld Vorsicht walten, mir zuliebe. Versprichst du mir das?« Meine Stimme zitterte, als ich meine Hand auf die seine legte. »Schwörst du mir aufzupassen?«

»Ich verspreche dir, mich der Amazonen würdig zu verhalten.« Sein Pferd, das seine Ungeduld spürte, begann zu tänzeln. »Ehrenhaft zu kämpfen, so viele Feinde wie möglich niederzustrecken und nie die Kraft und den Mut zu verlieren. Mehr kann ich dir nicht versprechen.«

Ich nickte, drückte seine Finger. »Das soll mir genügen. Mir ist klar, dass ich nicht mehr verlangen darf.«

Nun lenkte ich mein Pferd zwischen den Fußsoldaten hindurch zu Melanippe und Deiphobus.

»Seid ihr bereit?«, fragte ich und fasste die Zügel kürzer, als mein Ross den Kopf in den Nacken warf.

Deiphobus verneigte sich. »Wir sind für den Kampf gerüstet, Herrin, wenn Ihr es seid.«

Ich dachte an meinen Traum, in dem meine Mutter mich gedrängt hatte, in die Schlacht zu ziehen, an das Symbol der Unsterblichkeit, das der Herold mir am Morgen überbracht hatte, und Kampflust stieg in mir auf. Ich zog mein Schwert aus der Scheide an meinem Rückengurt und reckte es gen Himmel. Mein Pferd bäumte sich auf, das Licht der Sonne spiegelte sich in der Klinge. Einen Moment herrschte Stille.

»Reiten wir!« Ich hörte den Lärm der Krieger und das Knarren der Tore, als diese geöffnet wurden. Fanfaren erklangen, Kommandanten riefen ihren Truppen Befehle zu. Mein Blick richtete sich auf die Ebene vor uns, eine Staubwüste, umgepflügt von den Füßen Tausender Kämpfer, dahinter, am Strand, ein Holzwall und die Buge von Schiffen.

Von meiner Berufung beseelt, galoppierte ich los und stieß den Schlachtruf der Amazonen, unser »*Oiorpata!*«, aus. Meine Kriegerinnen begleiteten mich: Thermodosa zu meiner Linken, Melanippe zu meiner Rechten, hinter mir Polemusa und Derinoe, dann Kayster und Evandre, die ihre Pferde zu einer schnelleren Gangart antrieben. Das Pochen meines Herzens und der Hufschlag meines Rosses wurden übertönt von Andromaches Worten: *Rächt meinen Gatten …*

Von der Küste strömten Amazonen und Saken herbei wie ein dunkler Fluss, um sich den trojanischen Truppen anzuschließen. Vor uns marschierten die griechischen Krieger Schild an Schild wie eine Mauer aus Bronze aus ihrem Lager.

»*Oiorpata!*«, rief ich noch einmal und preschte mit gezücktem Schwert los.

In die Schlacht.

Ich schlug und stach zu, hielt mein Schwert mit beiden Händen, fällte Krieger. In einer Schneise zwischen den Griechen nahm ich meinen Bogen und zielte auf einen Kämpfer, der sich auf eine meiner Amazonen stürzte, wandte mich um, löste die Streitaxt von meinem Gurt und ließ sie auf den Schädel eines Fußsoldaten niedersausen, der es auf mein Pferd abgesehen hatte. Die Sekunden dehnten sich zu einer Ewigkeit, als wäre ich tatsächlich unsterblich, wie Priamos' Geschenk es verkündet hatte. Ich raste wie eine unverwundbare Göttin. *Mit dem Schild parieren, einen heranfliegenden Speer abwehren, meine Lanze in die Schulter eines Griechen bohren, bis das Schlüsselbein kracht, umdrehen, das Schwert eines Angreifers wegschlagen und ihm meine Klinge zwischen die Rippen stoßen …*

Das Blut dröhnte in meinen Ohren, Schweiß tropfte von meiner Nase. Links von mir sah ich, wie Klonie einen Sohn Griechenlands tötete …

Das Schwert beim Reiten schwingen, die Streitaxt zücken …

Mit jedem Atemzug schienen Stunden zu vergehen. Ich schmeckte den trockenen Staub in meinem Mund, und der Eisengeruch von Blut vermischte sich mit dem des Todes. Derinoe kämpfte mit wippendem Zopf gegen einen Griechen; ihre Klingen prallten funkenschlagend aufeinander. Als Klonie ausrutschte, stieß der Grieche ihr seine Lanze in den Unterleib. Entsetzt und voller Wut schleuderte ich meinen Speer auf ihren Angreifer, erwischte seinen Arm und riss ihn zu Boden. Ich wirbelte herum, suchte nach Kayster …

Den Speer holen, mit dem Schwert zuschlagen, Männer unter den Hufen des Pferdes niedertrampeln, bis kein Grieche es mehr wagt, sich dir zu nähern …

Erleichtert entdeckte ich meinen Sohn neben Evandre und Thermodosa, die ihre Rösser ins Getümmel trieben und sich durch die feindlichen Reihen pflügten wie der Bug eines Schiffes durchs Wasser. Hinter ihnen drängten die Trojaner und ihre Verbündeten die Griechen zurück. Leichen häuften sich auf dem Boden, die Griechen gerieten ins Stolpern. Einige ließen ihre Waffen fallen und flohen, andere suchten unter ihren Schilden Schutz. Pferde rissen sich von ihren Streitwagen los und trampelten mit schreckgeweiteten Augen über gestürzte Griechen. Männer schrien vor Schmerz.

Der Holzwall des griechischen Lagers war nicht mehr weit. Ich rief: »Zu den Schiffen! Brennt die Schiffe nieder!« Hinter mir hörte ich den Hufschlag der Amazonenpferde.

Abrupt brachte ich mein Ross zum Stehen.

Fünf meiner besten Kriegerinnen – Antandre, Polemusa, Antibrote, Hippothoe und Harmothoe – kämpften in etwa zwanzig Schritt Entfernung beim Wall. Als sie mit Streitäxten angriffen oder parierten, wichen die Krieger um sie herum zurück. Antandre und die anderen umkreisten einen helmlosen Mann, dessen Brustharnisch golden glänzte und der sein Schwert so schnell schwang, dass ich die Klinge kaum wahrnahm. Seine blonden Haare wehten um seinen Kopf. Obwohl meine Amazonen ihm zahlenmäßig überlegen waren, musste ich mit ansehen, wie er eine nach der anderen niederstreckte, wie ihr Blut in den Boden sickerte und sie dahinsanken wie Mohnblumen im Regen.

Ich stieß einen Schrei aus.

Er wandte sich mir zu.

Die Zeit blieb stehen.

Ich bekam keine Luft mehr.

Konnte mich nicht mehr bewegen.

Die Geräusche der Schlacht hörte ich gedämpft. Ich sah nichts, obwohl ich wusste, dass vor mir Gestalten mit gezückten Schwertern rannten und Pferde scheuten.

Sah nur noch seine dunklen Augen, die mich über die Leichen hinweg anstarrten, seine flachsblonden Haare, die Bartstoppeln an seinem Kinn, die nach all den Jahren nicht mehr hell waren… Sogar seine Haltung, wie er das Kinn vorreckte, war so wie damals…

»Achilles«, flüsterte ich. Nach so langer Zeit fühlte es sich seltsam an, den Namen auszusprechen. »Achilles.«

Mein Grieche.

Ich hob zitternd die Hand, um meinen Helm zu lösen.

Nahm wahr, wie er seinen schweren Eschenholzspeer hob, und keuchte: »Nein! *Nein!*«

Dann hörte ich etwas durch die Luft zischen, sah, wie die sich drehende Bronzespitze auf mich zuflog, und spürte spitzen Schmerz über meiner rechten Brust, so intensiv, dass die Luft aus meiner Lunge wich und ich nach hinten kippte. Ich meinte Feuchtigkeit auf meinem Gewand zu fühlen. Als ich meine Schulter berührte, war meine Hand rot von Blut. Meine Lebenskraft versiegte, das Schwert glitt mir aus den Fingern.

Trotz des Dröhnens in meinen Ohren hörte ich seine Stimme, als er auf mich zurannte: »Da liegt er, der mächtige Krieger! Dachtest du, du würdest dein Zuhause wiedersehen, Trojaner?«

Meine Oberschenkel waren nicht mehr in der Lage, den Leib meines Rosses zu umklammern, und meine Hände wollten sich nicht bewegen. Ich rutschte seitlich weg, stürzte vom Pferd und fiel mit meinem ganzen Gewicht auf die Speerspitze, die sich noch tiefer in meine Rippen bohrte.

Dann spürte ich, wie jemand mir den Helm abnahm. Als der helle Himmel sich über mir öffnete, blinzelte ich. Wie durch einen Nebel tauchte Achilles' Gesicht über mir auf.

Ich hörte seinen Schrei, so spitz wie sein Speer.

»Hippolyta.«

Mein Name. Er hatte meinen Namen ausgerufen. Ich versuchte, den seinen auszusprechen, als wäre das eine Art Vertrag zwischen uns über alles, was wir miteinander gemacht oder versäumt hatten. Doch meine Lippen waren voller Speichel, meine Zunge versagte mir den Dienst.

Dann wieder greller Schmerz, als er den Speer aus meinem Körper zog und mich hochhob. Ich fühlte seine Arme um mich und schloss die Augen.

»Hippolyta«, flüsterte er. Unsere Tränen vereinten sich auf meinem Gesicht. »Hippolyta.«

Er setzte sich in Bewegung. Bei jedem Schritt zuckte ich zusammen. Verschwommen bekam ich mit, dass die Kämpfenden innehielten und eine Gasse für Achilles und Hippolyta, den Griechen und die Amazone, bildeten. Ich holte Luft, versuchte noch einmal, meine Lippen zu bewegen, vergebens. Sein Geruch stieg mir in die Nase: der Geruch seines Schweißes, der sich in mein Gedächtnis eingebrannt hatte. Eine Flut von Erinnerungen überspülte mich mit einer Wucht und Lebhaftigkeit, wie ich sie mir nie hätte träumen lassen.

Wie er mich lachend ins Wasser zieht und die blaue Salzgischt über uns aufspritzt.

Die heiße Sonne auf meiner Haut, als er meine Hand auf den Saiten der Lyra führt; der Ostwind, der durch meine Haare weht; seine Fingerspitzen, die die meinen an der Saite berühren.

Mein Rücken an dem Kiefernstamm, sein Körper an dem meinen, der Mond rot über uns.

Mit meinem letzten Atemzug blickte ich ihn an und sagte seinen Namen und den Namen unseres Sohnes.

Dann wurde mir schwarz vor Augen.

Ἀδμήτη

Admete

Troja, Anatolien

Fünfter Tag des Pflügemonats, 1250 v. Chr.

Ich sank auf den Wall, auf den ich gerannt war, um die Schlacht mitzuverfolgen, und krallte die Finger in meine Brust, weil ich nicht glauben konnte, was ich soeben gesehen hatte.

Hippolyta.

Die Amazonenkönigin Hippolyta, die uns vor so vielen Jahren in ihrem Lager aufgenommen hatte.

Hippolyta, die mich in ihrer Jurte ihre Tochter genannt und mir von meiner Mutter erzählt hatte. Sie lag tot in den Armen von Achilles.

Ich schloss die Augen, um das Bild von Achilles' Speer loszuwerden, wie er mit tödlicher Genauigkeit sein Ziel getroffen hatte. Wie ihre Hände die Zügel umklammert hatten, als wollte sie selbst noch im Tode aufrecht auf ihrem Pferd sitzen, bis zum letzten Moment eine Königin.

Aufstöhnend wandte ich mich wieder der Ebene zu. *Das kann nicht wahr sein.* Vielleicht verwechselte ich, aufgewühlt durch die Schlacht, eine andere Frau mit Hippolyta – eine andere Frau, die selbstsicher wie eine Königin auf ihrem Ross saß, die das Schwert führte wie eine Waffe aus Feuer, die die Amazonen mit einem stolzen Schlachtruf auf den Lippen in den Kampf führte …

Obwohl ich tief in meinem Innern wusste, dass es keine

andere gewesen sein konnte, zwang ich mich zu hoffen, bis es keine Hoffnung mehr gab.

Der Kampf ruhte. Alle beobachteten fasziniert, wie Achilles mit der toten Amazonenkönigin auf den Armen, sein Brustharnisch mit ihrem Blut befleckt, übers Schlachtfeld zum Lager der Griechen schritt. Als er sich dem Tor näherte, machten die Krieger ihm Platz. Seine Miene war finster, ob aus Wut oder Kummer, konnte ich nicht beurteilen.

Hippolyta war im Tod schön wie eine schlafende Göttin. Ihre Stirn, obwohl blutig, schimmerte faltenlos, und auf ihren Lippen lag ein leichtes Lächeln. Ein Arm ruhte auf Achilles' Schulter. Ich bemerkte das Band daran. Hatte sie, als sie es verknotete, geahnt, dass sie es nie wieder lösen würde? Dass sie die Stiefel, in die sie am Morgen schlüpfte, nie wieder ausziehen würde? Dass man die Brustwehr, verbeult durch den Aufprall von Achilles' Speer, von ihrem schlaffen Leib abnehmen und der Kriegsbeute zuführen würde?

Ich beobachtete, wie ein Mann, der Feigling Thersites, etwas zu Achilles sagte. Es klang spöttisch. Achilles' Wutschrei hallte übers Lager, mit einem gewaltigen Hieb seiner Faust schlug er ihm mehrere Zähne aus. Thersites sank vor Schmerz aufstöhnend und blutend zu Boden.

Dann sah ich einen Mann mit glänzendem Heroldsstab durch das Tor eilen – ein Trojaner. Bestimmt wollte er um Hippolytas Leichnam bitten, damit er mit allen Ehren beigesetzt werden konnte.

Würde Achilles ihn herausgeben?

Ich wartete mit angehaltenem Atem, während die griechischen Fürsten gestikulierten und Achilles stumm dem Herold lauschte.

Endlich schickte er einen seiner Sklaven los, der kurz darauf mit einem von zwei Pferden gezogenen Wagen zurückkehrte. Achilles legte Hippolytas Leichnam eigenhändig hinein und deckte sie mit seinem Umhang zu. Kurz darauf lenkte der trojanische Herold den Wagen in Richtung Troja.

Ich atmete erleichtert aus.

»Sie überlassen sie tatsächlich den Trojanern«, flüsterte ich. »Man wird sie angemessen bestatten. Immerhin das wird ihr gegönnt sein.«

Das hatte ich nicht von Achilles erwartet, dessen fürchterlicher Zorn auf Agamemnon so viele Seelen in den Hades schickte. Er blickte noch lange der Staubwolke nach, die der Wagen aufwirbelte.

Am Ende wandte er sich seiner Hütte zu, vor der eine Frau in weißem Gewand stand, und trat schweigend ein.

Erst nach einigen Tagen war ich gefasst genug, um einem Festmahl in König Agamemnons Zelt beiwohnen zu können, wo ich diesen mit Achilles' Sieg über die Amazonen prahlen hörte. In einer Ecke entdeckte ich den Barden, der auf einem Hocker saß. Er hielt seine Lyra auf dem Schoß, den Kopf hatte er den Fürsten zugeneigt, die ein Würfelspiel zwischen Achilles und Ajax mitverfolgten, Wetten abschlossen, dem Wein aus Trinkhörnern zusprachen und einander auf die Schultern klopften. Ich ging zu ihm.

»Ihr spielt ja gar nicht.« Ich zog einen Hocker heran, dessen Beine sich an einem Teppich verfingen.

Er neigte das Haupt. »Nein. Im Moment könnte ich nur ein Klagelied auf die gefallene Amazone singen, und das würde keiner der Anwesenden hören wollen.«

»Ich schon«, widersprach ich.

Er bedachte mich mit einem Lächeln. »Das ist freundlich, Tochter des Eurystheus, doch ich werde mich mit meiner Lyra nach Troja verfügen. Die Trojaner brauchen mich in ihrer Trauer dringender als die Griechen in ihrem Triumph.«

»Aber ich habe Euch noch nicht singen gehört!«

Der Barde zögerte kurz, bevor er fragte: »Das Klagelied für die Amazone?«

»Ja.«

Er sang leise nur für mich.

Als aufdämmernd nun Eos mit Rosenfingern emporstieg,
Kam das versammelte Volk um den Brand des gepriesenen
Hektors.
Jetzo legeten sie die Gebein' in ein goldenes Kästlein
Und umhüllten es wohl mit purpurnen weichen Gewanden,
Senkten sodann es hinab in die hohle Gruft, und darüber
Häuften sie dichtgeordnet gewaltige Steine des Feldes;
[...] Jetzo von neuem
Kamen sie nach dem Gebrauch und feierten stattlichen
Festschmaus
Dort in Priamos' Hause, des gottbeseligten Herrschers.
Also bestatteten jene den Leib des reisigen Hektors,
Und dann kam die Amazone,
die Tochter des Ares, die mutige Töterin von Männern ...

Er hielt inne und legte die Lyra auf seinen Schoß. »Ich kann nicht. Vergebt mir, Tochter des Eurystheus, mein Herz ist voll Trauer und Mitleid mit den Trojanern.«

Ich berührte seine Hand. »Dann kehrt zu ihnen zurück. Doch das Lied ist wunderschön. Wie schade, dass niemand sonst sich daran erfreuen kann.«

»Das Wesen von Gesängen«, meinte er und griff nach seinem Beutel, »ist wie das Leben flüchtig.«

Flüchtig …

Und wenn es doch eine Möglichkeit gäbe, es festzuhalten?

Da kam mir eine Idee.

Als er sich, die Lyra über der Schulter, entfernen wollte, hielt ich ihn auf. »Wartet.« Mein Atem ging schneller. »Habt Ihr je darüber nachgedacht …«, ich geriet ins Stocken und versuchte es noch einmal. »Habt Ihr sie jemals niedergeschrieben?«

Er runzelte die Stirn. »Was?«

»Eure Gesänge!«

Die Furche in seiner Stirn vertiefte sich. »Ich bin ein Barde, ich schreibe nicht. Meine Aufgabe ist es, von der Vergangenheit und unseren Vorfahren zu erzählen und denjenigen, die mir lauschen, Vergnügen zu bereiten. Die der Schreiber ist es, mit ihrem Stilus Dinge für den Palast aufzuzeichnen. Sie interessieren sich nicht für Heldentaten. Meine Gesänge unterscheiden sich je nach Zuhörern und Anlass. Man kann sie nicht niederschreiben wie Listen, die die Weizenmenge angeben.«

»Aber das muss nicht so sein! Ich beherrsche das Schreiben, weil ich die Beschaffenheiten von Kräutern notiere.« Ich sah mich nach etwas um, worauf ich schreiben konnte. Als ich nichts Besseres fand, löste ich den Stilus von meinem Gürtel und ritzte etwas in den Hocker, auf dem er gesessen hatte.

»*Also bestatteten jene den Leib des reisigen Hektors; und dann kam die Amazone, die Tochter des Ares, die mutige Töterin von Männern …*«, las ich laut vor.

Ich schwieg, wartete, dass er fortfuhr.

In seiner Miene lagen Argwohn und Ungläubigkeit. »Die Worte, die ich für Euch gesungen habe – sie stehen dort, sodass alle sie lesen können?«

»Ja.« Ich ergriff seine Finger und führte sie über die Linien, die ich ins Holz geschnitten hatte.

»Ich kenne nicht einmal Euren Namen«, meinte ich. »Bitte ...« Das Licht der Lampe ließ sein Gesicht und seine milchigen Augen seltsam schimmern. »Ihr seid genauso tief betrübt über das Schicksal der Amazone Hippolyta wie ich. Ich bin Tochter einer Amazone und habe ihre Königin vor vielen Jahren kennengelernt. Ihr seid Barde und ich Schreiberin. Zusammen können wir eine Geschichte erfinden, eine Heldensage, die man sich noch in vielen hundert Jahren erzählen wird. Wollt Ihr Eure Klage singen, damit ich sie niederschreiben, nach Griechenland mitnehmen und Eure Gesänge mit meinem Volk teilen kann?« Als ich sein Zögern bemerkte, fügte ich hinzu: »Damit die Geschichte der Amazonenkönigin und der Trojaner, die an ihrer Seite kämpften, niemals stirbt?«

»Gesänge niederschreiben?«, fragte er skeptisch.

»Unsere Worte«, sagte ich. »Nur unsere Worte.«

Und so kam es, dass einige Tage später ein trojanischer Barde und eine Tochter Griechenlands im Lager der Griechen am Strand von Troja im Sand saßen, der Meeresschaum ihre Füße umspülte und sie die Geschichte des Trojanischen Krieges und die von Hippolyta, der Amazonenkönigin, aufschrieben.

So würde sie doch noch unsterblich werden.

Epilog

Kalliope überlegt lächelnd. Was kommt in Hippolytas Geschichte als Nächstes? Was folgt auf die Unsterblichkeit?

Sie beobachtet den Barden am trojanischen Strand, nimmt gedämpft das Zirpen der Zikaden auf der anderen Seite des Säulengangs und den Duft der Kiefern im Herbstwind wahr. Wenig später steht sie auf. Ihr Gewand streicht knisternd über den Marmorboden.

In dem Moment eilt ein Paar kichernd in den Saal der Schicksalsgöttinnen. Die Tür fällt hinter den beiden zu. Sie laufen Arm in Arm, ihre Haare sind zerzaust. Ihr gleitet das Gewand von der Schulter. Sein Lorbeerkranz sitzt, seit er sich zu ihr heruntergebeugt hat, um sie zu küssen, schief auf seinem Kopf. Die beiden wirken wie frisch verheiratet.

Kalliope durchquert den Saal, um sie zu begrüßen. »Ihr scheint euren Streit beigelegt zu haben.«

Hera sieht lachend Zeus an, der sie erneut auf den Mund küsst. »Was?«, fragt sie. »Ach das. Wir haben uns schon vor Ewigkeiten versöhnt, nicht wahr, Zeus?«

Schmunzelnd zieht er sie näher zu sich heran. »Als du mich an den Hängen des Ida-Gebirges verführt hast, um Achilles in den Krieg zurückzulocken, würde ich sagen.«

Sie klopft ihm auf die Brust. »Du weißt, dass das nicht der einzige Grund war.«

»Ich beklage mich ja auch gar nicht.« Zeus flüstert Kalliope deutlich vernehmbar zu: »Seit Hektors Tod ist sie so guter Laune, dass wir kaum Zeit hatten, den Krieg zu beobachten.«

Hera stößt ihm den Ellbogen in die Rippen. »Ach, Zeus.«

Zeus marschiert zu dem Säulengang hinüber, in dem Kalliope kurz zuvor noch saß. »Wie geht's voran mit dem Epos?«

Über den drei Göttern wölbt sich die endlose Weite des blauen Himmels, die Felsen des Olymp fallen steil vor ihnen ab. Kalliope zuckt mit den Achseln. »Da musst du die Barden fragen. Obwohl …«, ihr Blick wandert zum Lager der Griechen, »… obwohl möglicherweise nicht mehr lange sie die Geschichten erfinden.«

Sie sieht, wie ein Schiff aus dem Hafen Trojas ausläuft und durch den Hellespont in Richtung Westen fährt. Admete kehrt also nach Tiryns zurück. Das ist das Ende, auf das Kalliope gehofft hat. Ein freudiges Lächeln breitet sich auf ihrem Gesicht aus, als sie an den Barden mit seiner Lyra denkt und an Admete, die seine Gesänge auf ihren Tontafeln verewigt hat, welche im Frachtraum des Schiffes liegen und auf dem Weg zurück nach Griechenland sind. Kalliopes Fantasie wandert in die Zukunft: Schreiber, die auf Papyrusrollen notieren, Kopisten, die im flackernden Kerzenlicht über ihre Manuskripte gebeugt sitzen, Männer, deren Finger voller Druckerschwärze sind und die die Texte setzen, sodass sie sich im Land der Sterblichen ausbreiten können, ein niemals endender Gesang über den Ruhm der Götter …

»Ein Epos über Herkules«, meint Hera und verzieht den Mund. »Ich kann nicht behaupten, dass mich das freut.«

»Nein, nein.« Kalliope streckt eine Hand aus, um sie zu beruhigen. »Nicht über Herkules – habe ich dir das nicht gesagt?«

»Nicht über Herkules?«, wiederholt Hera. »Was soll das heißen?«

Kalliope schüttelt den Kopf. »Anfangs dachte ich, es würde von Herkules handeln, doch dann hat sich herausgestellt, dass es für Hippolyta bestimmt war.«

Hera bedenkt sie mit einem Lächeln. »Freut mich zu hören.«

Zeus und Hera schlendern Arm in Arm davon, um ein wenig im Garten der Musen zu spazieren und sich vielleicht eine verschwiegene Ecke zu suchen. Kalliope bleibt noch eine Weile allein stehen, die Hände hinter dem Rücken verschränkt. Seltsam, denkt sie, dass sie fünfzehn Jahre zuvor genau hier gestanden hat, als das Zeitalter der Heroen heraufdämmerte und sie sich vor Hera in den Wäldern am Rand der Erde verstecken und dort warten wollte, bis die Zeit reif wäre, die Geschichte von Herkules zu erzählen. Am Ende war es dann Hippolyta gewesen, der sie den goldenen Apfel als trojanischer Herold verkleidet am Morgen jener schicksalhaften Schlacht überreicht hatte. Hippolyta, deren Name in den Worten Admetes in die Ewigkeit eingehen wird.

Kalliopes Aufmerksamkeit richtet sich auf eine blaue Rauchsäule, die von Troja aufsteigt. Hippolytas Bestattung. Die Trojaner haben vor den Stadtmauern einen Scheiterhaufen für sie errichtet. Darauf liegt die Königin in ihrer Kampfkleidung, jedoch ohne Helm. Ihre Haare ruhen zu einem Zopf geflochten auf einer Schulter, ihre Hände halten auf ihrer Brust das Heft ihres Schwertes, ihre Augen sind geschlossen wie im Schlaf. Goldene Schilde, Eschenholzspeere, Gefäße aus gehämmertem Silber sind als Tribut an ihre Königswürde um sie herum drapiert. Doch die Sterblichen ahnen nichts von dem größten Schatz in dem Beutel, der nach wie vor an Hippolytas Gürtel hängt.

Seufzend atmet Kalliope den Geruch von Duftöl und Weihrauch ein, der sich mit den Flammen gen Himmel erhebt. Mit einem merkwürdig hohlen Gefühl in der Brust wendet sie sich ab. Immerhin, denkt sie, kann sie dafür sorgen, dass die Sterblichen bis in alle Ewigkeit die Geschichten der unsterblichen Helden erzählen werden …

… und die der Heldinnen.

Anmerkung der Autorin

Das vorliegende Buch unterscheidet sich insofern von den ersten beiden Bänden der Troja-Trilogie, als es auf einem nicht erhaltenen epischen Gedicht basiert. Viele wissen vermutlich nicht, dass die beiden berühmtesten altgriechischen Epen – die *Ilias*, die Geschichte des Trojanischen Krieges, und die *Odyssee*, die Geschichte von Odysseus' Heimkehr – damals nicht die einzigen bekannten Epen waren. Bei *Ilias* und *Odyssee* handelt es sich vielmehr nur um zwei von zahlreichen epischen Gedichten des verloren gegangenen sogenannten »Epischen Zyklus«. Einige ihrer Titel sowie Zusammenfassungen ihres Inhalts sind uns durch spätere Texte überliefert.

Zu diesem Zyklus gehört die *Aithiopis*, so etwas wie ein »Folgegedicht« zu Homers *Ilias*, das vermutlich von Arktinos von Milet stammt. Es beginnt mit der Bestattung Hektors am Ende der *Ilias* und schildert, wie »die Amazone Penthesilea, die Tochter des Ares, eintrifft, um als Verbündete mit den Trojanern zu kämpfen … Achilles tötet sie, als sie sich im Kampf hervortut, und die Trojaner bestatten sie.«[1] Ein Manuskript von Homers *Ilias* aus dem elften Jahrhundert n. Chr., das sich in der British Library befindet, enthält eine Randnotiz, die darauf hindeutet, dass die erste Zeile der *Aithiopis* – das Eintreffen der Amazonen in Troja – unmittelbar auf die letzte der *Ilias* folgt[2]:

»Also bestatteten jene den Leib des reisigen Hektors; und dann kam die Amazone, die Tochter des Ares, die mutige Töterin von Männern …«[3]

Der Gedanke der Kontinuität, sozusagen eines Dialogs zwischen den Epen des archaischen Griechenland, verweist auf einen weiteren wichtigen Aspekt des frühen griechischen Epos, der mich besonders interessiert: die mündliche Überlieferung. Meine Forschungen als Altphilologin konzentrieren sich auf die Geschichte der frühen griechischen Epen und auf die Entdeckung neuer Elemente der mündlichen Tradition in den homerischen Dichtungen, die darauf hindeutet, dass sie immer wieder von Barden vorgetragen wurden, lange bevor man sie schriftlich fixierte.

Das lässt ein weit komplexeres Bild der Epen im archaischen Griechenland vermuten als das, das wir bisher davon hatten. Wir dürfen nicht mehr nur an die beiden gewaltigen (schriftlich fixierten) homerischen Epen, die *Ilias* und die *Odyssee*, denken, sondern müssen uns eine komplexe Verflechtung mündlich erzählter Geschichten vorstellen, von denen manche einfach da weitergingen, wo andere aufhörten, zwischen denen Ideen, ganze Sätze, Tropen und Motive ausgetauscht und über viele Generationen hinweg weitergegeben wurden, bis man irgendwann zwei der Sagen aufschrieb, die so bis in unsere Zeit überdauerten.

Somit ist das vorliegende Buch auch eine Suche nach einem verlorenen Epos. Es folgt (und reagiert) nicht auf einen einzelnen literarischen Text, sondern basiert auf einem Konglomerat verschiedener Mythen aus unterschiedlichsten Quellen, von den Gedichten Homers aus dem achten Jahrhundert v. Chr. über die Nacherzählung der Penthesilea-Geschichte durch Quintus von Smyrna (viertes Jahrhundert

n. Chr.), den byzantinischen Gelehrten Johannes Tzetzes im zwölften Jahrhundert n. Chr. bis zu den neueren Entdeckungen skythischer Gräber in der heutigen Ukraine und in Russland. Das alles hilft, ein Bild von den verlorenen Epen des archaischen Griechenland, besonders von der *Aithiopis*, erstehen zu lassen, deren Neugier weckende Anfangszeile erhalten geblieben ist.

Aufgrund der zahlreichen, nicht unbedingt allgemein bekannten Quellen möchte ich den historischen Hintergrund des vorliegenden Buches etwas ausführlicher erläutern. (Siehe auch »Weiterführende Literatur«.)

Beginnen wir bei den Amazonen. Aus griechischer Sicht (und damit fange ich als Altphilologin immer an) tauchen die Amazonen zum ersten Mal in Homers *Ilias* in der griechischen Literatur auf, wo sie als *antianeirai* beschrieben werden – ein schwieriges Wort, das (je nach Auslegung) »Gegner von Männern« oder »Männern Gleiche« bedeuten kann. Von da an erscheinen sie immer wieder in der griechischen Geschichte und Kunst sowie in den Mythen – eine ausschließlich weibliche, kriegerische und »barbarische« Gesellschaft, als deren Gegenpart sich die griechischen Männer selbst definieren konnten. Eine unserer wichtigsten literarischen Quellen ist der griechische Historiker Herodot (fünftes Jahrhundert v. Chr.), der einen Teil seiner *Historien* einer Ethnografie der Skythen widmet. Zusätzlich liefern Diodor von Sizilien, Strabon, Plinius der Ältere, Justin und Orosius hilfreiche Berichte.[4] Die Griechen stellten sich die Amazonen als Kriegerinnen vor, die am mythischen östlichen Ende der Welt lebten, auf Pferden ritten und mit Pfeil und Bogen kämpften. Angeblich blieben sie ohne Männer, hatten nur zum Zweck der Fortpflanzung Sex und töteten männliche Kinder. Amazonen sind auf Vasenmalereien im archaischen und klassischen Griechenland zu sehen, und zwar in ihrer typischen Kleidung: gemusterte Hose, Obergewand und Filzmütze.

In griechischen Schilderungen wirken die Geschichten von drei Amazonenköniginnen – und Schwestern – besonders lebhaft. Sie beschreiben alle deren Interaktionen mit jeweils einem griechischen Helden. Ihre Namen: Hippolyta, Antiope und Penthesilea. Hippolyta galt als Königin der Amazonen, deren Kampfgurt Herkules im Rahmen seiner Arbeiten beschaffen sollte. Ihre Schwester Antiope wurde von Theseus, dem König von Athen, während Herkules' Überfall auf das Lager der Amazonen gefangen genommen und nach Athen verschleppt. Die Amazonen retteten sie in einer Schlacht, die zu den frühen Mythen um diese Stadt gehört. Penthesilea schließlich führte die Amazonentruppen gegen die Griechen nach Troja, wo sie von Achilles getötet wurde, der sich – so heißt es – auf den ersten Blick in sie verliebte. (Eine spätere byzantinische Tradition, der ich im vorliegenden Buch folge, behauptet, Achilles und Penthesilea hätten sich bereits vor dem Trojanischen Krieg gekannt und miteinander einen Sohn namens Kayster gehabt.)

Doch wie die von Briseis und Chryseis in der posthomerischen Tradition wurden ihre Namen oft verwechselt. Um nur ein bekanntes Beispiel zu nennen: Shakespeare nennt in seinem *Sommernachtstraum* Hippolyta, nicht Antiope, als Frau von Theseus.[5] Selbst im Altertum herrschte Verwirrung über die Namen und Identitäten der Amazonenschwestern. Der Historiker Plutarch zitiert Simonides und Kleidemus, die offenbar Hippolyta als Theseus' Frau angaben; der byzantinische Gelehrte Johannes Tzetzes betont, Antiope, nicht Hippolyta sei von Theseus entführt worden. Für mich ist das ein Hinweis auf die Flexibilität und ge-

genseitige Durchdringung dieser Mythen. Sie haben mich veranlasst, die drei Schwestern zu einer, Hippolyta, zu verschmelzen, die durch Shakespeare zur bekanntesten Amazone der postklassischen Tradition wurde. Die drei Teile des vorliegenden Romans – »Amazone«, »Griechin« und »Unsterblich« – lassen sich so auch als die Geschichten der drei Amazonenschwestern lesen: Hippolyta in »Amazone«, Antiope in »Griechin« und Penthesilea in »Unsterblich«.

So viel zur literarischen Tradition der Amazonen. Ich wollte meine Amazonen auch so historisch korrekt darstellen wie möglich, was bedeutete, dass ich mich mit archäologischen Belegen beschäftigen musste. Adrienne Mayors ausgezeichnetes Buch *The Amazons: Lives and Legends of Warrior Women Across the Ancient World* (Princeton: Princeton University Press, 2014) war mein ständiger Begleiter und Führer, ähnlich wie der Katalog des British Museum zu seiner hochgelobten Skythen-Ausstellung, die kürzlich stattfand. (Hippolytas Kampfgurt sowie andere Artefakte basieren auf skythischen Funden, die dort zu sehen waren.) Adrienne Mayor beschreibt, wie neuere archäologische Ausgrabungen in der eurasischen Steppe Informationen über alte Kulturen liefern, die mit den Amazonen zu korrespondieren scheinen. Aus Kurganen (Grabhügeln) in den Steppen wurden Skelette geborgen, die mit Waffen, Rüstungen und manchmal sogar Pferden begraben wurden. Eine Analyse mit modernen bioarchäologischen Methoden hat laut Adrienne Mayor ergeben, dass »bewaffnete Frauen etwa 37 Prozent der Begrabenen ausmachen« (Mayor 2014, S. 63). Das sind außergewöhnliche Hinweise auf eine nomadische Reiterkultur nördlich und östlich des Schwarzen Meeres, in der die Frauen genauso gut kämpfen konnten wie die Männer. Durch sie erhalten wir überdies eine Vorstellung davon, wie die griechischen Mythen die Amazonen sahen. Meine Darstellung der Amazonenwelt in diesem Buch hält sich so eng wie möglich an die der nomadischen Skythenstämme, die bei archäologischen Grabungen entdeckt und von Adrienne Mayor beschrieben wurden. Dazu kommen die ethnografischen Schilderungen der Skythen bei Herodot, ihrer Rüstungen und Waffen, ihrer Kleidung, ihrer Nahrung und ihrer Gebräuche sowie ihrer Religion, ihrer Sprache und ihrer Namen. (Weitere Informationen über die Namen der Amazonen finden sich in »Auftretende Figuren«.)

Ein kurzes Wort zur Sprache der Skythen. Die den Hippolyta-Kapiteln in diesem Buch vorangestellten Symbole sind eigentlich ein Anachronismus, da es keinerlei Hinweise auf eine skythische Schrift gibt. Die wenigen Worte, die wir kennen – und die ich im vorliegenden Buch benutze –, stammen hauptsächlich von Herodot, der sie ins Griechische übertrug. Aus ihnen können wir schließen, dass das Skythische eine alte nordiranische Sprache war. Ein anschauliches Beispiel ist Herodots Erklärung des Wortes *oiorpata*, das ich in meinem Roman als Schlachtruf verwende: »Die Skythen nennen die Amazonen *Oiorpata*, das sich als ›Mann-Töterinnen‹ ins Griechische übertragen lässt, denn *oior* bedeutet ›Mann‹ und *pata* ›töten‹« (Herodot, 4, 110). Bezugnehmend darauf habe ich die Keilschrift des Altpersischen verwendet – eine der beiden belegten altiranischen Sprachen, von denen schriftliche Zeugnisse existieren, allerdings aus einer bedeutend späteren Epoche als der Bronzezeit, in der dieses Buch spielt –, um Hippolytas Namen zu übertragen (die Keilschriftform liest sich *ha-i-pa-la-u-ta-a*, was dem Griechischen *Hippoluté* am nächsten kommt). In meinem Roman habe ich sowohl griechische als auch skythische Ausdrücke beibehalten, wenn beide belegt sind. So nennt Hippolyta die

Skythen beispielsweise »Saken«, eine Bezeichnung, die auf ein in der Persischen Behistun-Inschrift belegtes Wort zurückgeht, während Admete das griechische »Skythen« oder *Skythos* benutzt. Beide Ausdrücke finden sich in »Auftretende Figuren« und »Erwähnte Orte«. Lesern dürfte vermutlich auffallen, dass ich mich für »Herkules«, die latinisierte Form des griechischen *Herakles* (sowie für Alkides, laut Apollodor Herkules' Name vor der Vollendung seiner Arbeiten), entschieden habe. Das passt sich den Schreibweisen an, die ich bei anderen Namen der Trilogie verwendet habe – zum Beispiel das lateinische »Achilles« statt des griechischen *Achilleus* oder das lateinische »Hekuba« statt des griechischen *Hekabe* und so weiter.

Nun zu Admete und ihrer Fahrt zu den Amazonen: Die Belege dafür, dass Admete Herkules begleitete, um Hippolytas Kampfgurt zu erringen, entstammen zwei unterschiedlichen Quellen, einerseits Apollodor, dem Mythografen aus dem ersten oder zweiten Jahrhundert n. Chr., andererseits dem byzantinischen Gelehrten Johannes Tzetzes, der schreibt, Admete, die Tochter des Eurystheus, wollte den Kampfgurt der Hippolyta haben und reiste mit Herkules, Theseus und den anderen auf einem Schiff, um ihn zu holen. Die Geschichte von Admetes Amazonenmutter habe ich mir ausgedacht. Dazu angeregt hat mich Antimache (»Kämpfer gegen«), der Name von Eurystheus' Frau und ein belegter Amazonenname. Antike Quellen behaupten, Admete habe den Kampfgurt als Symbol der Macht begehrt – mir erschien das wie eine typisch »maskuline« Interpretation. Als ich mich näher mit dem Mythos beschäftigte, stellte sich heraus, dass im Zusammenhang mit dem Kampfgurt immer wieder das Mutterthema auftaucht. Der Gurt ist ein Geschenk von Hippolytas Mutter und somit einerseits ein Symbol der Mutterschaft und der Tradition, beschreibt aber andererseits auch das (aus griechischer Sicht) Paradox einer Kriegerin. Von diesem Ausgangspunkt aus begann ich, Admetes Suche nach ihrer Mutter und ihrer Identität als Amazone und Frau in einer sehr männlichen Welt zu entwickeln.

Die Geschichten von Herkules' Arbeiten und Heras Eifersucht nach Zeus' Affäre mit der Sterblichen Alkmene gehören zu den bekanntesten Sagen Griechenlands und müssen deshalb kaum erläutert werden. Herkules, der Sohn eines Gottes und für die Unsterblichkeit bestimmt, stand in der antiken Welt für alles Männliche und Heroische. Mich interessierte eher seine weniger bekannte Beziehung zu Admete, auf die Apollodor und Tzetzes in ihren Geschichten von ihrer gemeinsamen Reise zu den Amazonen hindeuten. Sie zeigt eine andere Seite von Herkules' Charakter und seinem Verhältnis zum König von Tiryns, der ihm die Arbeiten auferlegte. Außerdem hatte ich den Eindruck, mich mit der Frage beschäftigen zu müssen, warum eine Frau im Griechenland der Bronzezeit dem archetypischen männlichen Helden eine Aufgabe stellen und ihn obendrein begleiten durfte. Ihre Beantwortung wirft möglicherweise ein völlig neues Licht auf die Rolle von Frauen im Ägäisraum der Bronzezeit. Meine Beschreibung von Admetes Fahrt mit Herkules zu den Amazonen basiert fast vollständig auf Apollodors Beschreibung von Herkules' Arbeit in seinem Werk *Bibliotheke*, auch wenn einige der Szenen – zum Beispiel der Kampf gegen die Bebryker – einer anderen, sehr ähnlichen Fahrt, nämlich der von Jason und seinen Argonauten aus Apollonios' *Argonautika*, nachempfunden sind. Der Mythos von Herkules, der in Delphi einen Orakelspruch empfängt, in dem es heißt, ihm würde Unsterblichkeit verliehen, wenn er seine Arbeiten vollende, stammt von Apollodor und Diodorus Siculus.

Es gibt nur wenige Hinweise auf die Heilkunst im Ägäisraum der Bronzezeit. Deswegen beziehe ich mich bei der Beschreibung von Admetes Wirken als Heilerin auf neuere pathologische Belege aus Ausgrabungen in Griechenland, Informationen aus Linearschriften, Votivgaben an Heiligtümern der Götter, spätere klassische Werke wie zum Beispiel Theophrastus' *Historia Plantarum* (das früheste bekannte und wichtigste systematische botanische Werk, das aus der klassischen Antike überliefert ist) sowie auf das Corpus Hippocraticum und Andrew Chevalliers umfassendes *Lexikon der Heilpflanzen*. Eines der interessanteren Beispiele ist die Schafgarbe, deren lateinische Bezeichnung *Achillea millefolium* auf ihre (angebliche) Verwendung durch Achilles im Trojanischen Krieg verweist. Safran (*ko-ro-ki-no*) wird in einer Linearschrift aus dem kretischen Knossos erwähnt, und Echter Alant oder *Inula helenium* gilt als die Pflanze, die Helena von Sparta in der Hand hielt, als sie mit Paris nach Troja aufbrach.

Weitere Hinweise auf und Erläuterungen zur Welt von Admete, Herkules und den Amazonen finden sich in der »Weiterführenden Literatur« oder auf meiner Website www.emilyhauser.com.

1 Alle Übersetzungen von mir.

2 Burney MS 86, bekannt als »Townley Homer«.

3 Arktinos, *Aethiopis* fr. 2; scholiast über die *Ilias*, Gesang 24, Zeile 804; Schol. (T) Il. 24, 804a.

4 Andere antike Quellen, auf die sich das vorliegende Buch bezieht: Aischylos, *Die Eumeniden*; Apollodor, *Bibliotheke* und *Epitome*; Apollonios, *Argonautika*; Arktinos, *Aithiopis*; Dictys Cretensis, *Chroniken*; Diodorus Siculus, *Bibliotheca Historica*; Euripides, *Hercules Furens*; Hellanikos, FGrH 4 F 149; Herodot, *Historien*; Hippokrates, *De Aeribus, Aquis et Locis* und *De Morbis Popularibus*; Homer, *Ilias* und *Odyssee*; Hyginus, *Fabulae*; Justin, *Epitome*; Nonnos, *Dionysiaka*; Orosius, *Historiae*; Ovid, *Heroides*; Pausanias, *Beschreibung Griechenlands*; Plinius, *Historia Naturalis*; Pindar, *Carmina*; Plutarch, *Vita Thesei*; Polyaenus, *Strategmata*; Proklos, *Chrestomathia*; Propertius, *Elegiae*; Quintus Smyrnaeus, *Posthomerica*; Statius, *Achilleis*; Strabon, *Geographica*; Theophrastus, *Historia Plantarum*; Johannes Tzetzes, *Scholia in Lycophronem, Chiliades* und *Posthomerica*.

5 Vermutlich auf William Painters »Novel of the Amazones« zurückzuführen, den Beginn von Buch Zwei von *The Palace of Pleasure* (1575): »… denn Theseus wollte für kein Angebot, das sie machen konnte, Hippolyta hergeben, in die er so sehr verliebt war, dass er sie mit nach Hause und später zur Frau nahm und von ihr einen Sohn namens Hipolitus hatte« (*The Palace of Pleasure* 2, 163). Möglicherweise auch auf Plutarchs *Vita Thesei*, 27, das Shakespeare höchstwahrscheinlich in der Übersetzung von North las (Plutarch, *The Lives of the Noble Grecians and Romanes*, übers. v. Thomas North, 1579: *The Tudor Translations*, 2 Bde, 1895; Nachdr., New York 1967, Bd. 1, S. 116).

Kalender der Bronzezeit

Die kalendarischen Informationen aus den Mykenischen Linearschriften sind fragmentarisch und schwierig zu rekonstruieren, allerdings wurden Begriffe gefunden, die sich auf die Monate des Jahres zu beziehen scheinen. Zum Beispiel *wodewijo* – »Rosenmonat«; *emesijo* – »Weizendreschmonat«; *metuwo newo* – »Monat des Neuen Weins«; *ploistos* – »Segelmonat« und so weiter. Obwohl wir keinerlei Anhaltspunkte besitzen, welchen heutigen Monaten diese Begriffe entsprachen, habe ich sie in Bezug zu dem landwirtschaftlichen Kalender aus Hesiods *Werke und Tage* sowie zu den Pflanzenwachszyklen und Erntezeiten in Griechenland gesetzt und daraus den folgenden Bronzezeitkalender entwickelt, an den ich mich im gesamten Text halte.

dios	Monat des Zeus	Januar
metuwo newo	Monat des Neuen Weins	Februar
deukijo	Monat des Deukios (?)	März
ploistos	Segelmonat	April
amakoto(s)	Erntemonat	Mai
wodewijo	Rosenmonat	Juni
emesijo	Weizendreschmonat	Juli
amakoto(s)	Weinerntemonat	August
…	Pflügemonat	September
lapatos	Regenmonat	Oktober
karaerijo	…	November
diwijo	Monat der Göttin	Dezember

Wir besitzen keinerlei Hinweise auf einen Kalender der Skythen, doch Herodots Feststellung, die Skythen seien sich sicher gewesen, dass nicht mehr oder weniger als tausend Jahre vergangen seien von der Herrschaft ihres ersten Königs bis zum Eintreffen von Dareius 513 v. Chr. (*Historien* 4,7,1), verweist darauf, dass sie Mittel zur Messung und Datierung von Jahren besaßen. Anhand der jahreszeitlich bedingten Bewegungen skythischer Nomaden, wie sie Adrienne Mayor in ihrem Buch *The Amazons* (2014, S. 130) beschreibt, habe ich das Kalenderjahr in drei Jahreszeiten aufgeteilt – Frühling, Sommer und Winter – und jeder eine darüber herrschende skythische Gottheit zugewiesen: Apia, die Göttin der Erde, für die fruchtbare Jahreszeit des Frühlings; Tabiti, die Göttin des Feuers, für die heißen Jahreszeiten des Sommers und Herbstes; Tar, den Gott des Himmels und des Wetters, für die kalten und stürmischen Wintermonate. In jeder Jahreszeit findet genau in der Mitte (siehe unten) ein Fest statt, das nach dem jeweils dazugehörigen Gott benannt ist: »Tag der Erde« (Frühling); »Tag des Feuers« (Sommer) und »Tag der Stürme« (Winter). Die Daten werden entweder auf diesen Mittelpunkt der jeweiligen Jahreszeit zu oder von ihm weg gezählt.

Jahreszeit von Apia: 1. Febr. – 31. Mai (Mitte 1. April; »Tag der Erde«), Frühling
Jahreszeit von Tabiti: 1. Juni – 30. Sept. (Mitte 1. Aug.; »Tag des Feuers«), Sommer
Jahreszeit von Tar: 1. Okt. – 31. Jan. (Mitte 1. Dez.; »Tag der Stürme«), Winter

Dank

Am Ende der Troja-Trilogie möchte ich mich ganz herzlich bei meinem Lektor Simon Taylor und dem wunderbaren Team von Transworld bedanken, die mir die Verwirklichung des Projekts ermöglicht haben. Simon, ich werde dir ewig dankbar sein, nicht nur für deinen Glauben an diese Trilogie, sondern auch für deinen Enthusiasmus, deine Unterstützung und deine Ratschläge. Das Gleiche gilt für Tash Barsby: Dieses Buch hat deinen Kenntnissen und Kommentaren unendlich viel zu verdanken. Hippolyta wäre ohne dich nicht so, wie sie ist. Ein dickes Dankeschön geht an meinen fantastischen Agenten Roger Field, dessen fester Glaube an die Trilogie, dessen Wissen über mykenische Waffen und dessen Rat und Beistand mir im Lauf der Jahre unverzichtbar wurden. Ich danke allen bei Transworld, die meine Romane auf so schöne Weise realisieren: der Pressefrau Hannah Bright für ihre erstaunliche Fähigkeit, über mehrere Zeitzonen hinweg zu organisieren; Becky Glibbery, Sarah Whittaker und allen anderen aus der Kreativabteilung, die so wundervolle Arbeit bei der Gestaltung der Umschläge für die Trilogie geleistet haben; meiner grandiosen Bearbeiterin Hazel Orme sowie Viv Thompson, Phil Lord und Candy Ikwuwunna. Ihr seid Teil dieser Trilogie, und ich danke euch für alles, was ihr tut, um die Welt der Antike zum Leben zu erwecken.

Dieses Buch erforderte intensivere Recherchen als jedes andere, das ich bisher geschrieben habe, schon aufgrund der Menge alter Quellen aus einem ziemlich großen Zeitraum. Außerdem musste ich mich als Altphilologin auf das für mich neue Gebiet der Amazonen begeben, nachdem ich mich kaum jemals aus dem der griechisch-römischen Kultur und Sprache herausgewagt hatte. Besonderen Dank schulde ich deshalb folgenden Gelehrten dafür, dass sie mir ihre Zeit geopfert haben und mich an ihren Erkenntnissen teilhaben ließen: die Professoren Prods Oktor Skjaervo und Jeremy Rau von der Harvard University für ihre Unterstützung beim Skythischen; Sam Blankenship für ihre Hilfe beim Altpersischen und Awestischen. Besonders erwähnen möchte ich Adrienne Mayors *The Amazons: Lives and Legends of Warrior Women Across the Ancient World* von 2014. Ihre detaillierte Studie ermöglichte es mir, mir jenseits von stereotypen Amazonenbildern eine lebende Kultur vorzustellen. Und ich danke Stratis und Elena für ihre Gastfreundschaft bei unserem Besuch auf Skiros und Caleb Dean und Emily Kanter von Cambridge Naturals dafür, dass sie ihr Wissen über Kräuter mit mir geteilt und geduldig meine Fragen über Zitronenmelisse beantwortet haben.

Wie immer haben Kollegen, Freunde und Familie mich unterstützt und mir die Ermutigung und Zeit sowie den Raum gegeben, ohne die solche Bücher nicht entstehen würden. Besonders dankbar bin ich sowohl der Yale als auch der Harvard University für die arbeitsförderliche Umgebung und die ausgezeichneten Recherchemöglichkeiten, von denen ich beim Schreiben der Trilogie profitieren konnte. Dazu kamen Ratschläge und Hilfe meiner wunderbaren Mentoren Emily Greenwood, Greg Nagy, Laura Slatkin, Diana Kleiner und vieler anderer. Wie jedes Mal schulde ich auch den Leuten von The Biscuit in Somerville sehr viel, die mich stets anfeuerten, mir mit ihren Gesprächen und ihrem Lachen gute Laune machten und sowohl die Ursprünge als auch den Abschluss dieses Buches miterlebten: Hannah, Ilona, Dava, die beiden Emilys, Ryan, Bryan, Andrew, Choo, Greta und all die anderen. Meine Familie hat mich auf vielen Ebenen unterstützt. Sie hat mir geholfen, die Symptome der Malaria richtig zu beschreiben und mir mit Engelsgeduld gelauscht, wenn ich Passagen aus dem Roman (immer mit verteilten Rollen) vorlas.

Meine Freundinnen Farzana, Alice, Zoe und Iyad und die anderen bilden seit der ersten Idee zu dem Projekt sein Rückgrat. Ich widme diesen letzten Band der Trilogie meinen drei ganz besonderen Freundinnen Athina, Natalia und Arabella, die ich diesen Sommer vor zehn Jahren auf unserer eigenen Odyssee in Griechenland kennenlernte. Ich bin so dankbar, euch drei in meinem Leben zu wissen, und freue mich schon auf weitere Jahre mit Auberginen (und Klassikern). Wie immer widme ich dieses Buch auch meinem Ehemann Oliver, dessen Beistand, Liebe, Ermutigung und unerschütterlicher Glaube an mich die letzten acht Jahre jeden Tag zu einem freudigen Abenteuer gemacht haben.

Auftretende Figuren

Die meisten Figuren in diesem Buch entstammen den Mythen und Sagen der alten Griechen; Namen der Amazonen habe ich entweder klassischen (hauptsächlich griechischen) Quellen entnommen oder sind belegte skythische Namen. Sterbliche sind **fett** ausgewiesen, Götter ***fett kursiv***. Figuren, die ich eigens für meine Geschichte erfunden habe, sind mit einem Sternchen (*) versehen.

Achilles – Sohn von Thetis und Peleus. Achilles ist der größte Krieger der Griechen im Trojanischen Krieg. Seine Mutter, die fürchtete, dass er im Krieg sterben könnte, versuchte, ihn als Knaben auf der Insel Skiros zu verstecken, doch Odysseus entdeckte ihn, und er ging nach Troja.

Admete – Tochter von Eurystheus, König von Tiryns, und Antimache. Auf Altgriechisch bedeutet der Name »unverheiratet, ungebrochen«.

Aella oder Aëlla – Eine von Hippolytas Kriegerinnen. Belegter Amazonenname (auf Griechisch), bedeutet »Windsbraut«.

Agamemnon – Oberster König oder Völkerfürst der Griechen und Herrscher über Mykene. Agamemnon führt das Heer mit seinem Bruder Menelaos gegen Troja.

***Agar** – Amazonenberater. Belegter skythischer Name.

Aigle – Die Älteste der Hesperiden, der Hüterinnen der goldenen Äpfel. Der Name bedeutet »Licht, Leuchten«.

Ajax – Griechischer Krieger und Fürst von Salamis.

Alexander – Sohn und Erbe von Eurystheus, König von Tiryns, und ältester Bruder von Admete. Die Namen von Eurystheus' Söhnen finden sich bei Apollodor.

Alkides – Der Name von Herkules, bevor er für die Vollendung seiner Arbeiten diesen Namen tragen darf. Es handelt sich um ein Patronym (das heißt, der Name ist über die väterliche Linie hergeleitet), in diesem Fall von seinem Großvater Alkaios über seinen Stiefvater Amphitryon.

Alkmene – Frau von Amphitryon von Theben und Mutter von Herkules. Sie wird von Zeus geschwängert, der ihr in Gestalt ihres Gatten erscheint.

Amphitryon – Stiefvater von Herkules und Gatte von Alkmene, Herkules' Mutter.

Amykos – König der Bebryker und Gegner von Lykos, König der Mariandyner.

Andromache – Prinzessin von Theben und Tochter von König Eëtion, später Gattin von Hektor. Nach dem Fall von Troja wird sie von den Griechen gefangen genommen und Nebenfrau von Achilles' Sohn Neoptolemos.

Antandre – Eine der zwölf Amazonen, die Hippolyta nach Troja begleiten. Belegter Amazonenname (auf Griechisch), bedeutet »anstelle von Männern/gegen Männer«.

Antibrote – Eine der zwölf Amazonen, die Hippolyta nach Troja begleiten. Belegter Amazonenname (auf Griechisch), bedeutet »anstelle von Männern/gegen Männer«.

Antimache – Gattin von König Eurystheus von Tiryns und Mutter von Admete. Ihr Name findet sich bei Apollodor.

Aphrodite – Göttin der Liebe und Sexualität, erhält von Paris in dem Wettbewerb um die Schönste den goldenen Apfel.

Apia – Skythische Göttin der Erde (Entsprechung der griechischen Gaia), findet sich bei Herodot.

Apollo – Gott der Bogenschieß-, Heil- und Dichtkunst sowie der Sonne und der Weissagungen. Sein Beiname *Päon* weist ihn als Gott der Heilkunst aus.

Ares – Gott des Krieges.

***Arga** – Tochter von Iphito. Belegter skythischer Name.

Artemis – Göttin der Jagd, des Mondes, des Gebärens und der Jungfräulichkeit; Zwillingsschwester von Apollo.

Asteria – Eine von Hippolytas Kriegerinnen. Belegter Amazonenname (auf Griechisch), bedeutet »Stern«.

Athene – Göttin der Weisheit und des Krieges; Gründerin und Schutzgöttin von Athen.

Atlas – Anführer der Titanengötter, der den Himmel auf seinen Schultern trägt. Vater der Hesperiden.

Budiner – Alter skythischer Stamm, den Herodot nördlich und östlich des Tanais (skythisch »Silis«, modern »Don«) ansiedelt. Angeblich mächtiges Volk mit roten Haaren und blauen Augen.

Deianeira oder **Deïaneira** – Eine von Hippolytas Kriegerinnen. Belegter Amazonenname (auf Griechisch), bedeutet »Mannzerstörerin«.

Deiphobus – Zweiter Sohn des Königs Priamos und nach Paris' Tod Helenas Gatte.

Derinoe – Eine der zwölf Amazonen, die Hippolyta nach Troja begleiten. Belegter Amazonenname (auf Griechisch).

Diomedes – Griechischer Held und Fürst von Argos.

***Elais** – Griechische Priesterheilerin. Belegter griechischer Name.

Erato – Muse der Liebesdichtung.

Euneos – Bruder von Solois und Thoas von Athen. Gefährte von Herkules auf der Reise zu Hippolyta und ihrem Kampfgurt.

Eurybios – Sohn von Eurystheus, König von Tiryns und Bruder von Admete. Die Namen von Eurystheus' Söhnen finden sich bei Apollodor.

Eurystheus – König von Tiryns und Vater von Admete. Er legt Herkules die zwölf Arbeiten auf.

Euterpe – Muse des Gesangs und der lyrischen Dichtkunst.

Evandre – Eine der zwölf Amazonen, die Hippolyta nach Troja begleiten. Belegter Amazonenname (auf Griechisch), bedeutet »mutig, wohlhabend«.

Harmothoe – Eine der zwölf Amazonen, die Hippolyta nach Troja begleiten. Belegter Amazonenname (auf Griechisch).

Hektor – Ältester Sohn des Königs Priamos von Troja und Gatte von Andromache.

Hekuba – Gattin des Königs Priamos von Troja und Mutter von Hektor, Deiphobus, Äneas, Paris, Troilus und Kassandra.

Helena – Tochter von Zeus und Leda. Ihr Stiefvater ist Tyndareus von Sparta. Ursprünglich Helena von Sparta. Sie wird, nachdem sie mit Paris, dem Prinzen von Troja, nach Troja kommt, Helena von Troja und setzt so den Trojanischen Krieg in Gang.

Hephaistos – Der hinkende Gott des Feuers und der Schmiedekunst, Gatte von Aphrodite.

Hera – Königin der Götter und Gemahlin von Zeus. Hera ist wütend darüber, dass Zeus Herkules mit der Sterblichen Alkmene gezeugt hat. Göttin der Ehe und Geburt.

Herkules – Sohn von Zeus und Alkmene, der erfolgreich zwölf Arbeiten vollbringt. Sein Stiefvater ist Amphitryon von Theben. Der Name »Herakles« bedeutet auf Griechisch »der sich den Ruhm der Hera erwarb«.

Hermes – Sohn von Zeus und Maia. Hermes ist der Götterbote und der Gott der Diebe und Betrüger.

Hesperiden – Töchter von Atlas und der Göttin des Abends (Hesperis). Die drei Nymphen wohnen in ihrem Garten am Ende der Welt und hüten die mythischen goldenen Äpfel.

Hippolyta – Königin der Amazonen, Tochter von Marpesia und Schwester von Orithyia und Melanippe. Auf Griechisch bedeutet der Name »Pferdebefreierin«.

Hippothoe – Eine der zwölf Amazonen, die Hippolyta nach Troja begleiten. Belegter Amazonenname (auf Griechisch), bedeutet »schnelles Pferd«.

Hylaiaer – siehe »Erwähnte Orte«, **Hylaia.**

Idaios – Trojanischer Herold von Priamos.

***Ioxeia** – Amazonenheilerin und -beraterin. Belegter Amazonenname (auf Griechisch).

Iphimedon – Sohn von Eurystheus, König von Tiryns und Bruder von Admete. Die Namen von Eurystheus' Söhnen finden sich bei Apollodor.

Iphito – Amazonenberaterin. Belegter skythischer Name.

Iris – Götterbotin für Hera und Göttin des Regenbogens. Tochter des Meeresgottes Thaumas und der Nymphe Elektra.

Kalliope – Muse der erzählenden Dichtkunst.

Kassandra – Tochter von König Priamos und Königin Hekuba von Troja.

Kayster, auch **Kaystrios** – Sohn von Hippolyta und Achilles. Üblicherweise Sohn von Penthesilea.

Klio – Muse der Geschichte.

Klonie – Eine der zwölf Amazonen, die Hippolyta nach Troja begleiten. Belegter Amazonenname (auf Griechisch).

Königsskythen – siehe »Erwähnte Orte«, **Königsskythen, Land der.**

Lykos – König der Mariandyner, an dessen Hof (laut Apollodor) Herkules auf dem Weg zu den Amazonen und zum Kampfgurt der Hippolyta einen Zwischenstopp einlegt.

***Lysippe** – Tochter von Admete und Proetos. Belegter Amazonenname (auf Griechisch), bedeutet »Pferdebefreierin« wie »Hippolyta«.

Machaon – Heiler der Griechen im Trojanischen Krieg.

Marpesia – Mutter von Hippolyta, Melanippe und Orithyia. Der Name orientiert sich laut Justin an einer frühen Amazonenkönigin. Ihre Töchter sind üblicherweise Orithyia und Antiope.

Melanchlainen – siehe »Erwähnte Orte«, **Melanchlainen, Land der.**

Melanippe – Schwester von Hippolyta. Auf Griechisch bedeutet der Name »schwarzes Pferd«.

Melpomene – Muse der Tragödie.

Menelaos – Fürst von Sparta und Bruder von König Agamemnon von Mykene. Menelaos war der Gatte von Helena, als Paris diese nach Troja entführte, und kehrt nach dem Fall von Troja mit ihr nach Sparta zurück.

Mentor – Sohn von Eurystheus, König von Tiryns, und Bruder von Admete. Die Namen von Eurystheus' Söhnen finden sich bei Apollodor.

Musen – Die neun Göttinnen der Dichtkunst und des Gesangs, Töchter von Zeus und der Göttin des Gedächtnisses.

Nestor – Griechischer Edelmann und Fürst von Pylos.

Odysseus – Fürst von Ithaka und Gatte der Penelope, bekannt als Listenreicher. Er entdeckt Achilles, der sich auf der Insel Skiros verbirgt, und überredet ihn, im Trojanischen Krieg zu kämpfen.

Orithyia – Schwester von Hippolyta.

Panasagoras – Sohn von Sagylos und Anführer der Sakenstämme im Bund mit Melanippe. Der Name findet sich bei Diodor und Justin.

Paris – Sohn von König Priamos und Königin Hekuba. Paris wird von Zeus erwählt, die Siegerin in dem Schönheitswettbewerb um den goldenen Apfel zu küren. Wenig später wird er mit seinem älteren Bruder Hektor als Gesandter zu Fürst Menelaos von Sparta geschickt. Er raubt ihm prompt seine Gattin Helena und entführt sie nach Troja.

Perimedes – Sohn von Eurytheus, König von Tiryns, und Bruder von Admete. Die Namen von Eurystheus' Söhnen finden sich bei Apollodor.

***Perses** – Bruder von Sthenelos von Paros. Gefährte von Herkules bei der Fahrt zu den Amazonen und zum Kampfgurt der Hippolyta. Obwohl Perses nicht als Gefährte von Herkules aufgelistet wird, ist er (laut Herodot und Apollodor) der Stammvater der Perser.

Podaleirios – Heiler der Griechen im Trojanischen Krieg.

Polemusa – Tochter von Toxis. Eine der zwölf Amazonen, die Hippolyta nach Troja begleiten. Belegter Amazonenname (auf Griechisch), bedeutet »kriegerisch«.

Polyhymnia – Muse der Hymnen.

Poseidon – Gott des Meeres und Bruder von Zeus.

Priamos – König von Troja, Gatte von Hekuba und Vater von Hektor, Deiphobus, Äneas, Paris, Troilus und Kassandra.

***Proetos** – Gatte von Admete. Der Name ist an den legendären König von Tiryns angelehnt.

Pythia – Das Orakel von Delphi.

Sagylos – Vater von Panasagoras, der die Sakenstämme im Bund mit Melanippe anführt. Der Name findet sich bei Diodor und Justin.

Saken – siehe »Erwähnte Orte«, **Saken, Land der.**

Sarmaten – siehe »Erwähnte Orte«, **Sarmaten, Land der.**

Schicksalsgöttinnen – Die drei Göttinnen, die den Faden des menschlichen Lebens spinnen.

***Sitalkes** – Amazonenberater. Belegter skythischer Name (laut Herodot).

Skoloten – siehe »Erwähnte Orte«, **Skoloten, Land der.**

Skythen – siehe »Erwähnte Orte«, **Skythien.**

Solois – Bruder von Thoas und Euneos von Athen. Gefährte von Herkules bei der Fahrt zu den Amazonen und dem Kampfgurt von Hippolyta.

Sthenelos – Bruder des Perses. Gefährte von Herkules bei der Fahrt zu den Amazonen und dem Kampfgurt der Hippolyta.

Tabiti – Skythische Göttin des Feuers (griechische Entsprechung Hestia). Erwähnt bei Herodot.

Talthybios – Einer der Herolde von König Agamemnon.

Tar – Skythischer Gott der Stürme und des Krieges (griechische Entsprechungen Zeus, Ares). Erwähnt bei Herodot.

***Telemos** – Sohn des Aiakos von Salamis. Gefährte von Herkules bei der Fahrt zu den Amazonen und zum Kampfgurt der Hippolyta (Name angelehnt an das Griechische »Telamon«).

Terpsichore – Muse des Tanzes.

***Teuspa** – Gatte von Melanippe. Belegter skythischer Name.

Thalia – Muse der Komödie.

***Theia** – Verwandte und Dienerin von Theseus.

Thermodosa – Eine der zwölf Amazonen, die Hippolyta nach Troja begleiten. Belegter Amazonenname (auf Griechisch).

Theseus – Sohn von Aigeus und König von Athen. Gefährte von Herkules bei der Fahrt zu den Amazonen und dem Kampfgurt der Hippolyta. Einer der Argonauten, außerdem berühmt dafür, dass er mithilfe von Ariadne den Minotauros auf Kreta bezwang.

Thoas – Bruder von Solois und Euneos von Athen. Gefährte von Herkules bei der Fahrt zu den Amazonen und dem Kampfgurt der Hippolyta.

***Thraso** – Amazonenberater. Belegter Amazonenname (auf Griechisch).

***Timiades** – Sohn des Pheidon von Argos. Gefährte von Herkules bei der Fahrt zu den Amazonen und dem Kampfgurt der Hippolyta.

***Toxis** – Amazonenkriegerin. Belegter Amazonenname (auf Griechisch).

Urania – Muse der Astronomie.

***Xanthippe** – Amazonenkriegerin. Belegter Amazonenname (auf Griechisch), bedeutet »fahles Pferd«.

Zeus – Göttervater, der Donnerer. Gatte von Hera.

Viele der Namen finden sich in Nachschlagewerken in variierenden Schreibweisen.

Erwähnte Orte

Ägäis – Der Teil des Mittelmeers, der das griechische Festland vom Festland der heutigen Türkei trennt.

Ägypten – Eine der mächtigsten alten Kulturen des Mittelmeerraums. Die Ägypter erbauten die berühmten Pyramiden und waren wichtige Akteure in der Politik und im Handel der Bronzezeit. Die ägyptischen Pharaonen exportierten Getreide, Papier, Gold und Stoffe im Bereich des Mittelmeers.

Anatolien – Später bekannt als Kleinasien. Region, die die gesame heutige Türkei sowie einen Teil Syriens und des Iraks umfasste, im Westen begrenzt durch die Ägäis und im Osten durch den Euphrat, im Norden durch das Schwarze Meer und im Süden durch das Mittelmeer. Im dreizehnten Jahrhundert v. Chr. (späte Bronzezeit) bevölkert von unterschiedlichen Gruppen, darunter die Masianer und Kaškäer im Norden, die Hethiter, deren riesiges Reich sich über die anatolische Ebene erstreckte, die Trojaner, die Mysier, die Mäonier und die Lykier an der westlichen und südwestlichen Küste der Ägäis.

Argos – Stadt im Nordosten des Peloponnes in Griechenland, Herrscher Diomedes. Die Ruinen von Argos kann man noch heute besichtigen.

Athen – Wichtigste Stadt von Attika, Stadtstaat auf der attischen Halbinsel; in der Bronzezeit besiedelt und legendäre Heimat von Theseus, allerdings erst ab dem fünften Jahrhundert v. Chr. Zentrum der Demokratie.

Attika – Das Gebiet um die antike Stadt Athen.

Borysthenes – Der altgriechische Name des heutigen Dnjepr (in der Sprache der Skythen *Danu Apara*); fließt durch Russland, Weißrussland und die Ukraine ins Schwarze Meer. Siehe auch **Danu Apara**.

Bosporus – Meerenge zwischen Marmarameer und Schwarzem Meer; trennt das Königreich Thrakien im Westen von Anatolien im Osten.

Danastris – Skythischer Name für den heutigen Dnjestr (griechisch *Tyras*); fließt durch die Ukraine und Moldavien ins Schwarze Meer. In der Sprache der Skythen bedeutet der Name vermutlich »naher Fluss«.

Danu Apara – Skythischer Name des heutigen Dnjepr (griechisch *Borysthenes*); fließt durch Russland, Weißrussland und die Ukraine ins Schwarze Meer. In der Sprache der Skythen bedeutet der Name vermutlich »ferner Fluss«. Siehe auch **Borysthenes**.

Delphi – Bei den Griechen der sogenannte »Nabel der Welt«. Heimat des Orakels, wo angeblich die Worte Apollos an die Sterblichen verkündet werden. Delphi ist nach wie vor ein beeindruckender und wunderschöner Ort.

Garten der Hesperiden – Mythischer Garten, in dem die goldenen Äpfel, ein Hochzeitsgeschenk an Zeus und Hera, von den Hesperiden gehütet werden. Zwei unterschiedliche Traditionen der Antike sehen ihn entweder ganz im Westen der griechischen Welt in der Gegend von Libyen (Plinius, Vergil, Pomponius Mela) oder im äußersten Norden jenseits des Gebiets der Hyperboreer (Aischylos, Apollodor). Ich folge der zweiten Tradition.

Griechenland – Heimat der Griechen, bestehend aus den Stadtstaaten Argos, Ithaka, Mykene, Phthia, Pylos, Sparta und anderen.

Hades – Bezeichnet sowohl den Gott der Unterwelt als auch die Unterwelt selbst, in die nach dem Glauben der alten Griechen die Geister der Toten eingingen. Man erreichte den Hades über den Fluss Styx, auf einem Boot, gelenkt von dem Fährmann Charon. Es gab unterschiedliche Teile der Unterwelt: Tartaros, wo Verbrecher bestraft wurden, die elysischen Gefilde, wo sich die Helden aufhielten, und die Inseln der Seligen, das ewige Paradies.

Hellespont – Meerenge gegenüber der alten Stadt Troja; heute Dardanellen.

Hethiter-Reich – Eines der größten Reiche der Bronzezeit; es erreichte seine Blüte Mitte des vierzehnten Jahrhunderts v. Chr. und überdauerte bis zu seinem unvermittelten Zusammenbruch um 1200 v. Chr., etwa gleichzeitig mit dem Niedergang der Bronzezeit-Königreiche in Griechenland und dem Fall von Troja. Seine Hauptstadt war Hattusa (heute Boğaskale in der Türkei).

Hylaia – Gebiet eines alten skythischen Stammes, vermutlich auf der heutigen Halbinsel Krim.

Hyperborea – Mythisches Gebiet im äußersten Norden der Welt, jenseits der Heimat des Nordwinds im Ripäischen Gebirge; gesegnet mit ewigem Frühling und fruchtbarem Land; Apollo geweiht.

Ida-Gebirge – Höchste Erhebung in der Gegend von Troja und Sitz der Götter.

Ithaka – Felseninsel westlich des griechischen Festlands, über die Odysseus herrschte.

Karpaten – Gebirgskette in Mittel- und Osteuropa.

Kaukasus – Gebirgssystem, das sich vom Schwarzen bis zum Kaspischen Meer erstreckt.

Königsskythen, Land der – Alter skythischer Stamm, den Herodot östlich des heutigen Molotschna-Flusses ansiedelt und dessen Gebiet sich bis zum Don erstreckte (griechisch *Tanais*, skythisch *Silis*). Angeblich der größte und verwegenste der skythischen Stämme. Siehe auch **Skoloten, Land der**.

Kreta – Größte der griechischen Inseln und Zentrum einer blühenden griechischen Bronzezeitkultur, besonders in Knossos (das von Sir Arthur Evans ausgegraben wurde; eindrucksvolle, wenn auch großteils rekonstruierte Ruinen kann man heute noch dort besichtigen). Kreta gilt auch als der Ort, an dem Zeus und Hera heirateten und wo die Erdgöttin Gaia ihnen die goldenen Äpfel schenkte.

Mäotis-See – Alter griechischer Name des heutigen Asowschen-Meers (skythisch *Temarunda*), im äußersten Nordosten des Schwarzen Meeres. Siehe auch **Temarunda**.

Melanchlainen, Land der – Alter skythischer Stamm, den Herodot nördlich der Königsskythen (skythisch *Skoloti* – Skoloten) ansiedelt. Auf Griechisch bedeutet der Name »Schwarzmäntel«.

Mykene – Stadt auf dem Peloponnes, eine der größten in der griechischen Welt der Bronzezeit. Herrscher König Agamemnon. Sie wurde 1876 von Heinrich Schliemann ausgegraben. Die Ruinen des imposanten Palastes kann man noch heute besichtigen. Mykene war berühmt für sein Gold: Homer nennt die Stadt »reich an Gold«.

Mysien – Region östlich der Troas.

Okeanos – Die alten Griechen glaubten, dass der Ozean die gesamte Welt, eine Scheibe, wie ein Fluss umgebe. Sonne und Mond stiegen ihrer Ansicht nach aus den Wassern des Ozeans auf und versanken auch wieder darin.

Olymp – Gebirgsstock im nördlichen Griechenland, Heimat der olympischen Götter.

Parnassos – Berg über Delphi, angeblich Heimat der Musen.

Phthia – Stadtstaat im nördlichen Griechenland, im südlichsten Teil Thessaliens, Heimat von Peleus und Achilles.

Pnyx – Hügel westlich der Akropolis in Athen, in der Zeit der athenischen Demokratie als Versammlungsplatz genutzt.

Propontis – Im Altertum Bezeichnung für das Marmarameer, das Binnenmeer, das die Ägäis im Westen und das Schwarze Meer im Osten verbindet. Die Meerenge im Südwesten hieß Hellespont (heute Dardanellen), die im Nordosten Bosporus.

Pterophoros – Bei Plinius und Herodot dunkles Land ganz im Norden mit nie endendem Schneefall und kalten Winden. Auf Griechisch bedeutet der Name »flügeltragend« oder »federtragend«.

Pylos – Königreich Nestors auf dem südwestlichen Peloponnes. In der Nähe wurden eindrucksvolle Ruinen eines Palasts aus der Bronzezeit (Ano Englianos) entdeckt, die man besichtigen kann.

Ripäisches Gebirge – Mythische Berge ganz im Norden, jenseits des Gebiets von Pterophoros und südlich an Hyperborea angrenzend; Heimat des Nordwindes, was ihm den Namen gibt. Vom Griechischen *rhipai*, »Sturmwinde«.

Saken, Land der – Auf Griechisch als Skythien bekannt, umfasste einen großen Teil von Zentraleurasien und erstreckte sich östlich übers Schwarze Meer von der Ukraine nach Russland hinein. Im Altertum von zahlreichen nomadischen Stämmen bevölkert. Die Bezeichnung »Saken« stammt aus dem Persischen. Siehe auch **Skythien**.

Sarmaten, Land der – Alter nomadischer Stamm, eng mit den Skythen verwandt, in unterschiedlichen Regionen beheimatet. Ich folge Strabon und siedle ihn nördlich der Skythen an.

Silis – Skythischer Name für den heutigen Don (griechisch *Tanais*), der durch Russland ins Asowsche Meer fließt. Sein skythischer Name wird bei Plinius erwähnt. Siehe auch **Tanais**.

Skoloten, Land der – Alter skythischer Stamm, den Herodot östlich des heutigen Molotschna-Flusses ansiedelt und dessen Gebiet sich bis zum Don erstreckte (griechisch *Tanais*, skythisch *Silis*). Angeblich der größte und verwegenste der skythischen Stämme. Der Name stammt von Herodot, der behauptet, die Königsskythen hätten sich selbst so genannt. Siehe auch **Königsskythen, Land der**.

Skiros – Griechische Insel in der Ägäis, wo Achilles' Mutter Thetis ihren Sohn angeblich vor dem Trojanischen Krieg versteckte.

Skythien – Ein großer Teil von Zentraleurasien, der sich östlich übers Schwarze Meer von der Ukraine nach Russland hinein erstreckte. Im Alterum von zahlreichen nomadischen Stämmen bevölkert. Siehe auch **Saken, Land der.**

Sparta – Stadt im südlichen Griechenland, Herrscher Tyndareus, Vater von Helena von Sparta (später Helena von Troja).

Styx – Der Fluss, der die Grenze zwischen Erde und Unterwelt bildet. Um in die Unterwelt zu gelangen, muss man dem

Fährmann Charon Geld geben, damit er die Toten ans andere Ufer bringt. Der Fluss war den Göttern heilig; sie schworen oft auf ihn. Sein Wasser verlieh angeblich Unsterblichkeit. Die Göttin Thetis tauchte ihren Sohn Achilles in der Hoffnung, ihn unsterblich zu machen, in das Wasser des Styx.

Tanais – Griechischer Name für den heutigen Don (skythisch *Silis*), der durch Russland ins Asowsche Meer fließt. Seinen skythischen Namen erwähnt Plinius. Siehe auch **Silis**.

Temarunda – Skythischer Name für das heutige Asowsche Meer (griechisch *Mäotis*-See), im äußersten Nordosten des Schwarzen Meeres. Der skythische Name, den Plinius erwähnt, bedeutet »Muttermeer«. Siehe auch **Mäotis-See**.

Theben – Stadt in Böotien, nördlich von Athen, wo Alkmene und Amphitryon (die Eltern von Herkules) Zuflucht suchen.

Thessalien – Große Region im nördlichen Griechenland, in der sich Olymp, Ossa und Pelion sowie die Städte Pagasä und Iolkos befinden.

Thrakien – Gebirgige Region nördlich von Thessalien in Griechenland.

Tiryns – Die Stadt von Eurystheus. In Tiryns steht einer der am besten erhaltenen Paläste aus der Bronzezeit, den man noch heute besichtigen kann. Archäologische Artefakte, unter ihnen der Steinthron des Königs von Tiryns, sind im Archäologischen Museum von Athen zu bewundern.

Troja – Alte Stadt des Königs Priamos, die um das zwölfte oder dreizehnte Jahrhundert v. Chr. von den griechischen Truppen unter König Agamemnon belagert wurde. 1871 wurde sie von Heinrich Schliemann auf dem Hügel von Hisarlık in der westlichen Türkei entdeckt. Man kann die Ruinen noch heute besichtigen.

Unterwelt – Auch Hades genannt. Hierhin wanderten die Seelen der Toten nach damaligem Glauben. Man erreichte den Hades per Boot, das vom Fährmann Charon gelenkt wurde, über den Fluss Styx. Es gab unterschiedliche Teile der Unterwelt: Tartaros, wo Verbrecher bestraft wurden, die elysischen Gefilde, wohin die Helden gingen, und die Inseln der Seligen, das ewige Paradies.

Viele der Ortsbezeichnungen finden sich in Nachschlagewerken in variierenden Schreibweisen.

Glossar skythischer Ausdrücke

halinda Eine Art wilder Kohl, der angeblich am Ufer des Tanais (heute Don, in der Sprache der Skythen *Silis*), wuchs

ippa Pferd

kumiss Vergorene Stutenmilch

Oiorpata Amazone; Manntöterin/Mannbeherrscherin

paralati Einfache Leute, Nichtkrieger (hier auch »Fremde«)

pelamys Ein Fisch (vermutlich eine Thunfischart), der sich laut Herodot an der Mündung des Borysthenes (heute Dnjepr, in der Sprache der Skythen *Danu Apara*) fand

pelta Sichelförmiger Schild

sagaris Streitaxt

Saka/Saken Skythen

tamga Zeichen, Siegel

uran Schlachtruf

Weiterführende Literatur

Arnott, Robert, »Healing and Medicine in the Aegean Bronze Age«, in: *Journal of the Royal Society of Medicine* 89 (1996), S. 265-270.

Ascherson, Neal, *Black Sea*, London 1995, Jonathan Cape.

Cope, Tim, *On the Trail of Genghis Khan: An Epic Journey Through the Land of the Nomads*, London 2013, Bloomsbury.

Davies, Malcolm, »The Aethiopis: Neo-Neoanalysis Reanalyzed«, in: *Hellenic Studies* 71 (2016), Washington, DC: Center vor Hellenic Studies.

Diker, Selahi, »Scythians and their Language«, in: Diker, S., *And the Whole Earth Was of One Language: Decipherment of Lost Languages Including Etruscan, Scythian, Phrygian, Lycian, Hittite, Hurrian, Urartian, Sumerian, Achaemenid Aramaic & Elamite, Parthian*, 2. Aufl., Izmir 1999, S. 155-188.

Grakow, B. N., *Die Skythen*, Berlin 1980, VEB, Deutscher Verlag der Wissenschaften.

Graziosi, Barbara, *Inventing Homer: The Early Reception of Epic*, Cambridge 2002, Cambridge University Press.

Grmek, M. D., »Malaria in the Eastern Mediterranean in Prehistory and Antiquity«, in: *Parasitologia* 36 (1994; 1-2), S. 1-6.

Hall, Edith, *Inventing the Barbarian: Greek Self-Definition Through Tragedy*, Oxford 2004, Clarendon Press.

Dies., *Die alten Griechen. Eine Erfolgsgeschichte in zehn Auftritten*, München 2017, Siedler.

Hartog, François, *The Mirror of Herodotus: The Representation of the Other in the Writing of History*, übers. v. Janet Lloyd, Berkeley, Los Angeles, London 1988, University of California Press.

Hughes, Bettany, *Helen of Troy: Goddess, Princess, Whore*, London 2005, Jonathan Cape.

Jensen, Minna Skafte, *Writing Homer: A Study Based on Results from Modern Fieldwork*, Kopenhagen 2011, The Royal Danish Academy of Sciences and Letters.

Lord, Albert, *The Singer of Tales*, Hrsg. v. Mitchell, Stephen, und Nagy, Gregory, 2. Aufl., Cambridge, MA 2000: Harvard University Press.

Man, John, *Amazons: The Real Warrior Women of the Ancient World*, London 2017, Transworld.

Mayor, Adrienne, *The Amazons: Lives and Legends of Warrior Women Across the Ancient World*, Princeton 2014, Princeton University Press.

Dies., »Warrior Women: The Archaelogy of the Amazons«, in: Budin, S. L., und Turfa, J. M. (Hrsg.), *Women in Antiquity: Real Women Across the Ancient World*, S. 969-985, London 2016, Routledge.

Minns, E. H., *Scythians and Greeks*, Cambridge 1913, Cambridge University Press.

Nagy, Gregory, *Poetry as Performance: Homer and Beyond*, Cambridge 1996, Cambridge Universtiy Press.

Parzinger, Hermann, *Die Skythen*, München 2004, C. H. Beck.

Rolle, Renate, *The World of the Scythians*, Berkeley 1989, University of California Press.

Romm, J., *The Edges of the Earth in Ancient Thought: Geography, Exploration and Fiction*, Princeton 1992, Princeton University Press.

Rostovtzeff, Michael, *Iranians and Greeks in South Russia*, Oxford 1922, Oxford University Press.

Sallares, R., Bouwman, A., und Anderung, C., »The Spread of Malaria to Southern Europe in Antiquity: New Approaches to Old Problems«, in: *Medical History* 48 (2004; 3), S. 311-328.

Simpson, S. J., und Pankova, S. (Hrsg.), *Scythians: Warriors of Ancient Siberia*, London 2017, Thames and Hudson.

Skjaervo, P. Oktor, *An Introduction to Old Persian*, 2002, 2. Aufl., Online http://sites.fas.harvard.edu/~iranian/OldPersian/opcomplete.pdf.

Smith, William, *Dictionary of Greek and Roman Geography*, London 1854, Walton and Maberly.

Talbert, R. J. (Hrsg.), *The Barrington Atlas of the Greek and Roman World*, Princeton 2000, Princeton University Press.

Warren, C. P. W., »Some Aspects of Medicine in the Greek Bronze Age«, in: *Medical History* 14 (1970; 4), S. 364-377.

West, M. L., *The Making of the Iliad: Disquisition and Analytical Commentary*, Oxford 2011, Oxford University Press.

West, Stephanie, »Scythians«, in: Bakker, E. J., Jong, I., und Wees, H. (Hrsg.), *Brill's Companion to Herodotus*, Leiden 2002, Brill, S. 437-456.

Willekes, Carolyn, *The Horse in the Ancient World: From Bucephalus to the Hippodrome*, Library of Classical Studies, 10, London 2016, I. B. Tauris.